María Reig
Die Journalistin – Der Preis der Wahrheit

María Reig

# Die Journalistin
# Der Preis der Wahrheit

Roman

Aus dem Spanischen von Sabine Giersberg

**GOLDMANN**

Die spanische Originalausgabe erschien 2019 unter dem Titel
»Papel y tinta« bei SUMA de letras,
Penguin Random House Grupo Editorial, Barcelona.

Die Übersetzung dieses Werkes wurde gefördert durch
Acción Cultural Española, AC/E.

**AC/E**
ACCIÓN CULTURAL
ESPAÑOLA

Sollte diese Publikation Links auf Webseiten Dritter enthalten, so übernehmen wir für deren Inhalte keine Haftung, da wir uns diese nicht zu eigen machen, sondern lediglich auf deren Stand zum Zeitpunkt der Erstveröffentlichung verweisen.

Dieses Buch ist auch als E-Book erhältlich.

Penguin Random House Verlagsgruppe FSC® N001967

1. Auflage
Deutsche Erstveröffentlichung September 2021
Copyright © der Originalausgabe 2018 by María Reig
Copyright © der deutschsprachigen Ausgabe 2021
by Wilhelm Goldmann Verlag, München,
in der Penguin Random House Verlagsgruppe GmbH,
Neumarkter Str. 28, 81673 München
Umschlag: UNO Werbeagentur GmbH
Umschlagfotos: (Stadt): Z1 Collection/Alamy Stock Photo; 1/3 U1 (Frau):
Ildiko Neer/Arcangel; Composing (Ornamente): FinePic®, München
Redaktion: Susanne Kiesow
LS · Herstellung: kw
Satz: Vornehm Mediengestaltung GmbH, München
Druck und Bindung: GGP Media GmbH, Pößneck
Printed in Germany
ISBN: 978-3-442-49095-0
www.goldmann-verlag.de

Besuchen Sie den Goldmann Verlag im Netz

*Die Übersetzerin dankt dem Freundeskreis zur Förderung literarischer und wissenschaftlicher Übersetzungen e.V. für ein Arbeitsstipendium, das vom Ministerium für Wissenschaft, Forschung und Kunst Baden-Württemberg ermöglicht wurde.*

*Für all die wunderbaren Menschen, die nicht nur auf ihre eigenen Träume setzen, sondern auch an die der anderen glauben.*

# DIE WICHTIGSTEN PERSONEN*

*Elisa de las Heras y Rosales* — geborene Montero, stammt aus einem Dorf in Extremadura. Die Mutter starb bei ihrer Geburt. Im Alter von sieben Jahren schickte man sie zu ihrer wohlhabenden Tante nach Madrid.

*Manuela Montero* — Elisas Tante; wurde jung verheiratet mit einem reichen Madrider Händler, dem deutlich älteren Roberto Ribadesella. Als er im Kubakrieg fiel, wurde sie mit nur fünfundzwanzig Jahren Witwe.

*Francisco de las Heras y Rosales* — Elisas Ehemann, Erbe des angesehenen Bankhauses Rosales in Madrid

*Luis de las Heras y Rosales* — Franciscos Bruder

---

* Ein ausführliches Personenverzeichnis befindet sich am Ende des Buches.

*Benedetta de Lucca*   Freundin von Elisa, Tochter eines wohlhabenden italienischen Stoffhändlers

*Catalina Folch*   Freundin von Elisa, hat an der Pädagogischen Hochschule von Madrid studiert, sehr freigeistig und emanzipiert.

*Agnes Henderson*   Freundin von Elisa und Catalina aus den Vereinigten Staaten

*Olivier Pascal*   Redakteur von *Le Figaro* in Paris; war als Gastautor bei *El Demócrata de Madrid*.

# Erster Teil

# Señora de las Heras y Rosales

*Madrid 1927–1929*

# I

Die Sommerfrische in Santander verschaffte mir einen wohltuenden Frieden, den ich in der Hauptstadt nicht finden konnte. Das Meer hat die Kraft, die unbändigsten Naturen zu zähmen.

Ich vermochte nicht zu sagen, ob es an der frischen Brise, dem endlosen Horizont oder an dem idyllischen Anblick der grünen Steilküste und des glasklaren blauen Wassers lag, das die nördliche Küste unseres Landes umspielte. Francisco und ich hatten uns im Jahr unserer Hochzeit in die Kantabrische Küste verliebt und eine Villa mit Blick auf die himmelblaue Weite erworben. Ich liebte diese Zeit am Meer.

In den mehr als zwei Jahren, die seit meinem Einzug in die Calle de Eloy Gonzalo vergangen waren, hatte sich mein Leben komplett verändert. Ich war die Gattin eines namhaften Bankiers, der in ganz Europa Geschäfte machte, und diese Aufgabe ließ mir kaum Zeit für andere Dinge.

Während unserer Hochzeitsreise nach Wien war ich mit Francisco übereingekommen, dass ich mich erst einmal auf unsere Ehe und die Einrichtung unseres neuen Zuhauses konzentrieren würde. Sobald sich alles eingespielt hatte, könnte ich mich wieder meiner Passion, dem Journalismus, widmen. Die Sache mit Pedro Liébana – meiner geheimen Identität als anerkannter Zeitungsredakteur – ließ ich unerwähnt. Dass mein Mann davon nicht die leiseste Ahnung hatte, war das Ass, das ich im Ärmel hatte.

Anfangs hatte ich sein Versprechen für bare Münze genommen, doch die Monate gingen ins Land, und Francisco fand immer wieder neue Ausreden, die gegen eine Wiederaufnahme meiner Tätigkeit bei der Zeitung sprachen. Als meine Sachen aus dem Haus meiner Tante geholt wurden, blieben mein altgedienter Schreibtisch und die geliebte Schreibmaschine, die über Jahre mein kleiner persönlicher Rückzugsort gewesen waren, zurück. Ich hatte nur das gemeinsame Schlafzimmer mit dem Frisiertisch voller Tuben, Tiegel und Parfümflakons, mit denen Francisco mich großzügig beschenkte.

Zur Entschädigung hatte ich mir einen Flügel gegönnt, um etwas ganz allein für mich zu haben. Er stand im Salon und war mein bester Freund im neuen Heim. Außer Francisco natürlich. Auf seine Art brachte er mir viel Verständnis entgegen und las mir jeden Wunsch von den Augen ab. Es erfüllte ihn mit Stolz, mich bei den Abendessen und Bällen an seiner Seite zu haben. Ich wiederum schenkte ihm meine Zuneigung und Wertschätzung und kam allen Pflichten nach, die eine Ehe mit sich bringt. Wir waren glücklich, wenn man so will.

Die Wohnung lag im ersten Stock eines eleganten bürgerlichen Hauses mit großen Fenstern und Erkern. Vom Eingangsbereich mit der imposanten Anrichte aus kam man rechts durch einen Flur in die Küche und zu dem Zimmer von Anita, unserem Hausmädchen. Eine weitere Tür trennte diesen Bereich von den Schlafgemächern und dem Bad. In diesem Teil befand sich auch der kleine Salon, durch den man in Franciscos Arbeitszimmer und in den linken Flügel der luxuriösen Wohnung mit dem großen Salon und dem Esszimmer gelangte. Das Interieur kündete von erlesenem Geschmack, alle Möbel waren aus Massivholz mit barocken Verzierungen.

»Señor Francisco, Sie werden am Telefon verlangt«, vermeldete Anita.

»Danke, Anita. Ich komme.«

In einer Truhe lagen die Hüte und Accessoires, die ich in Santander gekauft hatte. Voller Vorfreude packte ich sie aus und probierte sie vor dem großen Schlafzimmerspiegel an. Seit Neuestem hatte ich eine ungewohnte Leidenschaft fürs Einkaufen entwickelt. Zu meiner Verteidigung muss ich sagen, dass ich mir damit die langweiligen Tage versüßte und dass Francisco mich im Übrigen dazu verleitet hatte. Ich besuchte nicht mehr länger das Atelier von Doña Alicia, sondern war jetzt Kundin des neu eröffneten Ateliers von Bruna Sanabria in der Calle Serrano, die perfekt die Modelle der berühmten Pariser Modehäuser wie dem von Jean Patou, Jeanne Lanvin oder Coco Chanel kopierte. Chanel war mein absoluter Favorit.

»Elisa, Liebes. Das war mein Cousin Joaquín. Er hat uns für heute Abend zum Essen eingeladen.«

»Zum Abendessen? Heute? Und was ist mit unserem Plan, nur etwas Leichtes zu uns zu nehmen und uns nach der anstrengenden Reise auszuruhen?«

»Ach, Liebling. Ich konnte ihnen unmöglich einen Korb geben. Sie brennen darauf zu erfahren, wie unsere Sommerfrische war.«

»Heißt das, du hast schon zugesagt? Liebling, ich bin hundemüde.«

Francisco trat auf mich zu und schlang von hinten die Arme um mich.

»Komm schon, Liebes. Es wird bestimmt ganz amüsant. Und du könntest gleich den bezaubernden Turban einweihen, den du gerade anprobierst. Du siehst wunderschön aus«, sagte er und küsste mich auf die Wange.

»Na gut, meinetwegen«, gab ich nach.

»Das ist meine Elisa.« Er klatschte in die Hände. »Anita! Anita! Geben Sie Charito Bescheid, sie braucht kein Abendessen zu richten. Meine Frau und ich haben eine Verabredung.«

»Selbstverständlich, Señor Francisco. Ich bin schon auf dem Weg.«

Also richtete ich mich für das Abendessen mit Franciscos Familie her. Ich zog eines der Kleider der aktuellen Saison an und setzte den Turban auf. Ich trug etwas Lippenstift und Parfüm auf. José Carlos holte uns ab und fuhr uns zur American Bar Pidoux, wo Joaquín und Francisco gerne ihren Aperitif einnahmen. Als ich die Bar in der Avenida Conde de Peñalver betrat, stellte ich fest, dass auch Franciscos Bruder Luis mit von der Partie war.

»Guten Abend«, begrüßte uns Joaquín.

»Guten Abend, Joaquín. Eleonora. Luis.«

»Guten Abend, meine Liebe. Was für ein entzückender Turban! Wo hast du den nur her? Du musst mir unbedingt alles über euren Urlaub in Santander erzählen«, bestürmte mich Eleonora.

»Gern, meine Liebe. Es war eine traumhafte Zeit.«

Eleonora war Joaquíns zweite Ehefrau. Sie hatten wenige Monate nach uns geheiratet. Eleonora war ebenfalls bedeutend jünger als ihr Mann, aber in einem Punkt unterschieden wir uns deutlich: Franciscos Mutter, Doña Asunción, war geradezu vernarrt in sie. Hauptgrund dafür war, dass Eleonora die jüngste Tochter des Ehepaares Pardo Gaviria war, mit dem sie eine besonders enge Freundschaft verband, und dass sie Joaquín jeden Wunsch von den Augen ablas.

Nachdem ich einen Wein getrunken und eine Zigarette geraucht hatte, um das Urlaubsgefühl wiederzubeleben, begaben wir uns zum Abendessen ins Tournier.

»Alle schwärmen vom Café Bakanik. Da sollten wir unbedingt mal hingehen«, meinte Eleonora, die in dem irrigen Glauben lebte, wir seien beste Freundinnen.

»Unbedingt. Ich liebe es, neue Lokale kennenzulernen. Wenn man immer die gleichen aufsucht, wird es irgendwann eintönig«, erwiderte ich.

»Liebes, bei den vertrauten Lokalen erlebt man wenigstens keine bösen Überraschungen. Man weiß einfach, dass alles stimmt, ob es die Küche ist, der Service oder das Orchester«, widersprach Francisco.

»Ich finde das gähnend langweilig.«

»Wie ich sehe, hat der Nordwind deinen Charakter nicht gezähmt, Elisa«, scherzte Luis.

»Zum Glück«, bestätigte ich.

»Und, Eleonora, wie läuft es mit der Schwangerschaft?«, fragte Francisco. »Ich muss sagen, deine Frau sieht blendend aus, seit sie in anderen Umständen ist, mein lieber Cousin.«

»Danke der Nachfrage, Francisco. Die Sommerhitze war unerträglich, aber das Schlimmste habe ich überstanden. In fünf Monaten werden wir den kleinen Gregorio im Arm halten.«

»Auch wenn es mein drittes Kind ist, ist es immer noch aufregend. Ich kann es gar nicht richtig fassen«, gestand Joaquín.

Joaquín und Eleonora hatten bereits einen Sohn: Cristóbal. Außerdem hatte er noch eine dreizehnjährige Tochter aus seiner früheren Ehe, María, ein sehr in sich gekehrtes Mädchen mit traurigem Blick.

»Es muss ein unvorstellbares Glück sein, wenn einem ein Kind geboren wird«, sagte Francisco.

»Euer Sprössling dürfte wunderschön werden, so er nach deiner Frau gerät«, schmeichelte Luis.

Ich trank einen Schluck.

»Ah, da fällt mir etwas ein«, rief Eleonora. »Wir müssen euch etwas sagen. Nach unserem Besuch bei euch in Santander haben wir festgestellt, wie gut das Klima unseren Kindern tut. Selbst María ist ein wenig aufgeblüht. Also haben wir uns entschlossen, das Haus direkt neben eurem zu kaufen. Ist das nicht toll?«

Darauf musste ich erst mal noch einen Schluck trinken. Ich musste es schon ertragen, sie tagtäglich in Madrid zu sehen, aber Santander war mein Rückzugsort, das letzte Stückchen Freiheit in meiner Ehe. Ich tat so, als ob ich mich freute, aber als wir wieder zu Hause waren, ließ ich meiner Wut freien Lauf.

»Ich denke nicht daran, unsere Ferien mit denselben Leuten zu verbringen, die ich schon den ganzen Winter über sehen muss, Francisco. Sie hätten uns fragen sollen, bevor sie das Haus kaufen.«

»Elisa, Liebes, beruhige dich. Was ist denn so schlimm daran, wenn sie nebenan wohnen? Sie gehören schließlich zur Familie.«

»Es ist mir egal, wer sie sind. Santander ist unser Rückzugsort. Dort kann ich die Hektik der Stadt vergessen und Kraft tanken. Wie soll das gehen, wenn die Kinder die ganze Zeit herumtoben und schreien? Dann ist es mit der Ruhe vorbei.«

Ich saß auf dem Bett und kämpfte mit der Schnalle meiner Schuhe. Francisco setzte sich neben mich und streichelte meinen Hals, um mich zu beruhigen.

»Vielleicht finden wir einen Weg, dass die Kinder uns nicht belästigen. Wenn wir selbst eins hätten, könnten sie miteinander spielen«, flüsterte er mir ins Ohr.

Ich zuckte zurück, als hätte ich an den heißen Herd gefasst.

»Francisco, ich habe es dir im letzten Monat schon hundertmal gesagt. Ich brauche mehr Zeit.«

»Wie viel denn noch, Elisa? Es ist schon ein Jahr her, dass du das Baby verloren hast. Willst du es nicht noch einmal versuchen?«

»Momentan nicht«, giftete ich. »Ich bin noch nicht bereit. Das war ein herber Schlag, und ich muss mich erst vollständig genesen sein, bevor ich wieder schwanger werde.«

»Das verstehe ich ja …«

Ich zog das Nachthemd an, wütend, dass ich mich jeden Abend rechtfertigen musste. Francisco nahm mich in den Arm und ließ seine Hände über meinen Körper gleiten, doch ich wehrte mich noch heftiger als zuvor und schlüpfte unter die Decke.

\*\*\*

Das Morgenlicht drang durch das Fenster herein. Ich streckte den Arm aus, das Bett war leer. Francisco war schon zur Arbeit gegangen. In der Ferne hörte ich unsere Köchin Charito singen und die schrille Stimme von Anita, die mit dem Milchmann sprach. Ich streckte mich und zog den Kimono an, um im kleinen Salon zu frühstücken. Danach nahm ich ein heißes Bad und machte mich ausgehfertig. José Carlos wartete bereits vor der Tür auf mich. Die schwarze Limousine von Panhard & Levassor stand mir den ganzen Tag zur Verfügung, außer wenn der Chauffeur Francisco in der Bank abholen musste.

»Wie immer, Doña Elisa?«, vergewisserte er sich.

»Ja, bitte.«

Auch wenn ich mich über die langweiligen, immer gleichen Abende mit Franciscos Familie beklagte, so war ich, was meine morgendlichen Rituale betraf, selbst ein Gewohnheitstier. Als Erstes besuchte ich das Café Montmartre. Es gab viele Gründe, warum ich es zu meinem Lieblingslokal erkoren hatte. Der Tee war vorzüglich, die Gäste vornehm und die Bedienung äußerst freundlich und zuvorkommend. Aber das Besondere an dem Café war, dass man von der Terrasse oder den Tischen am Fenster aus den Eingang der Zeitungsredaktion im Blick hatte.

Von meinem Tisch aus beobachtete ich, wie Morales auf der Jagd nach einer Exklusivnachricht aus dem Haus gerannt kam, wie Fernández nach einer Recherche Selbstgespräche führte, wie Simón Zitate des letzten Interviews in seinem abgegriffenen Notizbuch festhielt oder wie López die Schulden für seine nächtlichen Eskapaden beglich. Es war Ironie des Schicksals, dass die Veränderung, von der ich geglaubt hatte, sie würde es mir ermöglichen, Teil des Redaktionsteams zu werden, mir von jetzt auf gleich den Zutritt zu *El Demócrata* versperrt hatte. Ich rührte mit dem ziselierten Löffel meinen Tee um. Wenigstens war es mir noch vergönnt, hin und wieder als Pedro Liébana einen Artikel zu schreiben, auch wenn ich nicht mehr als Mann auf dem Parkett erscheinen und so aktiv mitarbeiten konnte wie ein Jahr zuvor. Die Erinnerung tat weh, und so konzentrierte ich mich wieder auf das imposante Portal in der Calle Velázquez. Don Ernesto verfolgte nach wie vor den Plan, die Zeitung zu modernisieren, und so hatte er nach meinem unfreiwilligen Ausscheiden zwei weitere Redakteure eingestellt und nach langem Zögern doch noch weitere Linotype-Setzmaschinen angeschafft.

In der Bastion des Tagesgeschehens hatten sie immer noch mit der Zensur durch das Regierungsdirektorium und anderen Widrigkeiten der Presselandschaft zu kämpfen. Vor Kurzem war eine Zeitung im Dienst der Regierung von Primo de Rivera herausgekommen, *La Nación*, die Presseagentur Fabra war verstaatlicht worden, des Weiteren war angeordnet worden, den Inhalt der sogenannten *Montagsblätter*, die seit Neuestem pompös *Montagsnachrichten* hießen, zu erweitern und sie damit zu halboffiziellen Zeitungen zu machen, die mit den eingesessenen Zeitungen konkurrierten.

Sowohl in *La Nación* als auch bei den Montagsnachrichten fand man häufig Artikel, die vom Diktator selbst unterzeichnet waren, der im Journalismus offenbar ein neues Hobby gefunden hatte. Außerdem war die legendäre Zeitung *La Correspondencia de España*, die die spanische Bevölkerung seit dem 19. Jahrhundert begleitet hatte, verschwunden. Dafür hatte das Radio im Land Fuß gefasst, und täglich strahlten zwei Sender ihre Programme aus: Radio Ibéria und Unión Radio. Während die Regierung dem Radio große Freiheiten zugestand, erstickte sie mit ihrem Kontrollwahn die Pressefreiheit der Zeitungen.

Nach der Landung in der Bucht von Al Hoceïma im September 1925, durch die der langwierige blutige Krieg in Marokko beendet worden war, erlebte die Regierung in puncto Popularität ein goldenes Zeitalter. Natürlich gab es nach wie vor Gegner, die die Einparteienregierung ablehnten, unter anderem, weil sie das Land durch eine Art Miliz zusätzlich überwachen ließ, die weder dem Heer noch den Sicherheitskräften unterstellt war.

»Doña Elisa, leider können wir heute Ihrem Wunsch nicht entsprechen. Wir haben nicht mit Ihnen gerechnet. Aber morgen wieder, versprochen«, teilte mir der Kellner mit.

»Macht nichts, das habe ich schon befürchtet. Ich komme morgen zur gewohnten Zeit, Gervasio.«

Nach dem wärmenden Tee verabschiedete ich mich ein

weiteres Mal von *El Demócrata* und dem einzigen Augenblick des Tages, den ich ganz allein für mich hatte. Dass ich dort ungestört sitzen konnte, hieß noch lange nicht, dass ich gefeit war vor neugierigen und verstörten Blicken von Leuten, die nicht verstanden, was ich dort jeden Morgen allein, ohne Gesellschaft, tat. »Vielleicht ist sie verwitwet«, hörte ich mal jemanden sagen.

Während des Mittagessens mit Francisco fiel mir ein, dass am Nachmittag der Porträtmaler kam. Doña Asunción, die eine merkwürdige Art hatte, uns ihre Zuneigung zu zeigen, war auf die abstruse Idee gekommen, uns zu unserem zweiten Hochzeitstag ein Porträt von uns dreien zu schenken. Also hatten wir an mehreren Nachmittagen im Palais der Rosales zu erscheinen, wo uns Hilario Fuertes, der als Hofmaler die Familie seit zwei Generationen porträtierte, im Salon auf der Leinwand verewigte. Er hatte auch das Gemälde in Franciscos Büro in der Bank gemalt und ein schauderhaftes Porträt von Doña Asunción, das die Besucher in der weitläufigen Empfangshalle des Anwesens in der Calle de los Hermanos Bécquer begrüßte – oder verschreckte, je nachdem.

Reglos dazusitzen fiel mir an sich schon schwer, aber dazu noch die Nähe von Doña Asunción und die lästigen Besuche von Don Luis, der sich über das Bild lustig machte, ließen das Unterfangen zu einer echten Herausforderung werden. Hilario Fuertes war ein extravaganter Maler, der sich auf Familienporträts spezialisiert hatte. Das Haar hatte sich bei ihm auf den Hinterkopf zurückgezogen und einen kahlen Schädel hinterlassen. Manchmal tauchte er hinter der Leinwand auf, um ein Detail noch genauer in Augenschein zu nehmen. Gelangweilt beobachtete ich, wie seine grauen Augenbrauen auf und ab tanzten, und unweigerlich stieg ein glucksendes Lachen aus meinem Bauch in die Kehle hinauf.

»Doña Elisa, bitte. Nicht bewegen«, ermahnte er mich.

»Schon gut, Don Hilario, entschuldigen Sie.«

Am Ende jeder Sitzung lud uns Doña Asunción in ihrer unendlichen Großzügigkeit zum Abendessen ein. Luis lebte immer noch bei ihr, ich fand das ziemlich ungewöhnlich, fast schon besorgniserregend. Und so saßen wir wie eine vereinte, glückliche Familie am Tisch und verspeisten das köstliche Mahl, das die Köche zubereitet hatten. Meistens gab es Fisch.

»Gestern haben wir mit Joaquín und Eleonora gegessen. Sie haben erzählt, dass sie gerade dabei sind, ein Haus in Santander zu kaufen«, berichtete Francisco.

»Ach, Eleonora, wie schön sie ist und wie gut ihr die Schwangerschaft bekommt! Während sie zwei Kinder empfangen und eins davon schon auf die Welt gebracht hat, hat es bei Elisa gerade mal für ein halbes gereicht.«

Ich durchbohrte sie mit hasserfülltem Blick.

»Mutter, sei nicht so despektierlich Elisa gegenüber. Sie hat genug gelitten, was das angeht«, verteidigte mich Francisco.

»Das sollte kein Vorwurf sein, mein Junge. Ich weiß selbst, dass ein Rosales nicht leicht auf die Welt zu bringen ist. Es ist nur bedauerlich, dass sie offenbar die schwache Konstitution ihrer Mutter geerbt hat.«

»Dann hoffen wir mal, dass Sie nicht so früh versterben wie der Rest Ihrer Familie. Es wäre doch bedauerlich, wenn Ihre Enkelkinder keine Großmutter mehr hätten. Außerdem treffe ich die Entscheidung, wann die Kinder kommen, und nicht Sie«, schoss ich zurück.

»Hast du das gehört, Francisco? Ich sage dir, diese Frau wird dir nicht einen einzigen Nachkommen schenken.«

»Jetzt beruhigt euch mal. Kinder kommen, wenn sie kommen wollen, Mutter. Die beiden sind doch ein glückliches Paar, oder nicht? Über kurz oder lang wird Elisa schwanger werden, wie Eleonora auch. Und die Welt ist wieder in Ordnung«, meinte Luis amüsiert.

Es war nicht das erste Mal, dass wir solch ein Gespräch führten. Manchmal war auch meine Tante dabei und nutzte die Gelegenheit, sich über meine mangelnde Gebärfähigkeit zu mokieren. Ausgerechnet sie, die ihrem Mann auch kein Kind geschenkt hatte. Obwohl Francisco mich jedes Mal gegen sie verteidigte, führten die Gespräche doch dazu, dass er sich umso sehnlicher wünschte, bald Vater zu werden. Er ging auf die vierzig zu und wollte nicht länger warten.

Wenn wir an solchen Abenden in die traute Zweisamkeit unseres Schlafzimmers zurückkehrten, vergaß er jeglichen Respekt und jegliches Feingefühl und ergriff Besitz von meinem Körper, um seinem Ziel näher zu kommen. Ich vermag nicht zu beschreiben, wie sehr ich diese Nächte hasste. Die kühle Überlegenheit, mit der er seine Mutter oder meine Tante in die Schranken wies, war wie weggeblasen. Mit seiner überbordenden Leidenschaft gab er mir das Gefühl, nur eine Marionette im Dienste seiner Fleischeslust zu sein.

Das Schlimmste war, dass ich tatsächlich hätte schwanger werden können, und das wollte ich mit allen Mitteln verhindern. Die Fehlgeburt war ein Albtraum gewesen. Und auch der Moment, als mir klar wurde, dass ich keine Kinder mit Francisco haben wollte. Ich wollte nicht so ein Leben führen wie Candela, Benedetta oder Eleonora … Wie ich schon vor meiner Hochzeit zu Catalina gesagt hatte: Ich war nicht wie diese Frauen. Vielleicht hatten mein distanziertes Verhalten und die außergewöhnlich langen Menstruationsphasen, die ihn zur Abstinenz zwangen, seine Leidenschaft hochkochen lassen.

Aber wie hätte ich mich gegen ihn zur Wehr setzen sollen? Das war das Schicksal einer jeden Frau, die begehrt wurde. Warum konnte ich auf dem mir bestimmten Weg einfach kein Glück finden? Lautlos weinte ich in mein Kissen.

\*\*\*

Am Morgen, noch mit dem Salz der Tränen auf meinen Wangen, suchte ich in der Schublade meines Nachttischs nach einem Brief. Vor einiger Zeit hatte ich Catalina, die sich mit Professor Santoro in Lateinamerika befand, geschrieben und nach Verhütungsmethoden gefragt. Der Brief musste irgendwo sein. Da war er! Ich las die Zeilen erneut. Sie erklärte mir, die wirkungsvollste Methode seien Kondome für die Männer – das kam also schon mal nicht infrage – und diverse Gele und Cremes, die Frauen seit Jahrhunderten anwendeten. Und es gab noch ein spezielles Teil, erfunden von einer Holländerin, das man aber in Spanien nicht kaufen konnte. Entmutigt, weil mir klar wurde, dass ich die Sache in die Hand Gottes legen müsste, bis ich eine geeignete Lösung fände, legte ich den Brief wieder an seinen Platz und zog mich an.

José Carlos wartete rauchend an den tiefschwarzen Panhard gelehnt. Ohne ein Lächeln bat ich ihn, die Zigarette auszumachen und mich wie jeden Morgen zum Café Montmartre zu fahren. Gewöhnlich setzte er mich um halb zehn vor der Tür ab, und wir vereinbarten, dass er mich eine Stunde später wieder abholen sollte. So war es auch an diesem Morgen. Ich betrat das Café und begrüßte Gervasio.

Dann nahm ich meinen Platz an dem kleinen runden Tisch direkt am Fenster ein und wartete auf meinen Tee mit Zitrone, bevor ich mich an meine tägliche Routine machte. Denn abgesehen von der aufmerksamen Bedienung und dem mit wehmütigen Erinnerungen verbundenen Ausblick auf das Eingangsportal hatte das Café noch einen weiteren Vorteil: Es lagen dort eine Vielzahl nationaler und internationaler Zeitungen aus, sodass man sich bereits am frühen Morgen einen Überblick über die aktuellen Entwicklungen verschaffen konnte. Neben den stets mit ein, zwei Tagen Verspätung eintreffenden Ausgaben von *The New York Times*, *The Times*, *Le Matin* oder *The Washington Post* befand sich ein Blatt, das Gervasio seit zwei Jahren auf meinen besonderen Wunsch hin beschaffte: *Le Figaro*.

Nur wenige Male hatte ich unser Rendezvous über die gedruckten Zeilen versäumt. Ich schlug die Zeitung auf und überflog die knapp zehn Seiten in der Hoffnung, unter irgendeinem Artikel seine Unterschrift zu finden.

Wenn ich sie fand, las ich aufmerksam und konzentrierte mich vor allem auf die beiden letzten Zeilen, wie er es mir gesagt hatte. Ich schrieb die Worte auf die Serviette, die Gervasio mir zum Tee reichte, und versuchte, die Botschaft zu entschlüsseln.

In dem Augenblick musste ich jedes Mal voller Zärtlichkeit an Monsieur Cousineau und seine Frage denken: »Wer weiß, wozu dir deine Französischkenntnisse einmal nützlich sein werden?«

Damals hatte ich keinen Nutzen darin gesehen, aber wenn ich mich mit Oliviers verschlüsselten Botschaften herumschlug, bedauerte ich es einmal mehr, dass ich in meiner Jugend nicht eifriger gelernt hatte. Wenn sich mir der Sinn erschloss, lächelte ich zufrieden. Manchmal waren seine Gedanken sehr erhellend. Dann wieder teilte er mit, an welchem Ort er sich wie lange aufhielt, damit ich immer wusste, wo er war. Was hatte er für ein glückliches Leben! Hin und wieder stellte ich mir vor, ich wäre sein Koffer. Dann hätte ich ihn auf all den Streifzügen an die entlegenen Orte begleiten können, von denen er mir die kuriosesten Dinge erzählte. Seine mit Ungeduld erwarteten Briefe waren die reinsten Abenteuergeschichten.

Nachdem er nach Marokko aufgebrochen war, hatte ihn der Chefredakteur des *Figaro* als Korrespondent nach London entsandt, von wo er über Geschehnisse in Irland, Dänemark oder Deutschland berichtete. Wenn die Post kam und ich seinen Namen auf dem Umschlag las, fand ich meinen Seelenfrieden wieder. Und Francisco, der sich in dem Glauben wiegte, Olivier sei sein Freund, schöpfte keinen Verdacht, wenn ich ausrief: »Liebling, Señor Pascal hat uns geschrieben. Wenn du willst, lese ich den Brief und beantworte ihn im Namen von uns beiden.«

»Ja, mach das, Liebes. Ich kann mich nicht um die gesamte Korrespondenz kümmern, da komme ich ja zu nichts anderem mehr«, sagte er abwesend. Er war wirklich vollkommen ahnungslos, sonst wäre ihm aufgefallen, dass er in den Briefen überhaupt keine Rolle spielte.

Olivier und ich waren in den Briefen vom distanzierten Sie zum Du übergegangen. Wir hatten die Höflichkeitsfloskeln hinter uns gelassen, und es entwickelte sich eine tiefe Freundschaft. Ich setzte mich auf den Diwan im Arbeitszimmer und stellte mir vor, er säße bei mir und erzählte mir, wie es ihm gelungen war, diesen oder jenen Politiker dazu zu bewegen, ihm ein Interview zu geben, oder wie er die Reportage draußen auf den englischen Ländereien gemacht hatte. Ich erinnerte mich, wie wir gemeinsam auf der Suche nach lukrativen Exklusivnachrichten durch die Straßen von Madrid gezogen waren und um Don Ernestos Anerkennung gebuhlt hatten. Doch wenn ich »Alles Liebe, Olivier« las, wurde mir das Herz schwer, und es trat erst Linderung ein, wenn ich ihm zurückschreiben konnte.

Mittwochnachmittags traf ich mich mit Benedetta auf eine heiße Schokolade. Ihr Oberstleutnant und sie waren so glücklich wie kurz nach ihrer Hochzeit. Ihr Sohn Carlos war ein goldiger Frechdachs, und schon bald würde ein zweites Kind ihr Haus in der Calle de Orfila unsicher machen. Oliviers Abreise nach Marokko hatte jeglichen Verdacht ausgeräumt, und sie quälte mich nicht länger mit ihren Ratschlägen. Aber unsere Freundschaft war nicht mehr dieselbe. Ehe und Mutterschaft hatten sie verändert. Ich hatte mich mehr und mehr von ihr entfremdet. Ich musste mich förmlich dazu zwingen, mit ihr Zeit zu verbringen, und manchmal wünschte ich mir, alles möge wieder so sein wie früher. Wir beide vermissten Catalina, auch wenn ich mich darüber freute, dass sie ihren Traum wahr machen und bei dem Projekt ihres Mentors Professor Fausto Santoro in den armen Gebieten Lateinamerikas mitwirken konnte. Sie war Anfang des Jahres abgereist, aber es fiel mir immer noch schwer zu akzeptieren, dass sie nicht mehr in der Stadt war und dass ich sie nicht einfach anrufen und um Hilfe bitten konnte.

»Was für ein schönes Kleid, Elisa! Wie dein Francisco dich verwöhnt«, meinte Benedetta.

»Ja, ich kann mich nicht beklagen. Im Atelier von Doña Bruna nähen sie bereits an den neuen Kleidern für die Herbstsaison. Ich kann es kaum erwarten, sie einzuweihen«, gestand ich.

»Die Geschäfte laufen gut, wie man sieht. Der Oberstleutnant ist sehr aufmerksam, aber mit deiner Eleganz kann ich unmöglich konkurrieren, Liebes.«

»Nun, du weißt ja, wir müssen uns mit wichtigen Leuten treffen, und da muss man entsprechend gekleidet sein. Seit die Filialen in Liverpool, Manchester, York und Brighton eröffnet haben, ist Francisco viel entspannter, und er ist auch nicht mehr so oft auf Reisen. Sein nächstes Ziel sind die Vereinigten Staaten. Dort floriert die Wirtschaft anscheinend stärker als in Europa.«

»Wie interessant. Vielleicht kannst du mit ihm nach New York reisen oder nach Washington.«

»Ja, genau. Das wäre ein Traum. Seit unserer Wienreise habe ich das Land nicht mehr verlassen. Vielleicht könnte ich mich sogar mit Agnes Henderson treffen. Catalina hat erzählt, sie habe ihren Abschluss am Smith College mit *summa cum laude* bestanden und arbeite jetzt in einer Anwaltskanzlei.«

»Sie ist Anwältin geworden? Gütiger Gott! Und was sagt ihr Mann dazu?«

»Nun ja, ich weiß nicht, ob sie verheiratet ist.«

»Uh, das wäre ja eine Tragödie. Sie wirkte so selbstbewusst. Ich dachte immer, so wie sie mit Männern umzugehen versteht, würde es ihr nicht schwerfallen, einen Ehemann zu finden«, merkte Benedetta zynisch an.

»Keine Ahnung, vielleicht ist sie ja auch verheiratet. Ich werde Catalina in meinem nächsten Brief fragen.«

»Auch so eine Kandidatin, die sich mal Gedanken machen sollte, was sie aus ihrem Leben machen will.«

Ich schnaubte. In meinem Umfeld konnten alle an nichts anderes denken als ans Heiraten. Das war offenbar das höchste Ziel im Leben, und jede Frau, die dem nicht folgte, war verdächtig. Ich hatte keine Ahnung, wie ich mich fortan zu verhalten hatte und wie ich mich verändern würde. Ich wusste lediglich, dass ich in dieser Rolle, die mir zugedacht war, nicht glücklich werden konnte.

\*\*\*

Zu den Treffen mit alten Freunden und meinen Besuchen bei Severiano und Pilar kamen die vielen Verabredungen mit Franciscos Bekannten. Freitags trafen wir uns regelmäßig mit dem Ehepaar Vázquez. Ich kannte sie bereits aus meiner Verlobungszeit, aber nach der Hochzeit trafen wir uns häufiger, und ich stellte fest, dass ich mit ihnen nicht warm wurde.

Doktor Salvador Vázquez war ein Kunde der Rosales-Bank, wie zuvor schon sein Vater, und der Familie Rosales eng verbunden. Er war ein angesehener Spezialist für Lungenheilkunde, der an den großen Universitäten Europas und Amerikas Vorträge hielt. Seine Frau Aurora war eine blond gelockte eingebildete Schnepfe mit giftiger Zunge. Das hatte sie mit ihrem Sohn Tristán gemein, einem vierzehnjährigen verzogenen Taugenichts. Doch wenn sie zu uns kamen, schob ich meine Mordgelüste beiseite und gab die freundliche Gastgeberin.

»Anita, bringen Sie uns bitte die Schachtel mit den Davros aus der Anrichte im Flur«, sagte Francisco.

»Die Schachtel mit was, Señor Francisco?«

»Mit den Zigaretten, Anita, den Davros-Zigaretten.«

»Ach so, ja, selbstverständlich, Señor Francisco. Kommt sofort.«

»Dienstmädchen ... Das Personal in Madrid lässt immer mehr zu wünschen übrig. Im letzten Jahr habe ich fünf entlassen müssen. Sie haben mich beklaut«, erzählte Aurora.

Bei Anita hatte ich denselben Verdacht, aber ich hielt mich bedeckt.

»Anita ist noch sehr jung. Sie wird es schon noch lernen«, versicherte ich.

»Besser wär's. Ich an Ihrer Stelle würde keine Sekunde zögern, sie zu entlassen, wenn sie nicht spurt. Nichts ist für die Ewigkeit.«

»Da stimme ich vollkommen mit Ihnen überein, Doña Aurora. Mein Bruder und ich mussten diese Woche auch jemanden entlassen. Einer unserer Angestellten hat seit über einem Monat keine Abschlüsse vorgelegt. Wir sind überzeugt, dass er uns bestohlen hat.«

»Was Sie nicht sagen. Haben Sie es der Polizei gemeldet?«

»Ach was. Wir haben ihn einfach rausgeworfen. Aber wenn ich ihn auch nur einmal in der Nähe der Bank sehe, werde ich dafür sorgen, dass er ins Gefängnis wandert. Ich werde nicht zulassen, dass man mich in meinem eigenen Haus betrügt«, erwiderte Francisco.

»Ich hätte ihn ein, zwei Nächte in der Zelle schmoren lassen«, meinte Doktor Vázquez.

Anita kehrte mit glühenden Wangen in das Esszimmer zurück. Sie flüsterte mir ins Ohr, sie könne die Schachtel nirgends finden. Ich tat so, als ob nichts wäre, und folgte ihr in den Flur. Nachdem wir alle Schubladen und Schrankfächer der Anrichte durchsucht hatten, fiel mir ein, dass ich selbst vor ein paar Wochen die Schachtel genommen und die letzten beiden Zigaretten geraucht hatte. Es war kein Geheimnis, dass Francisco es nicht gern sah, wenn ich rauchte. Und dabei glaubte er, dass ich es lediglich in Gesellschaft tat, weil ich es schick fand, mit der extravaganten Zigarettenspitze dazusitzen, die er mir selbst gekauft hatte. Dem war nicht so. Ich rauchte, weil es mich entspannte, und auch, weil es mich an die Abende erinnerte, an denen ich als Mann ganz ich selbst hatte sein können. Ich gab Anita kurzerhand die Anweisung, eine neue Schachtel zu besorgen.

»Wir sagen einfach, sie hätte im Schlafzimmer gelegen und wir hätten sie nicht gleich gefunden.«

»Aber, Doña Elisa, das ist eine Lüge«, bemerkte sie.

»Die Wahrheit wird überbewertet«, erwiderte ich.

Mit dem frisch gekauften Päckchen in der Hand kehrte ich ins Esszimmer zurück und reichte es Francisco. Manchmal war ich selbst überrascht, wie geschickt ich alle zu täuschen und ihnen die perfekte Gattin vorzuspielen vermochte. Danach begaben wir uns in den Salon, und ich spielte auf dem Flügel. *Für Elise* war immer noch Franciscos Lieblingslied. Er erzählte, das Stück erinnere ihn immer an den Abend des Debütantinnenballs, an dem er mich zum ersten Mal gesehen hatte. Seine Bemerkung verleitete die Vázquez dazu, auch von ihren Anfängen zu erzählen.

»Auroras Familie lebte zwei Häuser weiter. Wir haben uns kennengelernt, als wir noch sehr jung waren. Ich hatte gerade mit dem Medizinstudium begonnen, aber ich wusste sofort, dass sie die passende Frau für mich ist.«

»Ja, Liebling. Kaum zu glauben, dass das schon über fünfzehn Jahre her ist.«

»Vater, gehen wir morgen ins Stadion? Biiittte«, fiel ihr Tristán ins Wort.

»Tristán, du sollst die Erwachsenen ausreden lassen«, ermahnte ihn seine Mutter.

»Mit dir habe ich nicht gesprochen.«

»Beruhige dich, Junge. Meinetwegen gehen wir morgen ins Stadion, aber jetzt setzt du dich schön wieder in den Sessel und benimmst dich.«

Mit einem schadenfrohen Grinsen, weil er die romantischen Erinnerungen seiner Eltern torpediert hatte, nahm er wieder Platz. Aus ihm würde zweifellos mal ein skrupelloser, niederträchtiger Kerl werden, aber das war zum Glück nicht mein Problem.

\*\*\*

»Doña Elisa, Doña Elisa!«
»Was ist denn, Anita?«
»Da ist der Bote aus dem Atelier. Ihre Kleider sind da.«
»Wirklich? Das ist ja fantastisch! Bringen Sie sie in den kleinen Salon. Ich komme sofort.«

Ich legte das Buch aus der Hand, strich meinen Rock glatt und eilte aufgeregt hinüber. Ich konnte es kaum erwarten, die Pakete auszupacken. Sie enthielten zwei Cocktailkleider, eines für den Nachmittag und eines mit goldenen Stickereien für den Abend. Vorsichtig breitete ich sie aus, um sie erst mal ausgiebig zu betrachten, bevor ich sie anprobierte. Mit den ausgefallenen Kleidern, den eleganten Hüten, den Pelzmänteln und dem funkelnden Schmuck sah ich richtig damenhaft aus. Doch wenn ich mich im Spiegel betrachtete, war da eine große Leere, das die prächtigen Kleider und Broschen aus massivem Gold nicht stopfen konnten. Es blieb ein Zweifel, ein Aufbegehren, das unter den teuren Gewändern und Seidenstrümpfen weiter loderte. Und diese Unbändigkeit passte nicht zu dem, was der Spiegel erzählte, diese geheimnisvolle Oberfläche, die nur ein Lewis Carroll zu durchdringen vermochte.

»Du wirst mit jedem Tag schöner«, sagte Francisco, der im Türrahmen stand.

»Du bist schon da, Liebling?«

»Ja, ich bin gerade gekommen.« Er trat auf mich zu. »Du weißt nicht, wie glücklich es mich macht, dass du dich so sehr über schöne Dinge freust. Nur wenige Frauen können ihre Kleider so gut präsentieren wie du.«

»Danke für das Kompliment, Liebling. Du hast recht, ich liebe es, neue Kleider anzuprobieren. Señora Sanabria hat ein Händchen für modische Schnitte. Kein Wunder, dass die halbe Stadt bei ihr schneidern lässt.«

»Aber, Liebes, warum hast du denn Schwarz gewählt? Ist jemand gestorben?«

»Aber nein, Francisco. Señora Sanabria sagt, in Paris ist die Farbe Schwarz zunehmend Ausdruck von Eleganz. Bald wird man dabei nicht mehr nur an Trauer denken. Und ich gehe eben mit der Zeit«, erklärte ich stolz.

»Ach, Elisa.« Er lachte. »Zweifellos bist du der Damenwelt von Madrid immer einen Schritt voraus. Deine Jugend ist so erfrischend.«

Er legte seine Hände auf meine Schultern und küsste mich zärtlich. Ermuntert durch den Ausdruck seiner Zuneigung, erwiderte ich seinen Kuss.

»Liebling …«

»Ja?«

»Kann ich dich um etwas bitten?«

»Selbstverständlich, Liebes. Ich habe dir doch gesagt, solange du mich so bedingungslos liebst wie ich dich, kannst du alles von mir haben.«

»Ja, das hast du … und deshalb möchte ich noch einmal auf meinen größten Wunsch zurückkommen. Wir haben seit Monaten nicht mehr über das Thema gesprochen. Ich weiß, du hast mich um Geduld gebeten, aber ... nun, du weißt, wie gerne ich schreibe, und da dachte ich mir, ich könnte mal bei Don Ernesto vorbeischauen und nachfragen, ob sie nicht ein wenig Unterstützung in der Zeitungsredaktion gebrauchen könnten. Wir sind seit zwei Jahren verheiratet, und es wäre doch jetzt vielleicht an der Zeit, mich wieder dem Schreiben zu widmen.«

Wieder lachte Francisco.

»Aber, Elisa, was willst du denn bei der Zeitung? Du warst dort Sekretärin. Und jetzt musst du nicht mehr arbeiten. Man arbeitet, um Geld nach Hause zu bringen, und ich habe mehr als genug davon für uns beide. Nein, Liebling, nein. Du solltest den Leuten, die sich in dem Metier auskennen, die Arbeit überlassen und nicht ständig damit ankommen. Außerdem habe ich dir damals gesagt, du kannst dich deinen Hobbys widmen, wenn unsere Ehe sich gefestigt hat. Und dazu gehört unter anderem, dass du unsere Kinder auf die Welt bringst. Wenn das geschieht und sie alt genug sind, dann verspreche ich dir, dass ich keinen Geringeren als Lope de Vega wiederauferstehen lasse, damit er dir Privatunterricht gibt. Oder von mir aus auch Michelangelo und Leonardo da Vinci, wenn du Malerei oder Bildhauerei lernen willst. Einverstanden, Liebling?«

Francisco umarmte mich und küsste meinen Hals. Nein, ich war keineswegs einverstanden. Jedes Mal führte er andere Gründe ins Feld, und mit jedem Gespräch wurde mir deutlich, wie wenig er verstand, was mich antrieb. Und so war das Pseudonym, unter dem ich meine Artikel firmierte, weiterhin die einzige Möglichkeit, mein

Ziel zu erreichen – wenn es denn je eine andere gegeben hatte.

***

Die sonntägliche Messe war eine Tortur für mich. Es war, als ob Padre Cristóbal meine Gedanken lesen könnte und seine Predigten darauf ausrichtete, mich wieder auf den Pfad der Tugend zu führen. Seit ich denken konnte, hatte ich so häufig gesündigt, dass nicht einmal das Sakrament der Beichte mir ein Gefühl von Erlösung verschaffen konnte. Und dabei kam ich häufig in die Kirche, um Rat zu suchen. Das Problem war, dass Padre Cristóbal mir nie sagte, was ich hören wollte, und so verließ ich die Kirche nach vierzig Vaterunser mit denselben Zweifeln, mit denen ich sie betreten hatte.

Nach der Messe begannen Francisco und ich mit dem üblichen Begrüßungsreigen. Die Hälfte seiner Kundschaft fand sich jeden Sonntag in der Kirche ein, und wir kamen nicht umhin, ein paar höfliche Worte mit ihnen zu wechseln, um unsere Sympathie zu bekunden. Danach trafen wir uns mit den de Luccas, mit der Familie Roca, den Ballesters, dem Ehepaar Salamanca-Trillo, Don Ernesto und seiner Frau und mit Doña Asunción und meiner Patentante. Manuela Montero hatte sich keinen Deut geändert, weder was ihren Kleidungsstil noch was ihre herrische Art anging.

»Sitz aufrecht. Es bringt nichts, sich herauszuputzen, wenn du dasitzt wie ein Häuflein Elend«, zischte sie mir zu.

Für sie war ich immer noch das kleine unbeherrschte

Mädchen, das sie 1908 in ihre Obhut genommen hatte. Manuela Montero schien den Lauf der Zeit einfach zu ignorieren. Sie trug ihr Haar immer noch zu dem strengen Knoten gebunden, wie bei unserer ersten Begegnung, und ihr Blick, mit dem sie über alles und jeden urteilte, war immer noch voller Hochmut. Dabei war bei ihr auch so einiges im Argen.

Im Anschluss an die Messe begaben wir uns in den Wintergarten des Hotels Ritz, dem Lieblingsort von Doña Asunción. Meine Patentante und sie führten ihre seltsame Beziehung fort, die mal freundschaftlich und von einer Sekunde zur anderen wieder von albernem Konkurrenzgebaren und Machtgerangel geprägt war.

\*\*\*

Je weiter der Herbst voranschritt und das Laub von den Bäumen fegte, desto besser wurde Franciscos Laune. Auf einmal war er wieder verständnisvoll und überschüttete mich mit Geschenken. Er versicherte, er würde mir alle Zeit der Welt geben, bis ich wieder zu mir gefunden hätte. Die Verschnaufpause kam mir sehr gelegen. Ich konnte in der Nacht wieder ruhig schlafen, ohne unkontrollierte Ausbrüche von Leidenschaft befürchten zu müssen. Ich hatte Wichtigeres zu tun, als ihm Nachkommen zu gebären, aber davon ahnte er natürlich nichts.

In der Woche war der Pilot Gordon Olley nach einem Flug aus London auf dem Flughafen Gamonal in Burgos gelandet. Mit Hilfe von ein paar Informationen, die Olivier mir verschafft hatte, würde ich eine Reportage über den Flug des Piloten schreiben. Die Welt gierte nach Berichten über das neue Transportmittel. Vor etwas mehr als einem Jahr hatte das spanische Flugboot *Plus Ultra* von Spanien aus den Atlantik überquert und war in Buenos Aires gelandet. Die Mannschaft bestand aus dem Piloten Ramón Franco, dem Kapitän zur See Julio Ruiz de Alda, dem Mechaniker Pablo Rada und Leutnant Durán. Was gab es Abenteuerlicheres, als an Bord eines Flugzeugs durch die Wolken zu gleiten? Trotz meiner Höhenangst hatte mich die Möglichkeit des Fliegens schon immer fasziniert. Ich hatte Geschichten über Piloten und Flugzeuge geradezu verschlungen, und ich konnte es kaum erwarten, meine eigene Reportage als Pedro Liébana zu verfassen.

Der geschlossene Flügel diente mir als Schreibtisch, während ich die letzten Zeilen niederschrieb. Ich musste alles mit der Hand schreiben, denn bei Francisco suchte man vergebens nach einer Schreibmaschine. Ich verstellte meine Handschrift und steckte den Artikel schließlich in einen versiegelten Umschlag. Wenn José Carlos mich mit dem Panhard vor dem Café Montmartre abgesetzt hätte, würde ich sorgfältig darauf achten, dass niemand mich beobachtete, den Umschlag in den Briefkasten von *El Demócrata* schieben und mich klammheimlich aus dem Staub machen.

Plötzlich ging die Tür zu Franciscos Arbeitszimmer auf. Ich erschrak. Geschickt ließ ich den Brief in der Partitur verschwinden, die mir als Tarnung diente.

»Oh, Elisa, Liebes, ich wusste nicht, dass du hier bist. Ich habe dich gar nicht spielen hören«, sagte Francisco, der mit seinem Cousin das Zimmer betrat.

»Ich habe mich gerade erst an den Flügel gesetzt«, behauptete ich. »Guten Tag, Joaquín.«

»Guten Tag, Elisa. Bedauerlicherweise muss ich schon gehen, gern hätte ich mich an Ihrem Spiel erfreut.«

»Grämen Sie sich nicht. Es wird sich bald wieder die Gelegenheit bieten.«

»Und ob. Elisas Spiel ist eine Bereicherung für jede Abendgesellschaft. Apropos, Liebes, du solltest dich langsam für den Ball im Hotel Palace fertig machen. Ich möchte nicht auf dich warten müssen.«

»Ja, Liebling, sofort«, erwiderte ich, ohne die Partitur aus den Augen zu lassen.

»Gut, mein lieber Cousin, ich gehe dann mal.«

»Ich begleite dich noch zur Tür.«

Ich nutzte die Gelegenheit, um den Artikel an mich zu nehmen und ins Schlafzimmer zu eilen. In der verschlossenen zweiten Schublade meines Nachttischs bewahrte ich Oliviers und Catalinas Briefe sowie die angefangenen Artikel auf. Ich folgte Franciscos Wunsch und richtete mich für den Abend her. Der Ball war eine der vielen gesellschaftlichen Verpflichtungen, zu denen ich meinen Mann begleiten musste. Es würden bedeutende Persönlichkeiten aus der Welt der Banken, der Kultur, der Medizin und des Militärs teilnehmen. Ehrengast war Innenminister Severiano Martínez Anido. Ich wählte ein Abendkleid mit Fransen im Charleston-Stil, wie sie damals bei der Damenwelt in Mode waren. Ein Haarreif mit einer Feder machte das Ensemble komplett, aber beim Ein- und Aussteigen in den Wagen musste ich aufpassen, dass er nicht herunterfiel.

Am Arm meines Mannes, der bei solchen Anlässen mein Fels in der Brandung war, betrat ich das Palace. Francisco kannte so viele Leute, dass mir von den vielen Begrüßungen der Kopf schwirrte. Ich drückte fest seinen Arm, um Halt zu finden, als würde ich mich ansonsten in der Menge verlieren. In der Ferne gewahrte ich Don Ernesto und Doña Cristina. Ich ignorierte, was mir die Frau eines Kunden der Bank erzählte, und lächelte ihnen zu. Als wir den ersten Teil der Begrüßungen hinter uns gebracht hatten, bat ich Francisco, zu ihnen zu gehen.

»Elisa, Liebes!«, rief Don Ernesto, als er mich sah. »Wie elegant. Du stellst alle in den Schatten, junge Dame.«

»Don Ernesto, Doña Cristina! Wie schön, Sie beide hier zu sehen.«

»Das Kompliment kann ich nur zurückgeben, Elisa«, erwiderte Doña Cristina. »Guten Abend, Don Francisco.«

»Guten Abend, die Herrschaften. Sie stehen Elisa in nichts nach, Doña Cristina.«

»Jetzt übertreiben Sie aber, Don Francisco. Ich wünschte, es wäre so.«

»Sind Sie schon lange hier?«, fragte Don Ernesto.

»Ungefähr eine Stunde. Aber die ist rasend schnell vergangen. Sie wissen ja, wie das ist, zum Wohle des Geschäfts muss man mit Gott und der Welt plaudern. Ah, ich glaube, dahinten ist einer meiner Investoren. Liebes, ich will euer Gespräch nicht unterbrechen. Wenn es dich nicht stört, gehe ich kurz zu ihm, und ihr könnt euch weiter unterhalten. Ich bin gleich wieder da.«

Im ersten Moment war ich verunsichert, als ich seinen Arm nicht mehr spürte, aber da war ja noch das vertraute

Ehepaar Rodríguez de Aranda, das ich nicht so häufig sah, wie ich es mir gewünscht hätte.

»Und, wie läuft es in der Redaktion?«

»Bei der Zeitung? Gut, alles im Lot. Die beiden neuen Redakteure Quijano und Mínguez gehören quasi schon zur Familie. Anständige Kerle. Was uns nach wie vor das Leben schwer macht, sind die Zensur und die endlosen Verhandlungen mit der Druckerei.«

»Ich würde gerne mal wieder vorbeischauen«, gestand ich. »Sofern ich nicht ungelegen komme.«

»Aber nein, Elisa, natürlich kannst du vorbeikommen. Ich bin überzeugt, die Truppe wäre entzückt, dich zu sehen. Señora Idiazábal hat mir gegenüber mehr als einmal deutlich gemacht, dass sie dich vermisst.«

»Ihr fehlt mir auch sehr. Mehr, als ihr ahnt.« Ich lachte.

»Elisa, du bist jetzt eine verheiratete Frau mit allen Verpflichtungen, die das mit sich bringt. Ich bin mir sicher, dass dir dieses Leben mehr Freude macht, als Stunden in einem Büro voller Papiere zu verbringen. Der hektische Redaktionsalltag ist nichts für eine vornehme Dame wie dich«, meinte Don Ernesto.

»Ich weiß, ich weiß. Es ist nur … in manchen Momenten fehlt mir die Arbeit in der Redaktion«, gestand ich.

»Das ist doch völlig normal, Liebes, du warst so viele Jahre dort«, sagte Doña Cristina.

»Aber was machst du denn für ein Gesicht, Elisa? Bedrückt dich etwas? Behandelt Francisco dich gut?«, fragte Don Ernesto besorgt.

»Ähm, ja, natürlich. Francisco ist der beste Ehemann, den man sich wünschen kann. Es ist nichts. Ich werde nur manchmal von einer unerklärlichen Wehmut überfallen.«

Doña Cristina versetzte ihrem Mann einen Stoß mit dem Ellenbogen und ermahnte ihn, mich nicht länger über mein Eheleben auszufragen. Frustriert über den unerwarteten Gesprächsverlauf entschuldigte ich mich, ich wolle mir die Nase pudern. Auf dem Weg zur Toilette klammerte ich mich an meine Handtasche und bahnte mir einen Weg durch die vornehmen Gäste. Ihre Gesichter sagten mir nichts. Aber bevor ich die Tür zur Toilette erreicht hatte, sah ich zwei Gestalten, bei denen meine Alarmglocken schrillten. Ein eiskalter Schauer erfasste mich. Mir stockte der Atem. Ich blickte schnell in eine andere Richtung, damit sie mich nicht bemerkten, und flüchtete voller Panik in die Damentoilette.

Der Schreck saß mir noch in den Gliedern, während ich mich frisch machte und mein Spiegelbild zu ergründen versuchte. Kein Zweifel, das waren sie. Ob sie mich verfolgten? Das war unmöglich. Ich hatte mich seit damals nicht mehr als Mann verkleidet. Ich ließ stets größte Vorsicht walten, wenn ich meine Artikel bei *El Demócrata* ablieferte. Oder vielleicht doch nicht?

Reglos stand ich vor dem Spiegel und kehrte in die Nacht zurück, die alles verändert hatte …

\*\*\*

Es war Samstag, der 11. September 1926. An dem Tag wurden wir von Nachrichten förmlich überrollt. Während des Tages war die Nachricht von dem Attentat auf Benito

Mussolini in Rom in der Redaktion eingegangen. Das vierte während seiner Amtszeit. Ein junger Mann hatte eine Bombe auf das Auto des Duce geworfen, dabei waren mehrere Passanten verletzt worden. Mussolini selbst blieb unversehrt.

Auf dieses Ereignis folgte die offizielle Bekanntgabe des Austritts von Spanien aus den Vereinten Nationen, die einst von den Vereinigten Staaten gegründet worden waren, welche ihr aber inzwischen dank einer Entscheidung des Senats nicht mehr angehörten. Morales und Simón saßen an einer umfassenden Reportage über die Reden der Vereinten Nationen in Genf. Dazu sollten noch einige weniger spektakuläre Nachrichten die Sonntagsausgabe füllen. Wir mussten uns vor dem Tag der Ruhe also ordentlich ranhalten.

Don Ernesto, der stolz auf den Arbeitseinsatz seiner Mannschaft war, lud uns hinterher wie jeden Samstag auf einen Drink ins Maxim's ein. Ich war als Pedro Liébana in der Redaktion des *Demócrata* erschienen, denn Francisco befand sich auf einer Dienstreise zur Eröffnung der Niederlassung seiner Bank in Brighton. Die vielen Dienstreisen meines Mannes ermöglichten mir, wieder in die Rolle von Pedro Liébana zu schlüpfen, der vorgab, seit Sommer 1925 zwischen Madrid, Barcelona und Paris hin und her zu pendeln, und es daher aufgegeben hatte, seine Habseligkeiten, wie die Schreibmaschine, von einem zum anderen Ort mitzunehmen. Bei dem geselligen Beisammensein musste ich den Wein und Schnaps unbeobachtet wegschütten, denn ich war im dritten Monat schwanger, und der Alkohol würde dem Kind schaden.

»Liébana, was habe ich da gehört? Sie haben ein Angebot von *La Vanguardia*?«, fragte López.

»Ein Angebot? Ich? Das halte ich für ein Gerücht. Zumindest weiß ich nichts davon.«

»Pah, dann hat dieser verfluchte Lügner von *El Sol* mir wohl einen Bären aufgebunden.«

»López, wenn jemand uns Don Pedro abspenstig machen will, bekommt er es mit mir zu tun. Ich werde ihn nicht einfach so ziehen lassen«, sagte Don Ernesto aufgebracht.

»Danke, Chef. Aber Sie können beruhigt sein, ich gehe nirgendwohin.«

»Das wollte ich hören, Liébana. Vertrauen ist die Grundlage ersprießlicher Zusammenarbeit.«

»Armer López! Hetzt von einem Stierkampf zum nächsten, und währenddessen setzen ihm die Kollegen Hörner auf«, frotzelte Morales.

»Sagt der, der vorgibt, einen Maulwurf im Direktorium zu haben. Ich verwette meine rechte Hand darauf, dass das gelogen ist«, schoss der Angegriffene zurück.

»Willst du mich etwa der Lüge bezichtigen, du Kretin?«, fragte Morales zornig und versetzte ihm einen Schlag in den Nacken.

»Hört sofort auf, oder ihr bekommt einen Tritt in den Hintern und könnt künftig über Altweibergezänk berichten«, drohte Don Ernesto.

»Der würde den Unterschied gar nicht merken«, murmelte Morales in seinen Bart.

»Heuchler!«, zischte ihm der andere zu.

»Gut, kommen wir wieder zu den wichtigen Dingen.

Simón, wo du doch jetzt eine anständige Stelle hast, willst du dir da nicht mal ein Mädchen angeln und vor den Traualtar schleppen?«, fragte Don Ernesto.

»Na ja, also ... Don Ernesto ... darüber habe ich noch gar nicht nachgedacht.«

»Ach, die Jugend von heute weiß einen dampfenden Teller Suppe auf dem Tisch und ein warmes Bett nach einem harten Arbeitstag nicht mehr zu schätzen«, meinte López. »Junge, wenn du nicht aufpasst, endest du noch wie Morales. Ich bin sicher, er tut den Generälen auf den Fluren der Ministerien den ein oder anderen Gefallen. Und nicht zu vergessen, wie er bei den Diplomaten der deutschen Botschaft während des Krieges in Europa ein und aus ging ...«

Ein neuer Schlag traf López' Genick.

»Hör nicht auf sie, Simón. Genieß das Leben, bevor du heiratest«, riet ich ihm.

»Hört, hört! Einer dümmer als der andere!«, machte sich López über uns lustig.

»Im Gegenteil, wir versuchen, das Beste aus unserem Leben zu machen«, widersprach ihm Simón. »Wenn ich mir Ihre Frau so anschaue, López, bleibt man besser Junggeselle.«

»Das hat die arme Susana nicht verdient«, sagte Morales.

»Zum Glück fangen am Montag die beiden neuen Redakteure an. Ich kann diesen Mob nicht mehr ertragen, Don Ernesto«, konterte López.

Das Scharmützel ging noch eine Weile weiter. Im Hintergrund hörte man die beschwingten Klänge einer Jazzband und Stimmengewirr. Irgendwann verkündeten alle ihren Rückzug. Die Müdigkeit forderte ihren Tribut. Wir verließen das Lokal, und in der Calle Alcalá verabschiedeten wir uns.

»Soll ich Sie zu Ihrem Hotel bringen, Don Pedro?«, fragte Don Ernesto.

»Machen Sie sich keine Umstände, Don Ernesto. Ein kleiner Spaziergang wird mir guttun«, erwiderte ich.

Als sich das Grüppchen zerstreut hatte, blickte ich zu der hell erleuchteten Uhr des Equitativa-Versicherungsgebäudes: Es war zehn vor elf. Ich hätte also noch Zeit, das Café Pombo aufzusuchen und meine Freiheit an dem Abend weiter auszukosten, bevor ich in das Korsett der Ehe zurückkehrte. Als ich mich auf den Weg machte, fielen mir zwei Männer auf, die rauchend zwischen zwei Mietkutschen auf der anderen Straßenseite standen. Ich zögerte einen Moment, doch dann sagte ich mir, dass ich wieder unter Verfolgungswahn litt. Seit zwei Monaten schon wurde ich das Gefühl nicht los, beobachtet zu werden. Dabei war Olivier längst nicht mehr in Madrid. Ich schlug den Kragen des Jacketts hoch und beschleunigte meinen Schritt.

Als ich mich umsah, hatten die beiden Männer sich meinem Tempo angepasst und gingen in dieselbe Richtung. Voller Angst begann ich zu rennen. Ich wollte sie um jeden Preis loswerden. Ich hielt meine Melone fest, damit sie mir auf der Flucht nicht vom Kopf fiel. Wer waren sie? Was wollten sie von mir? Die Furcht, meine Familie könne hinter mein Geheimnis kommen, ergriff von mir Besitz. Ich würde nicht zulassen, dass sie mich fassten, auf gar keinen Fall.

Ich flüchtete durch die Gassen um die Puerta del Sol und die Plaza Mayor. Inzwischen kannte ich sie wie meine Westentasche, und so wäre es leichter, sie abzuschütteln. Ich rannte durch die Calle del Carmen bis zur Calle de Mariana Pineda, vorbei am Clarissenkloster Monasterio de las Descalzas Reales, dann durch die Calle San Martín und immer weiter in südliche Richtung. Plötzlich hörte ich in der Ferne Stimmen: »Señor Liébana! Bleiben Sie stehen!«

Sie wussten, wer ich war, daran gab es keinen Zweifel. Ich war völlig außer Atem. Wenn sie mich erwischten und mich filzten, würden sie merken, dass ich eine Frau war. Die Straßen hatten sich plötzlich in ein einziges Labyrinth verwandelt. Ich wusste nicht mehr genau, ob ich nicht vielleicht im Kreis lief. In meiner Orientierungslosigkeit lief ich ihnen direkt in die Arme.

»Señor Liébana! Bleiben Sie sofort stehen!«

Einer packte mich. In meiner Panik entwand ich mich der Umklammerung und rannte, so schnell ich konnte, davon. Ein Schuss verfehlte mich knapp. Ich stolperte und fiel der Länge nach hin, stand aber sofort wieder auf und rannte weiter. Ich sah mich um, weil ich wissen wollte, wie dicht sie an mir dran waren. Verloren eilte ich weiter durch die Nacht, hörte hinter mir ihre Schritte und Drohungen. Ich war kurz davor, dass meine Beine ihren Dienst versagten. Außerdem war mir schwindelig. Ich lief Richtung Norden und betete, es möge sich irgendwo ein Versteck auftun. Ich musste eine Pause einlegen. Das Risiko würde ich eingehen. Wenn sie mich verhören würden, würde ich lügen. Erschöpft bog ich in die Calle de la

Pasa ein und versteckte mich hinter dem Vorsprung eines Gebäudes, wo ich mich mit dem Rücken an die Mauer drückte und mich zu Boden sinken ließ.

»Da entlang, er ist da entlang gelaufen«, sagte einer der Männer.

Als hätte der Herr mein Flehen erhört, liefen sie an mir vorbei und verschwanden in der Dunkelheit. Erschöpft beschloss ich, den Heimweg anzutreten, bevor die Kerle wieder auftauchten. Zitternd stand ich auf und blickte auf den kargen Boden. Die Blutlache verhieß nichts Gutes. Verflucht, dachte ich.

Mit Mühe und Not schaffte ich es bis nach Hause. Stark geschwächt legte ich Pedro Liébanas blutverschmierte Kleidung ab, versteckte sie und zog mein Nachthemd an. Dann rief ich Anita zu mir und bat sie, Doktor Rueda zu verständigen, es handele sich um einen Notfall. Besorgt kam sie meiner Bitte nach. Ich nahm alles um mich herum nur noch wie durch Watte wahr und muss irgendwann das Bewusstsein verloren haben. Als ich es wiedererlangte, hörte ich Franciscos aufgeregte Stimme. Er war offenbar von seiner Reise zurückgekehrt.

Ich wusste, wie die Diagnose lauten würde, wollte es jedoch nicht wahrhaben, bis ich es mit eigenen Ohren vernommen hätte. Anita war ins Zimmer gekommen, um den kühlen Lappen auf meiner Stirn zu wechseln. Als sie merkte, dass ich wieder bei Bewusstsein war, rief sie Francisco. Er überbrachte mir die traurige Nachricht. Ich hatte das Kind verloren. Er versuchte mich zu trösten, während ich bitterlich weinte. Ich konnte ihm nicht sagen, dass es meine Schuld war. Schon vor der Geburt war ich eine schlechte Mutter gewesen. Ich war einfach nicht dafür geschaffen. Nein, das war ich nicht.

Nach dem ersten Schock redete ich zwei Tage kein Wort. Durch meinen Egoismus war ein unschuldiges Wesen zu Tode gekommen. Doch dann stand ich wieder auf und trocknete die Tränen.

Eines Nachmittags hörte ich, dass mich jemand besuchen wollte und Francisco sich dem widersetzte.

»Francisco, ich habe Ihnen gesagt, ich werde zu ihr gehen. Sie entscheiden nicht darüber, wen Elisa sehen darf und wen nicht«, sagte Catalina wütend.

»Señorita Folch, zwingen Sie mich nicht, Sie hinauskomplimentieren zu müssen.«

Wenn Catalina so hartnäckig blieb, war das ein schlechtes Zeichen. Mit dünner Stimme rief ich, man möge sie zu mir lassen. Erzürnt, aber außerstande, mir eine Bitte abzuschlagen, gab Francisco nach. Catalina trat ein und schloss die Tür. Sie war völlig außer sich. Sie setzte sich zu mir aufs Bett und legte ihre Hand auf meine Wange.

»Wie geht es dir, Elisa?«

»Gut ... Na ja, so gut, wie es mir in Anbetracht der Umstände eben gehen kann.«

»Es tut mir so leid, Elisa. Es muss furchtbar sein, ein Kind zu verlieren.«

»Was führt dich zu mir, liebste Freundin?«

»Elisa, ich weiß, du machst gerade eine schlimme Zeit durch, aber ich muss dich warnen. Es ist etwas vorgefallen ...« Sie hielt einen Moment inne. »Seit ein paar Tagen befragt die Guardia Civil alle Personen, die in irgendeiner Verbindung zu Pedro Liébana stehen. Wie es aussieht, handelt es sich um den Sohn eines Anarchisten, der seit geraumer Zeit auf ihrer Fahndungsliste steht. Er ist in zahlreiche Attentate verwickelt, und er hat einen Polizisten der Guardia Civil in Barcelona getötet. Sie haben Pedro Liébana überwacht, weil sie glauben, er könne sie zu seinem Vater führen. Wenn es sich um den Jungen handelt, von dem du uns erzählt hast, wissen sie nicht, dass er tot ist. Sie denken, er habe sich all die Jahre unter falschem Namen versteckt und sei jetzt wieder aufgetaucht, um seinem Vater zu helfen. Ich weiß nicht, Elisa, das ist alles so haarsträubend … Sie wissen sogar, dass ich angeblich mit ihm zusammen war. Einer ist bei mir im Wohnheim aufgetaucht und hat mir die abwegigsten Fragen gestellt. Ich habe gelogen, dass sich die Balken biegen, aber ich glaube nicht, dass sie sich mit meinen Antworten zufriedengeben werden.«

Ich wusste nicht, was ich sagen sollte. Allein die Vorstellung, dass mir zwei Beamte der Guardia Civil im Dunkeln aufgelauert hatten, verursachte mir eine Gänsehaut. Seit wann überwachten sie Pedro Liébana? Was wussten sie über ihn? Dann war Olivier also nicht der Einzige, der mir hinterherspioniert hatte.

»Du wirkst nicht gerade überrascht«, meinte sie.

»Das bin ich auch nicht. Jedenfalls nicht sonderlich.«

»Du wusstest davon?«

»Ja, aber es spielt keine Rolle, woher. Ich habe nicht gedacht, dass sie sich nach all den Jahren noch für die Vergangenheit Pedro Liébanas interessieren.«

»Elisa, du weißt, ich habe dich in dieser Sache immer unterstützt, aber ich glaube, es ist zu gefährlich, sich weiter dieses Namens zu bedienen. Das Ganze läuft uns aus dem Ruder. Das sind nicht mehr nur Schwindeleien, um Don Ernesto oder deine Tante hinters Licht zu führen. Das Direktorium will diesen Mann um jeden Preis finden, und wir werden das nicht verhindern können.«

»Ich weiß. Ich habe viel darüber nachgedacht ... Du hast recht. Ab jetzt ist Schluss mit der Verkleidung. Ich werde Don Ernesto sagen, dass ich eine Weile auf Reisen gehe. Es muss eine Möglichkeit geben, ihm meine Artikel zukommen zu lassen, ohne dass sie abgefangen werden.«

»Elisa, ich weiß nicht, ob es ratsam ist, diesen Namen weiter zu verwenden ...«

»Catalina, ich habe viel für diesen Namen aufgegeben. Mehr, als du dir vorstellen kannst. Ich werde nicht darauf verzichten.« Ich rückte näher an sie heran. »Ich hatte die Fehlgeburt nicht, während ich schlief, Catalina. Ich bin vor diesen Männern geflohen.«

»Elisa ...« Sie legte die Hand auf den Mund. Dann umarmte sie mich.

Zwei Tage später tauchten die beiden Männer der Guardia Civil bei uns zu Hause auf und erzählten Francisco all das, was sie schon Catalina gesagt hatten. Außerdem hörte ich, wie sie ihm berichteten, der Verbrecher Alfonso Liébana hielte sich möglicherweise in Madrid auf. Deshalb seien die Ermittlungen auch nicht länger geheim: Für lange Spionagemanöver bliebe keine Zeit, man bräuchte sofort Antworten. Francisco und ich stünden auf der Liste derjenigen Leute, die in engem Kontakt mit seinem Sohn Pedro Liébana standen. Das beträfe vor allem mich.

Schockiert von der Nachricht erklärte sich Francisco bereit, alle Fragen zu beantworten. Er hatte mit Anarchismus und Kommunismus nichts am Hut, schon gar nicht, seit das Direktorium die Anhänger beider Gruppierungen im Kampf gegen soziale Unruhen, Terrorismus und Bandentum drakonisch verfolgte. Ihren Worten nach zu urteilen, bestand die Strategie darin, Pedro bei seinen Verbündeten schlechtzumachen, indem sie die Vergehen seines Vaters aufzählten, um sie auf diese Weise zur Zusammenarbeit zu nötigen.

Dann betraten sie das Schlafzimmer und setzten das Verhör mit mir fort. Sie stellten sich als Leutnant Sandoval und Sergeant Yáñez vor. Ersterer war freundlich und verständnisvoll im Umgang, der andere jedoch arrogant und respektlos. Anscheinend war Pedro der einzige Schlüssel, um den Flüchtigen zu finden und sich einen glänzenden Orden ans Revers heften zu können. Ich versicherte ihnen, dass ich Pedro Liébana nur von der Zeitung her kannte.

»Als ich dort gearbeitet habe, kam er regelmäßig in die Redaktion, so wie die anderen Journalisten auch.«

…

»Nein, mir ist nie etwas Verdächtiges an seinem Verhalten aufgefallen.«

…

»Ja, er hat uns erzählt, dass er aus Barcelona stammt, aber er hat nicht gern über seine Familie gesprochen.«

…

»Ja, er war mit Señorita Folch liiert, aber sie sind schon seit Monaten getrennt.«

…

»Nein, einen Alfonso Liébana hat er mir gegenüber nie erwähnt.«

…

»Als Feind des Regimes von Miguel Primo de Rivera würde ich ihn nicht einstufen. Er war eher gemäßigt, wenn auch nicht so konservativ wie andere Redakteure beim *Demócrata*. Aber was soll ich groß dazu sagen? Ich war ja nur eine einfache Sekretärin.«

»Das ist seltsam, Señora de las Heras y Rosales, denn in Anbetracht der Informationen, über die Sie verfügen, möchte ich behaupten, Sie haben Liébana häufiger getroffen. War es so?«, meinte Sergeant Yáñez.

Ich nickte, obwohl mir nicht klar war, worauf er hinauswollte.

»Es kommt mir komisch vor, dass wir in der ganzen Zeit, in der wir Pedro Liébana überwachen, ihn nie gemeinsam mit Ihnen gesehen haben«, fuhr er fort.

Darum ging es also. In dem Punkt musste ich Klarheit schaffen.

»Wie Sie verstehen werden, habe ich nicht mit Señor Liébana gemeinsam Tee getrunken. Wie schon gesagt beschränkte sich unsere Beziehung auf die Treffen in der Redaktion von *El Demócrata de Madrid*. Als er mit Señorita Folch zusammen war, haben wir uns zwei oder drei Mal auch außerhalb der Zeitung getroffen. Wenn Ihnen das entgangen ist, ist das nicht mein Problem«, erwiderte ich in einer perfekten Mischung aus Freundlichkeit und Verachtung.

»So ein Zufall«, murmelte der Sergeant.

»Es reicht, Yáñez, reißen Sie sich zusammen«, fuhr ihn

sein Vorgesetzter an. »Wir möchten Sie nicht länger stören, Doña Elisa.«

Mit wild pochendem Herzen beobachtete ich, wie die beiden Gestalten, die mich womöglich über Jahre im Dunkeln kauernd beobachtet hatten, den Raum verließen. Ich kroch unter die Bettdecke und versuchte, alles zu vergessen.

Einige Tage später schickte ich Don Ernesto eine knappe Nachricht im Namen Pedro Liébanas, in der ich ihn davon in Kenntnis setzte, dass er für einige Zeit die Stadt verlassen müsste, aber dass er versuchen würde, weiterhin seinen Verpflichtungen als Mitarbeiter nachzukommen.

Don Ernesto hatte keine Möglichkeit zu antworten, aber es war schon auffällig, dass einige meiner Artikel nie erschienen.

\*\*\*

Die Frau von Doktor Vázquez, Doña Aurora, betrat die Toilette. Ihr Gruß holte mich in die Wirklichkeit zurück.

»Doña Elisa, wie schön, Sie zu sehen.«

»Guten Abend, Doña Aurora.«

»Geht es Ihnen gut? Sie sind so blass.«

»Ja, ja, keine Sorge. Ich habe nur etwas viel Puder aufgetragen. Wir sehen uns bestimmt später«, verabschiedete ich mich.

Als ich in den Ballsaal zurückkehrte, waren die beiden Herren in Uniform nicht mehr zu sehen. Ich holte mir ein Glas Champagner, gesellte mich wieder zu Don Ernesto und Doña Cristina und trank es in einem Zug aus. Die beiden trauten ihren Augen nicht. Francisco war nicht wieder aufgetaucht, also unterhielt ich mich mit Don Ernesto und Doña Cristina, bis sie irgendwann gingen. Ich blieb allein zurück, in Gesellschaft der Gläser mit den köstlichen Tropfen, die mir den Abend versüßten, wenn ich mich wieder einmal von Francisco und der ganzen Welt verlassen fühlte.

Aus Langeweile nahm ich noch einmal die Gäste in Augenschein. Ich entdeckte auch meine beiden Verfolger wieder, die sich mit dem Innenminister unterhielten.

Als die Uhr halb eins schlug, machte ich mich auf die Suche nach Francisco. Ich war gekränkt, dass er mich einfach mir selbst überlassen hatte. Schließlich fand ich ihn in einer Gruppe von vornehmen Herren. Sie lachten ausgelassen. Entschlossen trat ich auf ihn zu und tippte ihm auf die Schulter.

»Liebling, ich langweile mich zu Tode, ich möchte nach Hause.«

»Elisa, Liebes. Lass mich dich vorstellen.«

»Die Herren, es freut mich, Sie kennenzulernen«, sagte ich und wandte mich wieder meinem Mann zu. »Francisco, ich möchte jetzt wirklich gehen.«

»Elisa, du stellst mich vor der Gesellschaft bloß. Gib mir fünf Minuten, dann gehen wir.«

»Ich warte an der Tür. Beeil dich.«

Ich holte meinen Mantel und zündete mir eine Zigarette an, während ich am Eingang wartete. Ich verabscheute diese Feste. Keiner hatte echtes Interesse am anderen, es ging nur darum, Geschäftsabschlüssen einen schmucken

Rahmen mit prächtigen Kronleuchtern und beflissenen Kellnern zu verleihen, die Getränke servierten, um die Entscheidungsfreude zu beflügeln.

»Señora de las Heras y Rosales. Was für eine Überraschung, Sie hier zu sehen!«

Ich hob den Blick, der bis dahin auf meine Schuhe gerichtet war. Vor mir stand Sergeant Yáñez. Er hatte mich erwischt, als ich gerade nicht auf der Hut gewesen war.

»Guten Abend«, erwiderte ich süffisant.

»Wollen Sie schon gehen?«

»Ja. Ich warte auf meinen Mann. Wir sind quasi auf dem Sprung.«

»Wie bedauerlich! Hätten Sie eine Zigarette für mich?«

Unwillig öffnete ich meine Handtasche und reichte ihm das Zigarettenetui.

»Danke.«

»Keine Ursache«, erwiderte ich kühl.

Er zündete die Zigarette an. Mir zitterten die Beine.

»Und, haben Sie Señor Liébana inzwischen ausfindig gemacht?«, fragte ich.

»Nein, er ist spurlos verschwunden. Aber wir überwachen die Zeitung von Don Ernesto Rodríguez de Aranda. Sobald er dort auftaucht, schnappen wir ihn uns.«

»Ah, entschuldigen Sie meine naive Frage, aber warum wollen Sie ihn fassen, wenn Sie eigentlich hinter seinem mutmaßlichen Vater her sind?«

»Nun, Señora, wie wir Ihnen bereits erklärt haben, ist sein mutmaßlicher Vater, wie Sie es ausdrücken, einer der meistgesuchten Anarchisten des Landes. Und es ist schon seltsam, dass Pedro genau an dem Tag, an dem er erfährt, dass wir gegen ihn ermitteln, sich ebenso in Luft auflöst wie Alfonso Liébana. Nennen Sie es Eingebung, aber wir haben das seltsame Gefühl, dass sich beide am selben Ort aufhalten. Wenn wir den einen schnappen, wird uns auch der andere ins Netz gehen. Erst recht, wenn man bedenkt, dass sich in der Woche, in der Pedro verschwunden ist, sein Vater in der Stadt aufgehalten hat«, schob er noch nach, als könnte ich nicht eins und eins zusammenzählen.

»Ach, was haben Sie beide doch für ein aufregendes Leben«, sagte ich und strich dabei mit der Hand über sein Revers. »Hoffentlich finden Sie die beiden. Die Welt ist ohne diese anarchistischen Terroristen besser dran …«

Meine Nähe machte ihn nervös. Er rückte von seinem respektlosen Ton ab und lächelte.

»Sie sagen es, Señora. Das ist die Absicht des Direktoriums.«

In dem Moment trat Francisco zu uns.

»Gehen wir, Liebes? Guten Abend, Sergeant.«

»Guten Abend, Señor de las Heras y Rosales. Ihre Frau hat sich nach dem Liébana-Fall erkundigt. Ich möchte die Gelegenheit nutzen, Ihnen noch mal in Erinnerung zu rufen, dass Sie sich bitte mit uns in Verbindung setzen, wenn Ihnen noch irgendetwas einfällt, das für die Ermittlungen von Bedeutung sein könnte.«

»Das tun wir, keine Sorge.«

»Gut, dann können Sie jetzt gehen.«

Ich wartete, bis wir im Auto saßen, dann überhäufte ich Francisco mit Vorwürfen, dass er mich den ganzen Abend allein gelassen hatte. Außerdem schäumte ich vor Wut, weil die Begegnung mit den beiden Polizisten alles wieder aufgewühlt hatte. Anfangs hielt er dagegen, schließlich aber entschuldigte er sich. Vielleicht rührte es ihn zu sehen, wie sehr ich ihn brauchte, wie abhängig ich auf diesen Festen von ihm war. Und ich hasste dieses Gefühl, vor allem, weil er mich im Kreis seiner zahlreichen Freunde und Bekannten so schnell vergaß.

Als wir im Schlafzimmer standen, war mein Zorn immer noch nicht verraucht. Francisco nahm mich in den Arm und legte die Hand auf meinen Mund. Er bat mich noch einmal um Verzeihung. Die Angst, der Schrecken der Verfolgung, die Komplikationen meines Doppellebens, alles, was jener Abend des Jahres 1926 mir genommen hatte, führten dazu, dass ich ihn brauchte wie schon lange nicht mehr, und so gab ich mich ihm ohne nachzudenken hin. Ich wollte ihn auf keinen Fall verlieren. Sonst würde ich unweigerlich im Gewirr der Gassen der finsteren Stadt landen, die jeden Abend mit Einbruch der Dunkelheit erwachte.

\*\*\*

Vom Fenster des Empfangszimmers des Palais Ribadesella blickte man immer noch auf die verfallene Schaukel. Der Regen vermochte die Scheiben nicht zu durchdringen, aber dafür die Erinnerungen. Die Bilder von glücklichen Weihnachtsfesten, fröhlich umherrennenden Kindern, liebevollen Blicken und lachenden Gesichtern.

Wir waren bei meiner Tante zu Besuch, um mit ihr den ersten Weihnachtstag zu feiern. Jedes Mal, wenn ich das Haus betrat, wurde ich von einer tiefen Melancholie erfasst. Es war seltsam, wie der Ort, von dem ich stets hatte flüchten wollen, mich immer noch so berührte, obwohl ich bereits seit über zwei Jahren nicht mehr dort lebte. Gedankenverloren überließ ich den anderen die Konversation und dachte zurück an meine Kindheit in dem alten Gemäuer. Die Gespräche mit Pilar, die Nachmittage in der Bibliothek, die Spiele mit den Nachbarskindern auf der Straße, meine donnerstäglichen Lauschangriffe auf die Tertulia ... Der einzige Wermutstropfen bei der Sache war nur meine Tante gewesen. Doch ihr reges gesellschaftliches Leben ermöglichte es mir, unser Dienstmädchen Pilar, die viel mehr wie eine Mutter war als meine Tante, zu besuchen, ohne ihr über den Weg zu laufen. Wie ich ihre Auftritte als Moralapostel, ihre absurden Regeln und ihre dunklen Geheimnisse hasste! Im Grunde hatte sie es verdient, dass ihr jemand mit anonymen Botschaften das Leben schwermachte und sie für den Schaden bezahlen ließ, den sie mit ihrer Launenhaftigkeit angerichtet hatte.

Als wir in unsere Wohnung kamen, war ich einmal mehr erleichtert, ihren Regeln und ihrer Intoleranz entkommen zu sein. Francisco verband mir die Augen mit einem Taschentuch. Er war in der letzten Zeit geradezu überschwänglich.

»Ich habe eine Überraschung für dich, Liebes«, verkündete er.

Anfangs hatte mir seine gute Laune gefallen, aber allmählich wurde ich argwöhnisch. An meinem Verhalten hatte sich nichts geändert, daran konnte es nicht liegen. Und ich schätzte Francisco auch nicht so ein, dass er Sanftmut und Unterordnung zu seinen neuen Lebensprinzipien erhoben hatte. Ich war sogar fast ein wenig gekränkt. Er suchte in der Nacht nicht mehr nach Zärtlichkeit, drängte mich nicht mehr. Nur manchmal fragte er mich, ob es denn nicht bald an der Zeit wäre, an Nachwuchs zu denken.

Er löste die Augenbinde. Auf dem Bett lag ein Päckchen. Neugierig machte ich es auf. Es kam ein in Leder gefasstes Notizbuch mit meinen in Gold gefassten Initialen zum Vorschein. Ich wusste nicht, was ich sagen sollte.

»Ein Notizbuch ... danke, Liebling«, stammelte ich.

»Damit du schreiben kannst, mein Schatz. Ich weiß, dass ich dir und deiner Leidenschaft zu wenig Wertschätzung entgegengebracht habe. Das ist mein Weihnachtsgeschenk für dich. Darin kannst du alle Gedichte festhalten, die dir in den Sinn kommen. Lass deiner Fantasie Flügel wachsen. Ich bin überzeugt, dass du großes Talent hast. Und, wer weiß, vielleicht wirst du uns demnächst mit dem Vortrag deiner eigenen Verse erfreuen.«

Gedichte? Warum sollte ich Gedichte schreiben? Das gefiel mir gar nicht. Doch ich lächelte.

»Ich wusste, es würde dir gefallen, Liebes«, sagte er und küsste mich.

»Aber ja ... Ich habe nicht damit gerechnet, Liebling, aber es ist großartig, dass du daran gedacht hast.«

Es war definitiv nichts von dem bei ihm angekommen, was ich ihm zu sagen versucht hatte. Ja, wir sprachen einfach zwei unterschiedliche Sprachen. Ich verließ das Schlafzimmer und ging in den Salon. Dort betrachtete ich das schreckliche Bild, das Doña Asunción direkt neben dem Flügel aufgehängt hatte.

Hilario Fuertes hatte das Gemälde zwei Wochen vor Weihnachten fertiggestellt. Das Ergebnis war verstörend. Doña Asunción, die auf einigen Korrekturen bestanden hatte, wirkte jünger als ihr eigener Sohn. Francisco blickte mit finsterer Miene Richtung Horizont, und mein eines Auge glänzte, als wäre es aus Glas. Ich sah aus wie eine Einäugige. Und das musste ich mir fortan Tag für Tag anschauen.

\* \* \*

Nach den Festtagen mit ihren Verpflichtungen kehrte im Januar 1928 Ruhe ein, und ich nahm meine Alltagsroutine wieder auf. Jeden Morgen machte ich mich fertig und fuhr mit dem Aufzug hinunter, wo José Carlos schon am Eingang auf mich wartete. Er setzte mich pünktlich am Café Montmartre ab, wo ich meinen Tee mit Zitrone bestellte und die Seiten von *Le Figaro* durchging.

Ich wiederholte dasselbe Prozedere wie immer, bis ich die Nachricht entschlüsselt hatte. Ihn in meiner Nähe zu wissen entlockte mir, wie immer, ein Lächeln. Als die Wanduhr des Cafés anzeigte, dass die Stunde vorüber war, trat ich hinaus auf die Straße. Ich hatte keine Lust, die Schneiderin aufzusuchen, und so änderte ich kurzerhand meine Pläne und bat José Carlos, mich nach Hause zu bringen.

Vor der Kälte des Hausflurs flüchtete ich mich in die warme Wohnung, legte die Handschuhe ab und rief Anita und Charito zu, dass ich zurück war. Ich hängte den Mantel auf den Bügel. Immer noch keine Reaktion der beiden. Verwundert ging ich durch den Flur. Da hörte ich sie in der Küche angeregt plaudern und lachen. Was soll's, irgendwann werden sie schon mitbekommen, dass ich zu Hause bin, dachte ich bei mir. Doch wie schon in der Zeitungsredaktion ließ mir meine angeborene Neugier keine Ruhe, ich musste unbedingt wissen, was sie derart amüsierte.

»Der arme Señor Francisco ist bestimmt völlig verzweifelt«, meinte Charito gerade.

»So wie's aussieht, schlafen sie nicht mal mehr in einem Bett. Ich glaube, Señor Francisco schläft im Gästezimmer.«

»Im Ernst? Was für eine Verschwendung! Dabei ist Doña Elisa so jung. Sie sollten die Zeit nutzen. Aber wen wundert's, dass Señor Francisco sich woanders sucht, was seine Frau ihm verwehrt.«

»Allerdings. Außerdem ist Doña Elisa ein Biest.«

»Ja, die Ehe hat ihren Charakter verändert. Logisch. Keiner hat gesagt, dass es leicht ist, sich einen reichen Mann zu angeln. Wenn man in einem Bett aus massivem Gold schlafen will, muss man Opfer bringen.«

»Eigentlich müsste sie ihm dankbar sein. Solange Señor Francisco seine Befriedigung bei anderen Frauen findet, wird er sie in Ruhe lassen.«

Ich lehnte mich an den Türrahmen. Was erzählten sie denn da für einen Unsinn? Welche anderen Frauen? Sie setzten ihr Gespräch fort, aber ich konnte mir das nicht länger anhören. Wie unschicklich und rücksichtslos von den beiden. Bestimmt steckte Doña Asunción dahinter: Wahrscheinlich sollte Anita Gerüchte über unsere Ehe streuen, damit sie in die Brüche ging und ich auf der Straße landete. Die Hände zu Fäusten geballt, stürmte ich ins Arbeitszimmer und knallte die Tür hinter mir zu. Ich würde sie beide rauswerfen. Intime Dinge über unsere Ehe durften auf keinen Fall nach außen dringen. Und ich traute den beiden mit ihrem losen Mundwerk durchaus zu, dass sie alles brühwarm weitererzählten, wenn sie an ihrem freien Tag die Dienstboten anderer Familien besuchten oder Besorgungen machten. Ich schäumte vor Wut. Ja, ich würde sie entlassen. Gleich am Abend würde ich mit Francisco sprechen.

Ich betrachtete den Aschenbecher auf dem Tisch. Ob Francisco eine Geliebte hatte? Das würde natürlich alles erklären. Die plötzliche gute Laune, dass er aufgehört hatte, mich zu bedrängen … Sicher, Francisco hatte eine Geliebte. Und ich hatte geglaubt, so etwas könne mir nicht passieren, ich hatte blind darauf vertraut, dass meine Jugend mich davor schützte. Wie anders ist doch das Leben in Wirklichkeit im Vergleich zu dem in deiner Vorstellung! Obwohl, vielleicht war das ja sogar die Lösung. Ich konnte ihm nicht geben, was er wollte, und wenn eine andere Frau ihm zu Willen war, stünde ich weniger unter Druck.

Ich sah mich um, und mein Blick blieb am Fenster hängen. Wie sehr wünschte ich mir, Olivier hätte mich mitgenommen, hätte mir gesagt, dass er mich begehrte, mir bei der Flucht geholfen und mich in sein rastloses Korrespondentenleben eingebunden. Wenn ich zum Himmel blickte, glaubte ich für einen Moment, es wäre noch nicht zu spät. Doch das war eine Illusion. Ich hatte meine Seele an eine Ehe gehängt, die zu bröckeln begann, auch wenn ich das nicht wahrhaben wollte.

\*\*\*

Manchmal traf ich mich am Dienstagnachmittag mit Joaquíns Frau Eleonora. Sie war kurz davor, ihr zweites Kind auf die Welt zu bringen, war jedoch immer noch energiegeladen genug, um einen Bummel durch die Galerie Madrid-Paris zu machen oder in die prächtigen Juwelierläden der Avenida Conde Peñalver und danach mit mir eine heiße Schokolade zu trinken.

Das Großprojekt der Gran Vía ging zügig weiter. Es wurde bereits der dritte Abschnitt gebaut, nachdem der der Avenida Pi y Margall im Juni 1924 fertiggestellt worden war. Es war aufregend mitzuerleben, wie die Stadt durch die neuen Prachtstraßen ihr Äußeres veränderte. Eine weitere Neuerung war das Gebäude der Nationalen Telefongesellschaft am Platz Red de San Luis. Es versprach ein wahres Monument zu werden. Allein schon seine Höhe war die architektonische Entsprechung des glanzvollen Aufschwungs der Kommunikation in den bewegten Anfangsjahren des Jahrhunderts. Ich machte gern einen Schlenker, um zu sehen, wie die Bauarbeiten voranschritten.

Während wir auf unsere Schokolade warteten, klagte Eleonora über ihre geschwollenen Knöchel. Zu meinem Bedauern sah sie in unserer Freundschaft weit mehr, als tatsächlich vorhanden war. Aber ich hatte die Fähigkeit entwickelt, die gemeinsamen Stunden als eine Art Zerstreuung zu sehen, auch wenn mir ein Großteil ihrer Ansichten absolut oberflächlich erschienen. Nachdem ich ihren Vortrag über den Segen der Schwangerschaft über mich hatte ergehen lassen, kam ich auf das Thema zu sprechen, das mir unter den Nägeln brannte.

»Eine Frage, Doña Eleonora. Was würden Sie tun, wenn Sie erführen, dass Joaquín eine Geliebte hat?«

»Oh, was für eine Frage, Doña Elisa. Ich weiß nicht, meine Liebe. Ich würde es hinnehmen, denke ich. Die Männer aus reichem Hause haben alle eine Geliebte. Das gehört zu solch einer Ehe dazu.«

»Aber wären Sie nicht verletzt? Ich meine, ich weiß, dass Männer andere Bedürfnisse haben als wir, aber, nun ja, ich hätte nicht gedacht, dass es offenbar gang und gäbe ist.«

»Sie wären überrascht, wenn Sie wüssten, welche Männer sich alle eine Geliebte halten. Aber mit Liebe hat das nichts zu tun, teuerste Freundin, warum sich also grämen? Wie Sie gesagt haben, Männer haben andere Bedürfnisse. Und wenn es Sie stört, dass er sich anderweitig befriedigt, sollten Sie vielleicht in Erwägung ziehen, sich mehr anzustrengen.«

»Nein, nein, ich meinte nicht Francisco, liebe Eleonora. Verstehen Sie, ich frage nur für eine Freundin.«

»Ja, natürlich, für eine Freundin. Dann sagen Sie Ihrer Freundin, ich rate ihr, sie sollte unbedingt herausfinden, wer die Frau ist. Wissen ist Macht, und eine mächtige Ehefrau hat ihren Mann besser unter Kontrolle«, sagte sie und nippte an ihrer Schokolade.

Als ich wieder zu Hause war, dachte ich über Eleonoras

Rat nach. Sie hatte recht: Wenn ich wusste, wer meine Rivalin war, lief ich weniger Gefahr, dass mir die Situation entglitt. Doch im Grunde meines Herzens hatte ich diese Wendung in meiner Ehe längst akzeptiert, auch wenn ich noch nicht die endgültige Gewissheit hatte. Anstatt weitere Nachforschungen anzustellen, nahm ich das Notizbuch, das Francisco mir geschenkt hatte, löste eine Seite heraus und begann zu schreiben.

*Lieber Olivier,*

*entschuldige, dass meine Antwort so lange auf sich warten ließ. 1928 hat auf seltsame Weise begonnen. Doch wenn ich deine Zeilen lese, reise ich in Gedanken dorthin, wo du bist. Wie gern wäre ich an deiner Seite und würde über die Nachrichten berichten, die am Morgen das Licht der Welt erblicken und am Abend schon verblichen sind.*
*Manchmal glaube ich, das Leben einer anderen zu führen, dass mein Platz nicht in dieser prächtigen Wohnung ist, auf den Bällen, den Galas, in der Welt des aufgesetzten Lächelns. Wie oft wünschte ich mir, ich würde durch einen unendlichen Wald streifen, den Dreck auf meiner Haut spüren und nach Antworten auf die brennenden gesellschaftlichen Fragen suchen.*
*Was soll ich nur tun, Olivier? Wie kann ich dieses Feuer ersticken? Du hast immer eine Lösung für meinen Kummer. Ich vermisse dich. Wie geht es dir? Bist du schon aus Kopenhagen zurück? Ich werde diesen Brief an die Redaktion in Paris senden, damit sie ihn dir zukommen lassen.*

Die Antwort kam postwendend. Sein Name auf dem Brief war wie ein Lichtstreif am Horizont für mich. Ich vermisste seine Stimme mit dem leichten französischen Akzent, aber manchmal, wenn ich seine Zeilen las, war es, als ob er selbst mit mir spräche. Ich zog mich ins Arbeitszimmer zurück und versank in seinen Worten.

*Liebe Elisa,*

*ich bin noch in Kopenhagen. Ich schreibe diesen Brief in einem Café mit Blick auf den Hafen. Von hier sieht man einen großen Teil von Nyhavn, der hiesigen Strandpromenade. Häuser, so bunt, wie ich noch nie in meinem Leben welche gesehen habe, wachen über die am Kai vertäuten Schiffe. Die Stadt gefällt mir, wäre es nur nicht so kalt. Daher halte ich mich meistens in der Pension auf, in der ich logiere.*
*Ich kann deine Gefühle verstehen, ich empfinde genauso, wenn ich an dieses aufregende Metier denke. Wie gerne würde ich deine Träume wahr werden lassen. Hast du mit Francisco über deine Ambitionen gesprochen? Du solltest ihm alles zu lesen geben, was du unter dem Pseudonym Pedro Liébana veröffentlicht hast. Wenn er dein Potential erkennt, kann er dir unmöglich das Recht absprechen, es zu nutzen. Ich glaube, du solltest es wenigstens versuchen.*
*Auf jeden Fall wollte ich dir mit diesem Brief etwas senden, das, da bin ich mir sicher, schöne Erinnerungen in dir wecken wird. Es handelt sich um das Schwein, das du bei deinem ersten Besuch in der Krypta des Café Pombo gezeichnet hast. Kurz vor meiner Abreise aus Madrid habe*

*ich Don Ramón gebeten, mir als Erinnerung an diesen besonderen Abend unsere Zeichnungen auszuhändigen.*
*In der Eile des Aufbruchs habe ich vergessen, dir deine zu geben. Ich schicke sie dir heute, weil ich glaube, dass es dir guttut, dich daran zu erinnern, wer du bist.*
*Elisa. An jenem Abend warst du es, die gesprochen hat, Verkleidung hin oder her. Du hast gelacht und gescherzt. Du hast dieses Bild gezeichnet. Willst du das etwa alles auslöschen, nur um die Pläne anderer zu erfüllen?*

Ich betrachtete die Zeichnung und musste lachen.

»Grauenhaft«, murmelte ich amüsiert.

Doch Olivier hatte vollkommen recht. Ich brauchte jemanden, der hin und wieder meine Erinnerung auffrischte. Aber sein wohlgemeinter Rat, Francisco in mein Geheimnis einzuweihen, ging von der etwas naiven Vorstellung aus, dass mein Mann mich ernst nahm.

Glaubte Olivier etwa, ich hätte das Dilemma nicht längst gelöst, wenn alles so einfach wäre? Ich faltete den Brief zusammen, schob ihn mit der Zeichnung in den Umschlag und schloss ihn in der Schublade meines Nachttischchens ein.

\*\*\*

Mein langweiliges Leben als reiche, verheiratete Frau aus großbürgerlichen Kreisen ging unverändert weiter. Dienstags traf ich mich mit Eleonora, bis ihr Kind auf die Welt kommen würde, mittwochs mit Benedetta, donnerstags und sonntags mit meiner Tante und Doña Asunción, freitags mit den Vázquez und ihrer Teufelsbrut. Samstagnachmittags gingen wir, wenn sich die Gelegenheit bot, ins Stadion. Zum Glück gingen wir manchmal auch auf die Pferderennbahn oder ins Theater. Wenn Francisco in der Bank war, besuchte ich Pilar, ging ich in die Kirche oder in das Atelier von Doña Bruna, oder ich schrieb zu Hause, fernab von der Welt, an meinen Artikeln.

Ich hatte mich damit abgefunden, dass Francisco sich womöglich mit anderen Frauen traf. Doch Eleonoras Worte hallten in mir nach. Ja, ich wollte Einfluss auf meinen Mann haben. Ich hatte ja nichts außer ihm. Außerdem missfiel es mir, dass ich offenbar die Einzige war, die nichts wusste. Es ging ja auch um meine Würde! Wenn Francisco eine Geliebte hatte, musste ich herausfinden, um wen es sich handelte. Und so beschloss ich eines Morgens, nach dem üblichen Besuch im Café Montmartre und der Beichte bei Padre Cristóbal eine der Quellen in meinem direkten Umfeld anzuzapfen. Ich richtete mein Haar, setzte mein charmantestes Lächeln auf und betrat die Küche. Erstaunt fragte mich Charito, ob sie etwas für mich tun könne, denn gewöhnlich betrat ich die Küche so gut wie nie.

»Ich mache Ihnen etwas zu essen, wenn Sie wünschen, und lasse es gleich von Anita servieren«, bot sie an.

»Nein, nein, Charito, danke. Sie werden es vielleicht nicht glauben, aber ich habe mich immer schon gern in der Küche aufgehalten. Früher, im Haus meiner Tante, habe ich mich stundenlang mit Pilar unterhalten und ihr beim Kochen zugeschaut. Ich hoffe, es stört Sie nicht, wenn ich Ihnen ein wenig Gesellschaft leiste.«

»Nein, nein, ganz und gar nicht, Señora. Sie können sich aufhalten, wo Sie wollen, es ist schließlich Ihre Wohnung«, erwiderte sie verwirrt.

»Richtig. Wie lange wohne ich eigentlich schon hier? Zwei Jahre? Ja, ich glaube, es sind zwei Jahre, und es tut mir leid, dass ich so gut wie nichts über Sie weiß.«

Charito kam aus dem Staunen nicht mehr heraus.

»Was möchten Sie denn wissen, Señora?«

»Nun ... Sie sind doch in Portugal geboren, nicht wahr?«

»Nein, Señora. Mein Vater und meine älteren Geschwister ja, aber ich wurde in einem Dorf in der Gegend von Salamanca geboren.«

»Haben Sie viele Geschwister? Geben Sie mal her, ich rühre weiter. Ich werde Ihnen ein wenig zur Hand gehen.«

Ich hörte mir Familienanekdoten und Geschichten über die portugiesische Heimat ihres Vaters und die Zeit, in der er als Fischer in Galicien gearbeitet hatte, an. Ich nickte freundlich und lachte über ihre Witze. Danach wechselte ich das Thema.

»Es ist mir ein wenig peinlich, Charito, aber ich weiß, Sie sind eine treue Seele und werden es nicht nach außen tragen. Also ...« Ich sah mich nach allen Seiten um und rückte ein wenig näher an sie heran. »Ich habe den Verdacht, dass Francisco eine andere Frau trifft«, sagte ich und tat so, als ob mich das sehr bedrückte.

»Ach, Señora, wie kommen Sie denn darauf?«, erwiderte sie. »Señor Francisco ist doch bis über beide Ohren in Sie verliebt.«

»Das dachte ich auch, Charito. Aber eine Frau spürt, wenn ein Mann sie nicht mehr so ansieht wie früher.«

»Ich weiß nicht, Señora, mir ist da nichts aufgefallen ...«

Ich senkte den Blick und schwieg, um sie ein wenig unter Druck zu setzen.

»Nun ja, einerseits beruhigt es mich, dass Sie von unseren Eheproblemen nichts bemerkt haben. Ich hatte schon befürchtet, das ganze Viertel spräche über mich ...«

»Aber nein, Señora ...«, sagte sie leise.

»Sie würden mir das doch sagen, nicht wahr, Charito?«

»Was, Señora?« Ich hatte sie sichtlich in die Enge getrieben.

»Wenn jemand schlecht über meine Ehe reden würde oder wenn Sie wüssten, wer die Frau ist, mit der ich meinen Mann teile ...«

»Selbstverständlich, Señora.« Sie zögerte einen Moment. »Aber jetzt, da Sie es ansprechen – mir ist da etwas zu Ohren gekommen, aber ich habe es für ein reines Gerücht gehalten und dem deswegen keine Beachtung geschenkt.«

Du verlogene Schlange, dachte ich.

»Wirklich? Wie schrecklich! Ich wusste, dass es irgendwann so kommt ...«

»Ach, Señora, lassen Sie den Kopf nicht hängen. Das ist nur dummes Gerede. Keiner weiß, wer diese Frau ist. Man sagt, es sei eine Frau aus guter Familie, nicht irgendeine Dahergelaufene, Sie wissen ja, Señor Francisco hat in Bezug auf Frauen einen guten Geschmack, das war immer schon so, seit ich ihn kenne.«

»Ach, Charito ... wer da alles in Betracht kommt! Was für ein Albtraum!« Tränen schossen mir in die Augen.

Charito versuchte, mich zu trösten. Ich stammelte, wie unglücklich es mich machte, sie so in die Bredouille gebracht zu haben. Sie umarmte mich. Mein tränenreicher Auftritt erweichte ihr Herz, und sie versprach es mir zu erzählen, sobald sie herausgefunden hätte, wer Franciscos Geliebte war.

Als ich die Küche verließ, trocknete ich die unechten Tränen und dachte nach. Eigentlich musste ich nur bei unseren nächsten Verabredungen die Augen offen halten. Bald würde ich wissen, wer die Frau war, die sich in unsere Ehe gedrängt hatte. Ich durfte Francisco nicht verlieren, auf keinen Fall. Sonst müsste ich zurück zu meiner Tante.

***

Ich brauchte nicht lange auf eine Gelegenheit zu warten, bei der ich meinen Ehemann überwachen konnte. Ende Februar hatte Doña Asunción anlässlich der Karnevalsfeierlichkeiten sich in den Kopf gesetzt, am Maskenball der Gesellschaft der Schönen Künste im Teatro de la Zarzuela teilzunehmen.

Maskenbälle waren seit Ausgang des 19. Jahrhunderts bei uns äußerst beliebt. Der bekannteste war der Ball der Gesellschaft der Schönen Künste, aber der Ball der Pressevereinigung und der der Vereinigung der Schriftsteller und Künstler standen dem in nichts nach. Es galt, den besten herauszupicken. Am höchsten im Kurs stand der Ball, der die elitärste Gästeliste, die meiste Klasse, das größte Renommee und die besten Preise beim Kostümwettbewerb vorzuweisen hatte. Es war zu Beginn der Fastenzeit und vor dem Einzug des Frühlings noch mal eine Gelegenheit, sich auf dem Parkett zu zeigen.

Am Tag zuvor, am Sonntag, dem 19. Februar, hatte sich die Stadt mit Kutschen gefüllt. Die Menschen waren in ihre Alter Egos geschlüpft und hatten sich dabei der gesamten Bandbreite an originellen Verkleidungen bedient, die das heidnische Spektakel hergab. Am Montag ging das Fest weiter, und wir würden die Masken tragen, die Doña Asunción für uns gekauft hatte.

Ich brachte mein Haar sorgfältig mit Pomade in Form. Francisco nörgelte die ganze Zeit im Hintergrund herum, dass wir zu spät kämen, wenn ich mich nicht beeilte. Umso besser, dachte ich. Dann müsste ich weniger Zeit dort verbringen. Ich malte mir einen knallroten Kussmund und sprühte etwas Parfüm auf. Es war albern, sich so aufwendig zu schminken. Die Maske würde ohnehin die Hälfte meines Gesichts verdecken. Ich sah sie an und seufzte. Ob Doña Asunción verärgert wäre, wenn ich sie nicht aufsetzte? Ja, sie würde vor Wut schäumen. Also schnappte ich mir widerwillig die Maske und meine Handtasche. José Carlos war voll des Lobes für unsere Verkleidungen und fuhr uns ins Teatro de la Zarzuela. Der Ball hatte schon begonnen.

Der Panhard hielt in der Calle de Jovellanos und schloss sich dem Reigen an Kutschen, Autos und vornehmen Gästen an, die sich nach Verlassen der Fahrzeuge in ihren Roben präsentierten. Die Paare hakten sich unter und strömten eines nach dem anderen durch die Türen in das majestätische Gebäude. Francisco und ich reihten uns ein und ließen uns nach dem Vorzeigen unserer Eintrittskarten von dem prächtigen Interieur des Theaters verzaubern.

Ich hatte dort schon die eine oder andere Zarzuela gesehen, aber der Anblick des Theaters mit all den durch den Raum schwebenden maskierten Paaren war überwältigend. Die Logen mit den bunten Stoffen und goldenen Geländern ließen das Ganze wie einen Palast erscheinen. Es war ein Palast des schönen Scheins und der Vergänglichkeit. In den Logen saßen nicht wie sonst die bedeutendsten Familien der Stadt, die stets ein paar Meter über den gemeinen Sterblichen Platz nahmen, damit sie erhaben die Schönheit der Kunst genießen konnten, sondern alle möglichen maskierten Gäste, die, fernab vom Fußvolk, das Ganze von oben betrachten wollten. Den Boden, wo sonst die Sitzreihen standen, hatte man freigelegt, auf dem sich jetzt selbstvergessen die Tänzer bewegten. Und der riesige Lüster verfolgte aus schwindelnder Höhe einsam den wilden Tanz der Masken.

»Ihr Lieben, da seid ihr ja endlich«, begrüßte uns Doña Asunción.

»Entschuldigt die Verspätung. Ich kann mich einfach nicht vom Frisiertisch lösen, findet zumindest Francisco«, erklärte ich.

»Geh doch nicht so hart mit der armen Elisa ins Gericht, Bruderherz. Du musst ihr schon Zeit geben, um sich so formvollendet herzurichten. Wenn sie nicht so apart wäre, würde sie noch länger brauchen«, verteidigte mich Luis.

»Genau das habe ich ihm auch gesagt«, meinte ich.

Francisco war sogleich wieder verschwunden, weil Bekannte und Kunden nach ihm verlangten. An dem Abend würde ich ihn allerdings nicht aus den Augen lassen. Vielleicht verriet mir irgendein Detail, wer die geheimnisvolle Frau war.

»Es heißt, Señorita Conchita Piquer soll auch da sein«, meinte Joaquín.

»Ach, ich kann diesen Künstlerinnen von heute nichts abgewinnen. Das sind alles Flittchen, die sich nur einen Mann angeln wollen«, sagte meine Tante.

»Also ich mag sie. Sie schaffen ein neues Frauenbild jenseits der Ketten, die uns seit Generationen einengen und fesseln«, warf ich ein und zündete mir eine Zigarette an.

»Hüte dich, hier solch einen Unsinn zu reden, Elisa. Sonst wird man dich noch für eine Feministin halten. Ich dulde nicht, dass unser Name auf diese Weise in Verruf gerät. Und eine Frau mit Niveau raucht nicht«, ermahnte mich Doña Asunción.

»Die beiden Damen können beruhigt sein. Wenn ich Feministin werde, werde ich meinen Namen ändern, damit mich niemand findet«, konterte ich und blies ihnen den Rauch direkt in ihre halb verdeckten Gesichter.

Kurz darauf schlossen wir uns den De Lucca an. Doña Carmen trug ein herrliches Seidenkleid. Das Gespräch drehte sich zum Glück nicht länger um mich. Wir lästerten über die anderen Gäste und plauderten über dies und das. Manchmal suchte ich mit dem Blick nach Francisco, um mich zu vergewissern, dass er sich immer noch, von geschäftlichen Interessen getrieben, in männlicher Gesellschaft befand. Ich hatte beobachtet, wie er die Avancen der verwitweten Señora Asenjo ins Leere laufen ließ. Er hatte auch eine ganze Weile mit einer Blondine gesprochen, aber dann war ihr Mann dazugestoßen. Nein, die beiden konnten unmöglich seine Geliebten sein.

Hin und wieder unterbrach ich meine Beobachtungen, um die tanzenden Paare zu bewundern. Viele wirkten glücklich, sie strahlten sich bei jeder Drehung an oder warfen sich zärtliche Blicke zu. Ich ließ mich von ihrer Fröhlichkeit anstecken und ging zum Büfett, um mir ein Glas Champagner zu holen. Der kühle, prickelnde Tropfen war stets eine Wohltat für meine Kehle. Während ich den Tänzern zusah, genoss ich es, nicht die Stimme meiner Tante hören zu müssen. Ich nahm einen weiteren erquickenden Schluck aus dem schön geschwungenen länglichen Kristallglas.

»Möchtest du dich nicht wieder zu den anderen gesellen, Elisa?«

Ich blickte zur Seite. Es war Luis. Er nahm sich ein Glas und stellte sich neben mich, um den kurzen Moment der Zerstreuung fernab der Familie zu teilen.

»Nein, ich würde gern ein paar Minuten hier verweilen. Aber selbstverständlich nur, wenn es den Herrschaften nichts ausmacht«, erwiderte ich.

»Gönn ihnen die Verschnaufpause. Ich muss gestehen, es amüsiert mich außerordentlich, wie du Doña Manuela und meine Mutter piesackst.«

»Nun, es ist nicht meine Absicht, sie zu piesacken. Ich glaube, es ist einfach meine Art, mit ihnen zu kommunizieren«, sagte ich, und wir lachten beide.

»Soll ich dir etwas sagen, Elisa? Ich freue mich, dass du ein Teil unserer Familie geworden bist.« Er legte die Hand um meine Taille.

»Was machst du denn da?«, wies ich ihn erzürnt zurecht.

»Komm schon, Elisa, tu doch nicht so, als wüsstest du nicht, welche Gefühle du in mir weckst. Wir sind aus dem gleichen Holz geschnitzt. Wir sind keine Familienmenschen, wir sind nicht für Ehe und Kinder gemacht. Wir suchen nach anderen Beziehungen im Leben. Wir sind ehrgeizig, realistisch, direkt. Wir wollen den anderen nicht gefallen, wir wollen uns nicht gesellschaftlich und moralisch korrekt verhalten. Ich weiß, dass mein Bruder dich nicht so versteht, wie ich es tun würde. Wir wären ein ausgezeichnetes Team, in vielerlei Hinsicht«, flüsterte er mir ins Ohr, während seine Hand über meinen Rücken fuhr und Teile meines Körpers ertasten wollten, die für ihn tabu waren.

Brüsk wandte ich mich ab. »Entschuldigung, Luis. Ich weiß nicht, für wen du mich hältst. Ich bin die Frau deines Bruders. Du solltest dich schämen.«

Verletzt zog ich mich auf die Damentoilette zurück, um mich wieder zu fangen. Allein die Erinnerung daran, wie seine Hand meinen Rücken streichelte, widerte mich an.

Als ich in den Ballsaal zurückkehrte, musste ich feststellen, dass sich Francisco immer noch in den Fängen seiner Geschäftspartner befand, also blieb als Trost nur noch der Champagner. Wenn ich die güldene Flüssigkeit schnell genug durch meine Kehle rinnen ließ, wäre der Abend im Nu vorüber. Beim nächsten Mal würde ich gar nicht erst mitkommen. Ich hasste solche Festivitäten. Was brachten sie einem? Viel lieber würde ich im Bett liegen und einen Roman lesen, ohne den Druck, gefallen und auf mein Ansehen achten zu müssen. Ich konzentrierte mich wieder auf die Tänzer. Die Maske war unbequem, sie drückte auf meine Wangen. Wie lange musste ich noch ausharren, bis ich mich zurückziehen konnte, ohne dass man mir den Vorwurf machte, eine Deserteurin zu sein? Ich suchte nach einer Uhr, um herauszufinden, wie spät es war, als jemand ungefragt meine Hand nahm. Voller Panik, es könnte schon wieder Luis sein, um mich weiter zu demütigen, warf ich einen kurzen Blick auf unser Grüppchen, doch Luis stand bei den anderen. Francisco unterhielt sich mit einem Mann mit einer scheußlichen Brille.

Derweil zog mich die Person auf die Tanzfläche, mitten hinein in die über das Parkett wirbelnde Menge. Ich war völlig verwirrt. »Warten Sie, was tun Sie da? Wer sind Sie?«, fragte ich, doch ich bekam keine Antwort. Das Gesicht meines verwegenen Begleiters war vollständig hinter einer Maske verborgen. Er hob den einen Arm und legte den anderen sanft um meine Taille, eine Aufforderung zum Tanz. Die liebevolle Geste, der Alkohol in meinen Adern und die grenzenlose Langeweile in meinem Kopf ließen mich einwilligen.

Die Anspannung löste sich, und ich legte meine Hand an seine Schulter. Es war aufregend, sich von einem vollkommen Unbekannten führen zu lassen. Vielleicht war es das Außergewöhnlichste, das mir in den letzten Monaten widerfahren war. Mein Tanzpartner war äußerst respektvoll, er hielt meine Hand, ohne sie zu fest zu drücken. Wir bewegten uns im Takt des Stücks. Auf einmal führte er mich in eine Drehung. Ich lächelte freudig. Unsere Füße schienen einander zu kennen, sie schwebten im Gleichschritt über den nackten Parkettboden. Die nächste Drehung. Ich spürte, wie in mir meine frühere Begeisterung für das Tanzen wiedererwachte.

Schon lange hatte ich nicht mehr so mit jemandem getanzt, mit sicherem Schritt, vollkommen im Bann der Musik. Die Logen tanzten über mir im Kreis, sie schienen uns zu applaudieren. Wir sprachen die ganze Zeit kein Wort. Kurz vor Ende des Stücks blieb mein Tänzer stehen und beugte sich zu mir.

»Hast du mich vermisst?«

Er führte mich in eine letzte Drehung, und dann war er in der Menge verschwunden. Die Welt um mich herum drehte sich weiter wie ein Karussell. Ich nahm die Maske ab.

## 2

Die anderen Paare tanzten weiter, und das machte es mir unmöglich, den geheimnisvollen Kavalier wiederzufinden. Ich nahm alle Männer in meinem Blickfeld unter die Lupe, aber ich sah alles nur verschwommen. Mein Herz pochte wild. Ich hatte nicht so viel getrunken, dass ich halluzinierte. Da sah ich ihn. Er trat aus der festlich gekleideten Menge heraus und strebte auf den Ausgang zu. Eiligen Schrittes kämpfte ich mich durch die vielen Menschen, die mir im Weg standen. Ich nutzte meine Erfahrung als Pedro Liébana und fuhr die Ellenbogen aus, um mir einen Weg zu bahnen. Ich konnte ihn nicht einfach so gehen lassen. Ich musste wissen, um wen es sich handelte. Ob er es war?

Zwischen all den Pelzen und glitzernden Stoffen entdeckte ich auf einmal sein Jackett. Ich folgte ihm bis zu einem Gang fernab von dem Trubel. Es war niemand zu sehen. Die Geräusche aus dem Ballsaal hörte man nur noch von ferne. Offenbar handelte es sich um den Bereich des Theaters, in dem sich die Garderoben und die Requisite befanden. Eine Tür war nur angelehnt. Ich atmete tief ein und ging entschlossen hinein.

Es roch nach Feuchtigkeit, Leim und Farbe. In dem Raum war niemand, man sah nur Werkzeuge und halbfertige Bühnendekorationen. Resigniert stellte ich die Suche ein. Ich sollte die Finger vom Champagner lassen. Es brachte nichts, Gespenstern hinterherzujagen. Doch bevor ich den Raum verließ, bedeckte jemand von hinten meine Augen. Wie erstarrt blieb ich stehen. Meine Nerven waren zum Zerreißen gespannt. Die sanfte Berührung der Hände, der Duft, das konnte nur er sein. Lächelnd drehte ich mich um. Ich trat auf ihn zu, stellte mich auf die Zehenspitzen und nahm ihm die Maske ab.

»Du bist zurück«, sagte ich.

Ich ließ ihm keine Zeit zu antworten, sondern fiel ihm in die Arme, als hinge von dem Augenblick mein gesamtes Leben ab. Er erwiderte meine Umarmung. Ich krallte meine Hände in sein Jackett und zog ihn fester an mich. Er war zurück! Er stand vor mir. Er hatte sich kaum verändert. Sein Haar, seine Augen, sein Lächeln … Und doch war etwas anders. Die vielen Abenteuer, die rastlosen Jahre im Ausland hatten ihre Spuren hinterlassen, aber so gereift wirkte er noch interessanter. Da fiel mir wieder ein, dass ich ja nicht allein auf dem Fest war. Ich löste mich aus der Umarmung.

»Elisa?«, rief eine Stimme im Flur.

Ich erschrak. Es war Francisco.

»Elisa, Liebes. Wo steckst du?«

»Es ist Francisco«, flüsterte ich. »Ich muss gehen. Bleibst du in Madrid?«

»Ja, keine Sorge. Ich werde einen Weg finden, dich wiederzutreffen.«

»Das hoffe ich.«

»Elisa? Bist du da?«

Ich blieb stehen und sah ihn noch einmal an.

»Ich kann nicht glauben, dass du hier bist. Ich bin überglücklich, dich zu sehen«, gestand ich lächelnd.

Bevor Francisco uns entdeckte, trat ich auf den Flur hinaus.

»Wo hast du nur gesteckt, Elisa?«

»Entschuldige, Liebling, ich habe mich auf der Suche nach der Toilette verlaufen. Das ist alles so unübersichtlich hier …«, erwiderte ich.

»Du hättest doch eine der anderen Damen fragen können. Ich sehe es nicht gern, wenn du allein unterwegs bist. Zum Glück hat mein Bruder mir gesagt, dass er dich hat davonrennen sehen.«

»Ja, gewiss, Liebling.«

Der Ball war nicht mehr derselbe. Olivier war in der Stadt. Ich kehrte zu den Gesprächen mit meiner Tante, Doña Asunción und den anderen zurück, hörte ihnen aber kaum zu. Ich dachte nur noch an ihn. Würde ich ihn wiedersehen? Bei der Vorstellung, dass wir uns wieder direkt gegenübersitzen würden, lief mir ein wohliger Schauer über den Rücken. Die Zeit der Briefe war vorbei. Ich trug ein Lächeln auf dem Gesicht, das mich begleitete, bis ich zu Bett ging. Es fiel niemandem auf, aber vielleicht dachte Francisco ja, er sei der Grund. Ach, sie hatten ja alle keine Ahnung. Wie auch, ich verstand mich ja selbst nicht.

\*\*\*

Ein zarter Sonnenstrahl verkündete, dass es Zeit zum Aufstehen war. Charitos Geträller verlieh der Botschaft den erforderlichen Nachdruck. Ich blieb trotzdem noch ein Weilchen liegen, starrte an die Decke und ließ die Ereignisse der vergangenen Nacht noch einmal Revue passieren. Zu wissen, dass er in der Stadt war, erzeugte in mir einen inneren Jubel, auch wenn ich nicht wusste, wo genau er sich aufhielt.

Wie üblich verwendete ich viel Zeit auf meine Morgentoilette. Ich wählte eines der wunderschönen Kleider aus dem Atelier von Doña Bruna aus und zog einen Pelzmantel darüber. Dann sagte ich den Hausmädchen, ich wäre zum Essen zurück, und verschwand. José Carlos begrüßte mich mit der üblichen aufgesetzten Freundlichkeit und fügte ein dezentes Kompliment hinzu: »Sie sehen großartig aus, Doña Elisa. Man merkt Ihnen an, dass Sie gut aufgelegt sind.«

»In der Tat, José Carlos, ich bin bestens aufgelegt.«
»Wie immer?«
»Ja, wie immer.«

Er startete den Panhard und kämpfte sich durch die Straßen, in denen sich Fußgänger und Kutschen auf der Fahrbahn drängten. Es war der reinste Spießrutenlauf. Nach wenigen Minuten hatten wir die Calle Velázquez erreicht. Beschwingter als sonst stieg ich aus dem Wagen und verschwand im Café. Gervasio servierte mir den Tee mit Zitrone und legte ein Exemplar von *Le Figaro* auf meinen Tisch. Wie zu erwarten, fand sich kein Artikel von Olivier darin. Keine Spur, die mich zu ihm führte. Meine Lippen berührten die warme Flüssigkeit in der Tasse mit den rosafarbenen Blüten. Ich blickte auf die Wanduhr. Ich hatte noch dreißig Minuten zu meiner freien Verfügung, bis José Carlos mich wieder abholte.

Ich brauchte Informationen, und so nahm ich meine Sachen und ging entschlossenen Schrittes zum Eingangsportal von *El Demócrata*. Casimiro war überrascht, mich zu sehen, er hatte ja keine Ahnung, dass ich mich manchmal bei den Briefkästen herumtrieb, wenn er anderweitig beschäftigt war. Zuvorkommend holte er den Aufzug und wünschte mir einen schönen Vormittag. Was war das für ein schönes Gefühl zurückzukehren! Ich war ein wenig nervös. Es war das erste Mal, dass ich die Redaktion betrat, seit ich mich vor meiner Hochzeitsreise nach Wien von allen verabschiedet hatte.

Ich klopfte zweimal an die Tür, wie an jenem Morgen im Sommer 1918, in dem ich die wunderbare Welt der Zeitung zum ersten Mal betreten hatte. Mit meinem Besuch hatte niemand gerechnet. Ich wurde mit Fragen über mein neues Leben in der High Society Madrids bestürmt. Man stellte mich den beiden neuen Redakteuren vor, Eusebio Quijano und Rosauro Mínguez. Sie gaben ein witziges Paar ab: Der eine war lang und schlaksig, und der andere brachte es gerade mal auf ein Meter fünfzig. Quijano unterstützte López im Kulturressort, Mínguez war für die Lokalnachrichten zuständig und was sonst noch so anfiel. Fernández, Morales, López und Simón hatten sich überhaupt nicht verändert. Sie saßen mit Zigarre im Mund an ihren abgenutzten Schreibmaschinen, lieferten sich Wortgefechte und fluchten, was das Zeug hielt. Angelockt von dem Aufruhr kam Señora Idiazábal aus dem Sekretariat.

Sie freute sich, mich zu sehen, konnte aber einen Hauch von Neid angesichts meines gesellschaftlichen Aufstiegs nicht verhehlen. Wenig später gesellte sich auch der Buchhalter Alberto Villarroy zu uns, der mir gegenüber dieselbe Liebenswürdigkeit und väterliche Zuneigung an den Tag legte wie immer.

»Sie sehen fantastisch aus, Elisa. Man sieht Ihnen an, dass Sie eine gute Partie gemacht haben!«, rief Morales.

»Ja, meine Liebe, Sie verfügen über einen exquisiten Geschmack.«

»Vielen Dank Ihnen allen. Aber lassen Sie sich durch die Kleider nicht täuschen. Ich bin immer noch dieselbe.«

»Na ja, dieselbe ... Ich wünschte, ich könnte mir auch ein solches Kleid und so einen Mantel leisten. Ist das ein Fuchspelz?«, fragte Señora Idiazábal und fasste prüfend mit Zeigefinger und Daumen an den Ärmel.

»Äh ... Das weiß ich gar nicht, Doña Carmen. Aber wie läuft es denn mit Ihrem Roman, Fernández?«

»Er ist fast fertig, Doña Elisa.«

»Ja, ja, das sagt er schon seit zwei Jahren. Hören Sie doch auf zu lügen, Fernández. Wir alle wissen, dass Sie das mit dem Roman nur behaupten, um die Frauen zu verführen«, frotzelte López.

Alle lachten auf Kosten des armen Fernández.

»Nun, ich möchte Sie nicht länger bei der Arbeit stören, nachdem ich schon unangemeldet hier hereingeplatzt bin. Ist Don Ernesto in seinem Büro?«

»Ja, er ist vor mehr als einer Stunde gekommen und hat seitdem das Büro nicht verlassen«, sagte Señor Villarroy.

»Gehen Sie ruhig hinein, Doña Elisa. Er wird sich

sicher sehr freuen, Sie wieder einmal hier zu sehen. Wir haben Sie sehr vermisst«, animierte mich Fernández.

»Na schön. Dann gehe ich mal zu ihm«, erwiderte ich lachend.

Vorsichtig öffnete ich die Tür. Don Ernesto saß am Schreibtisch, vertieft in seine Unterlagen. Er blickte auf, weil der Boden knarzte.

»Elisa, Liebes!«, rief er freudig. »Tritt ein, mein Kind, tritt ein.«

Ich ließ mich nicht lange bitte und nahm auf dem Stuhl Platz, auf dem ich so oft als Pedro Liébana gesessen und den Schnaps getrunken hatte, den Don Ernesto mir eingeschenkt hatte, ohne zu wissen, wer da in Wahrheit vor ihm saß. Ich erzählte ihm, dass ich mich endlich dazu entschlossen hätte, der Redaktion und meinen ehemaligen Kollegen einen Besuch abzustatten. Er lobte meinen Entschluss und betonte, wie sehr ich ihnen fehlte. Offenbar hatten sie in den Jahren einige junge Damen zum Bewerbungsgespräch für meine ehemalige Stelle eingeladen. Don Ernesto gestand mir, dass er anfangs gezögert hatte, mir die Stelle zu geben, weil er befürchtete, dass meine Tante ihm das auf ewig vorhalten würde. Doch er habe im Lauf der Zeit festgestellt, dass ich meine Arbeit gut machte und mich für meine Ziele einsetzte.

»Ich glaube, du hast Doña Manuela eine Lektion erteilt«, meinte er.

Das war Balsam für meine Seele. Andererseits war ich enttäuscht, dass mich all die Jahre, die ich dort gearbeitet hatte, nicht weitergebracht hatten. Ich plauderte noch ein wenig mit ihm, bis ich das Gespräch zu dem Punkt lenken konnte, der mich am meisten interessierte und der mich nach fast drei Jahren wieder zu *El Demócrata* geführt hatte.

»Ach, Don Ernesto, ich habe gehört, Señor Pascal soll Ende des Monats nach Madrid gekommen sein. Wissen Sie etwas darüber?«

»Oh, ja, er hat mir geschrieben. Er ist gestern angekommen, aber ich hatte noch keine Gelegenheit, mich mit ihm zu treffen.«

»Was für eine Überraschung! Es wird Sie bestimmt sehr freuen, Señor Pascal wiederzusehen.«

»In der Tat. Aber ich denke, Sie auch. Soweit ich weiß, waren Sie beide am Ende doch gut befreundet.«

»Schon, aber nicht so wie Sie beide. Sie wissen ja, ich bin nur eine Frau«, log ich.

Don Ernesto nickte, glaubte mir aber kein Wort.

»Señor Pascal ist ein Mann, der weiß, was er will. Ich bin überzeugt, er wird sich melden, wenn er uns treffen will.«

»Sicher, sicher«, pflichtete ich ihm bei. »Na dann, Don Ernesto, ich mache mich mal wieder auf den Weg, ich möchte Sie nicht länger aufhalten.«

»In Ordnung, Liebes. Kommt José Carlos dich abholen?«

»Ja, ja. Keine Sorge.«

»Gut, dann wünsche ich dir einen schönen Tag, Elisa. Es hat mich sehr gefreut, dass du hier warst.«

Ich lächelte und nickte. Auf dem Weg zur Tür drehte ich mich noch einmal um.

»Ach, Don Ernesto, noch eine letzte Frage. Da wir

gerade über Mitarbeiter sprachen ... Haben Sie etwas von Pedro Liébana gehört?«

»Äh ... nein. Das Letzte, was ich weiß, ist, dass er sich in Marokko aufgehalten hat. Der Kerl ist über Nacht verschwunden. Ich weiß nicht, in welchem Schlamassel er steckt, aber solange sie ihn nicht anklagen und er pünktlich seine Artikel abliefert, geht mich das nichts an. Obwohl, unter uns, es passt mir überhaupt nicht, dass die Guardia Civil hier ständig herumschnüffelt. Ich habe die Anzahl der Artikel unter seinem Namen reduzieren müssen, um keine Probleme zu bekommen. Und mir ist nichts mehr zuwider, als wenn ich Talente kaltstellen muss«, erwiderte er, ohne den Blick von den Unterlagen zu heben, auf die er sich wieder konzentriert hatte.

»Die Guardia Civil ist wieder aufgetaucht? Wegen der Sache mit seinem Vater?«, fragte ich erstaunt.

»Ja, mein Kind, so ist es. Ich weiß nicht, was für Verbrechen dieser Mann begangen hat, aber sie wollen ihn im Gefängnis sehen, koste es, was es wolle. Der junge Pedro täte gut daran, hier nicht mehr aufzutauchen. Ich glaube nicht, dass das Direktorium eine Rechtfertigung für seine plötzliche Flucht akzeptieren wird. Sie sind überzeugt, dass er mit seinem Vater unter einer Decke steckt und weiß, wo er sich aufhält. Wenn sie ihn schnappen, wäre es besser für ihn, wenn er ihnen etwas erzählen könnte, damit er etwas hat, um zu verhandeln ...«

»Irgendetwas sagt mir, dass er nicht zurückkommen wird, Don Ernesto«, sagte ich leise, während ich mich endgültig verabschiedete.

Ich schloss die Augen und hielt für einen Moment den

Atem an. Ich musste Olivier warnen, bevor er selbst anfing, Fragen zu stellen. Aber wie sollte ich ihn finden?

\*\*\*

Am Tag darauf traf ich mich wie jeden Mittwoch mit Benedetta. Am Abend würde sie zwei Generäle mit ihren Gattinnen zum Abendessen zu Gast haben. Natürlich wollte sie eine perfekte Gastgeberin sein, und so bat sie mich, sie zu der berühmten Confiserie Casa Mira zu begleiten. Sie brauchte geschlagene fünfzehn Minuten, um die süßen Stückchen auszuwählen. In seiner Verzweiflung erläuterte der Verkäufer ihr die Vorzüge eines jeden Gebäcks. Für mich sahen sie alle wunderbar aus. Und schließlich würde von den Gästen ja keiner erfahren, welche Köstlichkeiten außer den servierten noch zur Wahl gestanden hatten. Aber Benedetta glaubte, die berufliche Zukunft ihres Gatten sei in Gefahr, wenn sie in solch banalen Dingen einen Fehler machte.

Geduldig wartete ich, bis sie ihre Entscheidung getroffen hatte. Nachdem sie endlich die Bestellung aufgegeben hatte, die man ihr nach Hause liefern würde, wollten wir die angenehmen Temperaturen für einen Spaziergang nutzen. Doch kaum waren wir ein kleines Stück gegangen, zögerte sie schon wieder. Angezogen von den Auslagen in dem Schaufester von La Violeta, wo König Alfons XIII. seine Lieblingsbonbons kaufte, blieb sie wieder stehen.

»Vielleicht sollte ich noch eine Schachtel Bonbons kaufen«, überlegte sie.

»Ist das nicht zu viel an Süßem, Benedetta? Du hast

doch schon drei verschiedene Kuchen bei Casa Mira gekauft«, sagte ich.

»Ja, aber vielleicht hat einer der Gäste keinen rechten Hunger, wenn wir zum Dessert kommen, oder der Kuchen reicht ihm nicht. Da sind die Bonbons vielleicht die passende Ergänzung«, murmelte sie.

Ich ließ sie in Ruhe überlegen und trat ein Stück beiseite, um nicht den Eingang des Geschäfts zu blockieren. Mein Blick wanderte über die belebte Plaza de Canalejas, benannt nach Ministerpräsident José Canalejas, der 1912 von einem Anarchisten ermordet worden war, während er das Schaufenster der Buchhandlung San Martín an der Puerta del Sol betrachtete.

An dem Platz waren herrschaftliche Häuser entstanden, die denen der Calle Alcalá oder des Ensanche – der Stadterweiterung im 19. Jahrhundert – in nichts nachstanden. Balkone und Rollläden wechselten sich mit Werbeplakaten ab, die man jetzt häufiger an den Fassaden der Hauptstadt sah. Was auch immer beworben wurde, es ging darum, dass die Buchstaben so groß waren, dass die Passanten die Botschaft sogleich erfassten, wenn sie nach oben blickten. Die auffälligen Werbeslogans buhlten ebenso um die Aufmerksamkeit und die Wertschätzung der Vorbeigehenden wie die architektonischen Wunderwerke, an denen sie befestigt waren. Ich bewunderte den Turm der majestätischen Casa de Allende mit all seinen künstlerischen Details unterschiedlicher regionaler Stilrichtungen, die es zu einem wahrhaft einzigartigen Bauwerk machten.

Mein Blick wanderte über die Giebel und Vorsprünge,

die klassischen Säulen, die großen Fenster, hinunter zum Platz, über den die Fußgänger und Gefährte achtlos hinwegeilten. Und unter all den abwesenden Gesichtern entdeckte ich seins. Sofort bekam ich weiche Knie, und es durchfuhr mich ein Kribbeln im Bauch. Menschen hasteten über den Platz, die Werbeanzeigen blinkten, in der Ferne hörte man die Straßenbahn, aber ich hatte nur Augen für ihn. Er hatte mich auch gesehen. Ich wollte schon auf ihn zulaufen, um ihn zu begrüßen, doch da fiel mir ein, wie Benedetta vor Jahren auf ihn reagiert hatte.

»Nein, ich werde nichts mehr kaufen, das ist tatsächlich unsinnig«, hörte ich Benedetta sagen.

Mit einem Kopfschütteln und einem eindringlichen Blick bedeutete ich Olivier, dass es gerade ein ungünstiger Moment war, und er drehte ab. Das zurückgedrängte Verlangen rebellierte in mir. Ich musste ihn sehen. Ich drehte mich noch einmal um, um mich zu vergewissern, dass er nicht eine Erscheinung gewesen war.

Nach dem zufälligen Zusammentreffen auf der Plaza wurde ich ungeduldig. Es brachte mich fast um den Verstand, dass ich nicht wusste, wie ich mich mit ihm verabreden konnte. Über die Zeitung hatte ich es schon vergeblich versucht, und so blieb mit nur die Hoffnung, dass er sich bei mir melden würde. Und das tat er wenig später auch.

Ich saß gerade am Flügel und brütete über dem nächsten Artikel Pedro Liébanas – sofern Don Ernesto noch etwas von ihm veröffentlichen würde –, Francisco war außer Haus, und ich wollte die Zeit nutzen, da brachte mich ein hartnäckiges Klingeln aus dem Konzept. Anita nahm die Sendung entgegen. Sie klopfte und trat in den Salon. Ich hatte gerade noch Zeit, meine Notizen verschwinden zu lassen. Sie übergab mir ein Päckchen der Confiserie Doña Mariquita.

Wieder allein, packte ich es vorsichtig aus. Es waren die berühmten Biskuits, die ich damals immer bei Pilar entwendet und ihm in sein Zimmer im Souterrain gebracht hatte! Ich lächelte. Am Geschenkband befand sich eine Nachricht.

*Du bist hoffentlich des Briefeschreibens noch nicht müde? Ich möchte dir vorschlagen, dass wir uns den Inhalt des nächsten persönlich erzählen, ohne Umschläge und Briefmarken.*
*Ich warte morgen Nachmittag um fünf vor dem Palacio de Cristal auf dich.*

*In Liebe,*
*Olivier*

Ich prägte mir die Zeilen ein und verbrannte den Zettel. Ich musste zu dem Treffen gehen, aber es durfte niemand davon erfahren.

\*\*\*

Um halb fünf an jenem Februarnachmittag, es war fast schon ein Frühlingstag, legte ich etwas Parfüm auf. Ich wählte den granatroten Hut und betrachtete mich noch ein letztes Mal im Spiegel des Frisiertischs. Ich konnte es kaum erwarten, ihn zu treffen. Es war, als ob ein Teil von mir aus einer Art Dornröschenschlaf erwachte. Ich atmete tief ein, trat vor die Hausmädchen, als wenn nichts wäre, und teilte ihnen mit, ich sei mit einer Freundin verabredet. Dasselbe sagte ich auch zu José Carlos, dem ich nicht vertrauen konnte. Er war als Chauffeur seinem Herrn treu ergeben und würde es nicht durchgehen lassen, dass ich mich allein, ohne Franciscos Zustimmung, mit einem Mann traf. Ich bat ihn, mich an der Puerta del Retiro in der Calle Alfonso XII. abzusetzen und mich am Abend dort wieder abzuholen.

Ich eilte die Allee mit den Statuen entlang und hatte das Gefühl, dass sie mich still beobachteten. Es war wohl Ausdruck meines schlechten Gewissens, weil das Treffen in mir ein solch überbordendes Glücksgefühl weckte. Ich eilte an all den Brunnen und Monumenten am Wegesrand vorbei, um nur schnellstmöglich mein Ziel zu erreichen. Der wunderschöne Palast aus Glas an dem kleinen See war wie eine Einladung. Die Sonne spiegelte sich in den vielen Kristallflächen und strahlte warm auf die Madrilenen, die dort Erholung suchten. Das Licht intensivierte sich durch die gläsernen Wände mit ihren Bögen, Säulen und Kuppeln. Es war alles ein einziges großes Ganzes, in dem Kunst und Natur verschmolzen.

Aufgeregt wartete ich vor dem Eingang. Bald schon sah ich in der Ferne seinen Mantel und seinen Hut. Er kam näher und schenkte mir wieder dieses unwiderstehliche Lächeln, das mir zusammen mit dem tiefen Blick aus seinen blauen Augen den Verstand vernebelte.

»Guten Tag, Elisa«, sagte er.

»Guten Tag, Olivier«, erwiderte ich.

Wir sahen uns eine gefühlte Ewigkeit lang an. Ich war seine Gegenwart, die überwältigende Anziehungskraft, nicht mehr gewöhnt.

»Gehen wir etwas spazieren?«, schlug er vor.

»Gerne«, sagte ich ein wenig scheu.

Im Schutz der üppigen Vegetation dieser Oase inmitten der Hauptstadt berichtete er mir von seinen letzten Streifzügen. Während ich ihm zuhörte, reiste ich im Geiste mit ihm an die fernen Orte, die er beschrieb, so wie ich es getan hatte, wenn ich seine Briefe las. Er erzählte mir von Marokko, wo er 1926 die Ereignisse vor und während der siegreichen Landung der Spanier in der Bucht von Al Hoceïma miterlebt hatte. Er erläuterte mir Details zur Irlandfrage und berichtete von seinen erfolgreichen Interviews mit Winston Churchill bei Ausbruch des Generalstreiks 1926 sowie mit dem britischen Premierminister Stanley Baldwin vor zwei Monaten.

Er schien glücklich zu sein. Es freute mich zu sehen, dass er weitergekommen war, dass er hinzugelernt hatte, aber seine Erfolge führten mir wieder einmal vor Augen, wie sehr ich seit Jahren in meinem fremdbestimmten Leben feststeckte. Doch ihn bei mir zu haben, an seiner Seite spazieren zu gehen, wie wir es früher getan hatten, besänftigte meine innere Unruhe. Als wir auf mich und mein Leben zu sprechen kamen, erschien mir mit einem Mal alles so banal und oberflächlich. Trotzdem versuchte ich, ihm vorzugaukeln, dass es mir gut ging.

»Ich werde Francisco schon noch überzeugen«, behauptete ich.

Wir erinnerten uns an die Zeit, als wir noch gemeinsam

für *El Demócrata* berichtet hatten. Wir dachten zurück an unsere Besuche im Café Pombo und an die missglückte Zeichnung von dem Schwein, die er mir in seinem letzten Brief geschickt hatte. Hin und wieder schwiegen wir für einen Moment und ließen unsere Blicke sprechen.

»Und wie lange bleibst du in Madrid?«, fragte ich, obwohl ich mich vor der Antwort fürchtete.

»Nun, wie üblich lässt man das in der Schwebe. Aber ein paar Monate werden es schon sein. Mein Chef will, dass ich eine Reportage über Spanien mache. Offenbar möchte man sich angesichts der beiden Weltausstellungen nächstes Jahr in Sevilla und Barcelona näher mit dem Direktorium beschäftigen.«

»Sie haben gut daran getan, dich auszuwählen«, sagte ich. »Ich bin überzeugt, du wirst eine großartige Reportage abliefern.«

»Vielleicht brauche ich Unterstützung«, meinte er.

»Ja, klar, aber dafür bräuchte ich …«, hob ich an.

Ein Junge, der mit einem Drachen spielte, fiel direkt vor uns der Länge nach hin. Behände half Olivier ihm auf und brachte ihn zu seiner Mutter. Wir lachten und setzten unseren Weg fort, ohne auf Pedro Liébana zurückzukommen.

»Wohnst du wieder in dem Dachgeschoss?«, fragte ich.

»Nein. Da ich diesmal nicht so lange bleibe, habe ich mir ein Zimmer im Hotel Florida genommen. An der Plaza del Callao.«

»Ja, das kenne ich. Wie ich sehe, hat sich deine Gage inzwischen erhöht.«

»Kann man so sagen. Es ist ein hübsches Hotel. Übrigens ... Darf ich dir etwas zeigen? Ich wette, dort warst du noch nie.«

»Das wage ich zu bezweifeln, mein lieber Olivier, immerhin lebe ich seit zwanzig Jahren hier in der Stadt.«

»Glaub mir, es wird dir gefallen. Ich weiß, dass es eine echte Herausforderung ist, dich zu überraschen.«

»So sehr nun auch wieder nicht«, murmelte ich. »Ich folge dir.«

Unterwegs, jetzt wieder auf gepflasterten Straßen, berichtete ich ihm von den Veränderungen in der Stadt. Ich sah ihm an, wie sehr es ihn schmerzte, dass manche Orte, die einen festen Platz in seiner Erinnerung hatten, inzwischen verschwunden waren. Einige Lokale, die wir gemeinsam besucht hatten, waren nicht mehr an Ort und Stelle. Alles hatte sich verändert. Auch er. Und ich.

Ich ließ mich von ihm führen. Wir kamen zu dem modernen Hotel an der Ecke Plaza del Callao und Calle del Carmen. Es hieß, es habe mehr als zweihundert Zimmer, alle mit eigenem Bad und Heizung. Ich zögerte einen Moment, ob ich die Treppe hinaufsteigen sollte, die von der Straße zur Rezeption führte. Vorher vergewisserte ich mich, dass mich niemand sah. Ich wollte mir lieber nicht vorstellen, was das für ein Gerede geben würde, wenn mich jemand mit einem fremden Mann in ein Hotel gehen sähe.

»Keine Sorge, ich habe nicht vor, dich auf mein Zimmer zu locken«, scherzte Olivier, als er dem Pagen mitteilte, in welchen Stock wir mit dem Aufzug wollten.

Ich kicherte nervös.

»Davon gehe ich aus«, sagte ich dann leise, damit niemand etwas von unserem Zwiegespräch mitbekam.

Er hatte recht gehabt. So etwas hatte ich noch nie gesehen. Vom Dach des Gebäudes aus hatte man einen Ausblick über die Dächer der Stadt. Hingerissen trat ich an die steinerne Brüstung heran, meine Höhenangst war verflogen. Ich entdeckte die Baustelle zum Ausbau der Avenida Pi y Margall Richtung Westen. Man konnte die Kuppel des Teatro Real sehen, den Palacio Real und, wenn man genau hinsah, sogar die Plaza de Oriente, die sie trennte. Auch das Dach des Monasterio de las Descalzas konnte man erahnen. Die Größenverhältnisse hatten sich verschoben, als hätte man eine Miniaturausgabe der großen Stadt vor sich. Die Straßen verschwanden unter den Dächern, und die Geräusche der Passanten und Fahrzeuge waren so nah am Himmel kaum noch zu hören. Es war nur mehr noch ein Raunen, das die Postkartenidylle nicht zu stören vermochte. In der Abendsonne war alles in einen goldenen Schein getaucht.

»Das ist atemberaubend«, sagte ich.

»Ich wusste, dass es dir gefällt. Ich habe es erst vor wenigen Tagen zufällig entdeckt. Der Ausblick ist unbezahlbar.«

»Da stimme ich dir zu«, sagte ich, ohne den Blick vom Horizont zu wenden. »Ich wette, es ist ausgesprochen praktisch, solch romantische Orte zu kennen, wenn man einem Mädchen den Kopf verdrehen will.«

Er lachte.

»Das will ich nicht bestreiten«, erwiderte er.

»Ich würde dem Charme sofort erliegen«, gestand ich. »Aber du hast bestimmt kein Problem damit gehabt, eine Frau zu finden. Die Engländerinnen sollen sehr schön sein.«

»Ach, sagt man das?«

»Keine Ahnung«, erwiderte ich lachend. »Vermutlich sind sie das.«

»Das fand ich nicht ...« Er hielt einen Moment inne. »Um ehrlich zu sein, habe ich keine Frau kennengelernt, die dir das Wasser reichen könnte.«

Sanft legte er seine Hand auf meine, die auf der kalten Brüstung ruhte. Ich sah auf, und unsere Blicke trafen sich.

»Olivier ...«, flüsterte ich.

»Elisa ... Ich habe einen riesengroßen Fehler gemacht, als ich fortgegangen bin. Ich hätte niemals gehen dürfen. Ich habe dich in die Arme von Francisco getrieben, ohne um dich zu kämpfen. Ich habe aufgegeben, bevor es überhaupt angefangen hat, weil ich geglaubt habe, du wärst an seiner Seite glücklicher als mit mir. Aber ich habe mich geirrt. Mit jedem Brief wollte ich dir nah sein, alles wiedergutmachen. Im Grunde war ich erleichtert, als sie mich nach Marokko geschickt haben, denn ich hätte es nicht ertragen, mit anzusehen, wie du einen anderen Mann heiratest. Ich habe exotische Orte kennengelernt und einige meiner Träume verwirklichen können, aber ohne dich kann ich keine Erfüllung finden ... Es ist, als ob ich innerlich leer wäre.« Seine Hand strich über meine Wange. »Sag mir, ob ich verrückt bin oder ob du ähnlich fühlst wie ich, denn ich weiß nicht mehr, was ich tun soll«, flehte er.

Ich wusste nicht, wie ich reagieren sollte. Mein Gesicht und mein ganzer Körper glühten. Ich legte meine Hand auf seine und tauchte ein in seinen Blick, während hinter uns die Sonne am Horizont allmählich unterging. Das war es, was ich seit Langem hatte hören wollen. In meinem

Bauch kribbelte es, und mein Herz pochte wild, als Olivier näher kam. Seine Lippen, die ich so begehrt hatte, berührten meine. Er zog mich näher an sich heran, und ich erwiderte seinen Kuss. Ich fühlte mich lebendiger denn je. Ich legte meine Hand auf seinen Nacken und ließ die Gefühle zu, die ich aus Angst so lange unterdrückt hatte. So hatte mich noch niemand geküsst. Unsere Lippen verschmolzen. Mein ganzer Körper verlangte nach mehr. Die Anziehung zwischen uns war von ungeheurer Kraft und deshalb so gefährlich. In dem überwältigenden Gefühlsrausch kam ich für einen Moment zur Besinnung und löste mich sanft aus der Umarmung.

»Olivier ... ich ... ich bin verheiratet«, stammelte ich und ließ meine Stirn an sein Kinn sinken.

»Elisa, ich werde dich nie mehr gehen lassen.«

Und meine Seele wünschte sich nichts sehnlicher. Doch ich war zu feige, es auszusprechen.

In den nächsten Tagen erlebte ich ein Wechselbad der Gefühle. Einerseits musste ich immer wieder an Olivier denken, an seinen Kuss, an seinen Blick ... Ich vermisste ihn so sehr. Aber ich wusste, dass es nicht richtig war. Ich durfte ihn nicht lieben. Während wir im kleinen Salon zu Mittag oder zu Abend aßen, beobachtete ich Francisco, der von meinen Gefühlen nichts ahnte. Er hatte es mir ermöglicht, das Haus meiner Tante verlassen zu können, er teilte mit mir sein Geld für all die schönen Dinge, durch ihn war ich gesellschaftlich aufgestiegen. Wir hatten uns nie so geliebt, wie Olivier und ich es taten, aber seine Liebe war, auch wenn sie weniger tief ging, doch ein sicherer Hafen. Nein, ich durfte nicht zulassen, dass meine Beziehung zu Olivier enger wurde.

Aber wie sollte ich das verhindern? Allein der Gedanke an ihn zauberte ein Lächeln auf mein Gesicht. Mit ihm bekam mein Leben einen neuen Sinn.

\*\*\*

Am Freitag kamen, wie üblich, die Vázquez zum Abendessen. Ihr schrecklicher Sprössling, der Anita im Esszimmer unverhohlen auf den Hintern starrte, meckerte den ganzen Abend herum. Ich war überrascht, wie respektlos er seine Mutter behandelte und wie sehr er im Gegenzug seinen Vater verehrte. Francisco war bestens aufgelegt. Er war begeistert von dem Projekt in den Vereinigten Staaten. Doktor Vázquez lauschte seinen Erläuterungen, während Aurora und ich davon schwärmten, wie schön es um diese Zeit in New York sein musste.

»Eine sehr gute Freundin von mir ist Amerikanerin«, erzählte ich. »Sie hat zwei Jahre in Madrid gelebt. Sie ist Rechtsanwältin, eine bezaubernde Frau, und dazu noch brillant.«

»Tatsächlich? Nun bin ich aber überrascht, Doña Elisa. Ich hätte nicht gedacht, dass Sie solch internationale Verbindungen haben. Hast du gehört, Liebling? Franciscos Frau kennt eine amerikanische Anwältin.«

»Oh, ja. Wie hieß sie doch gleich, Liebes? Jefferson?«, versuchte sich Francisco zu erinnern.

»Henderson. Agnes Henderson«, korrigierte ich ihn.

»Richtig. Ja, sie ist eine von diesen modernen Frauen,

wie man sie heutzutage antrifft. Wie es scheint, ist das in den Vereinigten Staaten noch deutlich schlimmer als hierzulande«, meinte Francisco.

»Für mich sind das unliebsame Auswüchse«, befand Aurora.

»In Amerika lassen die tatsächlich Frauen als Rechtsanwälte arbeiten? Was haben die denn für Männer?«, warf Tristán ein.

Francisco und Doktor Vázquez lachten über seine Bemerkung. Resigniert nippte ich an meinem Glas und bat Anita, den Nachtisch zu servieren. Nachdem der Beruf meiner Freundin abgehakt war, kamen wir zu einem anderen beliebten Gesprächsthema der Vázquez: die exzellenten Leistungen ihres Sprösslings in der Schule. Er würde also nicht nur ein unsympathischer, sondern zweifellos auch ein pedantischer Zeitgenosse werden. Wir gingen hinüber in den Salon, wo ich mich an den Flügel setzte und *Clair de Lune* spielte. Es war eine Art, an dem Abend Olivier an meiner Seite zu haben, in dem Leben, das mir vorbestimmt war.

Als das Stück zu Ende war, stellte ich fest, dass niemand zugehört hatte. Mein Blick verharrte noch kurz auf der Partitur, dann setzte ich mit einem letzten Rest an Geduld mein übliches Lächeln auf und widmete mich wieder meinen Gästen. In der Woche hatte sich Benedetta anlässlich eines Schachabends doch etwas im Süßwarenladen La Violeta besorgt, und ich hatte die Gelegenheit genutzt, selbst ein paar Köstlichkeiten für meine Gäste zu bestellen. Ich nahm die Schachtel mit kandierten Veilchenblüten aus der Anrichte und hielt sie Tristán hin: »Probier mal, sie werden dir schmecken.«

Wenig überzeugt griff er zu. Dann begab ich mich zu den beiden Sofas, wo die anderen saßen. Erst bot ich Doktor Vázquez die Süßigkeiten an, der gleich zwei nahm, und dann forderte ich Francisco und Aurora auf, es ihm gleichzutun. Ungeschickterweise griffen beide nach demselben Bonbon, sodass ihre Hände sich beinahe zärtlich berührten. Lachend entschuldigten sie sich. Francisco, ganz Kavalier, ließ Aurora den Vortritt. Dann nahm er eine andere kandierte Blüte und schob sie mit einem letzten Lächeln zu Aurora in den Mund.

Zorn wallte in mir auf. Meine Hände begannen zu zittern, und ich stellte die Schachtel schnell auf den Beistelltisch. Dann setzte ich mich auf einen der freien Sessel in der Nähe von Tristán. Ich kannte Francisco viele Jahre. Vielleicht hatte ich ihn nie wirklich geliebt oder begehrt, aber ich war ihm zugetan und hatte ihn immer geschätzt. Und ich konnte mich erinnern, dass es in unserer Ehe durchaus glückliche Momente gegeben hatte. Wir hatten die Ferien miteinander verbracht, das Bett geteilt und unzählige Gespräche geführt. Von daher kannte ich ihn gut genug, um seinen Gesichtsausdruck lesen zu können. Ich wusste, wie er in Situationen reagierte, die in ihm Wut, Empörung oder Unbehagen auslösten oder die ihn amüsierten und unterhielten. Aber vor allem wusste ich, wie er Dinge ansah, die ihn anzogen und die ihm gefielen. Weil er mich vor einiger Zeit genauso angesehen hatte, ganz zu schweigen von den Nächten, in denen die Wollust ihn übermannt hatte. Und jetzt war Aurora diejenige, die er mit begehrlichen Blicken ansah.

Mir fiel Eleonoras Bemerkung wieder ein, dass Wissen Macht bedeutet, insbesondere für eine Ehefrau. Nun hatte ich die Information, die ich unbedingt hatte haben wollen – ich wusste, wer die Geliebte meines Mannes war. Wie Charito gesagt hatte, war es kein vulgäres Flittchen, sondern eine Frau aus gutem Hause. Ich betrachtete Doktor Vázquez, und er tat mir fast leid. Ich konnte das verschmerzen, aber er schien seine Frau bedingungslos zu lieben. Meine Ehe war nicht so, wie ich sie mir vorgestellt hatte, doch wenn Francisco mich nicht mehr anfasste, würde ich die Romanze mit Aurora Giménez hinnehmen. Auch wenn ich ihr zulächeln und sie weiterhin in meiner Wohnung bewirten müsste. Fast alle Männer hatten doch eine Geliebte. Und es war mir lieber, sie in meiner Nähe zu wissen, dann hätte ich das Ganze besser unter Kontrolle. Sie mochten Elisa Montero für jung, unerfahren und gutmütig halten, aber dumm war sie nicht.

\*\*\*

Als Olivier einige Tage später von seiner Reise nach Barcelona zurückgekehrt war, wo er hohe Angehörige des Direktoriums interviewt hatte, lud Don Ernesto zu einem Abendessen ein, um ihn offiziell in der Stadt willkommen zu heißen. Ich war überglücklich, dass er wieder in Madrid war. Die Angst, dass die wahre Geschichte um Pedro Liébana ihn in Gefahr bringen könnte, kehrte zurück. Und auch die vor dem Wiedersehen nach dem Liebesrausch auf der Dachterrasse seines Hotels. Ich saß fertig zurechtgemacht auf der Kante meines Bettes und starrte auf die missratene Zeichnung des Schweins. Francisco trat ein und band sich vor dem Spiegel die Krawatte. Ich legte das Bild in die untere Schublade des Nachttischs, stand auf und half ihm.

»Du siehst umwerfend aus«, sagte er.

»Danke, Liebling«, erwiderte ich, glaubte ihm aber kein Wort.

»Nächste Woche gehen wir mal wieder ins Theater, und ich führe dich in ein schickes Restaurant aus, was meinst du? Ich werde für ein paar Tage in die Vereinigten Staaten reisen und möchte, dass wir den Abschied gebührend feiern«, sagte er und legte die Hand um meine Taille.

Ich hielt inne.

»Das heißt, ich kann euch nicht begleiten?«

»Nein, Schatz. Du würdest dich nur langweilen, wenn du stundenlang im Hotel auf mich warten müsstest, und ich kann keine Sorgen und Ablenkungen brauchen. Die Reise ist für unsere Bank von größter Bedeutung.«

»Aber ich könnte doch Einkaufsbummel machen oder einfach spazieren gehen«, legte ich nach.

»Ich habe Nein gesagt, Elisa. Ich frage mich, ob du mir überhaupt zuhörst. Bei dir weiß ich nie, wie oft ich meine Entscheidungen wiederholen muss, damit du sie akzeptierst. Das ist eine Geschäfts- und keine Vergnügungsreise. Ich habe dir das Haus in Santander gekauft, wenn du von dem aufreibenden Leben in der Stadt mal Abstand brauchst. Also fahr für eine Weile dorthin, wenn du das Gefühl hast, du musst dich von den Bällen, den Besuchen bei der Schneiderin und sonstigen Anstrengungen erholen.«

»Ja, das sollte ich tun. Du bist ja so gut wie nie zu Hause und würdest meine Abwesenheit gar nicht bemerken.«

»Immer dieselbe Leier! All das, was du hier siehst, kostet Geld. Das ist alles nur möglich durch meinen Einsatz, durch all die Stunden, die ich auswärts verbringe und arbeite. Du könntest deinem Goldesel etwas mehr Dankbarkeit entgegenbringen, meine Liebe.«

»Francisco, wir wissen beide, dass nicht deine gesamte Zeit von deinen Geschäften beansprucht wird. Ich bin nicht naiv. Hör auf, mich wie ein kleines Kind zu behandeln, ich weiß, was es heißt zu arbeiten und wie glücklich ich mich schätzen kann, dass du mir die Welt zu Füßen legst.«

Francisco sah mich irritiert an. Ich wusste nicht, ob er den genauen Sinn meines Vorwurfs verstanden hatte, aber plötzlich war sein Zorn verflogen, und er kam auf mich zu. Er fasste mein Arme und küsste mich auf die Stirn.

»Verzeih mir, Liebes. Ich möchte nicht meinen Unmut an dir auslassen, aber du musst verstehen, dass ich nicht gerne Zeit hier verbringe, wenn ich dir nicht nahe kommen darf. Es ist sehr hart für mich, dass du dich mir verweigerst.«

»Ich bin sicher, du weißt die Lust zu befriedigen, die dich übermannt, wenn du unsere Wohnung verlässt«, erwiderte ich kühl.

Zornig wandte er sich ab.

»Elisa, du kannst dich glücklich schätzen, dass ich die ganze Zeit so geduldig mit dir bin, denn wenn ich aus den Vereinigten Staaten zurückkehre, ist Schluss damit. Du kannst dich schon mal an den Gedanken gewöhnen. Ich habe mir lange genug auf der Nase herumtanzen lassen.«

Wütend schüttelte ich den Kopf und sah ihm nach, wie

er das Zimmer verließ und rief, ich solle ihm schleunigst nachkommen, er wolle nicht wieder zu spät sein.

Auch nach vielen Jahren zählten die Einladungen bei den Rodríguez de Aranda immer noch zu den beliebtesten Feierlichkeiten im Viertel Salamanca. In den letzten drei Jahrzehnten hatten sie in ihrer Villa in der Calle Lista so manch illustren Gast verköstigt. Einige waren immer dabei und längst zu Freunden geworden. Andere wiederum waren nur ein oder zwei Mal zugegen, was meist mit den Interessen der Zeitung und politischen Veränderungen zu tun hatte.

Als Francisco und ich ankamen, sah ich Olivier im Gespräch mit Oberstleutnant Roca und Señor Villarroy. Mein Herz machte vor Freude einen Satz. Ich versuchte, mir nichts anmerken zu lassen, wandte den Blick ab und folgte Francisco zur Begrüßung seiner Bekannten.

»Lass uns Señor Pascal begrüßen, Liebes«, meinte er plötzlich unvermittelt. Offensichtlich freute er sich, ihn zu sehen.

Ich bekam weiche Knie, hatte aber keine andere Wahl. Francisco winkte Olivier freundlich zu. Als wir uns ihm näherten, verfinsterte sich kurzzeitig sein Blick, aber er hatte sich sofort wieder im Griff.

»Don Francisco, Doña Elisa, was für eine Ehre, Sie hier zu sehen«, sagte er.

»Das Vergnügen ist ganz auf unserer Seite, Señor Pascal. Wie ich Ihnen bereits bei unserem Treffen in London gesagt habe, es ist bemerkenswert, wie Sie Ihre Freundschaften pflegen. Sie haben diese Willkommensfeier zweifellos verdient«, meinte Francisco.

»Vielen Dank, Don Francisco. Das ist sehr liebenswürdig. Ich versuche stets, die Kontakte aufrechtzuerhalten, die ich an den Orten aufbauen kann, an die meine Arbeit mich verschlägt«, sagte Olivier und sah mich dabei an.

»Da tun Sie gut daran. Aber Sie sollten den Kreis nicht zu groß werden lassen. Ich wette, da gibt es bestimmt eine ganze Reihe von jungen Damen, die auf Nachricht von Ihnen warten«, scherzte Francisco.

»Ja, die ein oder andere sicher«, erwiderte Olivier. »Aber wir haben nicht alle solch ein Glück wie Sie. Ich muss sagen, Doña Elisa, Sie überstrahlen heute Abend alles.«

»Danke«, sagte ich leise.

»Da haben Sie vollkommen recht. Ich könnte nicht glücklicher sein.«

Don Ernesto beendete die unangenehme Situation, indem er uns aufforderte, an der Tafel Platz zu nehmen. Ich saß an der Seite meines Mannes, Olivier saß mir genau gegenüber. Mein Herz beschleunigte seinen Rhythmus. Die Kellner füllten unsere Gläser und trugen Köstlichkeiten auf, die allesamt auf französischen Rezepten beruhten – ein Tribut an den Ehrengast, der den ganzen Abend über im Mittelpunkt stand.

»Don Ernesto hat mir erzählt, dass Sie sich ein paar Tage in Barcelona aufgehalten haben. Was hatten Sie für einen Eindruck? Waren Sie vorher schon einmal dort?«, wollte Giancarlo wissen.

»Nein, leider war mir das bislang nicht vergönnt gewesen«, log er. »Es ist eine wundervolle Stadt.«

»Ja, es ist schade, dass es wegen der Nationalisten und

Anarchisten ständig diese Unruhen gibt«, meinte Francisco.

»Ja, ich habe davon gehört.«

»Das Problem ist, dass sie geglaubt haben, das Direktorium würde den Regionalismus fördern. Doch die Unterdrückung der katalanischen Gemeinschaft und das Verbot ihrer Sprache haben gezeigt, dass Primo de Rivera offenbar andere Pläne hat«, warf Don Ernesto ein.

»Wie auch immer. Man darf nicht zulassen, dass Francesc Macià und Konsorten weiter gegen das Vaterland konspirieren«, meinte Oberstleutnant Roca kategorisch.

»Genau. Denken Sie nur an das Komplott vor etwas mehr als einem Jahr, als ein paar Söldner unter der Führung von Macià von Frankreich aus kamen, um einen Aufstand herbeizuführen und die katalanische Republik auszurufen. Eine Dreistigkeit sondergleichen«, erklärte Don Tomás großspurig, als wäre Olivier nicht auf dem Laufenden, was die aktuelle Entwicklung in Spanien anging.

»Ja, aber viele machen die Repressionen des Direktoriums und die rigide Ablehnung des katalanischen Nationalismus dafür verantwortlich, dass er solch einen Aufwind erfährt«, bemerkte Don Ernesto.

»Pah, der Nationalismus ist eine schlechte Erfindung des 19. Jahrhunderts, genau wie das Haaröl«, ergriff Don Tomás wieder das Wort. »In beiden Fällen sollte man wissen, wann es an der Zeit ist, es hinter sich zu lassen und einen Schritt Richtung Zukunft zu gehen. Wir sollten unsere Anstrengungen auf die wirklich wichtigen Dinge konzentrieren.«

»Wenn das alles so einfach wäre, mein lieber Tomás«, mischte sich meine Tante ein. »Wie Sie sehen, Señor Pascal, haben sich die Dinge hier kaum verändert.«

»Da bin ich anderer Ansicht, Tante. Ich finde, alles verändert sich und entwickelt sich ständig weiter. Auch wenn es uns bei oberflächlicher Betrachtung nicht so vorkommen mag.«

»Was für ein Glück, dass deine Meinung keinen interessiert«, attackierte sie mich, überdrüssig, dass ich ihr immer wieder vor allen Freunden widersprach.

»Mich interessiert sie sehr wohl. Ich fand schon immer, dass Doña Elisa ein sehr gutes Urteilsvermögen hat«, verteidigte mich Olivier.

»Ich finde, dass sie manchmal über das Ziel hinausschießt, Señor Pascal. Aber ich stimme mit Ihnen überein, dass ihre Begeisterungsfähigkeit etwas Rührendes hat«, lautete Franciscos Kommentar.

Das stetige Klappern des Bestecks begleitete die Unterhaltung. Alle waren interessiert an Oliviers Erzählungen und daran, welche berühmten Persönlichkeiten er kennengelernt hatte. Ich tat so, als hörte ich die Geschichten zum ersten Mal. Manchmal sah er mich an, und mir stockte der Atem, während ich weiter seinen Worten lauschte. Francisco legte seine Hand auf meine, die auf der tadellos weißen Tischdecke ruhte. Er hatte das bei verschiedenen Anlässen bereits getan, aber an dem Abend empfand ich das fast schon als Frevel. Es störte mich, dass er sich in der Öffentlichkeit so gab, als läge ihm etwas an mir, und ich zog die Hand weg. Ich brauchte seinen Schutz nicht. Ich konzentrierte mich wieder auf Oliviers Worte. Ihn so nah bei mir zu haben und nicht berühren zu können war fast unerträglich.

Benommen vom Wein und meinen widerstreitenden Gefühlen entschuldigte ich mich und ging zur Toilette. Ich setzte mich auf den Hocker vor dem Spiegel. In meinem Kopf hörte ich immer lauter die Klänge von *Clair de Lune*, während *Für Elise* allmählich verstummte. Viel zu lange hatte ich beiden Raum gegeben. Die Melodie von *Für Elise* war mächtiger, nur deshalb hatte ich ihr mehr Gehör geschenkt. Doch in Wahrheit hatte ich immer die Zartheit von *Clair de Lune* geliebt, die mich bis tief ins Mark berührt hatte. Ich stand auf und trat wieder hinaus, damit sich niemand über meinen Verbleib Gedanken machte. Ich ging den Flur entlang und hörte in der Ferne das von Lachen untermalte Stimmengewirr. Doch bevor ich die Tür zum Salon erreicht hatte, fasste mich jemand am Arm, zog mich in einen Raum im Erdgeschoss des Palais und schloss die Tür.

»Olivier, um Himmels willen, du hast mich zu Tode erschreckt«, stammelte ich.

Außer uns befand sich niemand in dem Zimmer.

»Verzeih. Mir ist keine andere Möglichkeit eingefallen, wie ich mit dir reden kann.«

»Was ist denn? Hör mal, Olivier, ich …«

»Schscht«, unterbrach er mich. »Lass mich ausreden, Elisa. Ich wollte dir sagen, dass es mir sehr leidtut, was da neulich geschehen ist. Ich weiß nicht, warum ich das getan habe. Ich habe mich von meinen Gefühlen überwältigen lassen, ohne darüber nachzudenken, welche Folgen das für dich haben könnte. Als ich Francisco in London getroffen habe und hörte, wie er über dich redete, hatte ich das Gefühl, er spräche über einen völlig anderen Menschen. Er sprach nicht über die Elisa, die ich kenne. Ich habe Himmel und Hölle in Bewegung gesetzt, um dich wiederzusehen, um dich zurückzugewinnen. Aber vielleicht habe ich mich getäuscht. Du bist glücklich verheiratet, so wie ich es vernehme, und ich will dir wirklich keine Probleme bereiten. Ich verstehe, dass du auf Abstand gehen möchtest, aber ich will dich nicht verlieren.«

Vor lauter Angst, er könne weitersprechen, hörte ich allein auf mein Herz, zog ihn fest an mich und küsste ihn. Das war es, was ich mir gewünscht hatte, seit ich das Haus betreten hatte. Wieder übermannten uns die Gefühle, genau wie an dem Abend auf der Dachterrasse.

»Ich kann ohne dich nicht leben«, flüsterte ich ihm ins Ohr. »Ich will nicht auf Abstand gehen, ich habe lediglich Angst, Olivier. Niemand darf von uns erfahren.«

»Keine Sorge, Elisa. Wir denken uns etwas aus.«

»Mein Gott, wie habe ich dich vermisst ...«

*\*\*\**

Laut auszusprechen, was ich seit Langem fühlte, verlieh mir neuen Schwung. Ich musste immer noch die Rolle der perfekten Ehefrau spielen oder mich zumindest bemühen, aber wann immer ich konnte, traf ich mich mit Olivier. Mit ihm zusammen erkundete ich auf ganz neue Art die Straßen der Stadt: Wir nutzten lauschige Plätze und Winkel, um uns, wenn wir uns unbeobachtet fühlten, lange anzusehen, zu berühren und zu küssen. Wenn wir zufällig einen Bekannten trafen, nutzten wir die altbekannte Ausrede mit den Französischstunden, die uns schon bei seinem ersten Aufenthalt in der Stadt so nützlich gewesen war. Wenn sich im Strom der Passanten kaum merklich unsere Hände berührten, brach sogleich der Vulkan der Leidenschaft von Neuem aus.

Doch diese Glücksmomente entbanden mich nicht von dem bedrückenden Alltag. Darin war ich weiterhin Elisa Montero, verheiratete Señora de las Heras y Rosales. Meine Tage waren durch gesellschaftliche Verpflichtungen bestimmt, und mein Platz war weiterhin an Franciscos Seite.

Ich sprach mit niemandem außer mit Catalina über das Gefühlschaos, das mich beherrschte. In Lateinamerika kam sie gemeinsam mit Professor Santoro gut mit ihren Projekten voran, wie sie in ihrem letzten Brief, der aus Brasilien gekommen war, berichtete. Sie war einen Monat vorher erkrankt und noch nicht ganz genesen, aber sie hoffte, bald wieder die Alte zu sein. Begierig darauf, Näheres über ihren Zustand zu erfahren, riss ich eine Seite aus dem Heft, mit dem Francisco meine journalistischen Ambitionen zu Salonpoesie hatte degradieren wollen, und griff zur Feder.

Nachmittags dann richtete ich mich sorgfältig her. Es war mein letztes Zugeständnis an Francisco, bevor er in die Vereinigten Staaten aufbrach. Ich sprühte noch etwas Parfüm auf die Handgelenke und kämmte mein Haar. Um acht blickte ich auf die Straße hinunter und sah den schwarzen Panhard vor dem Gebäude parken. Er war schon da.

Während des ganzen Abends erzählte er mir von den besonderen Plänen, die er und sein Bruder hatten, um Amerika zu erobern. Er sprach voller Bewunderung über Luis. Wenn er von dessen unmoralischem Angebot gewusst hätte … Was war das doch für eine heuchlerische Welt, in der diese so traut vereinte Familie sich bewegte. Seine Vorträge zu Verhandlungen und Finanztransaktionen waren mir nur allzu bekannt. Sogar bei unserer Hochzeitsreise nach Wien hatte er die Gelegenheit genutzt, potenzielle Geschäftspartner zu treffen, und mich gezwungen, an Abendessen teilzunehmen, bei denen ich nur eine stumme Statistenrolle innehatte. Hätte ich voraussehen müssen, was für ein Leben mich an seiner Seite erwartete? Im Grunde ja, niemand hatte versucht, mich zu täuschen, höchstens ich mich selbst, weil ich so dumm war zu glauben, dass sich das mit den Jahren ändern würde.

»Wir müssen uns beeilen, die Vorstellung beginnt gleich«, sagte Francisco, als wir das Restaurant verließen.

»Was sehen wir uns denn an, Liebling?«, fragte ich.

»*Der letzte Romantiker*. Eine Zarzuela, die erst vor zwei Wochen uraufgeführt wurde und exzellente Kritiken bekommen hat, sagt Joaquín.«

»Ausgezeichnet«, erwiderte ich.

Das Teatro Apolo präsentierte sich an dem Samstag wieder einmal in seiner ganzen Pracht. Seit unserer Hochzeit waren wir unzählige Male dort gewesen. Francisco hatte eine Abneigung gegen das Kino, und deswegen gingen wir meist ins Theater oder ins Stadion, wenn wir uns amüsieren wollten. Dabei hätte ich nur zu gern die Premieren der neuen Spielfilme gesehen, die zunehmend mit

Ton versehen waren – ein Meilenstein in der Geschichte des Films und der Produktionen aus Hollywood. Ich fand es immer wieder amüsant, wie dieselben Gläubigen, die sonntagmorgens die nur wenige Meter vom Theater entfernte Kirche San José aufsuchten, sich am Abend zuvor von den Vorstellungen verführen ließen. Einige hatten sogar die Spätvorstellung besucht, wofür Padre Cristóbal sie am nächsten Tag wegen des moralisch zweifelhaften Inhalts getadelt hätte. Nicht selten erschien der ein oder andere Herr zur Messe im selben Anzug wie am Vorabend.

Nachdem wir mit dem Panhard den Bogen des Eingangs passiert und den Lärm der Calle Alcalá hinter uns gelassen hatten, stiegen wir in der weitläufigen Fahrzeughalle aus dem Wagen. Auf dem Weg ins Theater blieb Francisco plötzlich stehen und grüßte freudig überrascht jemanden, den ich in der Menge nicht sofort ausmachen konnte.

»Señor Pascal, was für eine Überraschung, Sie zu sehen!«, rief er.

»Guten Abend! Sehr erfreut. Doña Elisa«, sagte er und warf mir einen kurzen sehnsüchtigen Blick zu, ohne dass es jemand bemerkte.

»Señor Pascal«, erwiderte ich.

»Erlauben Sie, dass ich Ihnen Señor Edgar Neville und Señor López Rubio vorstelle, zwei gute Freunde aus meiner Anfangszeit in Madrid.«

Ich sah sie mir genauer an. Ich kannte sie aus dem Café Pombo, aber das konnten sie nicht wissen. Die drei fröhlichen jungen Männer mit tadelloser Frisur und betont intellektuellem Anstrich – dies galt vor allem für Señor

Neville – fielen unter all den biederen Paaren wohltuend auf.

»Angenehm. Ich glaube, Ihre Namen schon gehört zu haben. Kann das sein?«, fragte Francisco.

»In der Tat, Don Francisco. Es sind zwei vielversprechende Schriftsteller und Dramaturgen. Vielleicht haben Sie die Namen auf den Plakaten der Theater in der Stadt gelesen«, erklärte Olivier.

»Ja, gut möglich ...«, sagte Francisco nachdenklich.

»Sehen Sie sich *Der letzte Romantiker* an?«, fragte Señor Neville.

»Ja, das hatten wir vor. Ich reise morgen früh in die Vereinigten Staaten, und wir wollten uns zum Abschied ein Theaterstück anschauen. Sie auch?«

»Ja. Perfekt. Dann lassen Sie uns hineingehen«, schlug Oliviers Freund vor.

Mein Mann, der Gespräche mit Leuten, die ihn nicht interessierten, schnell leid war, zog sich geschickt aus der Affäre und verabschiedete sich, als der Gong ertönte. Doch als wir unsere Plätze eingenommen hatten, staunten wir nicht schlecht, als die drei Herren sich zu uns gesellten. Offenbar hatte Edgar Neville, der aus bester Familie stammte, Karten für die restlichen Plätze unserer Loge. Francisco machte gute Miene zum bösen Spiel, war aber verärgert, dass man ihn der trauten Zweisamkeit mit mir beraubte. Olivier wählte ausgerechnet den Platz neben mir.

Als das Licht ausging und der erste Akt begann, beugte sich Francisco in einem Anfall von Überschwang zu mir und flüsterte mir, während er mir über den Arm streichelte, ins Ohr: »Es ist bedauerlich, dass wir nicht allein sind, aber dann verschieben wir unser kleines Tête-à-Tête eben auf später, wenn wir wieder zu Hause sind.«

Ich zog die Augenbrauen hoch. Mit einem Seitenblick gewahrte ich, wie Olivier stocksteif wurde. Er hatte gehört, was Francisco gesagt hatte. Ich atmete tief ein und ließ das Schweigen für mich sprechen.

In der Dunkelheit des Zuschauerraums begann die Zarzuela. Die Geschichte kam mir paradoxerweise sehr bekannt vor. Eine verheiratete Frau möchte mit ihrer ersten Liebe, die sie nie vergessen hat, nach Paris fliehen. Auf der Bühne wurde den flüchtenden Liebenden applaudiert, aber im alltäglichen Leben wurden sie geächtet. In manchen Momenten vergaß ich, was auf der Bühne geschah, und konzentrierte mich ganz auf Olivier, der nur wenige Zentimeter von mir entfernt saß. Was hätte ich dafür gegeben, Hand in Hand mit ihm dasitzen zu können, wie zwei Verliebte, während wir gemeinsam das Theaterstück genossen.

Mein rebellischer Charakter, den man mir nicht hatte austreiben können, drängte mich, meinen Wunsch in die Tat umzusetzen. Die Dunkelheit, in deren Schutz die schlimmsten Sünden begangen wurden, war meine Komplizin. Langsam ließ ich die Hand von der Sessellehne gleiten, ganz nah heran an seine. Francisco war wie gebannt von der Geschichte auf der Bühne. Erst strich ich nur sanft mit der Kuppe meines Zeigefingers über Oliviers Finger, um ihn nicht zu erschrecken. Er verstand die Botschaft, und unsere Hände fanden sich zu einem Tanz, der all das ausdrückte, was niemals ans Licht kommen durfte: all die kleinen Geständnisse, die Liebe im Verborgenen, für die man uns an den Pranger stellen würde, die Versprechen, die wir niemals halten könnten.

Als die Lichter unter tosendem Schlussapplaus angingen, drückte Olivier zum Abschied noch ein letztes Mal meine Hand, und dann erhoben wir uns, als wenn nichts wäre, und applaudierten ebenfalls dem Stück, von dem wir kaum etwas mitbekommen hatten. Zum Leidwesen meines Mannes begleiteten uns Olivier, Señor Neville und Señor López Rubio zum Ausgang. Nach einer kurzen kritischen Analyse des Stücks, die von dem Esprit der beiden Herren in Oliviers Schlepptau zeugte, legte Francisco den Arm um meine Taille.

»Zum Glück gibt es solch romantischen Unsinn nur im Reich der Fiktion. Ich würde jeden töten, der versuchen würde, mir meine Frau wegzunehmen, und wenn es die Romanze des Jahrhunderts wäre«, warf er ein.

»Da tun Sie gut daran, Don Francisco. Eine solche Schönheit lässt man nicht entkommen«, erwiderte Señor López Rubio.

»Dem kann ich mich nur anschließen«, meinte Señor Neville.

»Nun, wir machen uns dann mal auf den Weg, nicht wahr, Liebes?«, sagte Francisco und zog mich näher an sich heran, um mir galant einen Kuss auf die Wange zu drücken.

Olivier ließ seinen Blick in die Ferne schweifen, um seiner Gefühle Herr zu werden.

Als wir zu Hause ankamen, dachte Francisco, er könnte mich mit seinen Komplimenten und Zärtlichkeiten dazu bewegen, mich ihm hinzugeben. Weit gefehlt. Wenn ich akzeptierte, dass er eine Geliebte hatte, dann nur, um mir solch Drangsal zu ersparen. Ich zog mich rasch aus und schlüpfte in mein Nachthemd. Seine weiteren Annäherungsversuche wies ich mit einem kühlen »Ich bin müde« in die Schranken.

»Komm schon, Liebes, ich reise morgen in die Vereinigten Staaten. Wirst du mich denn gar nicht vermissen?«

»Mein Leben geht auch ohne dich weiter, so war es ja immer schon.«

»Komm schon, Liebes, jetzt hab dich nicht so.«

Als er meinen Arm umklammerte, entwand ich mich zornig.

»Francisco, ich habe Nein gesagt, und wenn du mich noch einmal zwingst, werde ich so laut schreien, dass alle Nachbarn es mitbekommen, das schwöre ich dir!«

»Hör sich das einer an ... Aber genieße die nächsten Wochen, Liebes, denn danach wird mich selbst dein Geschrei nicht abhalten. Und ich glaube nicht, dass sich irgendjemand auf die Seite einer Frau stellt, die ihren ehelichen Pflichten nicht nachkommt.«

»Das wirst du nicht wagen.«

»Fordere mich nicht heraus, Elisa. Ich habe in allen Dingen weit mehr Erfahrung als du. Jetzt lass mich schlafen. Dein kindisches Benehmen raubt mir den letzten Nerv.«

\*\*\*

Um acht Uhr morgens verriet mir ein kühl hingehauchter Kuss auf die Stirn, dass er das Haus verließ. Ich stellte mich schlafend, um mich nicht von ihm verabschieden zu müssen. Allein in unserem Ehebett dachte ich über seine Warnung nach und fasste einen Entschluss. Ich stand auf und begab mich zum Frühstück in den kleinen Salon. Während ich mich hinsetzte und Anita die Milch eingoss, gab ich ihr nüchtern die Anweisung: »Anita, lassen Sie einen Schlosser kommen. Er soll an allen Türen Riegel anbringen. In diesem Haus gibt es keinerlei Privatsphäre.«

»Aber Doña Elisa, weiß Señor Francisco davon? Ist er damit einverstanden?«, fragte sie verwundert.

»Anita, wir bezahlen Sie nicht dafür, dass Sie Fragen stellen. Aber um Sie zu beruhigen, ja, Señor Francisco ist damit einverstanden. Davon abgesehen ist er inzwischen abgereist, vielleicht ist Ihnen das ja entgangen, und während seiner Abwesenheit habe ich das letzte Wort, ob es Ihnen passt oder nicht. Verstanden?«

»Ja, selbstverständlich, Doña Elisa. Auch in den Schlafzimmern?«

»Gerade dort, Anita. An allen Türen. Und jetzt lassen Sie schon mal das Badewasser ein, ich will nicht warten müssen.«

Das Hausmädchen eilte davon, als wäre der Teufel hinter ihm her. Ich war mir sicher, dass sie zu Charito in die Gerüchteküche rennen und ihrem Herzen Luft machen würde, aber das war mir egal.

Am Nachmittag nutzte ich die Gelegenheit, dass ich allein war und mich ungezwungen bewegen konnte, um am Flügel meinen letzten Artikel als Pedro Liébana Korrektur zu lesen. Es ging um Bildung – ein Thema, das mich durch meine Gespräche mit Catalina und die wenigen Male, bei denen ich ohne Franciscos Wissen an Treffen der Nationalen Vereinigung Spanischer Frauen teilgenommen hatte, schon lange interessierte. Gerade war ein Artikel über Luis Bello in *El Sol* erschienen, der im ganzen Land die Schulen besuchte und über das Thema Bildung sprach, denn die war seiner Ansicht nach das geeignete Instrument, Spanien weit voranzubringen.

Allmählich wurde es dämmrig im Salon, und es hatte angefangen zu regnen. Als ich fertig war, schloss ich den Text weg und bat Anita, mir die neu angebrachten Türriegel zu zeigen. Sie teilte mir mit, dass wir einen Aufschlag zahlen müssten, weil es sich um einen Eilauftrag handelte. Doch das war es mir wert. Nachdem ich alles in Augenschein genommen hatte, speiste ich im kleinen Salon zu Abend, dann ging ich in mein Schlafgemach und zog den Kimono an, den ich so gern im Haus trug. Als Belohnung gönnte ich mir eine Zigarette. Was für eine Wohltat, mich nicht erklären oder wieder endlos diskutieren zu müssen, dachte ich bei mir, während ich durch das Fenster auf die Straße blickte.

Der Regen hing wie ein Vorhang über Madrid. Hin und wieder bahnten sich die Scheinwerfer eines Autos oder die Räder einer Kutsche erbarmungslos ihren Weg durch die Wassermassen. Wir wohnten in einem ruhigen Viertel, ähnlich wie das, in dem ich früher gelebt hatte. In der letzten Zeit waren zahlreiche Gebäude und Geschäfte hinzugekommen, die das Bild des Stadtteils prägten. Ich mochte es, wenn es regnete. Den Geruch nach Erde. Das Prasseln der Tropfen auf dem Pflaster. Ganz im Bann dieser regennassen Nacht sog ich Zug um Zug genüsslich den Rauch ein.

Als ich die Zigarette aufgeraucht hatte, erblickte ich auf der Straße eine Gestalt, die ohne Schirm auf das Haus zukam. Ich versuchte zu erkennen, um wen es sich handelte. In der Tat, es war Olivier. Aufgeregt drückte ich die Zigarette im Aschenbecher aus, schloss den Kimono und verließ das Zimmer.

Anita geisterte noch durch die Wohnung. Ich herrschte sie an: »Anita, gehen Sie sofort auf Ihr Zimmer und bleiben Sie dort.«

»Aber, Doña Elisa ...«

»Tun Sie, was ich sage, sonst erzähle ich Francisco, dass Sie sich etwas von dem Geld abzweigen, das ich Ihnen für die Besorgungen gebe«, drohte ich.

»Nein, bitte, tun Sie das nicht, Señora. Ich gehe ja schon ins Bett.«

Nachdem ich mir mein geschwätziges Hausmädchen vom Hals geschafft hatte, öffnete ich die Tür und bat Pepón, den Nachtportier, Olivier hereinzulassen. Das Tosen von Wind und Regen drang ins Treppenhaus. Oliviers Schritte auf den Stufen hallten durch die Stille des eleganten Hauses. Ich stand an der geöffneten Tür und konnte es kaum erwarten, dass er auf dem Treppenabsatz erschien. Er war vollkommen durchnässt.

»Olivier, was machst du denn hier? Bist du verrückt?«, flüsterte ich.

»Schon möglich«, erwiderte er.

»Ich habe dir doch gesagt, dass niemand von uns erfahren darf. Francisco wird dich umbringen.«

»Elisa, vor den anderen kann ich schauspielern, den Schein wahren, mich zurückhalten, aber verlang nicht von mir, dass ich mich von dir fernhalte und gleichzeitig mit ansehen muss, wie er dich berührt. Ich halte das nicht mehr aus.«

»Nichts liegt mir ferner …«

Ich sah ihm einen zeitlosen Moment lang in die Augen, dann fiel ich in seine Arme, die mich mit ungestümer Leidenschaft packten und in die Wohnung schoben. Während er mich küsste, wie nur er es verstand, mich zu küssen, schloss er hinter uns die Tür. Mein Kopf schaltete sich aus, mein Verstand war nicht länger Herr über meine Gefühle. In seinen Armen verschwamm alles andere, alles wurde unwichtig, reduzierte sich auf ein einziges Bedürfnis. Das Verlangen hatte uns vollständig überwältigt. Ohne nachzudenken, drückte er mich gegen die Anrichte. Seine Hände fuhren über meine Beine, glitten unter den Kimono und erforschten meinen Körper. Ich stöhnte auf und gab mich ihm vollkommen hin, wie ich es mir so oft insgeheim gewünscht hatte.

Die schwachen Strahlen der Sonne fielen auf sein Gesicht. Ich beobachtete ihn, wie er in der Ruhe nach dem Platzregen schlief. Wie war es möglich, jemanden mit solcher Macht, auf eine derart tiefe und gefahrvolle Weise zu lieben? Er hatte meinen Körper mit zartfühlender Lust erkundet und mit jeder Berührung gezeigt, wie sehr er mich begehrte und wie grenzenlos er mich liebte. Ich hatte noch nie in meinem Leben so gefühlt. Ich fuhr mit der Kuppe meines Zeigefingers über sein Gesicht, so wie ich es an dem Tag gemacht hatte, als wir uns zum ersten Mal begegnet waren, auf der Pritsche im Souterrain des Hauses meiner Tante. Wieder holte ihn meine Berührung aus dem Schlaf. Als er mich sah, lächelte er. Er schloss die Augen und bat mich, nicht aufzuhören. Doch in dem Moment weckte mich eine innere Stimme. Es gab etwas, worüber ich dringend mit ihm reden musste. Ich durfte ihm nicht verschweigen, was mit Pedro Liébana geschehen war. Es ging schließlich um seinen Vater. Das war ich ihm schuldig.

»Olivier, ich muss dir etwas sagen«, murmelte ich.

Er sah mich erstaunt an.

»Was ist denn?«, fragte er unbekümmert.

Ich richtete mich auf, hüllte mich in das Laken und überlegte, wo ich anfangen sollte.

»Nun ja ... ich wollte es dir schon seit einer Weile sagen, aber es erschien mir nicht ratsam, es in einem Brief niederzuschreiben.«

»Was ist passiert?« Er richtete sich ebenfalls auf und legte die Hand auf meine Schulter. Ich spürte seine Anspannung.

»Es ist wegen Pedro Liébana. Ich musste ihn verschwinden lassen, physisch zumindest. Sie haben seinen Namen mit dem deines Vaters in Verbindung gebracht«, begann ich. »Kaum warst du weg, habe ich bemerkt, dass ich verfolgt wurde. Das Gefühl hatte ich vorher auch schon, aber da dachte ich, du wärst das, du würdest mich überwachen, weil du ja Pedro Liébana bist. Doch das war ein Irrtum, mir war jemand völlig anderes auf den Fersen. Eines Abends haben mich zwei Beamte der Guardia Civil verfolgt, als ich mit Don Ernesto und den anderen im Maxim's noch etwas trinken war. Ich konnte sie abhängen, aber ich habe einen hohen Preis bezahlt.«

»Was war da los? Elisa, das hättest du mir erzählen müssen!«

»Ich war damals schwanger, und, nun ja, ich habe das Kind an dem Abend verloren.« Meine Augen füllten sich mit Tränen.

»Elisa ...«, sagte er bestürzt und nahm mich in den Arm. »Es ist meine Schuld. Ich hätte niemals zulassen dürfen, dass du den Namen weiter verwendest. Ich wusste, wie gefährlich das ist.«

»Aber nein, Olivier. Du hast mich vor den Gefahren gewarnt, und ich habe nicht auf dich gehört und mir eingeredet, dass schon nichts passiert. Aus dem Grund schreibe ich immer noch unter dem Pseudonym. Es fällt mir schwer, auf Pedro Liébana zu verzichten ... Ich will ihn nicht aufgeben, koste es, was es wolle. Er ist meine einzige Möglichkeit, für eine Zeitung zu schreiben. Auch wenn es Don Ernesto in der letzten Zeit immer schwerer fällt, Artikel unter dem Namen unterzubekommen.«

»Du darfst dich nicht in Gefahr bringen, Elisa, das würde ich mir nie verzeihen ...« Er küsste mich zärtlich. »Erst recht nicht, wenn die Spur zu meiner Familie führen könnte.«

»Ich weiß«, sagte ich betroffen. »Die Guardia Civil ist hierhergekommen, um uns zu befragen. Sie haben sogar Catalina im Wohnheim und Don Ernesto bei der Zeitung einen Besuch abgestattet. So, wie es aussieht, überwachen sie *El Demócrata,* und ich will nicht ausschließen, dass sie auch dich vernehmen, wenn sie erfahren, dass du in der Stadt bist. Du musst vorsichtig sein, dass sie dich nicht mit der Sache in Verbindung bringen und dahinterkommen, wer du in Wahrheit bist. Dein Vater ist einer der meistgesuchten Anarchisten des Landes. Er ist Teil einer Gruppe, die den bewaffneten Aufstand unterstützt, und er ist in mehrere Attentate verwickelt, unter anderem auf einen Beamten der Guardia Civil. Da sind viele Interessen im Spiel. Du hättest diesen Sergeanten mal sehen sollen. Yáñez heißt er. Der ist geradezu besessen von dem Fall.«

Olivier schwieg einen Moment.

»Dieser verdammte Mistkerl. Mein Vater macht uns immer noch das Leben schwer, auch wenn er längst nicht mehr Teil davon ist«, murmelte er zornig. »Wenn ich nur wüsste, wo er sich aufhält, dann könnte ich ihm sagen, wie sehr ich ihn hasse.«

»Gräm dich nicht, Olivier. Keiner weiß, wo er ist. Es kursierte das Gerücht, er habe sich in Madrid aufgehalten, als die Attentate passiert sind. Deswegen wollten sie Pedro Liébana verhören. Sie glauben, dass er seinen Vater versteckt oder seinen Aufenthaltsort kennt«, erzählte ich ihm und beschwichtigte ihn mit meiner Hand, die er voller Wut kräftig drückte. »Ich bin sicher, deinem Vater ist nicht bewusst, dass er dir durch sein Handeln immer noch schaden kann. Er glaubt bestimmt, ihr seid nicht mehr am Leben.«

Olivier starrte ins Leere. Er war aufgebracht, enttäuscht und musste das alles erst mal verdauen.

»Weißt du was? Das Merkwürdige ist, dass ich meinen Vater nicht als schlechten Menschen in Erinnerung habe. Ich glaube, das war er auch nicht. Ich sehe ihn als jemand, für den die Ideale über allem anderen standen. Für sie lebt, kämpft und stirbt man ...«

»Es sind schwierige Zeiten. Die Ideologie befähigt die Menschen zu großen Taten, im Positiven wie auch im Negativen. Das Problem ist nur, dass manche glauben, der Zweck heilige die Mittel«, erklärte ich.

»Eine schöne Frau, die sich in Politik und Philosophie auskennt. Wo bist du nur hergekommen, Elisa Montero?«, sagte er lachend.

»Aus demselben Loch wie du«, scherzte ich und küsste ihn.

Unter dem Laken schlang er seine Arme um mich. Er gab mir das Gefühl, die schönste Frau der Welt zu sein. Ein begehrlicher Kuss folgte dem anderen, doch plötzlich klopfte es an der Tür. Ich vergewisserte mich, dass der Riegel vorgeschoben war.

»Doña Elisa, ist alles in Ordnung?«

Es war Anita.

Ich legte den Finger auf die Lippen und hauchte Olivier ein »Psst!« zu. »Anita, ich habe furchtbare Migräne. Lassen Sie mich bitte.«

»Oh ... Kann ich etwas für Sie tun, Señora? Soll ich Doktor Rueda anrufen?«

»Nein, nein, Anita. Ich brauche nur Ruhe. Wenn ich etwas benötige, lasse ich es Sie wissen. Sie und Charito können sich den Nachmittag frei nehmen.«

»Gut, Señora.«

Olivier beobachtete mich amüsiert.

»Die Rolle der Hausherrin ist dir wie auf den Leib geschneidert«, scherzte er.

»Jemand muss ja für Ordnung sorgen. Francisco ist kaum da, und dieses Hausmädchen bringt mich zur Weißglut. Alle behandeln mich, als wäre ich nur zu Gast, als hätte ich in diesen vier Wänden nichts zu sagen.«

»Du hast keine Ahnung, wie sehr ich es bereue, zugelassen zu haben, dass du dein Leben mit Francisco teilst. Neulich im Theater bin ich schier geplatzt, als ich gesehen habe, wie er dich in seiner selbstgerechten Art berührt«, gestand er und streichelte meinen Arm. »Ich mag mir gar nicht vorstellen, wie er dich behandelt, wenn ihr allein seid ...«

»Olivier, mach dir darum keine Sorgen. Ich habe meinen Mann unter Kontrolle.«

»Das hoffe ich.«

Ich küsste ihn, und wir machten dort weiter, wo Anita uns unterbrochen hatte.

Am Nachmittag musste Olivier gehen, weil er mit Don Ernesto in der Zeitungsredaktion verabredet war.

\*\*\*

In den Wochen, in denen Francisco im Amerika war, konnten wir uns unbeschwert treffen. Diese Freiheit war tröstlich, auch wenn wir wussten, dass die Tage gezählt waren. Ich musste mir meine Ausreden gut überlegen und durfte kein unnötiges Risiko eingehen. Wir trafen uns, wann immer wir konnten, getrieben von der Leidenschaft, die unser beider Leben auf den Kopf gestellt hatte. Das Einzige, was mein Glück ein wenig trübte, war ein Gespräch mit Benedetta. Sie war kurz vor der Niederkunft ihres zweiten Kindes, hatte aber ihre kritische Haltung gegenüber allem und jedem keineswegs abgelegt. Wir tranken Tee im kleinen Salon ihres Hauses. Zwischen oberflächlichem Geplauder versuchte sie mich über mein Verhältnis zu Olivier auszuhorchen.

»Was für eine Überraschung, dass er nach Madrid zurückgekehrt ist.«

»Das kann man wohl sagen«, erwiderte ich. Ich wollte mich um jeden Preis bedeckt halten.

»Ich hoffe, du wirst ihn auf Abstand halten.«

Ihre Ansicht hatte sich über die Jahre nicht geändert: Dieser Mann ist Gift für dich, und jetzt, wo du mit Francisco verheiratet bist, erst recht.

»Benedetta, ich habe es dir schon letztes Mal gesagt, da ist nichts zwischen Olivier und mir. Du kannst also ruhig schlafen.«

»Das tue ich, keine Sorge. Aber meine Stiefmutter hat euch neulich bei einem gemeinsamen Spaziergang gesehen. Ich muss dich nicht daran erinnern, wie unziemlich das ist, wenn du es ohne die Zustimmung deines Mannes tust. Die Leute werden anfangen zu reden, Elisa.«

»Benedetta, Señor Pascal gibt mir Nachhilfe in Französisch. Deshalb treffe ich mich hin und wieder mit ihm. Es ist mir egal, was die anderen sagen.«

»Elisa, liebste Freundin, weißt du, welche Fähigkeit eine Frau gewinnt, wenn sie Mutter wird?« Sie machte eine theatralische Pause. »Zu erkennen, wenn jemand lügt. Du kannst dein Lügenmärchen so oft wiederholen, wie du willst, mir machst du nichts vor. Ich sage dir noch mal: Halte dich von ihm fern! Ich werde nicht zögern, es der

Person zu sagen, die eingreifen wird, wenn ich damit verhindern kann, dass du den Fehler deines Lebens begehst.«

»Was meinst du damit?«

»Ich werde mit deiner Tante sprechen. Ich bin mir sicher, dass auch sie deine Beziehung zu dem Journalisten für eine Mesalliance hält. Hast du schon vergessen, dass er dir gedroht hat?«

»Ich danke dir, dass du dir so viele Gedanken um mich machst, Benedetta, aber wie du schon sagst, es ist mein Leben, und ich bin nicht deine Tochter. Wenn du mich jetzt entschuldigst, ich muss gehen. Mir dreht sich der Magen um, wenn mich eine gute Freundin für mein Verhalten an den Pranger stellt.«

In Kindertagen hatte ich mich immer auf Benedetta verlassen können. Sie hätte nie eines meiner Geheimnisse verraten. Und sie hatte auch nie ein Wort über die wahre Identität von Pedro Liébana verloren, aber bei Olivier stieß ihre Loyalität an ihre Grenzen. Ich konnte nachvollziehen, dass sie mich warnen wollte, aber sie würde mich nicht daran hindern, dass ich mich mit ihm traf. Sie verstand nicht, was mir Olivier bedeutete, denn sie kannte in ihrem Leben nur die Liebe zu dem Mann, den ihr Vater für sie ausgesucht hatte, und hatte sich dem Willen des großen Giancarlo de Lucca gebeugt.

\*\*\*

Wie alles Schöne vergingen diese Wochen wie im Flug. Der Tag von Franciscos Rückkehr war in meinem geistigen Kalender rot angestrichen. Er ging davon aus, dass dieser Tag ein Wendepunkt in unserer Ehe sein würde. Und das wäre er auch. Nur anders, als er erwartete.

An dem Tag gab ich Anita die Order, all meine Sachen aus dem ehelichen Schlafzimmer zu holen und sie ins Gästezimmer zu bringen. Verwundert kam sie meiner Anordnung nach. Mein Mann würde nach dem Abendessen eintreffen, also hätte ich genug Zeit, mich bettfertig zu machen und den Riegel vorzuschieben, der nun alle Türen zierte. Mit Gelassenheit und dem Gefühl, die Situation unter Kontrolle zu haben, nahm ich das Buch, das ich gerade las, um den Tag ausklingen zu lassen. Ich hatte erst ein paar Seiten gelesen, da hörte ich, wie die Wohnungstür ins Schloss fiel. Anita grüßte Francisco ängstlich, der sich ahnungslos zu unserem Schlafzimmer begab, wo er mich wähnte, gezähmt und sehnsüchtig seine Rückkehr erwartend. Als er mich dort nicht antraf, geriet er in Rage und forderte von dem Hausmädchen lautstark eine Erklärung.

»Die Señora hat gesagt, von jetzt an wird sie im Gästezimmer schlafen. Sie entschuldigt sich für die Umstände und wünscht Ihnen eine gute Nacht.«

Ausgezeichnet. Anita hatte meine Botschaft wortgetreu wiedergegeben. Vielleicht war sie doch nicht so falsch, wie ich dachte. Wie zu erwarten ließ Francisco sich damit nicht abspeisen und stürmte wutentbrannt zum Gästezimmer. Er versuchte, die Tür zu öffnen, doch da machte er Bekanntschaft mit der neuen Vorrichtung im Haus.

»Was zum Teufel soll das? Elisa! Elisa!«, schrie er und hämmerte gegen die Tür. »Ich schwöre dir, ich werde deine Kindereien nicht mehr länger dulden. Mach sofort die Tür auf, oder ich trete sie ein!«

Ich klappte in aller Ruhe das Buch zu.

»Hör auf zu brüllen, Francisco. Du benimmst dich wie ein Besessener.«

»Elisa …«, versuchte er es in ruhigerem Ton. »Liebes, lass mich jetzt rein und sag mir, was zur Hölle los ist, dass du dich so aufführst.«

»Nein, Francisco. Deine Drohungen machen mir keine Angst. Solange du mich nicht respektierst, werden wir nicht mehr in einem Bett schlafen. Die Riegel an der Tür geben mir den Rückzugsraum, den ich brauche, wenn ich hier weiter leben soll.«

»Elisa, du brauchst keine Riegel, um hier zu leben. In Gottes Namen, es ist deine Wohnung. Komm raus und kehr zurück in unser Schlafzimmer! Wir sind Mann und Frau, und wir sollten im selben Bett schlafen.«

»Nein«, erwiderte ich.

Ich hörte, wie seine Schritte sich entfernten. Kurz darauf kehrte er zurück. Offenbar hatte er in meinen Kleidern gewühlt, die ich mangels Platz nicht alle hatte mitnehmen können.

»Ich habe hier das grüne Kleid, das du so magst. Das aus Seide. Wenn du die Tür nicht aufmachst, werde ich es in Stücke reißen. Das soll dir eine Lektion sein, denn wenn du nicht das Bett mit mir teilst, werde ich auch nicht länger mein Geld mit dir teilen für all die hübschen Sachen.«

»Tu, was du nicht lassen kannst.«

»Also gut.«

Es schockierte mich nicht, als ich hörte, wie mein Kleid Opfer seines Zorns wurde. Wie wenig Francisco mich doch kannte. Wenn er wüsste, dass er mir das, was ich am meisten auf der Welt begehrte, schon vor langer Zeit genommen hatte.

Am nächsten Morgen tat Anita so, als wäre nichts gewesen. Sie hatte keine Nachricht oder Mitteilung von Francisco für mich. Wir gingen beide darüber hinweg, und der Tag nahm seinen gewohnten Lauf. Am Abend erschien mein Ehemann nicht zum Essen. Es würden ein paar Tage vergehen, bis er wieder das Wort an mich richtete. Doch ihm war bewusst, dass wir uns vor Gott geschworen hatten, fortan unser Leben miteinander zu teilen. Er war ein kluger Mann und wählte den Weg der Geduld und des geschickten Taktierens, weil er darauf vertraute, dass unsere räumliche Trennung in der Wohnung nur vorübergehend war.

Und so kehrten wir zur Tagesordnung zurück und taten für die anderen weiterhin so, als ob wir uns liebten und gegenseitig respektierten, obwohl in Wahrheit jeder seiner eigenen Wege ging.

\*\*\*

Inmitten der ehelichen Zwistigkeiten und der regen Korrespondenz mit meiner Freundin Catalina Folch war Olivier der hellste Lichtblick in meinem Alltag.

Nach Franciscos Rückkehr waren wir gezwungen, uns wieder außer Haus zu treffen und so zu tun, als wäre er mein Französischlehrer und ich seine unbegabte Schülerin aus der Bourgeoisie. An jenem Aprilnachmittag des Jahres 1928 schlug ich Olivier einen Spaziergang durch die Cuesta de Moyano vor, wo sich ein paar Jahre zuvor ein Markt mit antiquarischen Büchern etabliert hatte. Ich liebte diesen Ort, der zwischen der Calle Alfonso XII. und dem Paseo del Prado lag. An den Ständen fand man die Werke altbekannter Autoren, aber auch die junge Generation war vertreten. Von den Buchhändlern mit Argusaugen bewacht, warteten sie in der gleißenden Frühlingssonne auf Interessenten. Die Verkäufer versuchten, die Passanten mit Schmeicheleien und günstigen Angeboten anzulocken. Es bereitete mir großes Vergnügen, die abgegriffenen Bände in die Hand zu nehmen und darin zu blättern. Am meisten hatten es mir die Widmungen angetan, die sie so unersetzlich machten. Das erzählte ich Olivier, und er war sofort mit von der Partie.

»»Für meinen geliebten Nicolás, damit du mich in Marokko nicht vergisst. Für immer dein, María José««, las er.

»Wie traurig ... vielleicht ist er nie zurückgekehrt«, sagte ich und griff nach einem anderen Exemplar.

»Oder doch, und er braucht das Buch nicht mehr, um sich an seine Frau zu erinnern.«

»Das wäre die schönere Variante«, erwiderte ich lachend. »Sieh dir das mal an: ›Ich schenke dir dieses Buch von Vicente Blasco Ibáñez, damit du lernst, was es heißt zu schreiben.‹ Gütiger Himmel, das ist hart.«

»Das ist eine nette Umschreibung dafür, dass einem der Stil des anderen missfällt«, meinte Olivier lachend.

»Dann muss ich dir also ein Buch schenken«, zog ich ihn auf.

»Sehr witzig.«

»Schau mal, diese Widmung ist schön: ›Für meine geliebte Cecilia, die Frau, die mir beigebracht hat, dass Literatur Leben und mein Leben ohne sie nichts ist.‹«

Olivier verzog das Gesicht. Ich wollte ihn gerade fragen, was los ist, da sah ich in der Ferne Don Tomás und Doña María Elena. Ich hielt mir das Buch vors Gesicht, damit sie mich nicht erkannten.

»Was ist denn?«, flüsterte er mir unauffällig zu.

»Das Ehepaar Salamanca Trillo, rechts von dir. Gib mir Bescheid, wenn sie weg sind«, erwiderte ich.

Zum Glück hielten sich die Freunde meiner Tante nicht allzu lange im Reich der Bücher auf. Nachdem Olivier mir gesagt hatte, dass die Gefahr vorüber war, ließ ich das Buch langsam sinken.

»He, ihr beiden Hübschen, wollt ihr langsam mal was kaufen?«, fragte der Händler schlecht gelaunt.

»Ja, die Dame nimmt das, was sie in der Hand hat«, sagte Olivier und zog eine Pesete aus der Tasche.

»Danke, Olivier, aber das wäre nicht nötig gewesen. Ich weiß doch nicht einmal, worum es in dem Roman geht.«

»Das wirst du schon herausfinden, es ist sein Geld auf jeden Fall wert. Allein schon die erste Seite ist ein Stück Literatur«, erklärte er.

»Du hast recht«, erwiderte ich lachend, und dann zogen wir weiter. »Deinem Gesicht nach zu urteilen, erinnert dich die Widmung an etwas.«

»Du bist eine gute Beobachterin. Meine Mutter hieß Cecilia Ribelles. Bevor sie zu Marguerite Pascal wurde. Die Liebesgeschichte meiner Eltern ist auch ziemlich verzwickt …«

»Die musst du mir unbedingt erzählen. Ich liebe Geschichten!«

Wir hatten die Stände mit den antiquarischen Büchern hinter uns gelassen und flanierten über den Paseo del Prado Richtung Zentrum.

»Also, meine Mutter war die jüngste Tochter eines angesehenen Textilfabrikanten im Umkreis von Barcelona. Es war eine glückliche Familie, man stand sich nah, bis meine Mutter sich in meinen Vater verliebte, der in der Fabrik meines Großvaters arbeitete. Meine Mutter sagt, es habe sie so fasziniert, dass er Träume hatte. Für ihn schien die Welt immer großartiger zu sein, als sie tatsächlich war. Meine Mutter meint, meine Schwester Silvie sei ihm in der Hinsicht sehr ähnlich. Meinem Großvater war die Beziehung jedoch ein Dorn im Auge, vor allem, als meine Mutter ihm gestand, dass sie schwanger war. Er war außer sich. Er hat meinen Vater entlassen und meine Mutter enterbt. Das war ein Affront gegen die Ehre seiner Familie, die einen untadeligen Ruf genoss. Meine Eltern haben sich in Barcelona niedergelassen, mein Vater fand dort Arbeit, und dann kam ich auf die Welt. Kurz darauf wurden meine Schwestern geboren, aber zu der Zeit hatte mein Vater sich bereits verschiedenen gewerkschaftlichen Gruppen angeschlossen, allen voran dem radikalen Flügel der Nationalen Arbeiterbewegung.«

»Eine tragische Geschichte.«

»Nun, ich sehe das etwas anders. Natürlich finde ich es auch traurig, wie alles geendet hat, aber damals haben die beiden sich über alle Widerstände hinweggesetzt und sind zusammengekommen. Das Problem war, dass meine Mutter bis über beide Ohren verliebt in meinen Vater war – das ist sie noch heute –, während er sich voll und ganz dem politischen Kampf verschrieben hat.«

»Was ihr an ihm so gefallen hat, brachte sie am Ende auseinander ... Ob es uns mal genauso ergeht, Olivier?«

»Wer weiß? Wir können nur versuchen, es zu verhindern.«

Die Ungewissheit machte mir Angst. Ich liebte ihn mit jedem Tag ein bisschen mehr, und das machte mich immer verwundbarer. Der Spaziergang führte uns an einen Ort, mit dem für uns viele Erinnerungen verbunden waren. Olivier, der erst noch dabei war zu entdecken, wie sehr die lebendige Stadt sich verändert hatte, blieb verwundert stehen.

»Aber was ist denn aus dem Frontón Central geworden?«

»Das ist jetzt ein Kino. Die neue Unterhaltung für die großen Massen in diesem Jahrhundert«, erklärte ich.

»Cine Madrid« stand in großen Lettern über dem Eingang in der Calle de Tetuán.

»Kurz nach deiner Abreise wurde alles umgebaut. Es gibt jetzt zwei Säle, in denen Spielfilme gezeigt werden. Aber ich war noch nie drin. Francisco kann Kino nicht ausstehen.«

»Lass uns doch einen Blick hineinwerfen«, sagte er und bewegte sich auf den Eingang zu. Ich versuchte, ihn davon abzuhalten, doch ich hatte keine Chance.

Uns fiel sofort auf, wie sehr sich alles verändert hatte. Die Farben, die Gerüche, alles war anders. Ein Aushang verriet, welche Filme in der Woche gezeigt wurden: *Liebe*,

*Pflicht und Verbrechen* aus Kolumbien und die romantische Komödie *Kiki*. Die Nachmittagsvorstellung war vorbei, und niemand befand sich mehr im Foyer. Weiter entfernt hörte man das hitzige Gespräch zwischen zwei Männern, die über die Unzuverlässigkeit eines Verleihers stritten. Olivier ging schnurstracks weiter und verschwand in einem der Säle.

»Olivier, komm zurück«, zischte ich ihm von der Tür aus zu.

Doch er hörte nicht auf mich. Mit am Rücken verschränkten Händen stand er mitten im Raum und sah sich alles an. Auf leisen Sohlen folgte ich ihm. Die Stille im Saal vermischte sich mit den Erinnerungen an jenen Februartag, an dem ich zum ersten Mal an diesem Ort gewesen war. Wie aufgeregt war ich gewesen, die Trapezkünstler, den Löwendompteur und die Akrobaten des Amerikanischen Zirkus zu sehen. Damals ahnte ich noch nicht, dass ich an dem Tag den Menschen kennenlernen würde, der mein Leben verändern würde.

»Hier haben wir uns kennengelernt«, sagte ich. »Als Elisa Montero und Olivier Pascal, meine ich.«

»Ja, du hast recht.« Er fing plötzlich an zu lachen. »Ich erinnere mich noch gut, was ich über dich gedacht habe, als ich dich zum ersten Mal sah.«

»Und, verrätst du es mir?«

»Ich habe gedacht, wer zum Teufel ist diese Frau und wer oder was hat sie so verhext, dass sie mit einem Kerl wie Francisco de las Heras y Rosales verlobt ist.«

»Gewöhnlich sehen die Leute es genau andersherum«, erwiderte ich.

Olivier nahm meine Hand.

»Ich habe mich gefragt, was ich tun kann, um dein Herz zu gewinnen, und wie ich es anstellen könnte, damit du eines Tages an meiner Seite sitzt und nicht an seiner.« Er trat auf mich zu. »Und das frage ich mich immer noch ...«

Ein lautes Geräusch ließ uns auffahren. Rasch versteckten wir uns hinter einem der Vorhänge im Zuschauerraum. In der dunklen Kulisse mit ihrem Geruch nach Mottenkugeln fasste ich ihn am Hals und zog ihn, von Begehren übermannt, ungestüm an mich. Seine Hände schoben sich unter meinen Mantel und glitten über meinen Körper in dem unbändigen Wunsch, der Augenblick möge niemals enden.

»Ich vermisse dich, Olivier. Ich ertrage es nicht mehr, dich nur noch draußen zu treffen, ohne dich küssen zu dürfen«, gestand ich ihm.

»Elisa, ich würde alles tun, um dich immer bei mir haben zu können«, sagte er und strich mit den Fingern über meinen Hals.

»Wir müssen eine Möglichkeit finden, uns zu treffen, ohne dass wir erwischt werden.«

»Aber wie denn? Wenn man dich sieht, wie du mein Hotel betrittst, allein oder in meiner Gesellschaft, wird dein Ruf Schaden nehmen. Wenn ich zu dir komme, werden deine Hausangestellten und dein Mann Verdacht schöpfen. Ich hätte nie gedacht, dass es so kompliziert sein kann, sich in eine verheiratete Frau zu verlieben.«

Ich verdrehte die Augen. Doch seine Ehrlichkeit brachte mich auf einen Gedanken.

»Ich glaube, ich habe eine Lösung. Sie ist nicht ganz ohne Risiko, aber es ist die einzige Option, die uns bleibt.«

\*\*\*

An dem Tag würde Francisco bis zum Abendessen in der Bank bleiben. Ich hatte Anita und Charito den Auftrag gegeben, das gesamte Silberbesteck zu polieren. Damit wären sie eine Weile beschäftigt. Oben auf dem Schrank befand sich der Sack mit den Kleidern. Ich hatte die Sachen ewig nicht getragen, seit der schrecklichen Nacht, in der man mich verfolgt hatte. Die braune Hose war nicht mehr zu gebrauchen gewesen, und ich hatte sie, als es mir wieder besser ging, gleich verschwinden lassen. Doch zum Glück bestand Pedro Liébanas Garderobe aus mehr als einer Kombination. Ich war nervös, aber ich sah darin die einzige Möglichkeit, mich mit Olivier zu treffen, wann und wie ich wollte. Wie früher, als niemand uns schräg angesehen hatte, als wir einfach zwei Journalisten in einer Stadt waren, die keine Fragen stellte. Einer verheirateten Frau den Hof zu machen galt als unschicklich, aber wenn ich mich in einen ungebundenen jungen Mann verwandelte, einen angesehenen Journalisten, konnte uns niemand etwas anhaben.

Also ließ ich Elisa Stück für Stück hinter mir und hieß Pedro Liébana ein weiteres Mal willkommen. Als die Verwandlung vollzogen war, schlich ich vorsichtig, damit mich niemand hörte, die Treppen hinunter, durchschritt das elegante Eingangsportal und mischte mich unter die Passanten in der Calle de Eloy Gonzalo.

Ich hatte vergessen, wie es ist, allein durch die Straßen flanieren zu können, ohne mich erklären zu müssen. Und so genoss ich den Frühlingsspaziergang. Nur wenn ich in der Ferne einen Polizisten sah, wurde mir etwas mulmig.

Als ich die Plaza del Callao erreichte, wo kürzlich ebenfalls Kinos eröffnet hatten, inspizierte ich die Fassade aus weißem Marmor des Hotel Florida. Zehn Stockwerke mit vielen Fenstern. Ganz oben, über der Dachterrasse, auf der Olivier mich zum ersten Mal geküsst hatte, verkündete ein Schild mit schnörkellosen Buchstaben den Namen des Hotels. Ich atmete noch einmal tief durch. Dann ging ich die Stufen zur Lobby hinauf, wo ein unermüdlich lächelnder Empfangschef die Gäste begrüßte. Ich ging wie selbstverständlich auf ihn zu und sagte mit tiefer Stimme: »Ich möchte zu Señor Olivier Pascal.«

Er hob die Augenbrauen. »Wenn Sie mir bitte Ihren Namen sagen würden. Dann rufe ich auf seinem Zimmer an und frage nach, ob er Besuch empfängt.«

Ich trat an den Tresen heran. »Hören Sie, mein Name ist Pedro Liébana. Señor Pascal und ich arbeiten an einer vertraulichen Sache. Sie dürfen niemandem sagen, dass ich hier gewesen bin.«

Der Empfangschef nickte irritiert, den Hörer in der Hand. Am Ende nahm Olivier ab, der natürlich nichts dagegen hatte, dass ich zu ihm kam.

»Gut, Señor Liébana. Sie können hinaufgehen. Das Zimmer ist im vierten Stock.«

»Vielen Dank. Und vergessen Sie nicht: absolute Diskretion!«

»Selbstverständlich, Señor.«

Voller Stolz auf mein schauspielerisches Talent nannte ich dem Pagen das Stockwerk. Olivier stand in der geöffneten Tür, um sich zu vergewissern, dass es sich bei dem Besucher tatsächlich um Pedro Liébana handelte. Er forderte mich auf, schnell einzutreten.

»Elisa, bist du verrückt? Was machst du? Das ist sehr gefährlich«, sagte er nervös.

Ohne auf ihn einzugehen, nahm ich den Schnurrbart, die künstlichen Augenbrauen, die Perücke und die Melone ab. Verblüfft sah Olivier mir dabei zu.

»Gütiger Himmel, ich habe die Verwandlung noch nie so aus der Nähe gesehen …«

Ich legte die Männerkleider auf das Bett und sah ihn erwartungsvoll an. Er trat auf mich zu und strich mir das Haar aus dem Gesicht.

»Warum hast du das getan, Elisa? Wenn sie herausfinden, dass Pedro Liébana zurück in der Stadt ist, werden wir Probleme bekommen.«

»Ich weiß. Aber das Vergehen, ein Journalist auf der Flucht zu sein, wiegt für mich geringer als das, eine Ehebrecherin zu sein. Wenn herauskäme, dass wir uns heimlich treffen, wäre mein Ruf ruiniert.« Ich senkte den Blick. »Und würdest du mich von allen geächtet und ohne all die schönen Kleider noch lieben?«

Olivier nahm mein Gesicht in seine Hände und sah mir tief in die Augen.

»Hör zu, auch wenn du in Lumpen herumlaufen würdest und die ganze Welt dich verstoßen würde, ich würde dich immer lieben.«

Sein Kuss entfachte aufs Neue die Leidenschaft, die wir

nicht zu zügeln vermochten, wenn wir allein und unbeobachtet waren. Die Laken umfingen unsere Körper, die sich ohne Angst, Masken und Lügen der Liebe hingaben.

Das Zimmer war elegant und komfortabel. Das weiche Bett stand an der rechten Wand. Zu beiden Seiten befand sich ein Nachttisch mit einer kleinen Blumenvase und über dem Kopfteil eine Wandlampe, unter der man abends lesen konnte. Vor dem Fenster standen ein Schreibtisch und zwei Sessel, von wo aus man den reizenden Balkon im Blick hatte, der auf die belebte Plaza del Callao hinausging. Das durch die Gardinen hereinfallende Licht begleitete uns bei dem Gespräch, das sich entspann, während wir auf dem Bett lagen, geborgen in dem Universum, das allein uns gehörte. Olivier erzählte mir Anekdoten aus seinem Korrespondentenleben. Ich liebte es, seine Geschichten zu hören und mir dabei vorzustellen, dass ich an seiner Seite weilte, während er auf der Suche nach der Wahrheit war und sie an die Öffentlichkeit brachte.

»Der Conde de Guadalhorce, der Minister für Entwicklung, hatte uns um zehn Uhr morgens in das Generalkapitanat bestellt, um über die neuesten Fortschritte bei der Eisenbahnlinie zu sprechen, die Spanien mit Frankreich über die Pyrenäen verbinden wird. Als er kurz nach halb elf immer noch nicht erschienen war, wurden wir allmählich unruhig. Ein Kollege von *La Voz* fragte einen Soldaten nach dem Grund für die Verzögerung. Nachdem wir noch eine Weile gewartet hatten, teilte man uns mit, man habe sich bei der Veranstaltung im Ort geirrt, der Minister würde seit vierzig Minuten in seinem Ministerium auf uns warten.«

»Das darf doch nicht wahr sein! Und was habt ihr getan?«

»Na, wir sind, so schnell wir konnten, zum Ministerium geeilt. Was blieb uns anderes übrig?«

»Und hat er euch verraten, wann die Einweihung stattfinden soll?«

»Ja, er geht von Anfang Sommer aus. Sehr wahrscheinlich muss ich nach Canfranc fahren, um über das Ereignis zu berichten. Meine Zeitung ist sehr interessiert daran.«

»Ich dachte, sie wollen, dass du die Reportage über das Direktorium und die Ausstellungen im nächsten Jahr machst ...«

»Ja, aber sie wollen meinen Aufenthalt hier bestmöglich nutzen. Und das Thema betrifft ja auch Frankreich direkt, also werde ich wohl oder übel darüber berichten müssen. Du weißt ja, das Los des Korrespondenten.«

»Ach, wie gern wäre ich selbst vor Ort. Du hast keine Ahnung, wie sehr ich dich beneide. Ich würde das Luxusleben mit Francisco sofort gegen einen Fragenkatalog und eine alte Schreibmaschine tauschen. Wenn du wüsstest, wie sehr ich es vermisse, Texte in die Schreibmaschine zu tippen ...«

»Das kann ich mir denken. Ich glaube nicht, dass ich ohne meine Arbeit leben könnte. Manchmal denke ich, das ist die einzige Erfüllung, die mir im Leben vergönnt ist.«

Olivier erzählte mir auch von den Schwierigkeiten bei der Berichterstattung über den Bergarbeiterstreit 1926 in London und über die Spannungen zwischen Großbritannien und Frankreich wegen Mussolini und seiner Kolonialpolitik.

»Ich würde zu gern den Duce mal allein befragen, um herauszufinden, was ihm vorschwebt, welche Ziele er verfolgt. Oder Trotzki im Exil. Was er wohl für Gedanken hat?«, sagte ich.

Olivier lachte. »Du wärst eine fantastische Reporterin, Elisa. Mit deiner Leidenschaft und deinem Tiefgang würdest du so manchen Journalisten alt aussehen lassen.«

»Gäbe man mir doch eine Chance, mich zu beweisen ...«

»Jetzt sprich nicht so, als wären deine Pläne aussichtslos, Elisa. Damit machst du alles zunichte.«

»So ist das mit Illusionen, Olivier, sie zerplatzen wie Seifenblasen. Ich kann nicht die sein, die ich sein möchte.«

»Vielleicht solltest du es auf anderen Wegen versuchen.«

»Wie denn? Der Handlungsspielraum von uns Frauen ist äußerst begrenzt. Wir können kaum über den Tellerrand hinausschauen, geschweige denn über Alternativen nachdenken. Wenn wir das tun, zeigt man mit dem Finger auf uns und ächtet uns. Es gibt Frauen, die sich dem uns zugedachten Rollenbild widersetzen, Frauen wie Catalina, aber die müssen eine Menge Kritik einstecken. Manchmal frage ich mich, woher sie die Beharrlichkeit nimmt, für ihre Wünsche und Ideale zu kämpfen. Habe ich dir schon erzählt, dass sie eine Schule gründen will?«

»Das ist doch kein großes Geheimnis, Elisa. Du hast auch einen starken Willen. Das Problem ist nur, dass deine Angst größer ist als deine Ablehnung des konventionellen Lebens.«

Darüber musste ich erst mal nachdenken. Wir schwiegen eine Weile. Hin und wieder drangen ungefragt Geräusche von Schritten oder Stimmen in unser Reich ein. Olivier stand auf und zündete sich eine Zigarette an. Er blickte nachdenklich aus dem Fenster. Nach ein paar Zügen begann er zu reden.

»Da ist eine Sache, die geht mir nicht mehr aus dem Kopf, seit du mir das mit meinem Vater erzählt hast …«

»Was denn?«, fragte ich und richtete mich auf.

»Wenn das Direktorium Wind davon bekommen hat, dass ein gewisser Pedro Liébana nach wie vor in Madrid lebt und dass es sich bei ihm mutmaßlich um den verschwundenen Sohn von Alfonso Liébana handelt, muss er doch zwangsläufig auch davon erfahren haben. Wenn man, wie die Guardia Civil, davon ausgeht, dass er noch lebt …«

»Ja, und?«

»Es überrascht mich, dass er nicht versucht hat, zu mir, also zu dir, Kontakt aufzunehmen. Kein Brief, keine Entschuldigung, nicht der kleinste Versuch, sich mit seinem Sohn wiederzuvereinen, sofern es stimmt, dass er sich in Madrid aufgehalten hat.«

»Olivier, wahrscheinlich geht dein Vater davon aus, dass du tot oder verschollen bist, oder vielleicht ist ihm von der Sache mit Pedro Liébana noch gar nichts zu Ohren gekommen.«

»Kann sein. Aber wenn er es doch weiß und wieder die Entscheidung getroffen hat, mich meinem Schicksal zu überlassen? Wenn ich einen Sohn hätte, den ich seit zwanzig Jahren nicht gesehen hätte, würde ich doch versuchen, ihm eine Nachricht zukommen zu lassen, wenn ich erfahre, dass er noch lebt. Das sind natürlich alles nur Mutmaßungen«, sagte er und nahm einen weiteren Zug.

»Vielleicht hat er Angst, Olivier. Vielleicht befürchtet er, du könntest ihn zurückweisen«, überlegte ich laut.

»Angst oder Stolz?«

»Vielleicht beides«, sagte ich und senkte den Blick. »Olivier, ich möchte dir etwas erzählen.«

»Was denn?«, fragte er erstaunt und kehrte zum Bett zurück.

»Etwas über meine Familie.«

»Ist etwas passiert? Hast du Nachricht von deinem Vater und deinen Brüdern?«

»Nein ... Es geht um etwas, das lange zurückliegt und worüber ich dir nicht die Wahrheit gesagt habe.«

Olivier sah mich fragend an. Ich erzählte ihm von meiner Fahrt nach Fuente de Cantos im Herbst 1921 und wie ich mich dazu entschlossen hatte, meine Familie zu vergessen, nachdem ich ihr Elend gesehen hatte. In Oliviers Augen erlosch etwas, als er meine Worte hörte, als wäre ihm plötzlich aufgegangen, dass ich nicht vollkommen, sondern ebenfalls ein egoistischer und oberflächlicher Mensch war. Wie würde er reagieren? Würde er mich deswegen ablehnen? Zaghaft nahm er meine Hand.

»Ich weiß, dass ich einen Fehler gemacht habe, und ich habe es mir immer wieder vorgeworfen. Aber was hätte ich tun sollen? Hätte ich ihnen von dem wunderbaren Schicksal erzählen sollen, das mir widerfuhr, als mein Vater mich zu meiner Tante in die Stadt schickte und sich von mir lossagte?«

»Nein, das hättest du nicht tun sollen.« Er dachte nach.

»Ich denke, deinen Brüdern und deinem Vater würde es schon reichen, wenn sie wüssten, dass es dir gut geht und dass du sie vermisst. Du hast die Entscheidung nicht getroffen, sie zu verlassen, das haben andere für dich getan, also können sie dir nicht die Schuld dafür geben. Aber sie im Ungewissen zu lassen, obwohl du ihnen jederzeit einen Brief schreiben könntest, das liegt in deiner Verantwortung.«

»Ich bezweifle, dass sie etwas von mir hören wollen. Sie haben nicht einmal nach mir gefragt.«

»Elisa, das ist die perfekte Ausrede, nichts tun zu müssen. Wenn ich noch ein letztes Mal mit meinem Vater sprechen könnte, würde ich die Gelegenheit nutzen. Und wenn es nur wäre, um ihm sein Verhalten vorzuwerfen. Denk darüber nach, du vergibst dir doch nichts dabei.«

Er hatte recht. Während ich mich wieder in Pedro Liébana verwandelte, dachte ich über die Möglichkeit nach, ihnen zu schreiben. Ich musste das Für und Wider gut abwägen. Schließlich hatte ich mir lange Zeit gelassen. Was machten da ein paar Tage mehr oder weniger schon aus?

## 3

Das Hotel Ritz war immer eine gute Wahl. Seine Räumlichkeiten waren das perfekte Ambiente für Feste. Das dachte sich auch Francisco, als er entschied, unseren Hochzeitstag und meinen Geburtstag in dem herrschaftlichen Gebäude zu feiern.

Die Gäste waren für zehn Uhr geladen, und um Viertel nach zehn betraten wir feierlich den Saal. Bei der Begrüßung fielen mir die vielen unbekannten Gesichter auf. Es handelte sich mehrheitlich um Kunden der Bank. Auf einer Seite entdeckte ich meine Tante, die de Lucca, die Uribe und das Ehepaar Salamanca-Trillo. Und natürlich Don Ernesto und seine Frau. Die Fransen meines rot und gold schimmernden Kleides tanzten durch die Reihen. Ich lächelte, bedankte mich, dass sie alle gekommen waren, obwohl viele gar nicht wussten, dass ich Geburtstag hatte.

Siebenundzwanzig. Und mit dem Kopf immer noch in den Wolken wie mit fünfzehn. Meine Schwiegermutter musterte mich. Sie hoffte wohl, endlich herauszufinden, was genau an mir für sie so unerträglich war. Eleonora hingegen war schmeichlerisch wie immer und lobte meinen ausnehmend guten Geschmack in Kleidungsfragen.

Am anderen Ende des Raumes, für mich unerreichbar, unterhielt sich Olivier angeregt mit Don Ernesto und Giancarlo de Lucca. Ohne dass irgendjemand merkte, wohin mein Blick immer wieder schweifte, tat ich so, als folgte ich den Gesprächen meiner Tischnachbarn, die aus der Familie und Benedetta bestanden. Insgeheim genoss ich die Vorstellung, wie Olivier wohl reagieren würde, wenn ich plötzlich auf ihn zukäme und ihn leidenschaftlich auf den Mund küsste, wie wir es sonst nur ihm Geheimen taten.

Doch dann kam eine andere Person auf mich zu, die ich alles andere als wertschätzte. Franciscos Bruder Luis präsentierte sich als Kavalier und forderte mich, familiäre Verbundenheit vorschützend, zum Tanzen auf – natürlich nicht, ohne Francisco zuvor um Erlaubnis zu bitten. Ich konnte ihm unmöglich einen Korb geben. Er umfasste meine Taille, und sein süffisantes Lächeln prallte an meinem eisigen Blick ab.

»Und, wie amüsiert sich meine Lieblingsschwägerin?«

»Ganz hervorragend. Und mir wäre daran gelegen, dass das auch den Rest des Abends so bleibt.«

»Komm schon, Elisa, jetzt hab dich nicht so. Seit ein paar Monaten bist du so abweisend zu mir. Und dabei warst du vorher schon nicht gerade die Freundlichkeit in Person.«

»Es liegt mir fern, Menschen Wertschätzung entgegenzubringen, die sich mir gegenüber respektlos verhalten. Auch wenn du der Bruder meines Mannes bist.«

»Nun übertreib mal nicht. Ich habe mich nicht respektlos verhalten. Du und ich wissen, was ich vorgeschlagen habe. Und auch wenn du mein Angebot ausgeschlagen hast, habe ich nichts Falsches gesagt. Schau dir Eleonora an oder Benedetta. Sie tun alles für ihre Männer, sie vergöttern sie, sie kümmern sich um sie. Sie können es nicht erwarten, Mutter zu werden, das ist für sie der Höhepunkt ihres faden Daseins. Sie akzeptieren, dass sie im Leben ihrer Männer nur eine Nebenrolle spielen, und verteidigen das mit Stolz und Würde. Aber schau sie dir an, und dann schau uns an. Mir ist noch nie eine Frau begegnet, die weiter von alldem entfernt ist als du. Du willst im Mittelpunkt stehen, ohne alberne Verpflichtungen und Kinder am Rockzipfel zu haben. Und mein Bruder, der Trottel, hat doch tatsächlich geglaubt, du seist die perfekte Kandidatin, um sein Leben und sein Geld zu teilen und ihm Kinder zu schenken ...«

»Das ist ein Affront, Luis. Auch wenn ich nicht die Vorzeigegattin bin, die dein Bruder sich gewünscht hat, und auch wenn ich keine Kinder will, bin ich noch lange nicht so skrupellos wie du. Ich kann lieben, meine Mitmenschen wertschätzen. Und was kannst du? In Freudenhäusern mit Prostituierten herummachen und der Frau deines Bruders unmoralische Angebote unterbreiten?«

»Jetzt wirst du beleidigend, Elisa, weil du dein Leben in Wahrheit hasst. Geld bringt gewisse Verpflichtungen mit sich, mein Engel. Wenn du in den Genuss des Reichtums der Familie Rosales kommen willst, musst du unsere Bedingungen akzeptieren. Und vielleicht gehört da auch dazu, dass du mich etwas liebevoller behandelst.«

»Da nehme ich lieber Gift«, schleuderte ich ihm entgegen.

»Was du nicht sagst ... Aber dieses Schmierentheater, mit dem du uns glauben machen willst, du seist glücklich und würdest Francisco lieben, ist bald vorbei. Ich an deiner Stelle würde in dem Bett im Gästezimmer nicht mehr ruhig schlafen. Eines schönen Tages wirst du deinen Platz für eine andere räumen müssen. Und vielleicht weißt du mein Angebot dann zu schätzen. Mir macht es nichts aus, in dir nur eine Spielgefährtin zu sehen. Wie du so treffend gesagt hast: Mit Frauen von zweifelhaftem Ruf kenne ich mich aus.«

Als die Musik ausklang, ließ ich ihn stehen. Seine Worte waren der Wahrheit verdächtig nahe. Luis hatte mich durchschaut, auch wenn er in einem Punkt irrte: Ich mochte Francisco wirklich. Ich liebte ihn nicht, aber ich schätzte ihn. War das ein Verbrechen? Sein Reichtum war ein ausschlaggebender Faktor gewesen, als ich in die Ehe eingewilligt hatte, aber war das nicht für jede Frau ein wichtiger Punkt? Wie sollten wir sonst überleben?

Ich suchte Zuflucht an einem der Büfetts und versuchte, nach diesem vernichtenden Urteil wieder einen klaren Kopf zu bekommen. Es stimmte nicht, dass ich im Mittelpunkt stehen wollte, aber selbst wenn, konnte man mir das verdenken? Es war mein Leben, meine einzige Chance, die Frau zu sein, die ich sein wollte. Was war denn so schlimm daran, die Chance neben meinen ehelichen Verpflichtungen ergreifen zu wollen? Ich suchte mit den Augen nach Francisco. Er sprach vor einer Gruppe von Herren, die ihm voller Bewunderung zuhörten.

Dann arbeitete ich mich zu Olivier vor. Da stand er, tadelloser Anzug, adrett frisiertes Haar. Unsere Blicke trafen sich unbemerkt von der tanzenden und plaudernden

Menge. Sein Lächeln beruhigte mich. Er hatte ein anderes Bild von mir als Luis, er sah das Gute in mir, er verurteilte mich nicht. Er machte einen besseren Menschen aus mir. Plötzlich spürte ich, dass jemand hinter mir stand. Ich drehte mich um. Es war Cristina Ribadesella.

»Guten Abend, Elisa, Liebes. Ich hatte noch gar keine Gelegenheit, dir zu deinem siebenundzwanzigsten Geburtstag zu gratulieren.«

»Guten Abend, Doña Cristina. Vielen Dank.«

»Kaum zu glauben, wie erwachsen du geworden bist. Ich erinnere mich noch, wie ich dich das erste Mal gesehen habe mit den Zöpfen und deiner Puppe. Paquita hast du sie genannt, nicht wahr?«

Lächelnd reiste ich für einen Moment in den Jahren zurück.

»Genau, so hieß sie.«

»Und jetzt bist du eine gestandene Frau. Ich muss gestehen, du siehst umwerfend aus heute Abend.«

»Danke für das Kompliment, Doña Cristina. Das ist sehr liebenswürdig.«

Sie schwieg einen Moment und folgte der Richtung meines Blicks.

»Weißt du, was meine Mutter immer gesagt hat? Da ist ein Glanz, ein Ausdruck in den Augen, den hat man nur, wenn man wirklich verliebt ist. Nicht vielen ist dieses Gefühl vergönnt, aber sie sagte, es sei ein untrügliches Zeichen.«

»Ja, wir sind sehr glücklich. Drei Jahre sind wir inzwischen verheiratet und noch immer glücklich wie am ersten Tag«, erwiderte ich und wandte mich ihr wieder zu.

»Ich sprach nicht von Francisco, Liebes.«

Ich sah sie verwundert an und befürchtete schon, sie könnte mir Vorwürfe machen.

»Ich glaube, es wird nicht viele Männer in deinem Leben geben, die dich ansehen wie Olivier Pascal, Elisa. Ich hoffe, du weißt, was du tust. Mehr als einer hat mir berichtet, dass man euch zusammen in der Stadt gesehen hat.«

»Aber wir ...«, stammelte ich.

»Elisa, Elisa«, sagte sie und legte ihre warme Hand auf meinen Arm. »Ihr müsst sehr vorsichtig sein, Liebes, am besten kommt ihr so schnell wie möglich wieder zur Vernunft.«

»Glauben Sie, dass noch jemand davon weiß?«

»Nicht mit Sicherheit. Ich habe nicht einmal meinem Ernesto davon erzählt, der sich sehr darüber freuen würde. Er hat einen Narren an euch beiden gefressen. Aber ich kann dir nicht versprechen, dass die Sache nicht herauskommt, wenn ihr eure Romanze nicht beendet. Es wäre schlimm für dich, wenn du ins Gerede kommst.«

»Ich kann das nicht einfach beenden, Doña Cristina.«

Sie lächelte mich wissend an und verschwand. Sie würde mich nicht verraten, dessen war ich mir sicher, aber allein der Gedanke, Francisco könne die Wahrheit erfahren, jagte mir Angst ein.

Der restliche Abend verlief ohne weitere Vorkommnisse. Olivier, der es wahrscheinlich leid war, auf der Feier zu sein, ohne sich mir nähern zu können, verschwand diskret. Und so blieb ich allein zurück. Ich hofierte die Gäste, beteiligte mich an dem ein oder anderen Gespräch und ließ die Klagen meiner Tante über das Essen oder die Musik über mich ergehen.

Mir wurde immer bewusster, dass meine Anwesenheit auf solchen Festen keinerlei Bedeutung hatte. Francisco hatte mir nicht einmal fünf Minuten seiner Zeit geschenkt, und der größte Teil meiner Bekannten war bereits gegangen. Meinen Mann mit dem Ehepaar Vázquez ausgelassen plaudern und lachen zu sehen brachte das Fass zum Überlaufen. Ich wollte nur noch weg. Ich vergewisserte mich, dass alle anderweitig beschäftigt waren, und bewegte mich langsam rückwärts zum Ausgang. Ich konnte all die Heuchelei nicht mehr ertragen. Die vielen unbekannten Gesichter und all die Eitelkeiten nahmen mir die Luft zum Atmen.

Als meine Mary-Janes-Pumps den Boden der Lobby berührten, wusste ich, dass meine Flucht gelungen war. Jetzt galt es, rasch zu handeln. Ich holte meinen Mantel aus der Garderobe, schlug den Kragen hoch, damit mich niemand erkannte, und ging zu einer der Mietdroschken. Ich reichte dem Kutscher einen Geldschein und bat ihn, mich ins Hotel Florida zu bringen. Dort tat ich im Schutz der Nacht so, als wäre ich ein Gast, und fuhr in den vierten Stock hinauf. Ich klopfte an die Tür von Oliviers Zimmer. Er war bestimmt noch nicht lange zurück, aber ich musste ihn einfach umarmen. Er öffnete die Tür und sagte leise: »Herzlichen Glückwunsch zum Geburtstag.«

\*\*\*

Sonntag war der einzige Tag in der Woche, an dem Francisco und ich gemeinsam frühstückten. Der Juni 1928 war schnell vergangen. Die Tage wurden sonniger und deutlich wärmer. Im Sommer wurde es im kleinen Salon schnell stickig, da er nach innen gelegen und schlecht belüftet war. Doch wir hatten einen modernen Ventilator aufgestellt, der uns während der Mahlzeiten etwas Abkühlung verschaffte. Aber mein Mann konnte Hitze schlecht vertragen und beklagte sich unaufhörlich, während er seinen Toast aß und Kaffee trank.

»Wie ich den Sommer hasse. Anita! Anita!«, rief er.

»Ja, Señor Francisco?«

»Bitte kaufen Sie noch so einen Ventilator. Oder besser zwei. Das ist ja nicht zum Aushalten.«

»Liebling, wenn du dich aufregst, wird es noch schlimmer«, sagte ich.

»Schlimmer kann es nicht mehr werden. Ich werde noch verrückt in diesem Haus. Zum Glück fahren wir in ein paar Tagen nach Santander.«

»Wie bitte? Was heißt das, wir fahren in ein paar Tagen nach Santander?« Ich hätte mich beinahe an meinem Kaffee verschluckt.

»Ja, nächste Woche.«

»Und wer hat das entschieden, wenn ich fragen darf?«

»Meine Mutter und ich. Spricht etwas dagegen? Hast du etwa einen dringlichen Termin, den du nicht verschieben kannst?«, fragte er spöttisch.

»Vielleicht. Ich möchte diesen Sommer nicht nach Santander fahren.«

»Was redest du denn da, Elisa? Du liebst unser Haus

dort doch so sehr, und ich glaube nicht, dass sich in diesem Sommer noch einmal die Gelegenheit bietet, denn ich werde im August wieder auf Geschäftsreise gehen. Außerdem kommen Joaquín, Eleonora und die Kinder auch mit. Das wird bestimmt unterhaltsam.«

»Na, umso besser für dich«, erwiderte ich spitz. »Ich werde nämlich nicht mitfahren, Francisco. Benedetta steht kurz vor der Niederkunft und braucht meine Hilfe. Es ist besser, wenn ich hierbleibe.«

»Ja, klar. Du bist bestimmt die Erste, an die sie sich wendet, wenn sie Unterstützung mit dem Baby braucht. Hör auf, mich für dumm zu verkaufen, Elisa. Du kommst mit nach Santander, ob du willst oder nicht.« Er trank seinen Kaffee aus und stand auf.

Wütend, weil er und seine Mutter die Entscheidung über meinen Kopf hinweg getroffen hatten, folgte ich ihm in den Flur.

»Ich komme nicht mit, Francisco. Du kannst mich nicht zwingen.«

»Und ob ich dich zwingen kann.« Er drehte sich um.

»Ach ja? Und was willst du tun? Mich mit Gewalt ins Auto verfrachten?«

»Das wäre eine Möglichkeit.«

»Das wagst du nicht!«, sagte ich und streckte ihm drohend den Zeigefinger entgegen.

Er war kurz davor zu platzen. Seine Miene verfinsterte sich, und er packte meinen Arm.

»Elisa, Liebling, du kommst mit nach Santander, Punkt. Und du wirst dein schönstes Lächeln aufsetzen. Du hast die Wahl: entweder freiwillig oder mit Gewalt.« Ganz langsam verdrehte er meinen Arm. »Hast du das verstanden, oder muss ich noch deutlicher werden?«

»Francisco, du tust mir weh.«

»Ich weiß. Das tust du mir auch mit deinem Verhalten. Und ich werde deine Verachtung in diesem Haus nicht länger dulden, Elisa. Also streng dich gefälligst ein bisschen mehr an, wenn du nicht willst, dass alle erfahren, wie es wirklich um unsere Ehe bestellt ist. Vielleicht ist dir das nicht klar, aber ich könnte jederzeit eine andere heiraten. Dich dagegen wird kein Mann mehr wollen. Ich lasse dir weiß Gott viele Freiheiten, also kann ich doch wohl ein wenig Respekt erwarten.«

Er beugte sich zu mir und küsste mich, ohne meinen schmerzenden Arm loszulassen. Zornig presste ich die Lippen aufeinander. Sie waren wie eine Mauer, die ihm für immer den Weg versperrte. Nachdem er keinen Zweifel daran gelassen hatte, wie weit er bereit war zu gehen, ließ er mich los.

»Mach dich fertig, sonst kommen wir zu spät zur Messe«, rief er aus dem Schlafzimmer.

\*\*\*

Und so fügte ich mich notgedrungen in mein Schicksal. Anders als sonst fand ich in der Brise des Kantabrischen Meeres keinen Seelenfrieden. Ich war kreuzunglücklich, dass ich mich von Olivier trennen und stattdessen meine Zeit mit der Familie Rosales verbringen musste. Ich machte gute Miene zum bösen Spiel, um mir nicht noch mehr Probleme zu schaffen, sprach aber während unseres

Aufenthalts so gut wie kein Wort mit Francisco. Zudem mussten wir vor Doña Asunción so tun, als ob wir immer noch das Bett teilten, wie es sich für ein Ehepaar geziemt, was mir das Ganze noch mehr verleidete.

Zwischen den exzellenten Mahlzeiten vertrieben wir uns die Zeit mit Spaziergängen durch die Stadt oder Aufenthalten am Strand. Im Hintergrund strapazierten die heulenden Kinder von Joaquín und Eleonora meine Nerven. Zum Glück begriffen sie schnell, dass ich keine großen Ambitionen hatte, mich mit irgendjemandem zu unterhalten. Ich beschränkte die Gespräche auf das Notwendigste, gerade so, dass es nicht unhöflich wirkte. Mein Schweigen verschaffte mir die nötige Ruhe, um über meine Familie nachzudenken, über den Brief, den ich ihnen schreiben musste und wollte.

An einem Tag, an dem sich die anderen am Strand tummelten und in den kühlen Fluten des Meeres erfrischten, während Doña Asunción im Haus ruhte, setzte ich mich mit dem Notizbuch, das Francisco mir geschenkt hatte, auf einen Felsen. Er dachte bestimmt, dass ich, inspiriert vom atemberaubenden Panorama der Kantabrischen Küste, Gedichte schrieb, doch in Wahrheit zeichnete meine Feder etwas anderes auf das Blatt: einen Brief an meinen Vater und meine Brüder. Ich kämpfte mit meinen Gewissensbissen und den wenigen Erinnerungen an eine verschwommene Vergangenheit. Nach zweieinhalb Seiten war meine Nachricht fertig. Im Ungewissen, ob ich je eine Antwort erhalten würde, klappte ich das Notizbuch zu. Dann hielt ich mein Gesicht in den Wind und ließ mich von der Meeresbrise kühlen, um meine Nerven zu beruhigen. Ich beobachtete Francisco, der an der Seite von Joaquín und den Kindern fröhlich lachte.

Ein weiterer Zeitvertreib bei der aufgezwungenen Reise war Lesen. Ich hatte das Buch dabei, das Olivier mir auf dem Buchmarkt in der Cuesta de Moyano gekauft hatte. *Miau* von Benito Pérez Galdós. Ein Stück Literatur von ihm, eine Zuflucht aus der Realität hin zu ihm.

\*\*\*

In Madrid versendete ich als Erstes den Brief an meine Familie.

Als Nächstes holte ich die Sachen von Pedro Liébana vom Schrank. Vor lauter Wiedersehensfreude glühten meine Wangen. Francisco wollte sich mit seinen englischen Geschäftspartnern treffen, die sich für ein paar Tage in Madrid aufhielten, und so hatte ich freie Bahn.

Im Hotel Florida gab ich dem Empfangschef an der Rezeption, der mich gleich erkannte, ein kurzes Zeichen, und ich konnte problemlos weiterziehen.

Olivier strahlte über das ganze Gesicht, als er die Tür öffnete. So schnell ich konnte, befreite ich mich von Liébanas Sachen. Ich konnte es nicht erwarten, wieder in Oliviers Armen zu liegen. Es war, als ob ich nach Tagen der Atemnot endlich wieder Luft bekam. Die heftige Anziehung, die mich wieder und wieder zu ihm führte, machte mir Angst. Wie konnte ein Gefühl nur so übermächtig sein? Während mich seine Hände zärtlich berührten, flüsterte Olivier mir ins Ohr, wie lang die Zeit ohne mich gewesen war und wie quälend der Gedanke, dass ich an

Franciscos Seite weilte, auf Gedeih und Verderb seinen Entscheidungen ausgeliefert.

»Ich werde nicht mehr fortgehen, Olivier, das verspreche ich«, erwiderte ich.

Nachdem wir uns unserer unbändigen Leidenschaft hingegeben hatten, tat ich das, was ich am liebsten tat: mit meinen Fingerkuppen über seinen Körper streichen. Ich begann im Gesicht, kreiste einmal um die Augen hinunter zu den Lippen. Dann ging es abwärts über den Hals, die Schultern, die Brust, bis ich bei der Narbe ankam. Ich berührte sie sanft mit meinen Lippen und erinnerte mich an die Wunde von damals. Dieses Wundmal auf seiner Haut war viel mehr als das Überbleibsel einer Schusswunde. Es war die Spur des Schmerzes über den Verlust und die neue Identität, die er widerspruchslos hatte annehmen müssen.

»Weißt du was? Ich habe seit Tagen immer wieder denselben Traum«, sagte Olivier nach einer Weile.

»Ja? Welchen denn?«

»Ich sehe uns beide in Barcelona am Strand. Wir rennen zum Wasser, und du rufst, du seist als Erste in Sardinien. Und ich erwidere, nein, ich schaffe es, vor dir da zu sein. Wir schwimmen los, im Vertrauen, dass es uns gelingt. Dann sind wir plötzlich wieder Kinder. Sardinien rückt in immer weitere Ferne, es wird unerreichbar ...«

»Glaubst du, der Traum hat eine Bedeutung? Vielleicht ist es ein Zeichen, dass du mit mir nach Barcelona reisen sollst. Denk dran, das hast du mir damals versprochen«, sagte ich.

»Stimmt. Und ich werde mein Versprechen halten«,

erwiderte er und lachte. »Als ich vor ein paar Monaten dorthin zurückgekehrt bin, habe ich den Strand besucht, von dem ich dir damals im Haus deiner Tante erzählt habe. Ich war dort oft mit meinem Vater. Er hat mir das Schwimmen beigebracht.« Er hielt einen Moment inne. »Ich habe nicht viele Erinnerungen an ihn, aber wenn ich an meinen Vater denke, kommt mir immer ein Tag in den Sinn.«

»War das ein besonderer Tag?«

»Ja ... Das kann man so sagen. Es war im Frühling. Ich erinnere mich, dass er mich mitten in der Nacht geweckt hat, ohne jede Erklärung, und dann mit mir an den Strand fuhr. Ich dachte, vielleicht will er ein wenig schwimmen gehen oder mir Tauchen beibringen. Auf dem Weg habe ich gemerkt, dass etwas nicht stimmt. Er war nervös, ausgesprochen nervös. Nachdem er sich vergewissert hatte, dass uns niemand folgte, blieb er plötzlich mitten am Strand stehen und zog eine Pistole aus dem Jackett. Er räusperte sich und sagte: ›Pedro, ich werde dir jetzt zeigen, wie das Ding funktioniert. Wenn ich einmal nicht da bin, musst du deine Mutter und deine Schwestern verteidigen.‹ Ich nickte, ohne zu wissen, warum er das sagte. Ich hatte ja keine Ahnung, dass er irgendwann verschwinden würde. Wir haben zwei Stunden dort trainiert, bis zum Morgengrauen. Als wir nach Hause kamen, schlichen wir uns hinein, und er zeigte mir, wo er sie aufbewahrt. ›Ich lege sie in das oberste Fach des Kühlschranks.‹ An dem Tag, an dem ich verwundet wurde, habe ich gehört, wie die Polizisten die Tür eintraten. Da habe ich mich an seine Worte erinnert und die Waffe geholt. Ich bin mit erhobener Waffe auf einen Stuhl geklettert, habe sie voller Angst umklammert und bin im Geiste noch einmal alles durchgegangen, was er mir gezeigt hatte. Ich habe dafür gesorgt, dass meine Mutter und meine Schwestern durch eine kleine Luke auf die Straße hinter dem Haus fliehen konnten. Meine Mutter hat gerufen, ich solle mitkommen, aber stattdessen habe ich mit der Waffe auf die Tür gezielt und darauf gewartet, dass die Männer hereinkommen. Ich musste sie töten, damit meine Familie fliehen konnte. Meine Aufgabe war, sie zu beschützen. Doch als sie hereingestürmt sind, hat einer von ihnen gleich geschossen, noch bevor ich den Abzug betätigen konnte. Glücklicherweise haben sie mich für tot gehalten und sind wieder abgehauen, nachdem sie das ganze Haus durchsucht hatten. Meine Mutter hat meine Schwestern in Sicherheit gebracht und ist dann zurückgekommen, aber daran kann ich mich nicht mehr erinnern.«

Ich drückte seine Hand. Er hatte mir nie die ganze Geschichte erzählt. Was für ein furchtbares Erlebnis für einen kleinen Jungen!

»Glaubst du, dass du ihn noch mal wiedersiehst? Deinen Vater, meine ich?«

»Ich hoffe nicht. Ihn zu treffen würde bedeuten, dass ich zugeben muss, Pedro Liébana zu sein, und das habe ich nicht vor. Deswegen habe ich so gedrängt, dass du Kontakt zu deiner Familie aufnimmst. Du kannst es, ich nicht.«

Ich sah ihn lächelnd an.

»Was das angeht, habe ich dir auch etwas zu erzählen. Ich habe auf dich gehört und den Brief geschrieben.«

»Wirklich? Ich kann dir gar nicht sagen, wie sehr mich das freut!«

»Ja, aber ich fürchte, ich werde keine Antwort bekommen.«

»Du hast seit zwanzig Jahren keine Antwort bekommen. Es kann also nur besser werden.«

»Das stimmt … Dann bleibt mir also nichts anderes übrig, als abzuwarten.«

»Sie werden antworten. Da bin ich mir sicher. Ich würde es tun.«

»Aber du bist voreingenommen.«

»Stimmt«, gab er zu. Wir mussten lachen.

»Erzähl mir von deiner Reise nach Huesca. Wie war die Einweihung des Bahnhofs? Waren viele hochrangige Persönlichkeiten da?«, fragte ich, während meine Hände über seinen Körper glitten.

»Eine Menge. Der König von Spanien, der französische Präsident, Primo de Rivera natürlich, aber auch ein ganzer Tross an Ministern, Diplomaten und hohen Tieren von spanischen und französischen Behörden. Es war alles sehr feierlich, und wie du dir denken kannst, haben sie die Gelegenheit genutzt, um in ihren Reden zu bekunden, wie sehr sich die beiden Länder zugetan sind. Was gemeinsame Interessen doch auf wundersame Weise alles hervorbringen können …«

»Klar, das war doch zu erwarten. Hast du mit General Primo de Rivera sprechen können?«

»Nur ganz kurz. Ich hatte das Glück, dass ich den General zwischendurch mal kurz abfangen konnte. Er hat mir zugesagt, dass er mich in der nächsten Woche empfängt.«

»Aber das ist ja fantastisch, Olivier! Das wolltest du doch unbedingt.«

»Ja, das bringt mich einen großen Schritt weiter. Ich habe meinem Chefredakteur den ersten Teil der Reportage geschickt, und er hat sich sehr zufrieden geäußert, daher hoffe ich, dass der zweite Teil mit dem i-Tüpfelchen ihn gänzlich überzeugt. Ah, apropos Artikel, ich habe deinen Bericht über die erste Frau gelesen, die den Atlantik mit dem Flugzeug überquert hat. Er ist ausgezeichnet.«

»Wirklich? Er hat dir gefallen? Zum Glück hat Don Ernesto ihn veröffentlicht.«

»Er hat mich sehr beeindruckt. Und ich finde es absolut angebracht, dass deine Leser Miss Earhart kennenlernen. Das sind alles Namen, die sonst untergehen würden.«

»Das finde ich auch. Wenn ich den Artikel nicht verfasst und im *Demócrata* untergebracht hätte, hätte niemand darüber berichtet. Es ist kein Geheimnis, dass die übrigen Redakteure sich nicht sonderlich für solche Themen interessieren.«

»Deswegen bist du ja so unverzichtbar, Elisa«, sagte er und schlang seine Finger um meine.

\*\*\*

Mit der Ungewissheit, wie meine Familie wohl reagieren würde, nahm der Sommer 1928 weiter seinen Lauf. Anfang August wurde Benedettas Tochter geboren, und Francisco und ich gehörten zu den Ersten, die sie bestaunen durften. Ein gesundes Mädchen mit roten Wangen. Es bekam den Namen Valentina. Jeden Tag ging ich die

Post durch, in der Hoffnung, einen Absender mit meinem Mädchennamen zu finden. Doch die Tage vergingen ohne eine Nachricht von meinem Vater oder meinen Brüdern. Sollte ich die Flinte ins Korn werfen, wenn ich keine Antwort bekam? Ich versuchte, nicht allzu viel darüber nachzudenken, was mir nicht weiter schwerfiel, weil sich die Ereignisse häuften.

Francisco und Luis hatten schweren Herzens die Entscheidung getroffen, die Expansion in die Vereinigten Staaten erst mal auf Eis zu legen und sich auf das Wachstum in Europa zu konzentrieren, das sich allmählich von der wirtschaftlichen Krise erholte. Und so hatten sie zwischen August und Oktober mehrere Reisen in verschiedene europäische Städte geplant, um die alten Kontakte wieder zu beleben.

Wie immer bei einer langen Dienstreise waren die Tage davor voll mit Terminen. Es war, als ob Francisco versuchte, schon im Vorhinein die Zeit wiedergutzumachen, die er noch gar nicht verloren hatte. Ich für meinen Teil konnte den Tag seiner Abreise kaum erwarten, damit ich wieder meine Freiheit hatte und mich ungestört mit Olivier treffen konnte. Zu den Verpflichtungen in jenen umtriebigen Tagen gehörte auch ein Abendessen bei den de Luccas eine Woche nach Valentinas Geburt. Zu den Gästen zählten Benedettas Mann Oberstleutnant Roca, Don Ernesto und seine Frau, die Ehepaare Salamanca-Trillo und Ballester und meine Tante. Bei dem ein oder anderen Glas Wein kamen wieder die üblichen Gespräche auf, mit denen die Herren der Schöpfung die Welt verändern wollten.

»Dem jungen Pascal ist es gelungen, Primo de Rivera für seine Zeitung zu interviewen. Wie er berichtet, ist der General sehr zugänglich«, meinte Don Ernesto.

»Er tut gut daran, die ausländische Presse auf seine Seite zu bringen. Das Direktorium erfreut sich aktuell nicht gerade großer Beliebtheit«, befand Giancarlo de Lucca.

»Der König hat ein weit größeres Problem. Die Rufe nach einer neuen Republik werden in der Gesellschaft immer lauter«, warf Francisco ein.

»Vielleicht wäre es das Beste. Ich verstehe den Unsinn nicht, ausgerechnet jetzt eine Verfassung machen zu wollen. Zu was sind Verfassungen nütze? Unser geschätzter Alfons XIII. hat darauf gepfiffen, als er zuließ, dass Primo de Rivera eine Militärdiktatur etabliert hat, auch wenn sie nach meinem Dafürhalten damals sicherlich notwendig war. Entweder machen wir so weiter wie jetzt, oder der König nimmt endlich seinen Hut. Das Einzige, was er tut, ist repräsentieren und Staudämme einweihen«, schimpfte Tomás Salamanca-Trillo.

»Nun, dann lassen wir doch alles erst mal laufen. Im nächsten Jahr findet die Weltausstellung statt, und vielleicht sieht man dann klarer«, meinte Don Ernesto.

»Wenn uns die Republikaner nicht vorher einen Staatsstreich bescheren ...«

»Reden Sie keinen Unsinn, Don Amancio.«

»Das Spannende werden die Feierlichkeiten zum fünfjährigen Jubiläum der Regierung von Primo de Rivera in Barcelona sein. So begeistert, wie man dort von seiner Politik ist ...«, merkte Oberstleutnant Roca an.

»Ja, aber diesmal versucht er, mit der Opposition ins Gespräch zu kommen. Ihnen ist klar, dass es immer mehr kritische Stimmen gegen die Monarchie und das Direktorium gibt. Und die möchten sie mit Propaganda, leeren Versprechen und Süßholzraspeln zum Schweigen bringen«, spekulierte Francisco.

»Vielleicht hat Señor Pascal dem General bei seinem Gespräch etwas entlocken können. Wenn ich ihn das nächste Mal sehe, werde ich ihn danach fragen«, meinte Don Ernesto.

»Was? Sie benutzen Ihre Freunde und Redakteure, um an Informationen zu kommen, die für Sie persönlich von Interesse sind, Don Ernesto?«, scherzte Tomás.

»Das sind die Vorteile eines Chefredakteurs, mein Lieber«, erwiderte Don Ernesto amüsiert.

»Apropos Redakteure. Sie erraten nicht, wen ich neulich gesehen habe«, meinte Francisco.

»Wen denn?«, wollte Don Amancio wissen.

»Unseren guten alten Pedro Liébana!«

Beinahe hätte ich mich an meinem Wein verschluckt.

»Ist das wahr, Don Francisco? Sie haben ihn leibhaftig gesehen? Wo denn?«, fragte Don Ernesto, der ein besonderes Interesse daran hatte zu erfahren, wo sich sein Mitarbeiter herumtrieb.

»Vor ein paar Tagen. Einer meiner englischen Geschäftspartner war ein paar Tage in der Stadt, und ich habe mich an der Rezeption seines Hotels mit ihm getroffen, das *Florida*. In der Plaza de Callao. Wissen Sie, welches ich meine?«

»Aber natürlich.«

»Mein Geschäftspartner ließ auf sich warten, und so habe ich mich in einen der Sessel in der Lobby gesetzt und mir eine Zigarette angezündet, und da habe ich ihn gesehen. Ich bin zwar nicht oft mit ihm zusammengetroffen, aber ich bin mir sicher, dass er es war.«

»Vielleicht ist er zu Besuch in Madrid und logiert dort«, meinte Don Tomás.

»Gut möglich«, erwiderte Don Ernesto irritiert.

»Ist das nicht das Hotel, in dem sich auch Señor Pascal aufhält?«, überlegte Giancarlo.

»Ja, genau. Ich möchte nicht wissen, was die beiden wieder aushecken«, gestand Don Ernesto. »Und ich bin mir auch nicht sicher, ob ich möchte, dass er mir Bescheid gibt, dass er in der Stadt ist. Die Guardia Civil lässt uns wegen ihm seit Monaten nicht aus den Augen.«

»Ich möchte dir nicht widersprechen, Liebling, aber es kommt mir doch sehr abwegig vor, dass Señor Liébana ohne einen journalistischen Auftrag nach Madrid zurückgekehrt sein soll. Und wenn Ernesto nichts davon weiß, ist es höchst unwahrscheinlich, dass er ein solch unnötiges Risiko eingeht«, sagte ich, und das Herz schlug mir bis zum Hals.

»Elisa, wenn dein Mann sagt, er hat ihn gesehen, dann hat er ihn gesehen«, ermahnte mich meine Tante.

»Schon gut, ich habe ja nur meine Meinung gesagt«, erwiderte ich.

»Eben, und im Grunde gebe ich dir recht, Elisa. Das ist alles ausgesprochen merkwürdig. Wenn Señor Pascal sich mit Pedro Liébana hätte treffen wollen, hätte er in Anbetracht der Situation doch sicher ihn aufgesucht und nicht umgekehrt«, meinte Don Ernesto.

»Journalisten eben, Don Ernesto. Sie haben andere Prioritäten. Es lohnt nicht, weiter darüber nachzudenken. Für einen Exklusivbericht gehen sie jedes Risiko ein.«

»Mal abgesehen von den Gründen, die ihn zu seiner Rückkehr bewogen haben, werden Sie Ihre Beobachtung doch bestimmt der Guardia Civil mitteilen, oder?«, fragte Carmen Bernardo meinen Mann.

»Selbstverständlich. Dazu bin ich ja verpflichtet. Nur auf diese Weise lässt sich dieser hartnäckige Anarchismus in unserer rückständigen Gesellschaft bekämpfen.«

»Ich an Ihrer Stelle würde nicht mit der Guardia Civil reden, wenn Sie sich nicht hundertprozentig sicher sind, mein Freund. Nicht dass die am Ende noch Sie auf dem Kieker haben«, riet Don Tomás.

»Nun ja, ich werde darüber nachdenken. Aber ich bin überzeugt, dass er es war.«

Den restlichen Abend ertränkte ich meinen Kummer in Wein.

***

Am nächsten Morgen trieb mich die Unruhe angesichts der äußerst ungelegen kommenden Entdeckung meiner Eskapaden in das Atelier von Doña Bruna, wo ich einige Kleider in Auftrag gab und für eine Weile meine Probleme vergaß. Als ich zwei Stunden später nach Hause zurückkehrte, hätte ich viel darum gegeben, Olivier zu treffen und ihm von der misslichen Lage zu berichten. Doch als mein Blick auf die Anrichte im Eingangsbereich fiel, wo Anita gewöhnlich die Post ablegte, zuckte ich zusammen. Ich nahm meinen Hut ab und griff mit zittriger Hand nach dem Umschlag.

»Don Juan Montero Fernández« – so lautete der Absender.

Juan hatte mir tatsächlich geantwortet! Ich konnte es nicht fassen. Ohne ein Wort an die Hausangestellten zu richten, zog ich mich in mein Zimmer zurück. Ich betrachtete die unregelmäßige Schrift meines Bruders. *Mein Bruder.* Es war ein seltsames Gefühl, diese Worte nach so langer Zeit auszusprechen. Hastig öffnete ich den Umschlag mit dem Brieföffner, der stets griffbereit auf meinem Nachttisch lag, und begann zu lesen.

*Werte Doña Elisa,*

*vor ein paar Tagen haben wir Ihren Brief erhalten.*
*Wir haben uns sehr gefreut, dass es Ihnen gut geht. Wir beglückwünschen Sie zu Ihrer Hochzeit mit Señor de las Heras y Rosales und wünschen Ihnen beiden ein erfülltes gemeinsames Leben.*
*Es schreibt Ihnen Juan, Ihr älterer Bruder. Wie Sie wissen, kann Vater Ihnen nicht selbst antworten, weil er nicht schreiben kann. Wir leben nach wie vor in Fuente de Cantos. Auch ich bin verheiratet. Meine Frau heißt Mercedes, und wir haben drei Kinder.*
*Ich muss gestehen, es hat mich sehr verwundert, nach all den Jahren einen Brief von Ihnen zu erhalten. Ich weiß nicht, ob Sie etwas von uns erwarten, aber wir haben nichts,*

*das wir Ihnen geben könnten, nur diese Zeilen. Ich hoffe, sie erfüllen ihren Zweck.*

*Mit freundlichen Grüßen
Juan Montero*

Widerstreitende Gefühle kamen in mir hoch. Juans Zeilen waren voller Argwohn. Er warf mir zwischen den Zeilen vor, dass ich all die Zeit nichts hatte von mir hören lassen, aber sie hatten sich doch auch nicht gemeldet. Sofort machte ich mich daran, ihm zu antworten, um ihm meine Absichten zu erläutern. Ich wollte doch nur Kontakt aufnehmen, mich vergewissern, dass sie noch lebten, und ihnen zu verstehen geben, dass ich sie nicht vergessen hatte. Etwas in Juans holprigen Zeilen drängte mich dazu, ich durfte es nicht bei dem einen Brief belassen. Das Bild des schwarzhaarigen Jungen, der in seiner Rüstung aus alten Blechdosen versprach, mich vor den Ungeheuern zu beschützen, brachte mich zum Schmunzeln. Was hatten wir uns nicht alles für Spiele ausgedacht! Wie viel Freude war uns im Namen der erzwungenen Trennung genommen worden! Am nächsten Tag gab ich den Brief auf. Ich war bewegt und hoffnungsfroh, auch wenn ich die Möglichkeit in Betracht zog, dass man mir aus der Ferne eine Abfuhr erteilte.

Francisco erzählte ich nichts über die Kontaktaufnahme zu meiner wahren Familie. Er wusste, dass ich nicht in Madrid geboren wurde, aber er hatte keine Ahnung, aus welch einfachen Verhältnissen ich stammte und dass ich gerade alles daransetzte, die Beziehung zu meinen Angehörigen wieder aufleben zu lassen. Unsere Gespräche hatten wenig Tiefgang, da es immer nur um seine Interessen ging und ich ihm die ganze Zeit etwas vorspielte. Aber ein Thema interessierte mich brennend, und ich hatte beschlossen, es ohne Umschweife anzusprechen.

Anita hatte uns zur gewohnten Zeit das Essen serviert. Wie immer schlang Francisco alles eilig herunter, denn er musste direkt danach wieder in die Bank. Ich taxierte ihn kurz und überfiel ihn dann: »Liebling, hast du das mit Señor Liébana eigentlich schon weitergegeben?«

»Äh ... nein, noch nicht.«

»Und, hast du dich schon entschieden, ob du ihn denunzieren wirst?«

»Ich habe nicht vor, ihn zu ›denunzieren‹. Ich werde der Guardia Civil lediglich mitteilen, was ich gesehen habe. Wenn der Kerl etwas im Schilde führt oder seinen Vater versteckt, ist es nur recht und billig, dass es publik wird. Wenn sie ihn schnappen, haben wir einen Terroristen weniger.«

»Don Pedro ist kein Terrorist. Er hat doch keine Schuld an den Verbrechen seines Vaters«, erklärte ich.

»Das ist doch völlig unerheblich. Wenn er ihn versteckt, ist er für seine Schandtaten mitverantwortlich. Und ich werde ihnen das Handwerk legen. Wegen diesen Verbrechern sind in diesem Land viele große Männer ums Leben gekommen.«

»Du gehst davon aus, dass er weiß, wo sich sein Vater aufhält. Du verurteilst ihn, ohne Beweise zu haben. Ist es nicht Aufgabe der Justiz, darüber zu entscheiden?«

»Das habe nicht ich gesagt, das ist die Hypothese des

Direktoriums. Und soweit ich es verstanden habe, liegen ihnen Beweise vor, die das untermauern.«

»Vielleicht irren sie sich. Don Pedro war mit Catalina liiert, und sie hat nie etwas Verdächtiges bemerkt. Sie verteidigt seine Unschuld. Und ich ebenso.«

»Ach, die Señorita Folch. Das ist auch so eine Kandidatin. Der kann man genauso wenig über den Weg trauen wie diesem Liébana.«

»Aber mir kannst du doch wohl vertrauen«, sagte ich und nahm zärtlich seine Hand. »Versprichst du mir, dass du es dir noch mal überlegst, ob du wirklich eine Aussage machen willst?«

Francisco war gerührt von meiner plötzlichen Gefühlswallung. Er sagte, er würde darüber nachdenken und mir mitteilen, wenn er eine Entscheidung getroffen hätte. Zum Glück verließ er Mitte August die Stadt, ohne ein weiteres Wort darüber verloren zu haben.

\*\*\*

Im Rausch der Freiheit, die Franciscos Abwesenheit mir bescherte, bat ich Olivier, er möge mich an einen Ort entführen, an dem uns keiner kannte. Wir verabredeten uns um Punkt acht an der Ecke der Calle Eloy Gonzalo und Calle del Castillo, wo wir vor neugierigen Blicken sicher waren. Kurz vor dem Treffpunkt vergewisserte ich mich ein letztes Mal, dass niemand Bekanntes in der Nähe war, und schon stand er vor mir. Am liebsten wären wir uns sofort in die Arme gefallen, aber in der Öffentlichkeit mussten wir vorsichtig sein. Ich bemerkte, dass Olivier etwas in der Hand hielt, aber noch bevor ich ihn danach fragen konnte, streckte er es mir verschmitzt lächelnd entgegen: Es war ein besticktes Umschlagtuch.

»Dort, wo wir hingehen, wirst du das gut brauchen können«, meinte er.

Ich nahm es und legte es um meine Schultern. Es war wunderschön.

»Ich habe es auf dem Weg gekauft. Es ist nicht die beste Qualität, aber an dir sieht es wunderschön aus.«

»Alles, was du mir schenkst, ist wunderschön. Aber du musst das nicht tun.«

»Ich weiß. Lass uns gehen. Das Nachtleben wartet auf uns.«

Wir nahmen ein Taxi, das uns in einem der ursprünglichsten Viertel der Stadt absetzte. Ich hatte keine Ahnung, wo es hinging, überließ ihm aber gern die Führung. Ich vertraute auf seinen guten Geschmack und folgte ihm blind. Hand in Hand durchstreiften wir die Gassen des Viertels Latina. Aus der Ferne hörte man Musik, Trubel, Gelächter und das Gebimmel eines Karussells. Es war der vorletzte Tag der Fiestas de la Paloma, dem Fest zu Ehren der Jungfrau La Paloma, und die Straßen hatten sich in einen einzigen großen Jahrmarkt verwandelt. Im Schein der bunten Laternen tanzten junge Leute den traditionellen *Chotis*. Kinder rannten umher, schleckten ihre Süßigkeiten und dachten voller Vorfreude an den nächsten Streich. Die Schneiderinnen hatten sich herausgeputzt und warteten darauf, dass sie ein Jüngling zum Tanzen aufforderte. Am Getränkekiosk versuchte der Verkäufer die Studenten dazu zu verführen, eine der Schönheiten, die von ihren Anstandsdamen mit Argusaugen bewacht wurden, zu einer Mandelmilch oder einer Zitronenlimonade einzuladen. Alle wirkten so ausgelassen und unbeschwert.

Ich war noch nie zuvor auf einem Volksfest gewesen. Was hätte ich dafür gegeben, wenn ich das schon früher kennengelernt hätte! Die Mädchen lachten, versuchten, Unbekannte mit ihren Blicken zu verführen, und lernten auf diese Weise junge Männer kennen, die sich sonst niemals an sie herangewagt hätten. Wie aufregend, dachte ich bei mir. Olivier riss mich aus meinen Gedanken, indem er sanft meine Hand fasste.

»Lass uns tanzen.«

»Ich kenne doch die Schritte von diesem *Chotis* gar nicht.«

»Wir machen es einfach den anderen Paaren nach.«

Wir begannen, uns ungeschickt zum Klang der Drehorgel zu bewegen. Olivier, der den Tanz auch nicht kannte, weil er nicht in Madrid aufgewachsen war, amüsierte sich königlich über seine kläglichen Versuche, den Schritten der anderen zu folgen. Für mich war das ebenfalls etwas Neues, aber auch ich sah es entspannt und lachte über unsere falschen Schritte.

Ich atmete tief seinen Duft ein, der mich selbst an den schwärzesten Tagen zu beruhigen vermochte. Gut getarnt zwischen all den Tänzern wirkten wir wie ein verliebtes Paar, das sich auf dem Fest amüsiert. Niemand interessierte sich dafür, wer wir waren. Niemand verurteilte uns oder zeigte mit dem Finger auf mich. In der feiernden Menge waren wir sicher. Ich legte meinen Kopf auf seine Schulter, und meine Füße folgten einfach dem Rhythmus der Musik. Eine Blumenhändlerin kam vorbei und ermunterte Olivier, eine der bunten Blumen zu kaufen, von denen eine schöner als die andere war. Er wählte eine rote Nelke und steckte sie mir hinters Ohr. Es war der einzige Schmuck, den ich an jenem Abend in meinem kinnlangen dunklen Haar trug.

»Du siehst aus wie ein echtes Madrider Mädchen«, sagte er.

»Wollen wir uns hinsetzen und etwas trinken?«, fragte ich.

Wir bestellten zwei Limonaden. Neben uns diskutierten zwei Studenten und ein älterer Mann hitzig über Politik.

»Zum Teufel mit dem König! Er ist für das Desaster von Annual verantwortlich! Er sollte nach Marokko ins Exil gehen!«, ereiferte sich einer der Studenten.

»Und was ist die Alternative, Junge? Primo de Rivera? Oder besser noch General Berenguer? Der steckt bis zum Hals in der Sache mit drin, die 1921 in Nordafrika passiert ist.«

»Nein. Wir brauchen eine neue Regierung. Politiker, die Spanien voranbringen und uns von der Diktatur befreien.«

»Politiker, Politiker … Die sind doch alle gleich! Das Volk sollte die Entscheidungen treffen. Müssen wir nicht alle auch die Konsequenzen tragen?«

Olivier und ich warfen uns einen verschwörerischen Blick zu. Solche Gespräche waren äußerst wichtig für das journalistische Arbeiten, denn hier ging es nicht um Information, sondern um Meinungen.

»Denkst du, dass sie recht haben? Dass der König wirklich etwas mit dem Desaster von Annual zu tun hatte?«, fragte ich.

»Möglich. Wer weiß das schon? Ich bin sicher, dass man das nie mit Sicherheit herausfinden wird. Es gibt Ereignisse in der Geschichte eines Landes, die werden unter so vielen Halbwahrheiten verschüttet, dass am Ende die Freiheit des Denkens und die freie Meinungsäußerung mit begraben werden. Und das Schlimmste ist, dass es der Politik gelingt, uns als Fakten zu verkaufen, was so nie geschehen ist. Sie lullen uns ein und legen uns nahe, nicht so genau danach zu fragen, damit keine unangenehmen Wahrheiten ans Licht kommen. Und wenn einer doch fragt, dann wird er als Verräter, Verschwörer oder Verrückter abgestempelt.«

»Ja, das ist die traurige Wahrheit. Aber du weißt ja, die Propaganda im Dienste politischer und wirtschaftlicher Interessen ist das neue Opium fürs Volk. Ich hoffe, das ist nicht der viel gepriesene Fortschritt des 20. Jahrhunderts.« Ich trank einen Schluck von meiner Limonade. »Komisch, trotz all der Zeit geht mir nicht aus dem Kopf, was uns Sergeant Basallo damals erzählt hat. Es war, als ob er von inneren Dämonen verfolgt würde, als ob er etwas herausgefunden hätte, das außerhalb der marokkanischen Wüste niemand hören wollte.«

»Er hat die Last auf sich genommen, mit der gesamten Presse zu sprechen. Ich bin überzeugt, es gab dabei rote Linien: moralische und aufgezwungene. Er war nur ein weiteres Rädchen in der großen Maschinerie des Schweigens. Und das werfe ich ihm nicht vor. Nach all den Jahren in Gefangenschaft hatte er ein Recht darauf, in Frieden zu leben und nicht weiter kämpfen zu müssen.«

»Ja. Aber ich glaube, er hat eine Weile nach seiner Befreiung ein Buch mit seinen Erinnerungen geschrieben. Gütiger Himmel, ich möchte gar nicht daran denken, dass der König und General Berenguer dafür verantwortlich waren, was all den Männern dort geschehen ist.«

»Und ich denke, weder du noch ich werden den Artikel schreiben, der ihre Machenschaften ans Licht bringt«, meinte Olivier.

Wir saßen noch eine Weile da, die Klänge der Drehorgel im Hintergrund, und hingen unseren Gedanken nach. Es war eine großartige Idee gewesen, an diesen Ort zu kommen. Für ein paar Stunden konnten wir uns in dem Glauben wiegen, dass wir frei waren. Ein Paar, das mitbekommen hatte, wie dilettantisch wir uns beim Tanzen angestellt hatten, bot uns an, uns die Schritte des *Chotis* zu zeigen. Und so kehrten wir zur Tanzfläche und der unbeschwerten Fröhlichkeit zurück. Nach zwei Liedern wagten wir den Versuch umzusetzen, was man uns gezeigt hatte.

»Doña Elisa Montero, ich muss sagen, als Mann tanzen Sie besser«, scherzte Olivier. »Ich erinnere mich noch an die Drehungen, die du mit Señorita Folch aufs Parkett gelegt hast.«

»Ich bin vielseitig einsetzbar, Señor Olivier Pascal. Ich kann genauso gut mit Männern wie mit Frauen umgehen … Aber ich werde es dir nie verzeihen, dass du mich damals allein mit Teodora im Barbieri zurückgelassen hast. Um ein Haar hätte sie mich geküsst …«

»Es fällt mir immer noch schwer zu glauben, dass du das warst. Arme Elisa, im verzweifelten Kampf mit Frauen, die deinem Charme als Mann erlegen waren ...« Er strich mir eine Haarsträhne aus dem Gesicht.

Wir lachten vergnügt und küssten uns unbekümmert in der tanzenden Menge, die für einen Moment in weite Ferne gerückt zu sein schien. Später schlenderten wir durch die Gassen und betrachteten die Anwohner, die sich mit den Feiernden vermischt hatten. Die vielen in der Luft hängenden Gerüche nahmen einem fast den Atem, aber sie hatten zugleich etwas Tröstliches. Einige Bewohner verfolgten das bunte Treiben von ihren Balkonen aus. Vergnügt betrachtete ich, wie das Karussell sich drehte und die Fahrgäste den Umstehenden zuwinkten.

***

Am Morgen verließ Olivier das Haus, bevor Anita aufgewacht und Charito von ihren morgendlichen Einkäufen vom Markt zurückgekehrt war. An der Tür verabschiedete ich ihn mit einem letzten Kuss, immer noch beseelt von der süßen Erinnerung an den vergangenen Abend auf dem Fest. Lächelnd kehrte ich ins Bett zurück und rief mir unsere Gespräche wieder in Erinnerung. Als ich Schritte und das Klappern von Geschirr vernahm, sprang ich aus dem Bett. Ich fühlte mich wie neu geboren, und so sagte ich Anita nach dem Frühstück, sie bräuchte mir keine Kleider herauszulegen, ich würde den ganzen Tag im Morgenmantel verbringen und schreiben.

Bei dem Gedanken an den vergangenen Abend musste

ich immer wieder schmunzeln. Olivier hatte mir beigebracht, auf zwei Fingern zu pfeifen. Ich wusste noch nicht, was ich damit anfangen sollte, aber vielleicht könnte ich die neue Fähigkeit mal bei dem Hausmädchen anwenden.

Das Schreiben begleitete mich durch den sonnigen Augusttag. Ich lebte zwischen Vokalen und Konsonanten, die sich zu Worten, Sätzen und Abschnitten zusammenfanden, bis daraus Geschichten, Bilder, Fakten wurden. Das war mir der liebste Ort auf der Welt. In dem Raum zwischen den Zeilen, in der weißen gliedernden Fläche, gab es keine Uhren und keinen Zeitbegriff. Es gab nur den Moment zwischen dem, was ich geschrieben hatte, und dem, was noch folgen würde. Und diese Erfahrung war es, die ich beim Schreiben genoss. Ich hatte das schon als Kind so empfunden, wenn ich meinem Tagebuch meine Gedanken und Erlebnisse anvertraut hatte, und mit den Jahren hatte sich das noch verstärkt. Es war mein unschickliches Laster, ebenso wie die gelegentlichen Zigaretten.

Inmitten des Schreibens klingelte es auf einmal hartnäckig. Ich erschrak. Ich erwartete niemanden. Vielleicht hatte Olivier etwas vergessen. Ich sagte Anita, ich würde selbst an die Tür gehen, sicher war sicher. Ich schloss den Morgenmantel, strich das Haar glatt, öffnete die Tür und blickte direkt in die verächtliche Miene meiner Tante.

»Ta... Tante«, stammelte ich.

»Guten Tag, Elisa.«

»Guten Tag. Tritt ein. Ist etwas passiert?«, fragte ich und verbarg schnell die Hand mit der brennenden Zigarette hinter meinem Rücken.

»Wieso? Brauche ich einen Grund, um dich zu besuchen?«

»Nein, nein, natürlich nicht«, brummelte ich.

»Zieh dir was Anständiges an. Ich warte im Salon. Und mach die Zigarette aus, sei so gut«, herrschte sie mich an.

Ich schnaubte. Auch wenn es mir noch so sehr missfiel, sie hatte immer noch Macht über mich. Folgsam ging ich in mein Zimmer und zog eines der Kleider an, die für den Nachmittag gedacht waren. Ich kämmte mein Haar und kehrte in den Salon zurück, wo sie in einem der Sessel saß und indigniert die Gegenstände im Raum musterte.

»Anita, machen Sie uns bitte Tee. Du möchtest doch Tee, Tante? Oder lieber eine Schokolade oder einen Kaffee?«

»Gerne Tee«, erwiderte sie.

»Nun, wie war dein Tag?«, fragte ich.

»Gut. Ein wenig zu heiß für meinen Geschmack, aber gut. Elisa, du weißt, ganz gleich, wie drückend es ist, eine anständige Frau sollte nie den ganzen Tag im Morgenmantel herumlaufen. Was sollen denn deine Angestellten denken?«

»Ich weiß, Tante. Das war heute eine Ausnahme.«

»Na ja ... Wenn du das sagst. Aber ich bin nicht gekommen, um mit dir über Kleider zu sprechen.«

»Ich wusste, dass du nicht ohne Grund kommst.«

»In der Tat, und das missfällt mir außerordentlich. Besonders, wenn es um deine Ehe geht.«

»Was ist mit meiner Ehe?«

»Verkauf mich nicht für dumm, Elisa. Es ist kein Geheimnis, dass du und Francisco hinter verschlossenen

Türen getrennter Wege geht. Das kann ich noch akzeptieren. Nicht alle Paare verstehen sich nach einer gewissen Zeit noch so wie am Anfang. Aber ich kann nicht zulassen, dass du wegen deiner Leichtfertigkeit zum Tagesgespräch von Madrid wirst.«

»Was meinst du?«

»Mir ist zu Ohren gekommen, dass du dich sehr gut mit Olivier Pascal verstehst. Zu gut, wenn du mich fragst. Man hat euch schon mehrfach gemeinsam gesehen. Du weißt schon, dass sich das nicht gehört?«

»Was heißt, es ist dir zu Ohren gekommen?«

»Neulich war ich bei Benedetta und ihren Eltern zum Tee eingeladen.«

Mir war sofort alles klar.

»Tante, Señor Pascal gibt mir nur Nachhilfe in Französisch«, log ich, getrieben von meiner Angst.

»Ja, ja, Nachhilfe in Französisch ... Elisa, mir ist der Grund eurer Treffen herzlich egal. Die Leute reden, und irgendwann wird dein Mann Wind davon bekommen. Ich hoffe, du kannst ihm dann überzeugend darlegen, warum ihr durch die Gegend flaniert. Ich glaube nicht, dass er sich mit dem Argument von Französischstunden zufriedengibt.«

»Es ist mir egal, was die Leute denken, Tante. Señor Pascal ist ein guter Freund. Darf ich denn keine eigenen Freunde haben?«

»Nein, das darfst du nicht.«

Ich schäumte vor Wut. Anita servierte den Tee und das Gebäck, und als sie die Spannung gewahrte, zog sie sich schnell zurück.

»Elisa, eine gute Ehefrau widmet sich ihrem Mann und ihrer Familie und trifft sich nicht mit irgendwelchen Journalisten und Schriftstellern. Das ist kein Umgang, der deinem Ruf als Ehefrau eines der einflussreichsten Männer Madrids gerecht wird. Francisco hat dich auserwählt. Ich habe alles dafür getan, dass es zu dieser Hochzeit kommt, und du hast das Ganze von Anfang an sabotiert.«

»Das ist nicht wahr. Ich liebe Francisco.« Ich zögerte einen Moment. »Aber ich finde es schon fast beängstigend, wie verlogen du bist.«

»Was redest du da?«

»Komm schon, Tante, es ist kein Geheimnis, dass dein Ruf auch nicht immer tadellos war. Du sagst, ich soll mich von Journalisten und Schriftstellern fernhalten, aber warst du selbst nicht mit einem liiert? Von mir verlangst du Anstand, dabei hast du als Erste die Grenze der guten Moral übertreten und dich in eine fremde Ehe eingemischt.«

Das war der Moment, in dem ich die lange zurückgehaltene Information gegen sie verwenden konnte. Zum Glück fragte sie nicht, wie ich daran gekommen war.

»Elisa, ich verbiete dir, so mit mir zu sprechen. Du undankbares Geschöpf! Alles, was du bist, bist du nur durch mich geworden. Alles! Und wie vergeltest du es mir? Du maßt dir an, mich zu verurteilen. Du hast keine Ahnung, was damals war. Du hast von gar nichts eine Ahnung. Du glaubst, alles um dich herum stehe dir rechtmäßig zu. Du hast nie für etwas gekämpft. Du bist ein dummes, unreifes Mädchen, und früher oder später werden dich deine Sünden einholen, und die Leute werden dich verachten. Ich habe alles gegeben, damit aus dir eine achtbare Frau wird, aber du bist wie dein Vater. Wie all die Schurken und Taugenichtse vom Land, die ungefragt nehmen, was ihnen nicht gehört, und alles um sich herum ins Verderben reißen.«

Noch während der zornigen Rede war sie aufgestanden und hinausgestürmt. Sie hatte mir nicht mal die Gelegenheit gegeben, ihr zu antworten. Wie feige, dachte ich bei mir. Aber war ich nicht auch feige? Das war alles Benedettas Schuld. Sie hatte meiner Tante den Floh ins Ohr gesetzt. Seit jenem Weihnachtsfest im der Villa meiner Tante hatte sie versucht, meine Beziehung zu Olivier zu zerstören. Genügte es ihr nicht, ihr eigenes Leben und das ihrer Kinder zu kontrollieren? Wütend ließ ich die unbenutzten Teetassen stehen und verließ die Wohnung.

Ich bat José Carlos, mich zu Benedetta zu fahren. Mein Besuch würde nicht lange dauern. Das Hausmädchen öffnete mir lächelnd die Tür.

»Ist Señora Roca da?«, fragte ich.

»Ja, Doña Elisa. Ich gebe ihr sofort Bescheid. Warten Sie bitte im Empfangszimmer.«

Ich setzte mich gar nicht erst. Ich war in Rage. Benedetta, die wahrscheinlich gerade mit ihren Kindern beschäftigt gewesen war, betrat ahnungslos den Raum.

»Elisa, teure Freundin. Was führt dich zu mir?«

Sie lächelte mich an, keine Spur von schlechtem Gewissen, dass sie mir so übel mitgespielt hatte.

»Wie konntest du meiner Tante das mit Olivier erzählen?«, schoss ich los.

»Wovon redest du, Elisa?«

»Sie hat mich aufgesucht, und wir hatten eine hitzige Unterredung.«

Benedetta sah mich an. Die vage Erinnerung an unsere frühere Freundschaft brachte sie anscheinend dazu, mit der Wahrheit herauszurücken.

»Ich musste es tun, Elisa. Olivier? Nicht länger Señor Pascal? Seid ihr inzwischen schon beim Du angelangt? Es betrübt mich zu sehen, wie du dein Leben zerstörst. Ich weiß nicht, ob es die Geister der Vergangenheit sind, aber seit ich dich kenne, lügst und betrügst du und weißt nicht zu schätzen, was du hast.«

»Du hast ja keine Ahnung, Benedetta.«

»Und ob ich die habe. Ich habe dir damals geschworen, dass ich von dem ganzen Schwindel mit Pedro Liébana nichts verrate, weil ich so dumm war zu glauben, ich würde etwas Gutes tun, dir dabei zu helfen, deinen Traum wahr werden zu lassen. Ich habe oft mit mir gehadert, ob ich dich auffliegen lassen soll, aber dann hat Catalina mit ihrer unerschütterlichen Art mich wieder davon abgehalten. Du hast Glück, dass sie glaubt, sie sei Teil deines verrückten Plans, weil sie der irrigen Ansicht ist, du hättest dasselbe Format wie sie …«

»Sie ist meine Freundin. Und Freundinnen halten nun mal zusammen und gehen nicht irgendwelchen Gerüchten auf den Leim, die sie irgendwo aufgeschnappt haben.«

»Ach, Elisa, sei nicht naiv. Denkst du wirklich, es sei ein Freundschaftsdienst, jemanden bei solch einem Blödsinn auch noch gut zuzureden? Was hast du denn in all den Jahren erreicht? Nichts. Und das wirst du auch nicht, weil du eine Frau bist, eine Dame der Gesellschaft, die

Ehefrau eines guten Mannes, der dich braucht und den du jeden Tag zurückweist und demütigst. Weißt du, wie viele Frauen sich wünschen würden, an deiner Stelle zu sein? Nein, natürlich nicht. Du verschmähst alles, was dir geboten wird, weil du besessen von deiner Schreiberei bist. Dein Egoismus hat dich schon immer blind gemacht.«

»Es ist kein Egoismus. Dass ich nicht dasselbe will wie du und die anderen Frauen, macht mich noch lange nicht zu einem Ungeheuer. Ich bin mir sehr wohl bewusst, was Francisco alles für mich tut, aber der Preis dafür ist, dass ich in einem goldenen Käfig sitze, in dem ich ersticke. Und wenn ich den Käfig mal verlasse, um frische Luft zu schnappen, geht meine Freundin her und zeigt mit dem Finger auf mich. Das hätte ich dir nicht zugetraut, Benedetta. Ich habe geglaubt, ich könnte dir vertrauen, du würdest mich unterstützen, wie ich es getan habe, als dein Vater dir nicht so viel Aufmerksamkeit geschenkt hat wie seiner neuen Frau. Wo sind die beiden Mädchen geblieben, die sich alles erzählt haben, ohne einander zu verurteilen?«, fragte ich mit Tränen in den Augen.

»Die gibt es nicht mehr. Und die Frau, die du geworden bist, gefällt mir nicht. Eine Frau, die es nötig hat, ihre ehelichen Pflichten zu vernachlässigen, die ständig lügt und allein mit Journalisten herumflaniert. Die Ehe ist ein Versprechen fürs Leben, kein flüchtiger Zeitvertreib. Du solltest Gott danken, dass die Familien Ribadesella und Rosales solchen Gerüchten nicht leichtfertig Glauben schenken. Sonst wüssten Doña Asunción und Francisco längst, was du hinter ihrem Rücken alles treibst.«

»Wie gesagt, du hast keine Ahnung.«

»Doch, Elisa. Seinen Mann zu betrügen heißt also seit Neuestem, frische Luft zu schnappen? Man muss nicht sonderlich schlau sein, um zu merken, dass du Pascals Geliebte bist. Ich wette, du hast keine Ahnung, wie viele Frauen er in anderen Häfen zurückgelassen hat. Wie kann man nur so blauäugig sein? Am Ende wirst du allein und verzweifelt dasitzen. Aber das hast du dir selbst zuzuschreiben.«

»Sprich nicht so von Olivier, Benedetta, ich warne dich.«

»Es ist nicht zu fassen«, sagte sie lachend. »Du bist tatsächlich in ihn verliebt! Wie tief bist du gesunken, Elisa? Aber ich habe es aufgegeben. Wenn du dein eigenes Grab schaufeln willst, nur weiter so. Aber verlang nicht von mir, dass ich dir dabei zusehe.«

»Keine Sorge. Du bist nicht mehr meine Freundin, Benedetta. Ich hoffe, du amüsierst dich bei den Gesprächen mit meiner Tante, denn es wird die Einzige der Familie Montero sein, mit der du in deinem traurigen Leben als kontrollsüchtige Ehefrau noch sprechen wirst.«

Und wie meine Tante es bei mir getan hatte – die Verwandtschaft ließ sich nicht leugnen –, rauschte ich von dannen, ohne ihr Gelegenheit zu einem Gegenangriff zu geben.

\*\*\*

Ende September 1928 ließ ein schreckliches Ereignis die Stadt verstummen. Am Abend des 23. September, an dem viele Madrilenen auf der Suche nach Zerstreuung in die

Kinos und Theater geströmt waren, brach während einer Vorstellung im Teatro Novedades ein Brand aus.

Ich befand mich mit Francisco, meiner Schwiegermutter und meiner Tante im Teatro Reina Victoria. Als wir das Theater verließen, stieg über den Dächern eine dichte Rauchsäule in den Himmel. Aus allen Richtungen rannten Leute zu dem vermeintlichen Ursprung. Einige riefen, das Regierungsgebäude würde brennen. Ob man es in Brand gesetzt hatte? Getrieben von meinem journalistischen Wissensdurst wollte ich der aufgeregten Menge folgen. Ich hatte völlig vergessen, dass ich in dem Moment nicht Pedro Liébana war. Francisco, der sich mein Verhalten nicht erklären konnte, versuchte vergeblich, mich aufzuhalten, und so blieb ihm nichts anderes übrig, als mir zu folgen. Doña Asunción und meine Tante zogen es vor, im komfortablen Innenraum des Panhard zu warten, bis das Unheil vorbeigezogen war.

Der Marsch ging am unversehrten Regierungsgebäude vorbei Richtung Süden. Die engen Straßen saugten die Besorgten und Neugierigen auf und füllten sich mit Mutmaßungen. Zu sehen, wie die Flammen das Gebäude des Theaters verschlangen, und die verzweifelten Schreie der Zuschauer zu hören, die versuchten, ihr Leben zu retten, war erschütternd. So etwas hatte ich noch nie erlebt. Ich wollte noch näher herankommen, um in Erfahrung zu bringen, was geschehen war, und um den Geretteten zu helfen, doch Francisco hielt mich mit Gewalt am Arm fest.

»Du gehst keinen Schritt weiter«, herrschte er mich an.

Und so verharrte ich dort, als Augenzeugin der Tragödie, obwohl mein Inneres danach drängte, mich bei dem schrecklichen Unglück nützlich zu machen, bei dem am Ende mehr als sechzig Menschen ums Leben kamen und über dreihundert verletzt wurden.

Die Guardia Civil, das Heer, die Feuerwehr und die Sanitäter versuchten, die Lage unter Kontrolle zu bringen. Um mich herum sah ich weinende Frauen, überwältigt vom Schmerz, während die Feuerzungen sich immer weiter durch das Gebäude fraßen. Tränen schossen mir in die Augen. Angehörige wollten die Absperrung überwinden in der kurz aufblitzenden Hoffnung, ihre Kinder, Eltern oder Geschwister finden zu können. Weiter weg gewahrte ich Morales, Simón und Mínguez von *El Demócrata*. Es war nach neun, und allmählich wurde der Brand zum einzigen Licht in der Stadt, die an den Tagen nach der Katastrophe Trauer tragen würde.

Plötzlich packte mich eine alte Frau am Arm und rief, wir sollten ihre Tochter dort rausholen.

»Meine Tochter, meine Tochter ist da drin, um Himmels willen, holen Sie sie da raus!«

Ohne einen Funken Mitgefühl forderte Francisco sie verärgert auf, mich loszulassen, und drängte mich zum Gehen. Bevor er mich wegzerrte, gelang es mir noch, die Bitte der alten Dame an einen Soldaten weiterzugeben.

»Señora, da drin sind über dreihundert Menschen«, war das Einzige, was er sagte.

Als ich im Bett lag, verfolgten mich die verzweifelten Schreie der Opfer. Sie übertönten alles, sogar die dröhnende Stille meines Schlafgemachs.

Am nächsten Tag brach Francisco wieder zu einer Geschäftsreise auf. Allein und ohne jede Verpflichtung las ich alle verfügbaren Zeitungen, um herauszufinden, was geschehen war. Offenbar hatte es im zweiten Akt bei einem Kulissenwechsel angefangen zu brennen. Die Gegenstände auf der Bühne, der Vorhang und die Scheinwerfer waren sofort wie Zunder entflammt. Die Panik der Zuschauer hatte das Ihrige zu der Katastrophe beigetragen. Ich schaute aus dem Fenster und betrachtete den gräulichen Schleier, der über den Straßen lag.

In den darauffolgenden Wochen sprachen die Leute über nichts anderes als über das traurige Ereignis. Doch irgendwann ließ die Gegenwart den Schmerz verblassen, und er lebte nur noch in der Erinnerung der Opfer und der Angehörigen fort.

Im Namen von Pedro Liébana reichte ich einen kurzen Artikel über den tragischen Ausgang des Unglücks ein, quasi als Ergänzung zu den Berichten meiner Kollegen, die vor Ort gewesen waren. Doch in dem Fall entschied Don Ernesto, den Artikel nicht in *El Demócrata de Madrid* zu veröffentlichen. Und so kehrte ich in meinen Alltag zurück, bis ich eines Tages unerwarteten Besuch bekam. Leichenblass teilte Anita mir mit, dass mich zwei Beamte der Guardia Civil sprechen wollten. Ich empfing sie, ohne mir meine Verwunderung anmerken zu lassen. Offenbar hatten nicht mal die Ermittlungen zu dem großen Brand am Theater sie davon ablenken können, mein Haus zu beobachten.

»Guten Tag, die Herren.«

»Guten Tag, Señora de las Heras y Rosales«, erwiderte Sergeant Yáñez. Seinen Begleiter kannte ich nicht.

»Womit kann ich Ihnen dienen?«

»Eigentlich wollten wir mit Ihrem Mann sprechen, aber das Hausmädchen sagte uns, er sei nicht da.«

»So ist es. Er ist vor vier Tagen nach Großbritannien gereist. Bankgeschäfte, Sie wissen schon. Am 8. Oktober kommt er zurück. Aber wenn es eilig ist, kann ich Ihnen vielleicht weiterhelfen.«

Sie zögerten einen Moment.

»Nun, es geht um seinen Besuch in der Kaserne. Er hat uns mitgeteilt, er habe Señor Pedro Liébana im Hotel *Florida* gesehen. Er hat keine näheren Angaben gemacht, und wir wollten nachfragen, ob er sich noch an irgendein Detail erinnern kann, das uns bei unseren Ermittlungen weiterhelfen könnte«, erklärte der andere Beamte.

Dieser elende Schuft, dachte ich bei mir. Er hatte mich hintergangen. Ich schluckte meinen Ärger hinunter. Und mit ihm meine Angst.

»Oh, in dem Fall bin ich die falsche Adresse«, sagte ich betont gleichgültig.

»So ist es«, erwiderte der Sergeant. »Aber wir wissen ja jetzt, wann er zurückkommt. Dann werden wir ihn schon erwischen.«

»Natürlich«, sagte ich lächelnd. »Haben Sie dank seiner Aussage etwas herausfinden können?«

»Nicht allzu viel.«

»Verzeihen Sie, dass ich mich eingemischt habe. Sie halten mich bestimmt für eine Schnüfflerin. Aber ich habe einfach ein Faible für Rätsel und Ermittlungen«, gab ich vor. Ich bediente mich der Waffen einer Frau, damit sie nicht weiter Verdacht schöpften.

»Keine Sorge, Señora de las Heras y Rosales, es ist doch

nachvollziehbar, dass Sie das interessiert. Schließlich handelt es sich um Leute, die Sie persönlich kennen«, sagte der andere.

»Leute? Ist denn noch jemand in den Fall verwickelt?«, fragte ich.

»Nun, wir vermuten, dass sich Señor Liébana in dem Hotel mit Señor Oliver Pascal getroffen hat. Sie wissen schon, der Journalist vom *Figaro*. Wie uns der Junge aus der Redaktion erzählt hat ... wie hieß er doch gleich?«

»Simón Recuero«, sprang ihm der Sergeant bei.

»Genau. Also laut Señor Recuero sind die beiden seit Jahren eng befreundet.«

»Wirklich? Ich bin erschüttert. Bei all unseren Treffen hat Señor Pascal nie erwähnt, dass er Pedro Liébana wiedergetroffen hat. Haben Sie schon mit ihm gesprochen?«

»Ja, wir haben ihn gestern befragt.«

Für einen kurzen Moment befürchtete ich das Schlimmste.

»Deswegen wollten wir ja mit Ihrem Mann sprechen. Um zu sehen, ob sich die Aussagen decken.«

Sergeant Yáñez verpasste ihm einen Ellenbogenstüber, damit er den Mund hielt.

»Entschuldigen Sie meine Indiskretion. Ich lasse Sie jetzt weiter Ihre Arbeit machen. Wenn Sie noch Informationen benötigen, wissen Sie ja, wo Sie uns finden.«

»Vielen Dank, Señora. Wir kommen wieder, wenn Ihr Mann zurück ist. Einen angenehmen Tag noch.«

»Danke, ebenso. Gott zum Gruße.«

»Gott zum Gruße, Señora«, verabschiedete sich der unangenehme Sergeant.

Nachdem ich die Tür hinter ihnen abgeschlossen hatte,

wich das Lächeln sofort aus meinem Gesicht. Ich könnte es mir nie verzeihen, wenn meine Unvorsichtigkeit Olivier in Gefahr brächte. Gott sei Dank war auch er für ein paar Tage nicht in der Stadt. Er stattete seiner Zeitung in Paris einen Besuch ab, um das Material abzuliefern, das er in den letzten Monaten über die Bauarbeiten an der Bahnstrecke zwischen Barcelona und Sevilla gesammelt hatte. Aber zum Glück würde er vor Francisco zurückkehren, sodass wir noch Zeit für uns haben würden.

***

Ein paar Tage später war es endlich so weit. Es war ein Samstag. Ich spürte seine Nähe schon, bevor er überhaupt da war. Um sieben entließ ich Anita und Charito in den Feierabend mit dem Hinweis, sie sollten sich ein paar schöne Stunden machen, ich käme allein zurecht. Als es klingelte, eilte ich zur Tür. Seine Anwesenheit erfüllte mich mit Leben und nahm mir die Angst. Ich ließ ihn gar nicht erst zu Wort kommen und küsste ihn verzweifelt. Er zog mich fest an sich heran und gestand mir, wie sehr er mich vermisst hatte. Ich führte ihn in den Salon, wo auf dem Flügel zwei Gläser Champagner auf uns warteten. Lächelnd fragte er, ob es etwas zu feiern gäbe.

»Du bist zurück, ganz einfach. Du bist bei mir, und da ist niemand, der uns stört«, erwiderte ich.

Statt einer Antwort gab er mir einen langen zärtlichen Kuss, um den Moment auszukosten.

»Die Guardia Civil war bei mir«, begann ich dann leise. »Sie sagten, sie hätten dich befragt.«

»Ja, an dem letzten Tag, bevor ich nach Paris gefahren bin. Aber ich glaube, ich konnte sie von meiner Unschuld überzeugen«, erklärte er und setzte sich auf den Klavierhocker.

Ich setzte mich neben ihn und stellte das Glas ab.

»Es tut mir leid, Olivier. Ich hoffe, du hast deswegen keine Probleme bekommen. Ich könnte es nicht ertragen, wenn durch mein Verhalten deine wahre Identität ans Licht käme.«

»Mach dir keine Gedanken. Ich habe sie erst mal von der Fährte abgelenkt und hatte den Eindruck, dass sie keinen Verdacht schöpfen. Nichtsdestotrotz wäre es ratsam, wenn man Liébana und Pascal nicht mehr gemeinsam sehen würde. Nur zur Sicherheit«, sagte er.

»Hast du deine Familie gesehen?«, fragte ich.

»Ja, ich habe die Tage ausgiebig nutzen können.«

»Und, hast du ihnen von mir erzählt?«, scherzte ich.

»In gewisser Weise ja. Meine Mutter möchte die Frau gern kennenlernen, die mir den Kopf verdreht hat.«

Ich lächelte und trank einen Schluck Champagner. Er klappte die Abdeckung des Flügels hoch.

»Begleitest du mich?«

»Natürlich.«

Seine zarten Finger begannen, unser Lied zu spielen. Sie glitten über die Tasten und erforschten jeden Winkel der Melodie, die uns so viel bedeutet hatte, als uns noch die Worte fehlten, um unser Inneres zu offenbaren. Sachte stimmte ich ein und ließ dann all meine Gefühle in meine Hände fließen. Olivier hatte die Augen geschlossen und gab sich voll und ganze Debussys *Clair de Lune* hin.

Als ich unsere Hände im Gleichklang über die Tasten schweben sah, erinnerte ich mich an eine Klavierstunde, in der Señorita Rebeca über das vierhändige Spiel gesprochen hatte. Damals hatte ich das für unmöglich gehalten. Ich sah Olivier an, erfüllt von dem Glücksgefühl, das sich einstellt, wenn man liebt und geliebt wird. Doch auf einmal bemerkte ich, dass seine Hände erneut zu mir sprachen. Seine Finger verloren den Schwung, die Melodie wurde traurig, sie erlosch im Dunkel seiner geschlossenen Lider. Ich hob den Blick und hörte auf zu spielen.

»Was ist los?«, fragte ich.

Olivier spielte in aller Ruhe das Stück zu Ende, dann sah er mich an.

»Wann fährst du?«

Er senkte den Blick. Das durfte nicht wahr sein. Ich hatte es geahnt, es aber nicht glauben wollen.

»Ich soll diese Woche in Madrid die Zelte abbrechen und in die Vereinigten Staaten reisen. Dort hat der Wahlkampf für die Präsidentschaftswahlen im November begonnen. Sie brauchen Verstärkung, weil der dort ansässige Korrespondent krank geworden ist.«

Ohne Rücksicht auf das empfindliche Instrument zu nehmen, stützte ich die Ellbogen auf die Tasten und bedeckte mein Gesicht mit den Händen.

»Warum musst denn immer du einspringen?«, fragte ich mit brüchiger Stimme.

»Elisa, ich bin Korrespondent. Das ist mein Beruf. Er bringt große Vorteile mit sich, aber der Nachteil ist, dass man nirgendwo zu Hause ist, dass man nie weiß, wohin die Reise als Nächstes geht.«

»Das ist nicht fair, Olivier, das ist einfach nicht fair«, klagte ich.

Er nahm meine Hand.

»Elisa, diesmal kann alles anders sein, wenn du willst.«

»Was meinst du?«

»Komm mit mir, Elisa. Lassen wir Madrid, lassen wir Spanien hinter uns! Wir fangen in Amerika ein neues Leben an, dort kennt uns niemand.«

Der Vorschlag kam für mich völlig überraschend. Ich wandte mich ab. Das war zu viel für den Moment. Olivier wusste genau, was er wollte. Sanft legte er die Hand auf meine Wange und drehte mein Gesicht wieder in seine Richtung.

»Elisa, ich liebe dich, und ich möchte nicht, dass wir uns den Rest unseres Lebens verstecken müssen. Ich kann so nicht leben. Wenn ich bleibe, werden wir auf ewig die Liebenden sein, die nie den passenden Moment finden, dem Ruf ihres Herzens zu folgen, weil sie sich vor dem Gerede der anderen fürchten. Lass nicht zu, dass das unser Schicksal ist, Elisa. Lass uns aus den Konventionen ausbrechen, ich möchte dich lieben, wo immer man mich hin entsendet, ich möchte dich als meine Frau vorstellen, ohne mich dabei schlecht fühlen zu müssen. Lass uns Pedro Liébana und die Guardia Civil vergessen.«

»Das ist unmöglich«, erwiderte ich und stand auf. »Ich kann nicht einfach ausbrechen. Ich bin verheiratet, Olivier. Ich bin für immer die Frau von Francisco de las Heras y Rosales. Das ist die gerechte Strafe für meinen Hochmut und meinen Ehrgeiz.«

»Elisa, du bist frei. Es hängt von dir ab. Du musst nur eine Entscheidung treffen.«

»Das lässt sich leicht sagen, wenn man ein Journalist ohne Verpflichtungen und ohne Verantwortung ist. Jemand, der immer erreicht, was er will. Sogar das Herz einer verheirateten Frau zu erobern, um sich dann sang- und klanglos aus dem Staub zu machen.«

»Elisa, bitte ...«

»Sag, Olivier, würdest du mich noch lieben, wenn ich in den Augen der Welt eine Ehebrecherin wäre, wenn mir nichts mehr bliebe, nicht einmal mein Ruf? Würdest du das?«

Aus seinem Blick war jegliche Freude gewichen. Getroffen schloss er für einen Moment die Augen.

»Wenn du so über meine Gefühle denkst, ist wohl alles gesagt«, meinte er und begab sich zur Tür.

Wollte er jetzt einfach so gehen? Ohne ein weiteres Wort? Das Geräusch seiner davoneilenden Schritte verband sich mit dem Prasseln des Regens. Verzweifelt rannte ich hinter ihm her und ließ die Wohnung verwaist zurück.

Draußen auf der Straße schüttete es wie aus Kübeln. Es war das erste Unwetter des beginnenden Herbstes in der Stadt. Olivier lief weiter, ohne sich umzudrehen, überzeugt, dass das Gespräch beendet war.

»Olivier! Olivier!«, rief ich ihm nach.

Am Ende blieb er stehen und wandte sich um. Ich rannte zu ihm. Auf meinen Wangen vermischten sich meine Tränen mit Regentropfen. Ich wollte ihm so viel sagen. Am liebsten hätte ich es laut hinausgeschrien.

»Olivier, du kannst nicht einfach so gehen!«

»Elisa, bitte weine nicht.« Er nahm mein Gesicht in die Hände. »Es muss doch kein Abschied für immer sein.«

»Olivier, ich kann nicht einfach fortgehen. Du verlangst, dass ich auf das wenige verzichte, das mir im Leben noch bleibt. Du willst aus mir eine vagabundierende Seele machen, die von aller Welt verstoßen ist. Das kannst du nicht von mir verlangen. Das geht nicht.« Ich schluchzte.

»Elisa, ich will nicht, dass du unglücklich wirst oder das Gefühl hast, du hättest meinetwegen etwas aufgegeben, mit dem Gedanken könnte ich nicht leben. Ich kann akzeptieren, dass du mich vergisst, aber nicht, dass du mich hasst. Ich respektiere deine Entscheidung, aber verlange nicht von mir, dass ich hierbleibe und mit ansehe, wie die Verbitterung über deine kaputte Ehe und das Leben, das dir widerstrebt, zunehmend von dir Besitz ergreift.«

»Verlass mich nicht, Olivier. Lass mich nicht allein zurück«, flehte ich.

Er umarmte mich, und der Schatten des Abschieds schwebte lautlos über uns.

»Elisa, komm mit mir! Denk noch einmal darüber nach! Bitte.«

Ich weinte verzweifelt, doch nun gewann der Zorn die Oberhand. Warum war ich für unser Schicksal verantwortlich? Er konnte nicht bleiben, aber ich sollte unbedingt mit ihm kommen?

»Nein!«, sagte ich bestimmt und löste mich aus der Umarmung. »Ihr Männer seid doch alle gleich! Immer bin ich diejenige, die verzichten soll! Ich bin es leid! Wenn du meinetwegen auf nichts verzichten kannst, dann will ich dich nicht aufhalten. Geh doch! Am besten gleich.

Du kannst es dir sparen, mir zu schreiben. Ich will nicht länger diejenige sein, die sich kleinmacht. Ich kann nicht mehr. Verschwinde! Verschwinde und komm nie mehr zurück!«

»Na schön! Ich gehe. Aber hör auf, die anderen für dein Unglück verantwortlich zu machen, Elisa! Hör auf, dich selbst zu belügen, damit du keine Entscheidungen treffen musst und deine Ängste rechtfertigen kannst! Du willst Journalistin sein, geschätzt werden, aber du lässt alle Gelegenheiten verstreichen, dafür zu kämpfen. Du sagst, dass du mich liebst, aber dann stößt du mich weg und vergleichst mich mit Francisco. Hör auf, mich zu belügen. Denn wenn du das Leben, das du dort oben führst, wirklich hinter dir lassen wolltest ...«

»Was willst du damit sagen? Denkst du, ich sei dir gegenüber nicht aufrichtig gewesen? Dass alles, was wir miteinander erlebt haben, nicht echt war? Alles, was ich dir erzählt habe? Glaubst du wirklich, das ist alles reines Getue, um Aufmerksamkeit zu bekommen?

»Ich weiß nicht mehr, was ich glauben soll.«

»Dann solltest du jetzt gehen, du Heuchler! Such dir eine andere Dumme, der du etwas vormachen kannst. Du wirfst mir vor, ich sei feige, dabei bist *du* derjenige, der sich nicht traut. Du bist unfähig, eine andere Verpflichtung einzugehen als die mit deiner Zeitung. Geh ruhig nach Amerika für deine Nachrichten! Geh! Ich werde dich nicht aufhalten!«

Olivier hatte genug von der Szene. Er drehte sich um und verschwand im Regen. Ich warf mich auf den Boden und versuchte weinend, die Hände in das eiskalte Pflaster zu krallen. Nach einer Weile kam Pepón, der Nachtportier, und half mir auf.

»Doña Elisa, kommen Sie, stehen Sie auf. Sie holen sich sonst noch eine Lungenentzündung«, sagte er und geleitete mich zum Eingang der Wohnung.

\*\*\*

Als Francisco zurückkehrte, fand er eine abgedunkelte Wohnung und eine verzweifelte Ehefrau vor. Wie angekündigt kamen die beiden Polizisten der Guardia Civil noch einmal vorbei, um ihn wegen seiner Beobachtung im Hotel *Florida* zu befragen. Ich hörte das Gespräch aus meinem Zimmer mit, das ich seit Tagen nicht verlassen hatte. Er sagte aus, Pedro Liébana hätte an jenem Tag einen Koffer mit Dokumenten bei sich gehabt. »Elender Lügner«, murmelte ich. Francisco, der meine Stimmungsschwankungen leid war, überließ mich in der Kemenate meinem Schicksal.

In den letzten Monaten des Jahres gab es nur ein Ereignis, das mich aus meiner selbstgewählten Einsamkeit lockte. Es geschah im November.

Seit dem Sommer hatten mein Bruder Juan und ich uns ein paar Mal geschrieben. Sein Ton war lockerer geworden, und in seinem letzten Brief teilte er mir mit, dass er nach Allerheiligen in die Stadt kommen würde, um sich Arbeit zu suchen. Er schlug vor, dass wir uns treffen könnten. Nach kurzem Zögern sagte ich zu. So könnte ich ihn kennenlernen und er mich. Wir verabredeten uns für den 14. November um zwölf Uhr im Café Montmartre. Dort würde uns keiner lästige Fragen stellen. Außerdem musste ich mir dem Chauffeur gegenüber nicht extra eine Ausrede einfallen lassen, da er mich ohnehin jeden Morgen dorthin fuhr.

An jenem Tag machte ich mich zurecht, was ich schon lange nicht mehr getan hatte. Der Schmerz und der Kummer wegen Oliviers Abreise hatten mir sämtliche Lebensenergie geraubt. Beim Betreten des Cafés überkam mich Wehmut. Gervasio deckte mir geschwind einen Tisch ein und legte die Ausgabe des *Figaro* vom 7. November hinzu. Ich war zeitig gekommen, damit ich sie noch durchblättern konnte, während ich auf meinen Bruder wartete. Ich war nervös. Hoffentlich verstand er, wie sehr ich ihn vermisst hatte.

Ich vertiefte mich in die Zeitung und suchte nach Oliviers Artikel. Im Dossier über die Präsidentschaftswahlen in den Vereinigten Staaten, aus denen am vergangenen Montag Herbert Hoover als Sieger hervorgegangen war, wurde ich fündig. Aber er hinterließ keine Nachrichten mehr für mich. Mir blieben nur die Worte, die er an seinem letzten Tag in Madrid am Telefon zu mir gesagt hatte, bevor der Zug ihn in eine andere Welt entführte.

Ich hatte gedankenverloren im Arbeitszimmer gesessen, den Roman, den Olivier mir geschenkt hatte, in Händen. Immer wieder hatte ich die Widmung gelesen: »Für meine geliebte Cecilia, die Frau, die mir beigebracht hat, dass Literatur Leben und mein Leben ohne sie nichts ist.« Ich wusste, dass Olivier irgendwann in diesen Tagen abreisen würde, aber ich hoffte immer noch auf eine Wende. Doch unser letztes Gespräch verhieß nichts Gutes. Anita mit ihrer schrillen Stimme riss mich aus meinen Träumen.

»Doña Elisa, Doña Elisa. Ein Anruf aus dem Schuhgeschäft Casals«, rief sie.

Ich wollte sie schon bitten, die Nachricht für mich entgegenzunehmen, da begriff ich die Botschaft. Casals, Eulalia Casals, die Autorin des Buches. Es war Olivier! Ich sprang auf und nahm den Hörer.

»Ja, bitte? Ja, am Apparat«, sagte ich in neutralem Ton, während ich mich vergewisserte, dass Anita zu ihrer Arbeit zurückkehrte. »Olivier, bist du verrückt geworden? Wie kannst du es wagen, hier anzurufen?«

»Ich musste noch ein letztes Mal mit dir reden, Elisa. In wenigen Minuten geht mein Zug.«

»Olivier, mach doch nicht alles noch schwerer«, bat ich, während alle Hoffnung in mir starb, ihn noch einmal zu sehen.

»Ich weiß. Es tut mir leid. Ich wollte dir nur etwas sagen. Ich möchte, dass du eines nie vergisst: Ich liebe dich, Elisa, und ich werde dich immer lieben. Diese Monate waren die schönsten meines ganzen Lebens. Ich hoffe, du wirst eines Tages verstehen, wie mein Vorschlag gemeint war.«

»Olivier ...«, sagte ich leise, mit Tränen in den Augen.

»*Oui, oui. Un moment. Je veux juste dire au revoir à un ami*«, sagte er zu jemandem, der ihn offenbar drängte, sich zu beeilen. »Tu mir nur einen Gefallen, Elisa. Gib dir irgendwann eine Chance. Nicht mir oder irgendjemandem, sondern dir selbst. Das würde mich glücklich machen, auch wenn ich dich nicht haben kann.«

Ich wusste nicht, was ich sagen sollte. Niemand liebte

mich so wie er, und doch musste ich ihn ziehen lassen. Unsere Liebe war unmöglich. Ich war an einen Mann gebunden, den ich nicht wirklich liebte, und er an seine Zeitung. Ich wollte nicht auf mein Ansehen verzichten und er nicht auf seine Leidenschaft. Hätte einer von uns das getan, hätten wir uns am Ende gehasst. Wir hätten uns angeschrien wie an jenem Abend und uns all die unsinnigen Dinge an den Kopf geworfen, die gar nicht stimmten. Oder vielleicht doch. Nein, ich wollte ihn nicht zurückhalten, indem ich ihm ein Versprechen abrang, das er nicht erfüllen konnte. Er musste weiterkommen, seine Träume mit Leben füllen, ohne Ballast, nur mit seinem Hut, seiner Zigarette und den faszinierenden Augen, die mich in ihren Bann gezogen hatten.

»Du musst los, Olivier, sonst verpasst du noch deinen Zug. Gib auf dich acht. Auch ich werde dich immer lieben«, sagte ich, und meine Stimme versagte mir den Dienst. »Adieu.«

Und dann legte ich auf.

Gervasio kam an meinen Tisch.

»Entschuldigen Sie, Señora. Der Mann an der Tür hat nach Ihnen gefragt«, teilte er mir mit.

Da stand er, einfach gekleidet in verschlissener, grober Bauernkluft, mit sonnengegerbter Haut und schwarz gelocktem Haar, die Baskenmütze in der Hand. Ich winkte, und sogleich eilte er auf mich zu. Erstaunt sahen wir einander an. Irgendwo war das Kind in uns noch vorhanden, das wir einst gewesen waren. Mein elegantes Erscheinungsbild verstörte Juan, und er wusste nicht, wie er mich begrüßen sollte. Auch ich war verunsichert und streckte ihm ungeschickt die Hand hin. Er küsste sie, und dann setzten wir uns. Unsere Augen hatten die gleiche Farbe, aber seine waren im täglichen Kampf ums Überleben müde geworden. Wir waren beide verlegen und brauchten eine Weile, um ins Gespräch zu kommen.

»Sie sehen hervorragend aus, Doña Elisa«, sagte er schließlich.

»Danke. Aber nenn mich bitte nicht Doña Elisa, Juan. Lass uns Du sagen wie früher, ja?«, schlug ich vor.

»Ja, wie Sie wünsch… ich meine, wie du willst«, erwiderte er und lachte.

In dem Moment wurden Tee und Kaffee serviert.

»Ein nettes Lokal«, befand er, während er den Blick umherschweifen ließ.

»Ja, ich komme gerne hierher. Das Angebot ist vom Allerfeinsten, und erst die phänomenale Aussicht!«

»Was? Das ist für dich eine tolle Aussicht? Du müsstest mal zu uns ins Dorf kommen. Da siehst du Landschaften, da bleibt dir die Spucke weg.«

Ich lachte. »Ich meinte auch nicht, dass sie besonders schön ist. Siehst du das Eingangsportal da?«

»Das, wo der Uniformierte davorsteht?«

»Genau. Da befindet sich die Redaktion von *El Demócrata de Madrid*, wo ich eine Zeit lang gearbeitet habe. Ich hab dir doch davon geschrieben.«

»Ich will dir ja nicht zu nahe treten, aber warum musste eine feine Dame wie du bei einer Zeitung arbeiten? Soweit ich weiß, hat Manuela Montero doch ganz ordentlich was auf der Kante.«

»Nun, es war meine freie Entscheidung. Für mich gibt es nichts Schöneres als das Schreiben. Eigentlich wollte ich Redakteurin werden, aber man hat mich nicht gelassen, und so habe ich mich damit begnügt, der Sekretärin zur Hand zu gehen.«

»Wenn ich mir deine Briefe so ansehe, scheint dir das mit dem Schreiben ja zu liegen.«

»Danke für das Kompliment«, erwiderte ich und trank einen Schluck Tee.

Langsam kam das Gespräch in Fahrt, und unsere Nervosität verschwand. Juan erzählte, dass es unserem Vater gut ging. Vor zwei Jahren war er krank geworden, aber dank der guten Pflege durch Juans Frau Mercedes war er wieder genesen. Sie verdingten sich als Landarbeiter auf dem Gut von Vaters Großcousin Zacarías Silvano. Immerhin gehörten sie zu den Glücklichen, die eine Festanstellung hatten, und das in Extremadura, einer Region Südspaniens mit zahllosen Arbeitslosen. Sie kümmerten sich um den Anbau und die Ernte von Weizen. Doch die Löhne waren niedrig und die Lebensbedingungen hart. Unser kleiner Bruder José Luis hatte nicht auf den Feldern arbeiten wollen, sondern eine Weile versucht, mit den Händlern ins Geschäft zu kommen, die auf dem Weg nach Sevilla oder Lissabon im örtlichen Gasthaus Station machten.

»Sein Hang zu krummen Geschäften bringt mich um den Verstand. Irgendwann finde ich ihn im Straßengraben mit einer Kugel im Kopf. Er ist genau wie Vater. Ständig irgendwelche Tricksereien.«

»Hat er denn keine Frau?«, fragte ich.

»Der? Eine Frau? Nein, aber er hat der Hälfte der Mädchen aus dem Dorf den Kopf verdreht, und denen aus dem Nachbardorf dazu. Das ist ein weiterer Grund, warum sie ihn irgendwann abknallen. Zu viele aufgebrachte Väter. Er hat das Dorf schon vor einer Weile verlassen. Manchmal taucht er wieder auf, ohne irgendwelche Erklärungen. Vater hält ihn für einen Träumer, für mich ist er einfach nur ein Trottel.«

Wir mussten beide lachen. Da wurde mir bewusst, was ich alles versäumt hatte und wie wenig ich von ihnen wusste. Mein Bruder spürte meine Traurigkeit.

»Was hast du?«

»Nichts. Es ist nur … Es tut mir leid, dass ich all die Zeit nichts von euch gehört habe. Ich habe mich immer gefragt, warum ihr mich nicht abholt, warum ihr mir nicht schreibt. In den ersten Tagen habe ich mir immer wieder vorgestellt, dass du plötzlich in der Tür stehst und mich aus dem strengen Regiment meiner Tante befreist. Aber vielleicht habt ihr ja auch auf ein Zeichen von mir gewartet.«

Juan hob die Augenbrauen. »Aber, Elisa, weißt du denn nicht Bescheid?«

»Worüber?«

»Über die Abmachung. Vater hat mit Doña Manuela eine Abmachung getroffen, damit du das Dorf verlassen kannst.«

»Was soll das heißen?«

»Sie hat zugestimmt, dass du bei ihr leben kannst, aber nur unter der Bedingung, dass wir keinerlei Kontakt zu dir aufnehmen. Deshalb war ich so überrascht über deinen Brief. Ich dachte, es muss etwas passiert sein, wenn du dich nicht an die Vereinbarung hältst.«

»Aber warum das alles? Ich verstehe es nicht.«

»Nun, Vater ist kein Heiliger, das weißt du vermutlich.«

»Ja, ich weiß, dass er viel getrunken und sich ruiniert hat. Ich war nur eine Last, weil ich nicht bei der Feldarbeit helfen konnte. Deswegen hat er mich zu meiner Patentante geschickt, damit sie mich erzieht. Sie hat eingewilligt und mich aus dem Elend herausgeholt, weil Vater nicht ein und aus wusste.«

»Das hat sie dir erzählt? Nun, die Geschichte hat sich etwas anders zugetragen. In dem Jahr, in dem du uns verlassen hast, warst du ein paar Monate zuvor sehr krank gewesen. Vater dachte, du würdest sterben. Nach dem Tod unserer Mutter wäre das für uns alle ein herber Schlag gewesen. Also hat er, als es dir besser ging, Kontakt zu Doña Manuela aufgenommen und sie gebeten, dich in ihre Obhut zu nehmen, damit du einen besseren Start ins Leben hast. Es stimmt, dass Vater zu tief ins Glas geblickt und alles verzockt hat. Er war finanziell ruiniert, und ich kann dir versichern, wenn er dich hätte bei sich behalten können, hätte er das auf jeden Fall getan. Ich glaube, er hat sich nie verziehen, dass er dich hat gehen lassen, aber in dem Moment hatte er keine andere Wahl. Du warst kränklich, und auf dem Land muss man zusehen, wie man überlebt. Wir haben damals angefangen, bei Zacarías zu arbeiten, und das tun wir bis heute. Ich will nicht behaupten, dass sich Vater nicht hin und wieder eine Flasche Wein hinter die Binde kippt, aber die Gespenster der Vergangenheit hat er hinter sich gelassen.«

Ich kam aus dem Staunen nicht heraus.

»Und meine Patentante hat ihm nur unter dieser Bedingung geholfen?«

»Na ja, Vater hat nicht viel über das Thema gesprochen, aber ich erinnere mich noch an den Abend, als der Mann dich abholen kam. Vater hat José Luis und mich ins Bett gesteckt, damit wir nichts mitbekommen, aber ich habe natürlich gelauscht und alles gehört. Er hat Doña Manuela als Entschädigung seinen Teil des Erbes versprochen, das war alles, was uns außer dem Haus noch geblieben war. Aber das genügte ihr nicht. Wir durften von da an nicht mehr länger Teil deines Lebens sein, sie würde sich um dich kümmern, bis du einen Mann heiratest, den sie für dich aussuchen würde.«

»Alles hat seinen Preis«, sagte ich leise und stellte mir vor, wie Santiago meinem Vater die Bedingungen meiner Tante überbrachte.

»Genau.«

Meine Tante hatte mich getäuscht. Sie hatte mich auf niederträchtigste Weise für ihren eigenen Vorteil benutzt. So hatte sie die Tochter, die sie nie bekommen konnte, und ihre Zukunft war gesichert. Es war, als hätte man mir ein Messer ins Herz gerammt, dennoch gelang es mir, die restliche Zeit mit meinem Bruder die Fassung zu bewahren. Er berichtete von seinen Plänen, sich in Madrid Arbeit zu suchen, damit er sich etwas Land kaufen konnte. Seine Söhne Samuel, Miguel und Antonio sollten es einmal besser haben als er und dem Elend und der Unsicherheit entkommen. In zwei Tagen würde er nach Fuente de Cantos zurückreisen, für einen längeren Aufenthalt reichte sein

Geld nicht. Ich bedauerte, dass ich ihm nicht meine Wohnung als Bleibe anbieten konnte, und ich glaube, er hatte dafür Verständnis.

Beim Abschied versprachen wir, uns zu schreiben. Er gestand mir, wie sehr er sich freute, dass wir uns endlich einmal getroffen hatten. Das ging mir genauso.

Während des Abendessens mit einem schweigenden Francisco am Tisch ließ ich seine Worte noch einmal Revue passieren. Ich rief mir seine Gesichtszüge in Erinnerung. Ich war mit meinem Bruder zusammen gewesen, mit meinem Held in der Ritterrüstung, dem meine Tante einen Platz in meinem Leben verwehrt hatte.

\*\*\*

Keine zwei Tage später wurde ich im Palais Ribadesella vorstellig und verlangte eine Erklärung. Mein emotionaler Ausnahmezustand war in vielerlei Hinsicht quälend, aber er hatte den Vorteil, dass meine Feigheit wie weggeblasen war.

Severiano wunderte sich, mich zu sehen, eilte jedoch unverzüglich zu meiner Tante, die sich in ihrem Arbeitszimmer befand. Zu meiner Überraschung empfing sie mich in dem Raum, zu dem mir, seit ich denken konnte, der Zutritt verboten war. Beklommen betrat ich das Arbeitszimmer. Meine Tante saß mit einem Monokel im Sessel und ging die Post durch. Im Papierkorb lag ein Strauß schwarzer Rosen. Ich wollte auf sie zugehen, aber der Eindruck, dass irgendetwas an dem Raum anders war, lenkte mich ab.

»Guten Tag, Elisa. Was führt dich hierher?«, fragte sie, ohne aufzublicken.

»Guten Tag, Tante«, erwiderte ich. Ich nahm all meinen Mut zusammen. »Ich habe mit meinem Bruder Juan gesprochen, und er hat mir alles erzählt.« Sie blickte auf. »Ich weiß, dass du mich in deine Obhut genommen und dafür verlangt hast, dass sie jeglichen Kontakt zu mir abbrechen sollen. Außerdem hast du meinem Vater seinen Erbteil abgenommen, obwohl du wusstest, dass das alles war, was er hatte. Du hast mich für deine eigenen Zwecke benutzt, um dich mit einer noch reicheren Familie als der deines Mannes zu verbinden«, erklärte ich mit Tränen in den Augen.

»Halt. Einen Moment, Kind. Tu nicht so, als wäre das ein Verbrechen. Es war dein Vater, der dich weggegeben hat. Und ich werde mich nicht dafür entschuldigen, dass ich versucht habe, dich vor seinem schädlichen Einfluss zu beschützen.«

»Schädlicher Einfluss? Du hast mich dazu gebracht, sie zu hassen. Du hast mich in dem Glauben gelassen, dass sie mich loswerden wollten, weil ich ihnen eine Last war. Aber das ist meine Familie. Sie hat mich zu dir geschickt, weil ich krank geworden bin. Ich hatte es nicht verdient, dass du mich derart belügst.«

»Elisa, dein Vater hat sich ruiniert. Er konnte nicht mal für seine eigene Familie sorgen. Das Einzige, was er konnte, war, in die Kneipe zu gehen und den Besitz zu verspielen, den unsere Eltern uns nach einem entbehrungsreichen Leben hinterlassen hatten. Weil er der Mann war, ist der Löwenanteil ihm zugefallen, und er hat alles verjubelt. Und als Krönung hat er mich noch darum gebeten, mich um seine kleine Tochter zu kümmern, obwohl ich selbst nur das besaß, was mein Mann mir vererbt hatte. Glaubst du wirklich, ich bin die Böse aus dem Märchen?«

»Das ist kein Märchen. Ihr habt euch beide falsch verhalten, aber du hattest die Gelegenheit, aufrichtig zu sein, und hast sie nicht genutzt. Hattest du in all den Jahren, die ich bei dir gelebt habe, nicht einmal das Bedürfnis, mir die Wahrheit zu sagen und mir die Entscheidung zu überlassen, wo ich leben möchte?«

»Hör zu, Elisa: Ich finde, du solltest mehr als dankbar dafür sein, dass ich ein Interesse daran hatte, dich bei mir aufzunehmen. Sonst würdest du jetzt vielleicht jeden Morgen Wasser am Fluss schöpfen. Du hättest fünf mit Flöhen übersäte Kinder von einem Tagelöhner oder, schlimmer noch, du wärst schon tot. Und wenn der Preis dafür war, nichts von der Vereinbarung mit deinem Vater zu erfahren, erscheint mir das nur recht und billig.«

»Dann geht es also allein darum … Um deine Interessen und eine Abmachung von vor zwanzig Jahren. Deswegen hast du alles darangesetzt, dass ich Francisco heirate. Du wolltest dir auf Teufel komm raus aus dieser Situation einen Vorteil verschaffen. Na dann, herzlichen Glückwunsch! Das ist dir gelungen. Jetzt kannst du mit Doña Asunción Tee trinken und über die Kinder reden, die ich meinem Mann nie schenken werde. Wie es mir dabei geht, spielt keine Rolle. Aber jetzt ist Schluss damit – von heute an bin ich für dich gestorben. Ich will nicht, dass du mit mir sprichst, mir schreibst oder mich anrufst. Und wenn wir uns begegnen, kannst du dir den Gruß sparen. Hast du mich verstanden?«

Hoch erhobenen Hauptes rauschte ich zur Tür.

»Elisa, nimm dich in Acht, oder du wirst allein zurückbleiben. Nicht einmal dein geliebter Señor Pascal hat es bei dir ausgehalten.«

Ich biss mir auf die Zunge, um nicht alles noch schlimmer zu machen, und verließ das Haus.

Das Gespräch trug nicht gerade zur Verbesserung meiner Stimmung bei. Im Gegenteil. Ich verfiel in eine tiefe Verzweiflung, aus der ich nicht mehr herausfand. Nie war ich frei gewesen. Immer hatten andere über mein Leben bestimmt. Man hatte mir eingeredet, dass Francisco der passende Mann für mich wäre, dabei ging es in Wahrheit nur um seine gesellschaftliche Position. Ich war bei jemandem aufgewachsen, der mich ablehnte. Mir war niemand mehr geblieben. Ich hatte alle vor den Kopf gestoßen: Benedetta, Olivier, meine Tante. Und Catalina reiste mit ihrem Professor in der Weltgeschichte herum. Mein Ehemann verabscheute mich inzwischen fast so sehr wie ich ihn. Und meine Familie in Fuente de Cantos hatte mich zwar gerettet, aber dafür durfte ich sie nicht mehr sehen.

Zu alldem kam noch hinzu, dass ich in nahezu zehn Jahren nicht einen einzigen Artikel unter meinem Namen hatte veröffentlichen können. Und das Pseudonym Pedro Liébana war zu einer Gefahr für mein Leben geworden und das der Person, die mir am meisten auf der Welt bedeutete. Es war die Hölle, nicht zu wissen, wie es ihm ging. Seit den Präsidentschaftswahlen in den Vereinigten Staaten war kein einziger Artikel mehr von ihm im *Le*

*Figaro* erschienen. Ich hatte keinen Brief bekommen. Er hatte mich vergessen. Und das aus gutem Grund.

Jeden Abend schlief ich unter Tränen über unseren Briefen ein, die wir uns geschrieben hatten, als wir noch kein Liebespaar waren. Ich erinnerte mich, wie ich an ihn gedacht, wie ich ihn geliebt, wie ich auf ihn gewartet, wie ich ihn vermisst hatte, ohne dass es mir bewusst gewesen war. Ich hatte alles verloren.

# 4

Man sagt, ein Unglück komme selten allein, und in meinem Fall traf das zu.

Das Jahr 1929 begann mit einem Todesfall. Mein Leben wurde schwarz. All die herrlichen Kleider meiner gut ausgestatteten Garderobe blieben im Schrank, und ich zog mich aus dem gesellschaftlichen Leben zurück. Keine rauschenden Feste, keine prunkvollen Abendessen mehr. In meinem Inneren machte das keinen großen Unterschied, denn ich befand mich bereits aus einem anderen Grund in Trauer, aber es wurde zunehmend einsamer um mich.

An dem Abend, an dem Doktor Rueda anrief und uns darüber informierte, dass meine Tante an einem Herzinfarkt gestorben war, wusste ich nicht, was ich fühlen sollte. Seit dem Gespräch in ihrer Villa hatte ich nicht wieder mit ihr gesprochen, und das war immerhin schon zwei Monate her. Einerseits fühlte ich mich schuldig, und andererseits verspürte ich eine merkwürdige Erleichterung.

Vor den anderen musste ich so tun, als ob ich trauerte. Alle kamen, um mir zu kondolieren. Pilar, die sich um mich sorgte, unterstützte mich, wo sie konnte, und kümmerte sich um alle Details. Das Haus füllte sich mit

Blumenkränzen und Beileidsbekundungen von Freunden und Bekannten. Manch einer kam auch vorbei, um am Bett meiner verstorbenen Tante Totenwache zu halten, und es fielen Sätze wie: »Sie ist jetzt beim Herrn.« Oder: »Sie war eine großartige Frau.« Und: »Wir sind alle nur Staub.«

Erschöpft blickte ich aus dem Fenster in der Hoffnung, die Calle Villanueva möge mir andere, unbekannte Geschichten erzählen, die mich aus diesem Albtraum der Trauer in eine andere Welt entführten. Bei der Gelegenheit bemerkte ich eine Person, die eine Nachricht auf dem Bock der Kutsche der Familie Ribadesella ablegte. Santiago entdeckte sie wenige Minuten später, als der Überbringer bereits in die Calle Claudio Coello entschwunden war. Er blickte sich in alle Richtungen um und suchte nach dem Urheber. Sein Gesichtsausdruck verriet mir, dass es sich wieder um eines dieser Drohschreiben handelte, die meine Tante erhielt, posthum diesmal. Ich vergaß die Trauergäste, ignorierte Franciscos Rufe und eilte dem anonymen Überbringer hinterher.

In der Calle Claudio Coello angekommen, suchte ich jeden Winkel ab. Schnell hatte ich den Missetäter entdeckt. Er hatte sich im Eingangsportal eines Hauses versteckt, von wo aus er die Kutsche noch im Blick hatte. Er wirkte nervös, trug einen verschlissenen Mantel und eine tief ins Gesicht gezogene Melone. Ich lief los, um ihn zu stellen. Er würde mir nicht entkommen. Ich nahm allen Mut zusammen und riss ihm den Hut vom Kopf.

»Wer bist du? Bist du derjenige, der meine Tante seit Jahren bedroht?«, herrschte ich ihn an.

Als ich in sein Gesicht blickte, erschrak ich. Nicht weil es ausnehmend hässlich oder schön war, sondern weil es dem meinen so ähnlich sah. Wir sahen uns beide völlig verwirrt an.

»José Luis?«

Bevor ich weiterfragen konnte, entriss er mir die Melone und rannte davon, als wäre der Teufel hinter ihm her.

\*\*\*

Francisco kümmerte sich darum, die Villa der Familie Ribadesella abzuschließen, nachdem die letzte Bewohnerin sie für immer verlassen hatte. Ein oder zwei Wochen später riet er mir, ich solle mich mit dem Vermögensverwalter meiner Tante in Verbindung setzen, aber ich weigerte mich. Ich war viel zu durcheinander. Die Entdeckung, dass mein Bruder der geheimnisvolle Widersacher meiner Tante war, hatte nicht gerade dazu beigetragen, dass ich einen klaren Kopf bekam. Im Gegenteil, es wurde alles immer verworrener.

Drei Wochen nach dem Tod meiner Tante starb die Mutter von König Alfons XIII., Maria Christina von Habsburg. Die Ausgabe von *ABC* vom 14. Februar 1929 war voll mit Berichten über das Begräbnis, die Feierlichkeiten und Zeremonien, die zu ihren Ehren stattgefunden hatten und noch stattfinden würden – man hatte sogar vorgeschlagen, ihr ein Denkmal zu errichten. Die Zeitung lag auf dem Beistelltisch im Arbeitszimmer und harrte ihrer Lektüre. Ich fragte mich, ob meine Tante und sie sich im Himmel bereits kennengelernt hatten. Sofern

Petrus meiner Tante die Pforte geöffnet und sie hereingelassen hatte. Oder die Königinmutter. Zwei streitbare Frauen, gewiss. Von unterschiedlicher Herkunft, mit verschiedenen Lebenswegen, aber mit demselben Schicksal.

Anita trat ein. »Señora ...«

»Aber wollten Sie nicht zum Markt gehen, Anita? Ich hatte Ihnen doch aufgetragen, drei Flaschen Wein zu kaufen. Worauf warten Sie denn?«, fragte ich, verärgert über ihre Trödelei.

»Ja, ich bin ja schon auf dem Weg, aber Sie haben Besuch. Gerade als ich mich auf den Weg machen wollte, stand die Dame vor der Tür.«

»Ich möchte niemanden sehen, Anita. Ich habe Ihnen doch gesagt, Sie sollen alle wegschicken.«

»Ja, ja, schon gut. Ich werde ihr sagen, Sie seien unpässlich.«

»Aber notieren Sie sich den Namen, damit ich ihr eine Danksagung zukommen lassen kann.«

»Wie Sie wünschen, Señora.«

»Danke, Anita.«

Ich schlug die Zeitung auf und vertiefte mich in die Artikel zur Politik, bei der einen nicht selten das Gefühl beschlich, die Zeit stehe still. Immer die gleichen Geschichten. Ich war noch nicht weit gekommen, da kehrte Anita zurück.

»Alles erledigt, Señora. Es war Señorita Folch. Ich soll Ihnen ausrichten, sie möchte Sie gerne sehen, wenn es Ihnen wieder besser geht.«

Ich sprang wie elektrisiert auf. »Señorita Folch? Wirklich? Warum haben Sie das nicht gleich gesagt?«

Ich rannte los und betete, dass ich Catalina noch erwischte. An der Tür hörte ich, dass sie gerade die Treppe hinunterging. Ihre Art zu gehen, von derselben natürlichen Eleganz wie ihre gesamte Erscheinung, war unverkennbar. Beglückt über ihre unerwartete Rückkehr, rief ich ihr hinterher: »Catalina, so warte doch!«

Sie blieb stehen und schaute nach oben. Als sie mich sah, huschte ein Lächeln über ihr Gesicht. Sie drehte sofort um und kam die Treppe wieder hoch. Ich konnte es nicht fassen. Meine geliebte Freundin war zurück! Ich schloss sie in die Arme. Wie mir ihre Unterstützung und ihre kluge Weitsicht gefehlt hatte! Ich hatte ja sonst niemanden, auf den ich zählen konnte. Aber jetzt stand sie leibhaftig vor mir. Wir gingen hinein, und ich bat Anita, uns noch schnell einen Tee zu machen, bevor sie auf den Markt ging.

Im Arbeitszimmer betrachtete ich meine Freundin erst einmal ausgiebig. Sie sah fantastisch aus. Ihre Haut war leicht gebräunt, und das kurze braune Haar schaute unter dem modischen Hut hervor. Mein Blick wanderte über ihre geschmackvolle Kleidung zu ihrer Hand auf der Suche nach einem Ring. Nein, das war es nicht, was sie so erstrahlen ließ. Es war ihr Lächeln, ihr glücklicher Blick. Der sich erst wandelte, als sie meine schwarze Kleidung bemerkte.

»Der Tod deiner Tante tut mir sehr leid, Elisa«, sagte sie.

»Ach, halb so schlimm. Du weißt, dass wir uns nicht grün waren. Sie war immer sehr schwierig.«

»Ja, aber sie hat sich um dich gekümmert.«

»Ja, aber vergiss nicht, sie hat mich auch verachtet und

belogen und außerdem gezwungen, eine arrangierte Ehe einzugehen.«

Catalina legte ihre Hand auf meine. »Und was ist mit Señor Pascal? Hast du noch mal was von ihm gehört?«

»Nein, absolut nichts. Er hat seit vergangenem November nicht einen Artikel veröffentlicht. Er wird in Amerika in irgendeiner Sache recherchieren. Dieses Leben war immer sein Traum, und es ist gut so.« Ich blickte zu Boden, denn ich belog mich gerade selbst.

»Und du, Elisa? Geht es dir gut?«

»Ja, alles ist gut, abgesehen davon, dass ...« Ich dachte einen Moment nach. »Abgesehen davon, dass nichts gut ist. Catalina, ich bin so müde. Ich habe alles verloren, das mir Auftrieb gegeben hat. Es fällt mir sogar schwer, zu schreiben und meine Artikel als Pedro Liébana abzugeben. Es ist, als könnte mich nichts mehr erfüllen.«

»Elisa, sag doch so was nicht. Du darfst nicht aufgeben. Es ist dein Traum.«

»Ja, Catalina, aber um welchen Preis? Benedetta hatte recht. Ich habe in all der Zeit nichts erreicht, und das werde ich auch nie. Ich bin die Frau eines Bankiers. Mit meinen siebenundzwanzig Jahren habe ich nichts anderes auf die Reihe bekommen, als alle nach Strich und Faden zu belügen. Und die Menschen, die mir nahestehen, zu verletzen.«

»Das hat sie gesagt?«

»Ja. Ich habe seitdem nicht mehr mit ihr gesprochen. Aber vielleicht wollte sie mir wirklich nur helfen, und ich habe den falschen Mann geliebt und jemand sein wollen, der ich nicht sein kann.«

»Elisa, das stimmt doch nicht. Du bist Elisa Montero. Du hast dich geirrt, ja, das tun wir alle hin und wieder einmal. Aber du darfst deine Sehnsüchte und Träume nicht verleugnen. Nicht, solange es eine andere Lösung gibt. Ich spreche aus Erfahrung. Am Ende wirst du dich selbst hassen, der Groll wird dein Leben vergiften, und du wirst dich verachten, lange bevor die anderen es tun.« Das Lächeln war aus ihrem Gesicht verschwunden. Sie sah sich mit ihren eigenen wunden Punkten konfrontiert. »Elisa, ich mag dich so, wie du bist, mit all deinen Vorhaben und verrückten Ideen. Und mit all deinen Fehlern.«

Die Art, wie Catalina auf mich schaute – genauso, wie auch Olivier es getan hatte –, war so wohltuend. Sie entdeckten eine Kraft in mir, die ich nicht finden konnte, wenn ich mit den Ungeheuern in meinem Kopf allein war.

An diesem Morgen erzählte ich Catalina alles, was in den letzten Monaten vorgefallen war. In unseren Briefen war es nicht möglich gewesen, tiefer in alles einzusteigen. Ich berichtete ihr von dem Kontakt zu meinem Bruder Juan, worüber sie sich sehr freute, und auch von dem Pakt, den meine Tante mit meinem Vater geschlossen hatte. Allerdings verschwieg ich ihr die Sache mit José Luis. Ich erzählte ihr von Franciscos Verhältnis und von meinen Anstrengungen, ihn mir vom Leib zu halten. Und natürlich von den wunderbaren Monaten mit Olivier. Dadurch brachen die alten Wunden wieder auf, die gerade erst zu heilen begonnen hatten.

Dann erzählte sie mir von ihren Erlebnissen in Lateinamerika. Das Projekt von Professor Santoro war eine Art weltliche Bildungsmission. Er hatte sieben Lehrer und zwei Lehrerinnen rekrutiert, die Ortschaften in den alten Kolonien aufsuchen sollten, wo es keine Schulen gab. Sie hatten versucht, sich mit den politischen Führern zu treffen, um die Alphabetisierung in den Gebieten zu fördern. Es war kein leichtes Unterfangen gewesen, weil viele die aus Spaniern, Portugiesen und Amerikanern bestehende Gruppe missbilligten. Für sie war das Projekt gleichbedeutend mit der Kolonisierung, von der sie sich erst vor einem Jahrhundert losgesagt hatten.

Dennoch hatte Catalina gute Erinnerungen an die Zeit. Es war ihnen gelungen, Kindern und Erwachsenen Lesen und Schreiben beizubringen, und fünf Orte verfügten bereits über eine kleine Schule, als sie gingen. Außerdem war die intellektuelle Verbundenheit mit Professor Santoro lebendiger denn je.

»Ich weiß nicht, Elisa, aber ich glaube, nach dieser Erfahrung bin ich bereit für mein eigenes Projekt. Ich möchte eine kleine Schule in Madrid eröffnen. Nichts Großes, einfach ein Ort, an dem Mädchen, auch aus armen Familien, hingehen und lernen können.«

»Das sehe ich genauso, Catalina. Du bist eine ausgezeichnete Lehrerin, und ich bin sicher, du wirst vielen Familien helfen können«, sagte ich.

»Ja, aber ich muss mich erst mal um die Finanzierung und die ganzen Genehmigungen kümmern. Ich habe ein wenig gespart, aber ich werde mir eine Arbeit suchen müssen, damit ich Räumlichkeiten anmieten kann. Am besten im Erdgeschoss in einem Gebäude im Zentrum. Ich sehe es schon vor mir: Folch-Mädchen-Schule«, scherzte sie.

»Es wird dir gelingen, Catalina, daran habe ich überhaupt keinen Zweifel.«

***

Abgesehen von Catalinas Besuchen schlich ich wie ein Gespenst durchs Haus. Ich suchte Trost in Unmengen von Wein und Zigaretten, die alles in mir aufzehrten. Ich starrte aus dem Fenster und wünschte mir nichts sehnlicher, als fliehen zu können. Dennoch schottete ich mich komplett von der Außenwelt ab. Ich empfing niemanden, las keine Post. Nachdem ich mich vergewissert hatte, dass kein Brief von Juan oder die ersehnte Nachricht von Olivier dabei war, auf die ich vergebens wartete, legte ich alle anderen Umschläge ungeöffnet auf die Anrichte im Flur. Ich fragte mich, wo er wohl gerade war ... Ob seine Lippen schon neue Gefilde erkundeten? ... Ob er immer noch so gut roch? Ein ordentlicher Schluck Wein war mein einziger Trost inmitten dieser Grübeleien.

Doch trotz meiner strikten Anweisung an die Hausangestellten war ich Ende Februar gezwungen, zwei Besucher zu empfangen, die sich um Ausflüchte und Trauer nicht scherten. Ich saß am Flügel und betrachtete meinen Ehering. Was hatte ich damals für einen Aufstand gemacht, dass er nicht schnell genug meinen Ringfinger zierte, als ich Francisco noch für die Lösung all meiner Probleme gehalten hatte. Von wie viel Ungeduld, Neid und Eitelkeit war die Zeit des Wartens geprägt gewesen, weil ich befürchtete, er könnte im letzten Moment abspringen. Und all das, um in diesem tiefen Loch zu landen, in dem ich mich nun befand.

Ich schielte zu dem Gemälde, das Doña Asunción in Auftrag gegeben hatte. Der Bund der Ehe war für mich längst nicht mehr das erstrebenswerte Gut, hinter dem jede heiratswillige Frau der Stadt her war. Er war wie eine schwere Steinplatte, die meine Freiheit erdrückte, von der ich geglaubt hatte, ich könnte sie erringen, indem ich Francisco heiratete. Unter ihr erstarb alles: meine Hoffnung, meine Gefühle, meine intellektuellen Ambitionen. Wie hatte ich mich doch in meinem jugendlichen Leichtsinn geirrt. Ebenso wie bei Olivier, nach dessen Küssen und Fluchtplänen sich das dumme, verträumte Mädchen gesehnt hatte und dem zu folgen ich dann als stolze, flügellahme Frau, zu der ich geworden war, keinen Mut und keinen Weg fand.

Ich warf den Ring in das Weinglas. Vielleicht würde ich aufhören zu existieren, wenn ich ihn herunterschluckte. Und alle Fesseln hinter mir lassen. Ich betrachtete, wie die dunkelrote Flüssigkeit ihn umspielte. In dem Moment betrat Anita den Raum. Es waren die lästigen Polizisten der Guardia Civil, die an unserer Tür geklingelt hatten. Nach Franciscos Befragung hatten sie uns nicht mehr behelligt. Was zum Teufel wollten sie noch? Ich fischte den Ring aus dem Glas und erhob mich, um sie im Flur zu begrüßen.

»Mein Mann ist in der Bank, meine Herren. Unter dieser Adresse können Sie ihn finden«, sagte ich und reichte ihnen seine Visitenkarte.

»Die brauchen wir nicht, Doña Elisa. Wir wollen nicht

mit Ihrem Mann sprechen, sondern mit Ihnen«, erklärte Leutnant Sandoval.

»Mit mir? Wieso das? Ich habe Ihnen doch schon erklärt, dass mir während meiner Zeit als Redaktionssekretärin nichts Verdächtiges aufgefallen ist.«

»Ja, das wissen wir. Das Problem ist, dass Sie uns Ihre enge Freundschaft zu Señor Olivier Pascal verschwiegen haben«, sagte Sergeant Yáñez süffisant.

Ich trat einen Schritt zurück. Es war, als steckten meine Füße in Schraubstöcken. Ohne einen Plan, wie ich aus der Situation herauskommen sollte, führte ich sie in den Salon. Dann bat ich Anita, die Tür hinter uns zu schließen und uns nicht zu stören.

»Doña Elisa, wir sind nicht hier, um moralische Urteile zu fällen. Sie müssen selbst wissen, was Sie tun. Wir möchten lediglich wissen, ob Sie uns etwas über das Treffen zwischen Señor Pascal und Señor Liébana im August sagen können«, meinte Leutnant Sandoval.

»Meine Herren, entschuldigen Sie meine Unwissenheit, aber was veranlasst Sie zu der Annahme, ich wüsste darüber Bescheid, nur weil ich mit Señor Pascal befreundet bin? Er hat mir nichts von einem Treffen erzählt. Wie Sie sich unschwer denken können, hat Señor Pascal mit mir nicht über Berufliches gesprochen.«

»Señora, wir haben Sie beide gemeinsam in Madrid herumspazieren sehen. Auch einige unserer Zeugen. Mehrere Angestellte des Hotel *Florida* haben bestätigt, Sie zwei Mal im Hotel gesehen zu haben. Einmal allein und ein weiteres Mal in Begleitung eines brünetten Herrn. Wären Sie nur eine Freundin, wären Sie sicherlich außen vor, aber wir alle wissen doch, dass man einer Geliebten so manches erzählt. Das macht doch den Charme einer geheim gehaltenen Beziehung aus«, erklärte Sergeant Yáñez.

»Was wollen Sie damit andeuten? Sind Sie gekommen, um mich des Ehebruchs zu bezichtigen?«

»Ich wiederhole noch einmal, es geht uns nicht darum, über Sie zu urteilen. Wir wollen nur, dass Sie endlich aufhören zu lügen, Doña Elisa«, meinte der Sergeant.

Nervös zündete ich mir eine Zigarette an. Ich stand mit dem Rücken an der Wand.

»Es ist unglaublich. Sie nehmen keinerlei Rücksicht auf eine Frau, die durch den Tod ihrer Tante am Boden zerstört ist.«

»Wir wollten Sie nicht in Ihrer Trauer stören. Wir sind nur gekommen, um zu reden«, sagte der andere beschwichtigend.

»Doña Elisa, uns liegt die Information vor, dass Pedros Vater Alfonso Liébana an der Gründung der militanten FAI – der Anarchistischen Föderation Iberiens – beteiligt war. Er ist nach wie vor aktiv und kämpft mit harten Bandagen für seine Ideale, und dem will das Direktorium einen Riegel vorschieben. Sie können dazu beitragen, dass das Land Fortschritte macht und sich zum Positiven entwickelt, oder Sie können sich in eine Reihe mit den Terroristen stellen, die es zerstören wollen.«

»Ich weiß nichts! Noch einmal: Señor Pascal hat mit mir nie über ein Treffen oder irgendetwas, das mit Señor Liébana zu tun hat, gesprochen. Ich hätte es Ihnen gesagt, genau wie mein Mann, als er ihn im Hotel *Florida* erkannt hat.«

»So, wie Sie uns von Ihrer Beziehung zu Señor Pascal erzählt haben? Was, glauben Sie, wird der Nachtwächter sagen, wenn wir ihn fragen, ob er schon mal einen brünetten Mann im Haus gesehen hat? Señora, wenn ich eins weiß, dann, dass Sie nicht aufrichtig zu uns sind. Ich weiß nicht, was zum Teufel Sie zu verbergen haben, aber Sie können sicher sein, dass wir es herausfinden.«

Sie erhoben sich, setzten ihre Dreispitze auf und verschwanden. Die beiden würden nicht aufgeben, so viel war sicher. Die Frage war: Wie tief würden sie graben? Ich musste verhindern, dass sie bei ihren Ermittlungen auf Olivier und seine Familie stießen. Sie waren schon viel zu nah an ihm dran, und das war allein meine Schuld. Es war meine Idee gewesen, mich als Pedro Liébana zu verkleiden, um Olivier zu besuchen. Wieder so ein Manöver, mit dem ich vermeiden wollte, dass meine Geheimnisse ans Licht kamen.

»Wir wollen nur, dass Sie endlich aufhören zu lügen«, hallte es in meinem Kopf. Die beiden Polizisten der Guardia Civil kannten mich nicht, aber sie hatten mich durchschaut. Ich war eine Lügnerin. Ich steckte ja überhaupt nur in dieser düsteren, ausweglosen Lage, weil ich bei meiner Schwindelei jegliche Grenzen überschritten hatte. Das alles lief schon viel zu lange, es musste jetzt ein Ende nehmen. Ich erinnerte mich an das Gespräch mit Catalina, dass man sich selbst nicht verleugnen darf, dass man sich mit allen Ängsten und Fehlern annehmen muss. Ich nahm einen tiefen Zug von meiner Zigarette. Meine Hand zitterte, als ahnte sie, was ich vorhatte.

Ich stand auf und griff nach dem exklusiven Notizbuch,

das Francisco mir 1927 zu Weihnachten geschenkt hatte. Es waren nur noch vier Seiten übrig. Aber mehr würde ich auch nicht brauchen. Ich atmete tief ein und begann zu schreiben.

\*\*\*

Der Salon wurde lediglich von dem sanften Licht des Eingangsbereichs erhellt. Ich spielte das C und das G auf dem Flügel in Erwartung der Folgen meines Handelns. Es gab keinen Weg mehr zurück.

Die Zeitung war auf den Linotype-Maschinen gesetzt worden, durch die seit jeher die Seiten des *Demócrata de Madrid* das Licht der Welt erblickten, dann war sie gedruckt und verkauft worden. Don Ernesto hatte in einem Umschlag die Nachrichten, Reportagen, Kommentare, den Leitartikel, die Veranstaltungsankündigungen und die Stierkampfberichte dorthin geschickt. Vielleicht hatte er die Texte an dem Tag nur flüchtig durchgesehen und war einfach froh um jeden Beitrag gewesen. Einer war um Punkt neun im Briefkasten der Redaktion gelandet, als Casimiro kurz auf der Toilette war. Es war derselbe, den ich im Morgengrauen nach mehreren Versuchen beendet hatte und der firmiert war mit: Elisa Montero alias Pedro Liébana.

In dem Artikel erzählte ich, wer ich war und warum ich den Namen verwendet hatte. Ich berichtete meinen Lesern, wie sehr ich das Schreiben liebte und wie gern ich Redakteurin werden wollte. Ich bat sie um Verzeihung, falls sie sich betrogen fühlten, aber vor allem entschuldigte ich mich bei Don Ernesto, bei meinen Kollegen in der Redaktion, bei allen, die ich so schändlich belogen hatte. Ich erlaubte mir nur eine letzte kleine Schwindelei im Dienste der Sicherheit des Menschen, den ich liebte: Ich behauptete, das Pseudonym sei frei erfunden und die Verbindung zum Sohn des Anarchisten daher reiner Zufall. Damit würde die Guardia Civil hoffentlich aufhören nachzubohren. Ich vergaß nicht, eine letzte Botschaft für Olivier einzubauen, bei der ich dieselbe Technik anwendete wie er früher bei seinen Artikeln. Eine geheime Nachricht allein für uns: »Du bist der Mann meines Lebens. Verzeih mir«, hatte ich geschrieben. Vielleicht würde er, wenn er meine Botschaft las, nach Spanien zurückkehren. Obwohl es dort, wo er sich gerade aufhielt, den *Demócrata* wahrscheinlich gar nicht zu kaufen gab.

C, G, C, G, C, G, C … Beim Geräusch des Schlüssels im Schloss zog sich mein Herz zusammen. Als die Tür krachend zufiel, schloss ich die Augen.

»Elisa?!«, brüllte Francisco.

Er hatte meinen Artikel offenbar gelesen. Am Nachmittag hatte Catalina mich besucht. Sie konnte nicht glauben, dass ich es geschafft hatte, meine Sünden in aller Öffentlichkeit zu beichten. Sie war begeistert. Ihre Augen glänzten. »Du hast es getan, Elisa. Du hast es endlich getan«, jubelte sie. Auch sie erwartete, dass Francisco außer sich sein würde, wenn er von meinen Missetaten und meinem Doppelleben erführe. Sie schlug vor, ich solle mit zu ihr gehen, bis Francisco den Schrecken verdaut hatte. Aber ich wollte die Auseinandersetzung nicht aufschieben. Ich musste der Realität ins Auge sehen. Ich hatte keine Kraft mehr für Versteckspiele. Doch meine scheinbare Courage hatte die Angst nicht ausgelöscht. Francisco war ein gutmütiger Mensch, aber ich wusste nicht, wie er auf all die Lügen reagieren würde.

»Ich bin im Salon«, sagte ich.

Ich hörte, wie er schnaubend mit großen Schritten näher kam. Er stellte seinen Aktenkoffer auf einem der Sessel ab. Ich beobachtete ihn aus den Augenwinkeln. Er hatte ein Exemplar von *El Demócrata* in der Hand.

»Kannst du mir erklären, was zum Teufel es mit dem Unsinn auf sich hat, den das dämliche Blatt von Don Ernesto Rodríguez de Aranda heute veröffentlicht hat?«

»Das ist kein Unsinn, Francisco. Es ist die Wahrheit. Das stammt aus meiner Feder.«

»Nein, das kann nicht sein.« Er schüttelte den Kopf. »Du bist Elisa Montero, meine angesehene Ehefrau, und das ist alles nicht wahr.«

»Es wäre schön, wenn du recht hättest, Liebling, dann wäre alles einfacher. Aber bedauerlicherweise muss ich dir sagen: Was du da gelesen hast, ist das, was ich fühle. Ich habe all das hinter deinem Rücken getan. Das bin ich«, gestand ich, kurz davor, in Tränen auszubrechen.

»Ich verstehe kein Wort.«

Ich hielt kurz inne. Ich wollte ihm ein wenig Zeit geben. Dann fuhr ich fort:

»Bei dem Debütantinnenball, der dir in deiner Erinnerung so wichtig ist, habe ich dich gar nicht bemerkt, denn mein einziges Ziel bei dem Fest war, Don Ernesto davon zu überzeugen, mich für seine Zeitung schreiben zu lassen. Aber meine Tante hat es mir verboten, also gab ich mich damit zufrieden, als Sekretärin dort zu arbeiten. Ich dachte, so könnte ich irgendwann mein Ziel erreichen. Als ich dich kennenlernte, dachte ich, wenn ich deine Frau würde, wäre ich frei und könnte schreiben, dann sei die Gefangenschaft bei meiner Tante Vergangenheit. Aber ich habe mich geirrt. Keiner unterstützte mich dabei, dass ich schreiben und Journalistin sein wollte. Die Rolle, die ihr mir zugedacht hattet, war eine andere. Anfangs habe ich einfach nur Artikel unter dem Pseudonym Pedro Liébana eingereicht, aber als Don Ernesto Verdacht schöpfte, habe ich die Figur dazu erschaffen und mir eine entsprechende Verkleidung zugelegt. Francisco, ich habe das getan, weil ich verzweifelt war.«

Er konnte nicht glauben, was er hörte, und wusste nicht, wo er hinschauen sollte.

»Wie lange geht das schon, Elisa?«

»Was?«

»Na, dass du dich als Mann verkleidest und unter dem Pseudonym schreibst.«

»Seit ... Seit acht Jahren.« Tränen kullerten über meine Wange.

»Acht Jahre? Gütiger Himmel!«

»Aber ich verkleide mich schon eine Weile nicht mehr. Ich habe nur weiter für die Zeitung geschrieben.«

Francisco zählte eins und eins zusammen. Auf einmal fing er an zu lachen. Es war ein nervöses Lachen, er konnte kaum noch aufhören. Er legte die Hand auf den Mund und nickte.

»Dann warst du also die ganze Zeit Pedro Liébana ... Du warst es, die ich im Hotel Florida gesehen habe. Du wolltest zu dem Franzosen. Du gerissenes Miststück! Ich hätte es merken müssen.«

Ich schloss die Augen und ließ die Vorwürfe auf mich niederprasseln.

»Seit wann schläfst du mit ihm, Elisa? Sag, seit wann, verdammt noch mal?« Ich schwieg. »Was soll das? Mich als deinen Ehemann weist du zurück und sorgst dafür, dass ich fast verrückt werde, aber ihm gibst du dich hin. Wie konntest du das tun?«

Francisco war außer sich vor Wut. Aber ich hatte genug davon, dass er sich als Heiligen darstellte. Ich stand auf und sah ihm in die Augen.

»Francisco, sprich nicht mit mir, als wäre ich ein ordinäres Flittchen. Ich weiß, dass du dich seit Jahren mit Aurora triffst. Ich habe dich nie darauf angesprochen, weil ich dachte, sie gibt dir, was ich dir nicht geben konnte. Aber ich werde nicht zulassen, dass du mich allein für das Scheitern unserer Ehe verantwortlich machst.«

»Wie bitte? Elisa, ich werde mich nicht schuldig fühlen, weil ich woanders gesucht habe, was du mir nicht geben wolltest. Du hingegen hättest alles von mir haben können und hast dich stattdessen dazu hinreißen lassen fremdzugehen wie in einem billigen Theaterstück.«

»Francisco, ich habe mich lange dagegen gewehrt, aber …«

»Habt ihr euch schon getroffen, bevor wir geheiratet haben? War das der Französischunterricht? Habe ich einen Mann dafür bezahlt, dass er mit dir ins Bett geht? Bewahrst du in der Schublade deines Nachttischs die Briefe mit eurem Liebesgesäusel auf?«

Er ging ins Schlafzimmer. Weil ich Angst hatte, er würde die gesamte Korrespondenz vernichten, die ich in meinem Nachttisch aufbewahrte, folgte ich ihm. Getrieben von Eifersucht und Zorn ruckelte er so lange wild an der abgeschlossenen Schublade, bis sie aufsprang.

»Nein, Francisco, bitte nicht«, flehte ich.

Er ließ sich davon nicht beeindrucken und nahm die Umschläge an sich. Er nahm einen der Briefe heraus und begann zu lesen. Aus den Zeilen konnte er entnehmen, dass unsere Beziehung nicht allein auf Wollust gründete. Er kam auf mich zu und warf mir voller Verachtung die Briefe ins Gesicht.

»Dein Verhalten ist widerwärtig«, schleuderte er mir entgegen.

»Du hast ja keine Ahnung, Francisco. Vielleicht solltest du mal nach den Leichen im Keller deiner eigenen Familie schauen.«

»Elisa, ich warne dich. Lass meine Familie aus dem Spiel.«

»Das werde ich nicht. Ihr versteckt doch eure Sünden hinter Geld und Heuchelei. Weißt du was? Ich kann nicht mehr. Ich hasse dieses Leben, ich hasse all den Reichtum und die Kleider, ich hasse all die Feste, das aufgesetzte Lachen, ich hasse es, zur Erheiterung der Gäste Klavier zu spielen, die in mir nur ein schmückendes Beiwerk sehen, und ich hasse es, wenn du mich berührst und mich zwingst, dich zu lieben. Ich kann nicht mehr. Es tut mir leid, weil du ein guter Mann bist, aber ich kann nicht mehr. Ich will nicht deine Frau sein und auch nicht die Mutter deiner Kinder. Und ich glaube, auch du solltest dir selbst gegenüber ehrlich sein. Du liebst mich nicht, Francisco. Aus Bequemlichkeit lässt du alles weiterlaufen, dabei haben wir uns schon lange nichts mehr zu sagen ...«

Francisco kam noch näher. Ich spürte seinen Atem auf meinem Gesicht.

»Red keinen Unsinn, Elisa.«

»Ich kann nicht mehr.«

»Schon gut. Aber bevor du irgendeine Entscheidung triffst, solltest du vielleicht wissen, dass dein geliebter Señor Pascal nicht mehr unter uns weilt. Wie es aussieht, war er so dumm, nach Russland zu reisen und seine Nase in Dinge zu stecken, die ihn nichts angehen. Aber weißt du was? Er hat Glück gehabt, dass die Russen ihn getötet haben, sonst hätte ich ihm eigenhändig den Hals umgedreht.«

Mir blieb das Herz stehen. Ein eiskalter Schauer durchzuckte mich. Ich sank zu Boden. Nein, er konnte nicht tot sein! Es war unmöglich. Selbst wenn ich schon seit mehr als vier Monaten nichts von ihm gehört hatte.

»Das ist nicht wahr!«

»Denk, was du willst. Mir ist das egal. Aber ich glaube, du weißt, dass ich nicht lüge. Seit einiger Zeit ist kein Artikel mehr von ihm erschienen, und niemand hat von ihm gehört. Nicht einmal der Chefredakteur von *Le Figaro*, den ich auf einer Benefizveranstaltung bei meiner letzten Reise nach Paris vor einem Monat kennengelernt habe. Er war es, der mir gesagt hat, dass man angesichts der Umstände kaum noch davon ausgehen kann, dass er noch lebt. Der Franzose ist tot.«

In einer Art Schockzustand wiederholte ich unter dem

verächtlichen Blick meines Mannes murmelnd die Hiobsbotschaft.

»Elisa, ich gebe dir eine letzte Chance. Ich gehe jetzt etwas trinken, um mich zu beruhigen und damit ich dir nicht gleich an die Gurgel gehe. Wenn ich zurückkomme, gibt es genau zwei Möglichkeiten. Du kannst bleiben. In dem Fall werde ich mit Don Ernesto und meinen Kontakten sprechen, damit der Artikel spurlos verschwindet. Du wirst künftig eine gute Ehefrau sein und damit aufhören, zu lügen und Dummheiten in der Zeitung zu verbreiten. Oder du gehst und wirst dieses Haus dein Lebtag nicht mehr betreten. Wenn du das tust, wirst du alles verlieren. Meinen Namen, meinen Schutz, mein Geld, mein Haus, meine Freunde, den guten Ruf meiner Familie. Es ist deine Entscheidung, Elisa. Also überleg dir gut, was du tust, denn du musst den Rest deines Lebens damit klarkommen.«

Und ehe ich mich versah, war er verschwunden. Ich versuchte, langsam aufzustehen. Es konnte nicht sein, dass Olivier nicht mehr lebte. Seine Küsse, sein Duft, sein Blick, die Art, wie er mich liebte, das sollte alles vorbei sein? Ich bekam keine Luft mehr. Wut stieg in mir auf.

»Nein!«, schrie ich und fegte mit einer Handbewegung alle Tiegel und Flakons vom Frisiertisch auf den Boden.

Das Glas zerbarst, und ein Gemisch aus verschiedenen Düften verteilte sich auf dem Teppich. Ich riss die Gardinen von der Stange und zerfetzte sie. Danach weidete ich die Kissen aus, die meine Tränen aufgesogen hatten, wenn ich mal wieder den Trieben meines Mannes wehrlos ausgeliefert war. Ich trat gegen die Möbel, die Mauern der Gefängniszelle, in der ich die letzten vier Jahre gelebt hatte. Mein Verstand hatte ausgesetzt, ich bestand nur noch aus Schmerz und Trauer. Der Abschied von Olivier hämmerte wie ein infernalisches Glockengeläut in meinen Ohren. Ich musste damit aufhören. Eine Entscheidung treffen.

Mit vor Schmerz verzerrtem Gesicht und tränenfeuchten Augen sah ich mich um. Noch nie in meinem Leben war ich so traurig gewesen. Einem Impuls folgend holte ich einen Koffer und packte ein paar Habseligkeiten hinein: zwei schwarze Kleider, Schuhe, Strümpfe, eine Bürste, Toilettenartikel, Oliviers und Catalinas Briefe, meine Lieblingsbücher und den Schmuck, den Francisco mir geschenkt hatte. Ich durchsuchte sämtliche Schubladen und konnte vierhundert Peseten zusammenkratzen, die ich in meinem Büstenhalter versteckte. Ich nahm den Koffer und verließ das Haus. Meine Verzweiflung hätte größer nicht sein können.

Wortlos stieg ich aus dem Taxi und ging auf die Estación de Delicias zu. Die langgezogene Metallkonstruktion, die dem Bahnhof seine Form verlieh, war im Dunkeln kaum zu erkennen. Ein paar Laternen wiesen mir den Weg. Unzählige Gedanken und Gesprächsfetzen schwirrten in meinem Kopf herum. Meine Schläfen pochten. Ich betrat das Gebäude und ging zu einem Schalter. Ich legte ein paar Scheine auf die Ablage und sagte, ohne nachzudenken: »Ich möchte nach Fuente de Cantos.«

Der Angestellte hob die Augenbrauen.

»Dorthin gibt es keine Zugverbindung, Señora.«

Das stimmte, mein Ansinnen war absurd. Entmutigt ließ ich den Kopf sinken. Wie sollte ich dorthin kommen?

»Aber Sie können den Zug bis Cáceres nehmen und dort in den nach Zafra umsteigen. Vielleicht finden Sie in Zafra eine mildtätige Seele, die Sie in das Dorf fährt«, sagte der Angestellte freundlich. Offenbar hatte ihn mein Anblick gerührt.

Ich nickte, und er händigte mir den Fahrschein und das Wechselgeld aus.

»Darf ich hier in der Halle warten?«, fragte ich.

»Selbstverständlich. Wenn Sie möchten, können Sie sich auf die Bank setzen. Ich habe die ganze Nacht Dienst. Geben Sie mir Bescheid, wenn irgendein Halunke Sie belästigt.«

Ich nickte ein weiteres Mal und setzte mich auf die Bank, wo ich fünf Stunden lang regungslos ausharrte. Ich tat kein Auge zu. Was machte ich hier nur? Ich hatte meinen Mann verlassen. Ich war aus meiner Ehe geflohen. Ich wusste nicht, wohin, aber ich musste raus aus Madrid, und da blieb als einzige Möglichkeit nur meine Familie.

Olivier war tot. Ich stellte mir immer wieder vor, wie er in Russland für eine Reportage recherchierte, von der er überzeugt war, dass sie geschrieben werden musste, und dabei den Tod fand. Wie bitter die Einsamkeit ist. Wie ein verrostetes Messer bohrt sie sich in dich und nimmt dir den Atem, die Hoffnung, die Tränen, alles.

Als es hinter den Fenstern der Bahnhofsfassade allmählich hell wurde, teilte mir der Angestellte mit, ich könne jetzt einsteigen. An die Fahrt kann ich mich nur vage erinnern. Ich weiß nur, dass sich das Gedankenkarussell in meinem Kopf unermüdlich weiterdrehte und ich kaum mitbekam, was um mich herum vorging. Die Mitreisenden werden sich wohl gefragt haben, welchen Schrecken meine Augen hatten ansehen müssen, dass der Blick in ihnen vollkommen erloschen war. Ich war blass, völlig weggetreten. Als der Halt in Zafra angekündigt wurde, nahm ich entschlossen meinen Koffer und stieg aus.

Auf dem Vorplatz des Bahnhofs sah ich Karren vorbeifahren. Vielleicht würde einer anhalten, wenn ich winkte, und dann könnte ich ihm sagen, wo ich hinwollte. Irgendwie musste ich nach Fuente de Cantos gelangen. Das hier war neu für mich. In Madrid war alles einfacher. Ich versuchte, auf mich aufmerksam zu machen, aber die Fahrer beachteten mich nicht. Nach einer Stunde setzte ich mich erschöpft und verzweifelt auf die Treppenstufen am Eingang.

Ein paar Männer musterten mich und machten mir eindeutige Angebote, dass ich mich erst recht unwohl fühlte. Ich vergrub das Gesicht in den Händen und versuchte, die Tränen zurückzudrängen. Das war eine schlechte Idee gewesen. Was war ich doch für eine dumme Gans! Immer machte ich alles nur noch schlimmer. Ich war hundemüde und fror erbärmlich. Aber was sollte ich tun? Ich befand mich mitten in Extremadura, an einem Ort, an dem ich niemanden kannte, der mir helfen könnte. In dem Moment hörte ich weiter weg, wie sich zwei Einheimische unterhielten.

»Ich bringe die Waren nach Fuente de Cantos, und dann komme ich zurück.«

»Aber beeil dich, wir müssen noch den Weizen für den Transport vorbereiten. Der muss heute noch raus.«

»Ja, schon gut, du Sklaventreiber. Ich leg 'nen Zahn zu.«

Ich sah auf und entdeckte die beiden Männer. Der eine ging auf einen mitten auf der Straße parkenden Karren zu. Hastig stand ich auf, denn das war für heute wahrscheinlich die letzte und einzige Chance, an mein Ziel zu gelangen. Ich ging zu dem Mann, der dabei war, die nicht verladenen Säcke wegzuräumen.

»Entschuldigen Sie. Ihr Kollege fährt nach Fuente de Cantos?«, fragte ich.

»Ja, warum? Soll er Sie mitnehmen?«

»Er würde mir einen großen Gefallen tun, ja. Ich würde auch dafür bezahlen«, erklärte ich.

»Nicht nötig, Señora. Manolo! Manolete!«, rief er.

Wir liefen hinter dem Karren her, und Manolo hielt an.

»Die Señora braucht jemanden, der sie nach Fuente de Cantos fährt. Tu ihr den Gefallen. Schöne Frauen sollten die Nacht nicht auf dem Bahnhof verbringen. Und schon gar nicht bei dieser Schweinekälte.«

»Schon gut, schon gut. Steigen Sie auf. Aber ich muss weiter, sonst komme ich nie an, Matías.«

Gott sei Dank behandelte mich besagter Manolete freundlich und mit Respekt, auch wenn sein Fahrstil ziemlich kühn war. Als er mich fragte, ob ich jemanden in dem Dorf kenne, erzählte ich ihm, dass Familienangehörige dort lebten, die ich aber lange nicht gesehen hätte. Er erzählte mir von seiner Frau und seinen fünf Kindern. Dass er sein Geld mit dem Transport von Weizen verdiente und wie schwierig die Zeiten in der Region waren.

Als wir in das Dorf hineinfuhren, erinnerte ich mich an

den Tag, an dem ich meine Familie hatte besuchen wollen und dann wie ein aufgescheuchtes Reh geflohen war. Das war fast zehn Jahre her, aber es war alles noch wie damals. Niedrige Häuser mit weiß getünchten Wänden säumten die schmalen Straßen, und über den Dächern prangten die Kreuze. Manolete hielt vor dem Haus meiner Familie, in dem sie alle noch gemeinsam unter einem Dach lebten, wie Juan mir berichtet hatte. Ich bedankte mich für Manoletes Hilfe, die wie ein sanfter Regen inmitten großer Trockenheit gekommen war, und wünschte ihm Glück. Auch er wünschte mir Glück, und das konnte ich wahrlich brauchen.

Unsicher ging ich zur Tür. Mir war klar, dass ich kein Recht hatte, einfach so aufzutauchen, aber ich wusste nicht, wohin sonst mit mir. Ich hatte Madrid und damit den Herrschaftsbereich der Familie Rosales verlassen. Ich atmete tief ein und versuchte, nicht daran zu denken, wie sie auf meinen Überfall reagieren würden. Dann klopfte ich zweimal an das verwitterte Holz der Tür. Es dauerte nicht lange, bis sie sich öffnete. Eine Frau mit einem Zopf aus dunklem Haar und großen, runden Augen sah mich verwundert an.

»Guten Abend, womit können wir Ihnen helfen?«, fragte sie.

Ich kam nicht dazu zu antworten. Juan erschien in der Tür, um nachzusehen, wer so spät noch an der Tür klopfte.

»Elisa«, sagte er verblüfft. »Was machst du denn hier?«

Die Frau trat zur Seite, um meinen Bruder vorbeizulassen. In dem Moment ließ ich den Koffer fallen und warf mich in seine Arme, wie ich es mir immer gewünscht hatte, seit man mich nach Madrid gebracht hatte.

»Es ist Elisa …«, hörte ich eine Stimme im Inneren des Hauses sagen.

# Zweiter Teil

# Elisa Montero

*Madrid 1929–1931*

# 5

Die Zeit bei meiner Familie in Fuente de Cantos war wie Balsam für meine Wunden. In absoluter Armut zu leben, während ich Juans Frau Mercedes bei der Hausarbeit half, lehrte mich, die Ängste und Vorurteile hinter mir zu lassen, die mich mein ganzes Leben lang begleitet hatten. Ich hätte mir nie vorstellen können, meine Herkunft zu akzeptieren und dort hinzuziehen. Mercedes überzeugte ich davon, lesen zu lernen. Ich holte die Bücher hervor, die ich aus Madrid mitgenommen hatte, und wir begannen mit dem Unterricht. Zu sehen, wie sie Fortschritte machte, obwohl es ihr sehr schwerfiel, war letztlich auch für mich eine Lektion.

Juan erzählte mir von den Problemen, mit denen sie tagtäglich zu kämpfen hatten. Sein Arbeitstag hing von den Launen und Interessen des Großgrundbesitzers Zacarías Silvano ab, dem es nur darum ging, möglichst viel Weizen für möglichst wenig Geld zu produzieren. Bei gleichem Arbeitspensum wurden immer weniger Feldarbeiter eingestellt. Und für die Schinderei bekamen sie immer noch denselben bescheidenen Lohn wie früher. Mein Bruder, der sich im Kampf für die Verbesserung der Arbeitsbedingungen auf dem Land engagierte, besuchte regelmäßig die Versammlungen der Sozialistischen Partei. Dort nahm die Vorstellung einer Republik ohne Könige und Diktatoren immer mehr Gestalt an.

Die Annäherung an Vater dauerte eine gewisse Zeit. In den ersten Wochen sprach er nicht mit mir, er ignorierte einfach, dass ich wieder mit ihnen an einem Tisch saß. Juan riet mir, ihm Zeit zu geben, und das tat ich. Aber sein Schweigen empfand ich als Kränkung. An einem Tag, an dem ich Mercedes beim Waschen am Fluss half, trug ich schon mal einen Korb mit Wäsche nach Hause, während sie noch die letzten Hemden wusch. Ich ging nichtsahnend ins Haus und stellte den Korb auf den Tisch, da sah ich Vater dort sitzen.

»Oh, entschuldige, Vater, ich wusste nicht, dass du da bist«, sagte ich beklommen.

»Macht nichts«, erwiderte er, ohne mich eines Blickes zu würdigen. »Tu dir keinen Zwang an.«

Ich entzündete die Feuer, wie Mercedes es mir aufgetragen hatte, und wollte gerade den Korb nehmen, um die Wäsche draußen aufzuhängen, da überlegte ich es mir im letzten Moment anders. Ich schloss die Augen.

»Vater, es tut mir leid, wenn dich meine Anwesenheit stört. Das Letzte, was ich will, ist, dir Unannehmlichkeiten zu bereiten«, sagte ich.

Er schaute nicht einmal auf. Und das machte mich wütend.

»Es war nicht mein Entschluss zu gehen, Vater. Ich habe nicht darum gebeten.« Ich überlegte einen Moment, ob es besser wäre, meine Zunge im Zaum zu halten, doch dann fuhr ich fort: »Du hast gemeinsam mit deiner Schwester über mein Schicksal entschieden, ohne mich zu fragen. Ich bin dankbar für die Vorteile, die die Vereinbarung mir gebracht hat, aber es gab auch Schattenseiten, wie die Tatsache, dass ich viele Jahre nicht wusste, wie es meiner eigenen Familie geht. Auch ich habe Wunden davongetragen, aber wenigstens bin ich bereit, mit dir zu reden.«

Ich war ins Stocken geraten und hatte angefangen zu weinen.

»Elisa …«, sagte er leise.

»Nein, Vater, nicht. Ich würde verstehen, dass du keinen Kontakt mehr zu mir haben willst, aber mach mich um Himmels willen nicht für etwas verantwortlich, worauf ich keinen Einfluss hatte. Ich war sieben Jahre alt! Ich habe friedlich in dem Zimmer da geschlafen, als man mich in eine Kutsche verfrachtet hat. Als ich aufgewacht bin, war keiner von euch mehr da. Nur meine Tante, die mir nicht erlaubt hat, nach euch zu fragen.«

Ich spürte die Tränen auf meinen Lippen.

»Elisa, bitte. Glaubst du, ich weiß das alles nicht? Das ist es ja, was mich so quält. Ich habe deiner Mutter versprochen, mich um dich zu kümmern, und es ist das Einzige, was ich in diesem beschissenen Leben komplett in den Sand gesetzt habe. Es ist mir gelungen, Arbeit zu finden, deine Brüder zu ernähren, ich habe es geschafft, mit dem Spielen aufzuhören, aber ich habe meine Kleine verloren, für immer, denn du wirst nie wieder Elisita sein, mein kleiner Sonnenschein. Ich werde nie miterleben, wie du zur Frau wirst, wie du mit den Jungs auf der Kirmes tanzt, ich werde nie deine ersten Tränen trocknen und dir bei den

Zweifeln der Jugend beistehen oder in dein unschuldiges Lachen einstimmen ... Ich habe dir nicht mit Rat und Tat zur Seite stehen können. Ich habe nicht für dich eintreten können bei dem, was dich zu deiner Flucht aus Madrid veranlasst hat. Ich habe dich deinem Schicksal überlassen, und das bei einer Frau wie meiner Schwester. Ich habe es verpasst, Teil deines Lebens zu werden, und dich hier zu sehen macht mir jeden Tag bewusst, dass ich das nie wiedergutmachen kann.«

»Vater ...«

Er sah mich immer noch nicht an, aber auch er hatte angefangen zu weinen. Gerührt von seinen Worten und den Gewissensbissen, die ihn daran hinderten, sich mir wieder anzunähern, ging ich zu ihm und umarmte ihn. Schließlich war er mein Vater. Jemand, dessen Liebe so groß war, dass er mich hatte gehen lassen.

»Vater, ich brauche dich immer noch«, sagte ich schluchzend. »Bitte lass uns nicht noch mehr Zeit verlieren.«

»Meine Elisita ... verzeih mir ... verzeih mir ...«

Mercedes war mit Juan und den Kindern in der Tür stehen geblieben. Sie lächelten. Der Moment hatte irgendwann kommen müssen, das hatten wir alle gewusst, aber keiner hatte sagen können, wann. Mein Vater und ich trugen den gleichen Schutzpanzer. Unser Stolz hatte uns auf Abstand gehalten, aber Schritt für Schritt gelang es uns, die Beziehung aufzubauen, die uns durch Fehler in der Vergangenheit verwehrt geblieben war.

\*\*\*

Gemächlich zog der Frühling ein ins Land. Einen Großteil der Zeit wusste ich nicht, welchen Wochentag wir hatten oder wie lange es her war, dass ich Madrid verlassen hatte. Doch mit jedem Mond wurde die Hitze glühender. Allmählich gewöhnte ich mich an die Kinder und Mercedes' ständige Fragerei, weil sie alles über die Hauptstadt und ihre Theater wissen wollte. Ich versprach ihr, dass wir irgendwann gemeinsam eine Zarzuela anschauen oder einen Kaffee im Viena Capellanes trinken würden, ohne zu wissen, ob es je dazu kommen würde.

Der schönste Moment des Tages war für mich das gemeinsame Abendessen. Die Kinder lachten über die Scherze ihres Vaters. Juan und ich unterhielten uns über Politik. Mercedes musste uns für das Tischgebet immer unterbrechen. Danach ging es munter weiter.

Eines Abends tauchte José Luis auf. Sein blutig geschlagenes Gesicht verriet, dass er in eine Prügelei geraten war. Juan und Vater machten ihm Vorwürfe, auch weil er sich nicht gemeldet hatte. Offenbar kam es häufiger vor, dass er sich eine Weile Gott weiß wo aufhielt und dann mit ramponiertem Gesicht und ohne einen Heller in der Tasche zurückkehrte.

An den ersten Tagen wollte er mit niemandem sprechen, vor allem nicht mit mir, aber eines Abends erwischte ich ihn allein, sodass ich ihn endlich auf die Sache ansprechen konnte, die mich so brennend interessierte. Er war in der Küche und zählte gerade die Münzen, die er bei seinem letzten Geschäft eingenommen hatte. Ich pirschte mich heran, damit er mir nicht wieder davonlaufen konnte.

»Und, hat es sich gelohnt?«

»Kann man so sagen …«

»Das freut mich«, sagte ich, und das meinte ich ehrlich.

Nachdem er auf weitere Fragen nur einsilbig antwortete, beschloss ich, nicht länger um den heißen Brei herumzureden.

»Warum?«

José Luis hörte auf, die Münzen zu zählen, und sah mich an. Ich war immer noch beeindruckt, wie ähnlich wir uns sahen.

»Hat Juanito dir das baufällige Haus am Ende der Straße gezeigt?«

Ich nickte.

»Das Beste daran ist nicht das Gebäude selbst, sondern das Land dahinter. Auf dem kann man nämlich Weizen anbauen. Aber es ist seit Jahren ungenutzt. Ich habe mit zehn Jahren angefangen, für Zacarías zu arbeiten. Von Sonnenauf- bis Sonnenuntergang, und nie hat es gereicht. Vater konnte den Schmerz nicht ertragen, dass er dich nie wiedersehen würde, und so hat er Trost im Alkohol gesucht. Juan hat die Weinflaschen versteckt, er denkt immer, er kann die Welt retten. Aber ich war der Taugenichts, das Ebenbild unseres Vaters. Ich musste für seine Fehler büßen, noch bevor ich eigene begehen konnte. Mit neunzehn habe ich mich geweigert, mich auch nur einen Tag länger diesem Ausbeuter von Zacarías zu unterwerfen. Ich habe angefangen, Geschäfte mit den Händlern zu machen, die im Gasthaus abstiegen. Eines Tages habe ich Vater zur Arbeitszeit bewusstlos in der Küche gefunden. Als es mir gelang, ihn wieder zu Bewusstsein zu bringen, hat er die ganze Zeit nur deinen Namen wiederholt. Er hatte dich eine Ewigkeit nicht gesehen, und trotzdem lebte er nur für dich. Ich habe ihn ins Bett gebracht und seine Schicht auf dem Feld übernommen. An dem Tag hätte er beinahe seine Stelle bei Zacarías verloren. Auf dem Rückweg kamen Juanito und ich an dem verfallenen Haus vorbei. Ich hasste es, mit eigenen Augen ansehen zu müssen, wie das Haus, das uns mal rechtmäßig gehörte, dieser reichen Hexe überschrieben wurde, die es einfach verkommen ließ. Unser Leben und unsere Freiheit im Tausch gegen ihren Egoismus.«

»Das war Teil der Vereinbarung ...«, murmelte ich, als mir klar wurde, wie alles zusammenhing.

»Nach diesem Tag hat Juan versucht, mich zu überzeugen, zur Feldarbeit zurückzukehren, aber das wollte ich nicht. Er hat gesagt, ich könne nicht länger zu Hause wohnen, wenn ich nicht mit meinem Arbeitslohn etwas zur Haushaltskasse beitragen würde. Mein Stolz trieb mich dazu, das Haus zu verlassen, ohne ein klares Ziel vor Augen zu haben. Ich würde mein Leben lang darum kämpfen, das Haus zurückzubekommen, koste es, was es wolle. Es machte mir nichts aus, wenn ich mir dabei die Hände schmutzig machte. Ich habe versucht, mich mit Doña Manuela im Guten zu einigen, indem wir einen neuen Vertrag aufsetzen, aber sie hat mich gar nicht erst empfangen. Und so ließ ich ein paar Monate ins Land ziehen, und dann habe ich angefangen, ihr Drohbriefe zu schicken. Wenn meine Familie nicht glücklich sein durfte, dann sollte sie es auch nicht sein. Ich wollte ihr das Leben zur Hölle machen.«

José Luis erzählte weiter. Alle zwei oder drei Wochen

hatte er eine Nachricht auf dem Kutschbock hinterlassen und ihr einmal im Jahr einen Strauß schwarzer Rosen geschickt.

»Sie sollte wissen, dass ich da war und sie jeden Tag beobachtete und mit ihren Geheimnissen erpresste«, gestand er.

In seinen Worten schwang so viel Hass und Wut mit. Doch wie will man jemanden quälen, der gar kein Gewissen hat? Sein Blick verriet mir, wäre Manuela Montero nicht von einem Herzinfarkt dahingerafft worden, hätte er ihr persönlich den Hals umgedreht. Wir beschlossen, das Thema zu vergessen und kein Wort mehr darüber zu verlieren. Jener Abend im Jahre 1908 hatte unser aller Leben vergiftet.

\*\*\*

Während meines Aufenthalts in Fuente de Cantos stellte ich fest, dass die Tage auf dem Land langsamer vergingen als in der Stadt. Alles schien so unveränderlich, ein perfekter Zyklus, der sich immer aufs Neue wiederholte. Manchmal überkam mich die Angst, dass Francisco mich finden würde und zurück nach Madrid brachte. Ich studierte jedes unbekannte Gesicht und fürchtete die Polizisten der Guardia Civil, die meinen Weg kreuzten. Manchmal, wenn mein gebrochenes Herz es erlaubte, dachte ich an Olivier und suchte nach einem Funken Hoffnung, dass er noch lebte.

Hin und wieder holte mich ein Brief von Catalina in die hektische Betriebsamkeit der Stadt zurück. Durch sie hatte ich erfahren, dass die Guardia Civil es Wochen nach meiner Flucht aufgegeben hatte, die Zeitung und meine Freunde auszufragen. Die Spur von Pedro Liébana war eine Sackgasse, er war lediglich die Erfindung einer jungen Frau aus dem Großbürgertum, und so ermittelten sie jetzt in andere Richtungen. Ende April waren offenbar zwei Mitglieder der CNT – der Konföderation der Nationalen Arbeiterbewegung – verhaftet worden, die in einer Druckerei im Viertel Latina Flugblätter anfertigten, mit denen sie »verhandeln« wollten, um herauszufinden, wo sich ihre Anführer aufhielten. Zumindest hatte Fernández das erzählt, als Catalina ihn in Chamberí getroffen hatte. Keiner wusste, wo ich mich aufhielt, auch nicht Pilar oder Don Ernesto und seine Frau.

Eines Sonntagmorgens wurde ich rüde aus dem Schlaf gerissen. Samuel und Miguel, Juans älteste Söhne, stürzten sich auf mich und verlangten, ich solle die Augen öffnen.

»Gleich, gleich«, sagte ich.

Da sie nicht lockerließen, kitzelte ich sie, um sie aus dem Bett zu vertreiben. Mit Erfolg. Eigentlich war es ganz schön, wenn der Morgen so anfing.

»Elisa, in einer Viertelstunde beginnt die Messe. Raus aus den Federn!«, rief Mercedes.

Ich seufzte. Aber dann sprang ich aus dem Bett und zog mich an. Zwei Tage zuvor war die Trauerzeit für meine Tante abgelaufen. Weil ich nur schwarze Kleider dabeihatte, da ich nicht davon ausgegangen war, dass ich so lange bleiben würde, hatte Mercedes angeboten, mir ein

Kleid zu schneidern. Das Ergebnis konnte sich durchaus sehen lassen. Natürlich waren der Stoff und die Ausführung nicht so edel wie bei Doña Bruna, aber ich war mehr als zufrieden. Ich fuhr mir mit den Fingern durchs Haar. Das Haus war sonnendurchflutet. Mercedes reichte mir ein Glas Milch und ein wenig Brot.

Wir verließen das Haus. Ich hielt die Rasselbande in Schach, und Mercedes schloss die Tür ab. Während die Kinder herumalberten und kreischten, entdeckte ich etwas weiter eine männliche Gestalt. Hatte ich ihn schon mal gesehen? Er kam auf mich zu. Ich kniff die Augen zusammen, um besser sehen zu können, doch noch bevor ich feststellen konnte, ob ich ihn kannte oder nicht, rief er meinen Namen.

»Doña Elisa Montero? Doña Elisa? Sind Sie das?«

Meine Augenlider flatterten. Wer suchte nach mir?

»Ja, das bin ich. Und wer sind Sie?«, fragte ich.

»Doña Elisa, endlich habe ich Sie gefunden! Ich bin Octavio Castrillo, der Anwalt und Vermögensverwalter Ihrer Tante, Doña Manuela Montero.«

Ich musterte ihn überrascht. Ja, ich hatte ihn schon einmal gesehen, in der Villa, als er meine Tante in ihrem Arbeitszimmer besucht hatte.

»Guten Tag, Señor Castrillo. Wie kann ich Ihnen helfen?«

»Ich möchte mit Ihnen über das Testament Ihrer Tante sprechen, Doña Elisa.«

Ich schaute zu Mercedes, und die nickte.

»Geht nur hinein, drinnen ist es kühler. In die Kirche kannst du ja an einem anderen Tag gehen.«

Señor Castrillo schritt verwundert durch das ärmliche Haus. Man sah ihm an, dass er nicht verstand, warum ich dort lebte. Aber er war professionell genug, dass er sich bei unserem Treffen nicht von seinen Vorurteilen leiten ließ. Er setzte sich auf einen Stuhl und stellte seinen Aktenkoffer auf dem großen Holztisch ab. Dann entnahm er ihm einige Dokumente.

»Doña Elisa, es tut mir leid, dass ich Sie hier einfach so überfalle, aber die Angelegenheit hat sich schon zu sehr verzögert. Ihre Tante hat verfügt, dass wir uns einen Monat nach ihrem Tod mit Ihnen in Verbindung setzen sollen. Doch Sie haben unsere Briefe nicht beantwortet und uns auch nicht in Ihrer Wohnung in Madrid empfangen. Ihr Hausmädchen hat uns mitgeteilt, Sie seien indisponiert, und wir haben vereinbart, dass wir in zwei Wochen wiederkommen. Bei diesem Besuch teilte sie uns dann mit, Sie würden nicht mehr dort wohnen und sie wüsste nicht, wo Sie sich aufhielten. Es war nicht leicht, Sie zu finden, aber nachdem ich mehrfach insistiert habe, hat Ihre Freundin Catalina Folch mir mitgeteilt, dass Sie sich nach Fuente de Cantos zurückgezogen haben. Ich habe mich gleich auf den Weg gemacht, damit sich das Ganze nicht noch weiter in die Länge zieht.«

»Verzeihen Sie, aber das war eine schwere Zeit für mich«, erwiderte ich.

»Das kann ich mir denken«, sagte er, und sein Blick wanderte erneut durch den Raum.

»Ich weiß, dass ich Ihnen vertrauen kann, aber Sie haben doch hoffentlich niemandem gesagt, wo ich mich befinde, oder?«

»Nein, keine Sorge, Doña Elisa. Außer meinem Sozius und mir weiß keiner Bescheid.«

»Gut. Nun, ich will Ihnen nicht noch länger Ihre kostbare Zeit stehlen. Was steht denn in dem Testament meiner Tante?«

Er überflog kurz die Unterlagen.

»Nun, Doña Elisa, wie Sie wissen, ist seit dem Tod von Roberto Ribadesella das Familienvermögen immer mehr geschrumpft. Ihre Tante sah sich gezwungen, Ländereien und Immobilien zu verkaufen, die Don Roberto im Salamanca-Viertel vermietet hatte. Es wurden auch mehrere Konten aufgelöst. Zum Zeitpunkt des Todes von Doña Manuela befand sich nur noch das Palais Ribadesella in ihrem Besitz sowie ein Konto bei der Rosales-Bank mit einem Guthaben von zehntausend Peseten. Und laut ihrer Verfügung gehört das alles jetzt Ihnen, Doña Elisa.«

Ich starrte auf das Papier, das Señor Castrillo durchging.

»Sind Sie sicher?«

»Ja, Doña Elisa. Sehen Sie, hier steht es schwarz auf weiß: ›Und so erkläre ich meine Nichte, Doña Elisa Montero Fernández, zur Alleinerbin.‹«

»Ja, das sehe ich.« Ich dachte nach. »Das Vermögen meiner Tante war fast aufgebraucht? Ich hatte keine Ahnung, dass sie alles verkauft hat.«

»Nun, Ihrer Tante ging es zu Lebzeiten nicht schlecht. Dank des Vermögens, das ihr verstorbener Mann erworben hat, konnte sie ihre gesellschaftliche Position und ihren Lebensstandard halten. Doch damit wäre es bald vorbei gewesen. Zu hohe Ausgaben und nur wenig Einkünfte, Sie wissen schon. Sie hat in den letzten Jahren einige Objekte aus dem Besitz der Familie Ribadesella verkauft: Porzellan, Teppiche, Bilder. Der größte Teil stammte aus der wertvollen Ausstattung ihres Arbeitszimmers. Vor ein paar Jahren habe ich ihr auch geraten, alle Bediensteten zu entlassen, die nicht unbedingt notwendig sind. Unter uns, ich glaube, das hat sie sehr beschämt und zusammen mit all dem anderen Kummer dafür gesorgt, dass sie so plötzlich von uns gegangen ist«, offenbarte er.

Ich brauchte ein paar Minuten, um das alles zu begreifen.

»Gut, wenn Sie einverstanden sind, brauchen Sie nur hier zu unterschreiben, wenn Sie die Erbschaft annehmen.«

Ich schwieg und starrte auf meinen Namen in dem Dokument.

»Ich weiß nicht, ob ich das will, Don Octavio. Sehen Sie, ich hatte kein gutes Verhältnis zu meiner Tante. Und außerdem glaube ich nicht, dass ich so bald nach Madrid zurückkehren werde. Hier bin ich bei meiner wahren Familie, und es geht mir gut.«

»Doña Elisa, es steht mir nicht zu, Ihnen einen Rat zu geben, erst recht nicht, wenn es um die Familie geht. Aber in Geldfragen sollte man die Gewissensbisse beiseiteschieben. Und wenn Sie das Palais nicht selbst bewohnen möchten, können Sie es ja immer noch verkaufen.«

Ich dachte nach. Mir fiel das verfallene Haus am Rand des Dorfes ein, das mein Vater meiner Tante überlassen hatte, damit sie mir eine gute Erziehung angedeihen ließ.

»Don Octavio, was ist mit dem Haus und dem angrenzenden Grundstück, das meiner Tante hier in Fuente de Cantos gehörte?«

Der Vermögensverwalter hatte keine Ahnung, wovon ich sprach. Er suchte in den Papieren nach einer Antwort. Und wenn sie mir das ebenfalls hinterlassen hatte?

»Ah, hier ist es. Ja. Das Haus wurde 1908 an ... Zacarías Silvano Bermúdez verkauft.«

Es verschlug mir die Sprache. Meine Tante hatte es abgestoßen. Sie hatte es meinem Vater aus reinem Stolz genommen. Und es ausgerechnet an Silvano verkauft.

»Diese verfluchte Hexe«, murmelte ich.

»Doña Elisa, wie ich sehe, haben Sie keine guten Erinnerungen an Ihre verstorbene Tante, aber Sie müssen eine Entscheidung treffen.«

»Ich weiß nicht, was ich tun soll, Don Octavio. Obwohl, wenn ich jetzt so darüber nachdenke, müsste ich nicht eigentlich die Zustimmung meines Ehemannes einholen, bevor ich das Erbe annehme? Soweit ich weiß, bin ich immer noch die Ehefrau von Francisco de las Heras y Rosales.«

»Stimmt, das ist auch ein Aspekt, den ich mit Ihnen erörtern muss. Wie Sie sicher verstehen werden, musste ich mich genau wegen dieser Frage mit Ihrem Mann in Verbindung setzen, bevor ich Ihren Aufenthaltsort ermittelt habe. Ich habe ihn in der Bank aufgesucht, und er hat mir unmissverständlich erklärt, dass er nichts mehr mit Ihnen zu tun haben will. Er will die Scheidung beantragen wegen ... na ja ... es ist mir ein wenig unangenehm, es Ihnen zu sagen ...« Er rutschte nervös auf dem Stuhl hin und her. »Wegen Ehebruchs. Verzeihen Sie, dass ich mich in Ihre persönlichen Belange einmische. Ich bin nicht gekommen, um Ihr Verhalten zu verurteilen.«

Ich betrachtete die Tischplatte. Ja, das war der nächste Schritt. Er hatte mich an dem Abend gewarnt, als ich aus unserer gemeinsamen Wohnung geflohen war.

»Ich denke, Sie werden in Kürze diesbezüglich Nachricht erhalten. Aber jetzt müssen Sie erst mal hinsichtlich des Vermögens von Doña Manuela eine Entscheidung treffen.«

»Ja, das muss ich wohl«, sagte ich leise.

Unentschlossen griff ich mir an die Schläfen. Der Vermögensverwalter wartete ein paar Minuten und unterbreitete mir dann einen Vorschlag.

»Also gut, Doña Elisa, ich werde die Reise zu Ihnen nutzen, um Angehörige in Badajoz zu besuchen. In zwei Tagen komme ich wieder, und dann müssen Sie mir die Papiere übergeben, ob mit Unterschrift oder ohne. Und falls Sie das Erbe annehmen, müssen Sie mich nach Madrid begleiten, um das Ganze abzuschließen und ein paar bürokratische Dinge abzuwickeln.«

»Ich kann nicht …«, sagte ich mit brüchiger Stimme.

»Überstürzen Sie nichts, Doña Elisa. In zwei Tagen bin ich wieder da«, sagte er. Er klappte seinen Aktenkoffer zu und stand auf.

Nachdem ich ihn verabschiedet hatte, schwirrte mir der Kopf. Ich spielte in Gedanken alle Möglichkeiten durch. Ich wollte nicht nach Madrid zurückkehren, und ich wollte auch nie wieder einen Fuß in dieses Haus setzen. Und erst recht nicht die Rosales-Bank aufsuchen. Das ganze Erbe war eine enorme Last aus der Vergangenheit, die mich am Fortkommen hinderte. Als die anderen nach Hause kamen, berichtete ich ihnen, was der Vermögensverwalter mir mitgeteilt hatte. Zu meiner Überraschung waren sie verärgert, als ich ihnen meine Bedenken gestand. Ich schlug ihnen vor, das Erbe anzunehmen und ihnen zu überlassen, aber davon wollten sie nichts hören. Sie würden nichts annehmen, was aus dem Besitz von Manuela Montero stammte. Vor allem, als sie erfuhren, was mit dem Haus geschehen war, das sie sich so sehnlichst zurückgewünscht hatten.

José Luis verschwand in die Wirtschaft, »um sich zu beruhigen«. Vater bot mir an, einen Spaziergang zu machen.

Das Abendlicht legte sich über die Felder wie eine goldene Decke, geschmückt mit Blüten und Gräsern. Die trügerische Freiheit der Menschen, die auf diesem Fleckchen Erde wohnten, schien sich über die ganze Ebene zu erstrecken, aber die Armut machte sie zu einem Ort, an den die Menschen ihr Leben lang gekettet waren, voller Müdigkeit, Erschöpfung und schlecht entlohnter Plackerei.

Vater hatte offenbar ein klares Ziel. Ich bemerkte zum ersten Mal, dass er beim Gehen leicht hinkte. Anfangs dachte ich, wir würden auf der Suche nach Trost die Kirche aufsuchen, doch schon bald stellte ich fest, dass wir auf dem Weg zu etwas anderem waren: zu Mutters Grab. Ihr Name war in den Stein gemeißelt, der in seiner Unverwüstlichkeit dem Tod trotzte. In den drei Monaten, die ich in Fuente de Cantos war, hatte mir niemand ihr Grab gezeigt. Ich war traurig, sie nie kennengelernt zu haben.

Wir sprachen eine Weile über sie, während ich versunken mit dem Finger über den Grabstein fuhr.

»Und du, Vater? Was denkst du?«

»Elisa, nach allem, was in dieser Familie geschehen ist, möchte ich nur, dass meine Kinder glücklich sind. Wenn du Journalistin oder Schriftstellerin oder was auch immer werden willst, hast du meinen Segen, dafür zu kämpfen. Es gibt kaum Frauen in diesem Metier, und wenn du eine der Ersten bist, werde ich mich darüber freuen, dass der Name Montero in aller Munde ist«, sagte er. »Aber das hier ist kein guter Ort, um Journalistin zu werden, zu viel Elend. Lass nicht zu, dass das, wovor du aus Madrid geflohen bist, dein ganzes Leben beherrscht.«

»Ich weiß nicht, ob ich das noch will, Vater. Mein Bestreben zu schreiben hat zu viele Menschen verletzt. Es gibt Journalistinnen, aber vielleicht soll ich einfach nicht dazugehören. Vielleicht hat das Schicksal etwas anderes für mich vorgesehen.«

»Das Schicksal wählt jeder selbst durch seine Entscheidungen. Solche, wie du sie heute treffen musst. Kind, nimm, was deine Tante dir vermacht hat, und bau dir damit ein neues Leben auf. Nutze es zu deinen Gunsten.«

»Aber, Vater, das ist das Erbe einer Frau, die mich für ein Haus gekauft hat, das sie nicht schnell genug wieder verscherbeln konnte. Die Frau, die mich gedrängt hat, Francisco zu heiraten, damit sie ihre gesellschaftliche Position halten kann, wenn ihr das Geld ausgeht. Ich war sozusagen ihr Rettungsring, wenn alles den Bach runtergeht. Es ist die Frau, die uns zwanzig Jahre lang verboten hat, miteinander zu sprechen. Sie hätte mir das Haus hier im Dorf vererben sollen und nicht dieses fürchterliche Stadtpalais.«

»Elisa, wenn man sieht, was für eine tolle Frau aus dir geworden ist, war es den Verlust des Hauses wert. Sosehr du deine Tante auch ablehnst, ohne ihre Erziehung hättest du niemals für eine Zeitung schreiben können. Du hättest all dein Wissen nicht, du könntest nicht mal lesen und hättest noch nie ein Theater von innen gesehen. Es ist deine Entscheidung. Welchen Weg du auch wählst, du hast hier immer dein Zuhause«, sagte er und küsste mich auf die Stirn.

Das Gespräch brachte mich zum Nachdenken. Vielleicht war es tatsächlich so, dass ich meiner Vergangenheit zu viel Macht über die Gegenwart und die Zukunft gab. Wollte ich ein neues Leben beginnen, indem ich vor ihr floh? Nein, das war keine gute Idee. Vater trat dafür ein, dass wir unser Schicksal frei wählen können. Wir waren nicht auf Gedeih und Verderb auf einen bestimmten Weg festgelegt. Unser Glück hing zu einem großen Teil von uns selbst ab, von den Bahnen, in die wir die Geschicke lenkten. Ich bekam die ganze Nacht kein Auge zu. Ich erinnerte mich an die guten und die schlechten Momente mit meiner Tante, an unseren letzten Streit, an meine Kindheit in der Villa. Ich wollte dort nicht wohnen. Das Haus war jahrelang wie ein Gefängnis für mich gewesen. Vielleicht wäre es wirklich das Beste, es zu verkaufen.

Gegen Morgen nahm ich meine Jacke und verließ leise das Haus, um ein wenig frische Luft zu schnappen. Ich musste nachdenken, allein. Die ersten zarten Sonnenstrahlen begleiteten meine Schritte. Ein paar Tagelöhner waren schon auf dem Weg zur Feldarbeit. Ich passierte die Straßen und Winkel des Dorfes, in dem ich nun eine Art zweites Wachstum erlebte. Die nüchternen Worte von Señor Castrillo vermischten sich mit den warmherzigen Ratschlägen meines Vaters. Und dazwischen mein Stolz, meine Angst, meine angeschlagene Würde.

Meine Schritte hatten mich, wie von weiser Stimme geleitet, an den Fluss geführt, an dem ich so häufig mit Mercedes die Wäsche gewaschen hatte. Wie hatten meine Hände jedes Mal gebrannt! Ich sah sie an. Sie waren rot und rissig. Der Ring war immer noch an seinem Platz. Aber nicht mehr lange. Francisco hatte das Gesetz zu seinen Gunsten genutzt. Das hatte er auf seiner Seite, weil ich Ehebruch begangen hatte. Auf diese Weise konnte er mich loswerden. Was *sein* Verhältnis anging, griffen die Gesetze nicht. Ich streifte den Ring ab. Ich hätte ihn am liebsten vom Finger gerissen und in das trübe Wasser geworfen, damit er auf dem Grund vom Schlamm verschluckt wurde wie eine wertlos gewordene Reliquie der Vergangenheit. Doch irgendetwas hielt mich zurück. Er lag in meiner Hand, während ich darüber nachdachte, was es bedeutete, nach Madrid zurückzukehren, wenn auch nur für ein paar Tage.

Franciscos Entschluss war sicher schon in aller Munde. Es würden mich keine freundlichen Gesichter empfangen, mein Ruf war dahin, und auf Toleranz konnte ich nicht hoffen. In den Augen meiner früheren Verbündeten war ich nur noch eine Ehebrecherin, eine geschiedene Frau, eine Lügnerin, eine Verräterin … Ja, so würde es sein, und trotzdem durfte mich das in meinem Bestreben, das Richtige zu tun, nicht aufhalten. Und das bedeutete, dass ich in Señor Castrillos Auto steigen und alles Nötige in die Wege leiten würde, um das Haus meiner Tante zu verkaufen. Es war besser, den Ring nicht in den Fluss zu werfen. Er war viel zu kostbar und würde mir in meinem neuen Leben bestimmt noch von Nutzen sein. Wenn die Liebe und gegenseitige Achtung, die wir uns vor Gott geschworen hatten, ihm nicht genügend Wert verliehen hatten, würden es vielleicht die Karate tun.

Als ich nach Hause zurückkehrte, teilte ich meiner Familie die Entscheidung mit. Ich schlug ihnen vor, mich in die Hauptstadt zu begleiten. Vom Erlös des Palais könnten wir eine Wohnung für uns alle kaufen. Mein Vorschlag stieß jedoch nicht auf Gegenliebe. Juan wollte nichts von dem Geld meiner Tante haben, das widersprach seinen Prinzipien. Vater wollte Fuente de Cantos nicht verlassen. »Mein Platz ist hier, Elisa.« José Luis schwieg. Mercedes war traurig, dass ich abreiste. Ich würde sie auch sehr vermissen. Ich hatte sie ins Herz geschlossen. Sie und die Kinder. Wir umarmten uns. Ich hatte die beste Familie der Welt, das wusste ich jetzt. Ohne mich noch einmal umzudrehen, stieg ich in das Auto von Señor Castrillo und verließ ein weiteres Mal den Ort, der mein wahres Zuhause war.

\*\*\*

Die Calle Villanueva hatte sich, wie fast alle Straßen Madrids, im Lauf der Jahre verändert. Doch im Kern war sie gleich geblieben. Vom Auto aus betrachtete ich die prachtvollen Häuser, die das Panorama im westlichen Teil der Straße beherrschten.

Eine der Besonderheiten des Palais Ribadesella war immer noch der Jasminduft, der den überbordenden Ranken an dem schmiedeeisernen Zaun entströmte. Doch von der früheren Lebendigkeit war nichts mehr zu spüren; da war nur noch ein düsteres Anwesen, erstarrt in ewiger Trauer. Die Läden waren verrammelt. Die Blumen ließen die Köpfe hängen wie reuige Sünder, die für ihren einstigen Hochmut um Verzeihung bitten und um Wasser flehen, damit sie wieder der Sonne entgegenblicken können. Die Tür war nutzlos geworden. Weder der Briefträger, der Milchmann, der Gärtner noch die Freunde meiner Tante begehrten Einlass.

»Sie geben Bescheid, wenn Sie bereit sind, Doña Elisa«, sagte Señor Castrillo.

Ich stieg aus dem Auto und ging bis zum Gartentor, das Señor Castrillo für mich öffnete. Als ich den Vorgarten betrat, bestätigte sich der düstere Eindruck, den man von der Straße hatte. Wie oft war ich den Weg in entgegengesetzter Richtung gelaufen, nachdem ich mich als Pedro Liébana verkleidet durch das Fenster der Bibliothek aus dem Haus geschlichen hatte! Und wie oft war ich zum Tor gestürmt und hatte mich in Franciscos Arme geworfen! Es war der Ort, an dem Olivier meine wahre Identität entdeckt hatte, die Grenze zwischen der Realität und meinen Träumen.

Ich ging die Steinstufen hinauf, und als sich die Tür öffnete, schlug mir ein muffiger Geruch entgegen.

»Warten Sie hier, Doña Elisa. Ich werde das Licht anmachen und die Läden öffnen.«

Im Hellen erkannte ich die Teppiche, die eleganten Blumentöpfe mit den Palmen, die Skulpturen und die berühmte Treppe mit ihren fünfundzwanzig Stufen am anderen Ende der Eingangshalle wieder. Diese Mauern hüteten zu viele Erinnerungen.

Ich setzte mich über Señor Castrillos Rat hinweg und begann, das Haus zu erkunden. Ich betrat den Salon und das Esszimmer, die von meiner Tante nur selten genutzt worden waren, und den kleinen Salon, wo wir immer unsere Mahlzeiten eingenommen hatten. Dann das Empfangszimmer, von wo aus man auf die traurige Schaukel und die uralte Eiche blickte, die als Einzige dem Verfall trotzte. Dann betrat ich die Küche. Ach, was war nur aus Pilar und Severiano geworden? Ob sie in einem anderen Haushalt untergekommen waren? Sie allein hatten den Raum mit Leben gefüllt. Ich öffnete die Tür zur Speisekammer, in der es keine Erbsen und kein Biskuit mehr gab, aber immer noch die Klappe. Ich schmunzelte. Wie schnell doch die Zeit verging!

Dann warf ich einen Blick in den verbotenen Raum, das Arbeitszimmer meiner Tante, in dem ich gleich die vielen Lücken in den Regalen und an den Wänden bemerkte. Vermutlich hatte sie aus Scham über den Verlust des Reichtums die donnerstäglichen Runden eingestellt, bei denen ich so gern gelauscht hatte. Jede Woche Zeugen einzuladen, die mitbekommen, wie ein Teil nach dem anderen verschwindet, und womöglich zugeben zu müssen, man habe einen finanziellen Engpass? Undenkbar. Selbst wenn sie damit die letzte Verbindung zur Welt der schönen Künste kappen musste, die sie nach meinem Einzug noch aufrechterhielt.

Entschlossen ging ich die Treppe hinauf und weiter durch den Flur in die Bibliothek, wo ich wieder eintauchte in die Welt der Literatur in Gestalt der prächtigen, alten Bände. Doch weil Pilars Wedel aus Straußenfedern schon lange nicht mehr durch die Regale gefahren war, hatte sich überall Staub breitgemacht.

Als Nächstes stattete ich meinem alten Zimmer einen Besuch ab. Alles befand sich noch am selben Platz: Mein Bett, mein Schreibtisch, die Truhe, der Frisiertisch, die Badewanne, der Spiegel. Ich ging zu dem Tisch, wo die alte Schreibmaschine meines Onkels stand. Wie ich sie vermisst hatte! Ich berührte eine der weißen Tasten. Ob Pilar sie dorthin gestellt hatte?

»Doña Elisa, ich warte im Arbeitszimmer auf Sie«, rief Señor Castrillo aus dem unteren Geschoss.

Ich gab ihm keine Antwort. Ich wollte unbedingt noch das Zimmer meiner Tante am anderen Ende des Flurs sehen. Die quietschenden Türangeln konnten mich nicht davon abhalten, in ihr Reich einzudringen. Sie konnte mir nichts mehr verbieten. Ich zog die Vorhänge auf und öffnete die Läden. Das Zimmer war deutlich größer als meins und hatte offenbar dem Ehepaar als Schlafzimmer gedient. Es befanden sich eine Kommode, ein großes Bett mit einer eleganten Bettdecke und vielen Kissen, ein Spiegel und zwei barocke Nachttische darin, überstrahlt von einer prächtigen Deckenleuchte.

Erschöpft von der Reise und einer gewissen Wehmut setzte ich mich auf das Bett. Neugierig betrachtete ich die Gegenstände auf dem Nachttisch. Eine Blumenvase, eine wunderschöne Statue der Pietà aus Marmor und ... ein Bilderrahmen. Ich nahm ihn in die Hand und betrachtete das Foto. Es war eine Aufnahme von mir am Tag des Debütantinnenballs. Sie zeigte mich in dem Moment, als ich die Treppe zur Empfangshalle hinunterschritt. Meine Tante hatte ausgerechnet ein Bild von mir als Geleit für die Nacht ausgewählt. Das löste einen Sturm der Gefühle in mir aus. Ich drückte den Rahmen an mich und begann zu weinen. Es war das erste und einzige Mal, dass ich ihren Tod beweinte.

Konnte man jemanden lieben, der einen ein Leben lang in dem Glauben ließ, dass er einen verachtet? Ja, vielleicht war das möglich. Vielleicht hatte ich es mir nur zu einfach gemacht, indem ich sie hasste. Wenn ich ihr die Schuld an meinem Unglück gab, konnte ich mir weiter vormachen, dass es keine Alternative gab. Wäre ich gerechter gewesen, hätte ich vielleicht bemerkt, dass ich zum großen Teil selbst für mein Schicksal verantwortlich war, mit dem ich so haderte. Niemand hatte mich gezwungen, bestimmte Entscheidungen zu treffen. Es war allein mein Wille gewesen. Und damit hatte ich auch die Konsequenzen zu tragen. Aber wie schwer ist es, mit den Folgen der eigenen Entscheidungen zu leben! Ich konnte nicht aufhören zu weinen. Ich würde nicht mehr wütend sein. Es reichte. Ich hatte mich so sehr geirrt.

Ich war tief gefallen, war langsam aufgestanden und hatte meine Wunden geleckt. Es war an der Zeit, dass sie heilten. Ich war die Einzige, die den Verband anlegen konnte, die für Heilung sorgen konnte, indem ich mich annahm, wie ich war. Ich war es leid zu fliehen, Menschen vor den Kopf zu stoßen und sie geringzuschätzen oder schlecht zu reden. Ich wollte etwas Gutes tun, etwas, das mir half, mich zu regenerieren, mir selbst zu verzeihen und weiter meinen Weg zu gehen.

»Haben Sie das Haus in Augenschein genommen?«, fragte Señor Castrillo, als ich zu ihm stieß.

»Ja, ja, es ist alles in bester Ordnung, wie ich es erwartet hatte«, erwiderte ich.

»Und mit Ihnen? Ist da auch alles in Ordnung?«

»Sicher. Es ist nur ... all die Erinnerungen ...«

»Verstehe. Wir müssen den Papierkram erledigen. Ich kenne jemanden bei der Verwaltung, so können wir das Ganze etwas beschleunigen. Dann können Sie das Haus jederzeit verkaufen.«

»Ich werde es nicht verkaufen.«

»Nein? Und woher der Sinneswandel? Wenn die Frage nicht zu indiskret ist.«

»Ich glaube nicht, dass meine Tante gewollt hätte, dass ich es veräußere«, sagte ich.

»Oh, nun, das soll mir recht sein.«

Den restlichen Nachmittag kümmerten wir uns um die Formalitäten, dann verabschiedete sich Señor Castrillo. Ich blieb nur ungern in dem riesigen Haus allein zurück, aber daran musste ich mich gewöhnen. Ich hatte eine Entscheidung getroffen.

In meinem alten Zimmer zu schlafen förderte viele Erinnerungen zutage, die ich längst vergessen wähnte. Ich wachte immer wieder auf. Meine Kindheit, meine Jugend klopften an meine Tür. Sie wollten mir etwas sagen. Und ich würde ihnen zuhören.

Aber erst einmal musste ich schlafen. Nur ein wenig.

\*\*\*

Es war zwölf Uhr mittags. Ich betrachtete mich im Spiegel. Mein Äußeres hatte ich ziemlich vernachlässigt. Von Doña Elisa, Señora de las Heras y Rosales, mit ihren eleganten Kleidern, den Turbanen, den koketten Fransenröcken, der Zigarettenspitze, den bis zu den Ellbogen reichenden Handschuhen, den feinen Mary-Janes-Pumps und dem modernen Haarschnitt war nicht mehr viel übrig. Jetzt war ich ein Mädchen vom Land in einem einfachen, von Mercedes selbst geschneiderten Kleid mit abgelaufenen, staubigen Schuhen. Meine Haut war durch die Sonne ein wenig dunkler und meine Haare länger geworden. Trotzdem kniff ich mir, wie früher, in die Wangen, bevor ich das Haus verließ. Ich hoffte inständig, dass mir kein Bekannter über den Weg lief. Ich hatte Angst, der Familie Rosales zu begegnen, konnte mich aber schlecht auf ewig im Haus einschließen. Wie Vater gesagt hatte, durfte ich nicht zulassen, dass meine Ängste mein Leben beherrschten. Und ich hatte eine Aufgabe zu erfüllen.

Ich verschloss die Eingangstür mit dem Schlüssel. Ein paar Nachbarn strichen bereits ums Haus, weil es sie brennend interessierte, wer in das Anwesen von Manuela Montero eingezogen war.

»Hat sie es verkauft?«

»Ist das die Nichte?«

»Die Nichte ist doch die, die ihren Mann betrogen und ihn bei Nacht und Nebel verlassen hat. Die sich als Redakteur bei *El Demócrata de Madrid* ausgegeben hat, nicht wahr?«

»Wie kann sie es wagen, in die Stadt zurückzukehren?

Eine Schande ist das! Und die soll jetzt unsere neue Nachbarin werden?«

»In vier Jahren Ehe hat sie ihrem Mann nicht ein Kind geschenkt. Das ist ein schlechtes Omen. Obwohl, Doña Manuela hat dem armen Don Roberto ja auch keinen Nachfahren beschert. Der Apfel fällt eben nicht weit vom Stamm.«

»Wenn Doña Manuela das sähe …«

»Was für ein frivoles Miststück! Solchen Weibern muss man zeigen, wo der Hammer hängt.«

Ich beachtete die Leute nicht und marschierte schnurstracks zum anderen Ende des Paseo de la Castellana. Ich musste niemanden mehr um Erlaubnis fragen. Ich durfte mich auch ohne Begleitung in Madrid bewegen. Mein Ruf war dahin, was machte es also, wenn ich ihnen noch einen Grund mehr gab, mich in der angeblich so toleranten Hauptstadt in der Luft zu zerreißen?

Ich wartete geduldig vor der Nummer 8 der Calle Miguel Ángel. Ich wusste nicht genau, wann der Unterricht zu Ende war, aber irgendwann musste meine Freundin aus dem prächtigen Gebäude der Institutsschule kommen. Und so war es auch. Catalina traute ihren Augen nicht, als sie mich sah.

»Elisa! Was machst du denn hier? Wann hast du dich entschlossen zurückzukehren?«, fragte sie aufgeregt.

»Es gibt viel zu erzählen, liebste Freundin. Hast du Zeit für einen Kaffee?«

»Natürlich. Komm.«

Wir setzten uns in ein nahegelegenes Café. Ich war das gar nicht mehr gewöhnt. Freudig befragte sie mich zu meinem Aufenthalt in Fuente de Cantos und entschuldigte sich, dass sie Octavio Castrillo meinen Aufenthaltsort verraten hatte.

»Er sagte mir, es ginge um wichtige Fragen, das Testament deiner Tante betreffend. Ich dachte, du solltest ihn zumindest anhören.«

»Mach dir keine Gedanken. Du hast gut daran getan, ihn nach Fuente de Cantos zu schicken. Deswegen bin ich jetzt wieder hier. Wie du siehst, habe ich in den letzten Monaten an Klasse eingebüßt«, scherzte ich und fasste an mein Haar.

»Red keinen Unsinn, Elisa. Du siehst wunderbar aus, wie immer.«

»Wie ich deine Schmeicheleien vermisst habe, liebste Freundin! Dir gelingt es immer, mich selbst noch aus dem tiefsten Loch zu holen. Aber nun zu dir. Wie läuft dein Projekt? Bist du weitergekommen?«

Catalina senkte den Blick. Die Augenringe verrieten, dass sie in der letzten Zeit unermüdlich gearbeitet hatte. Aber offenbar hatte das keine Früchte getragen.

»Die Stadtverwaltung hat meinen Antrag auseinandergepflückt. Sie glauben nicht, dass das Erdgeschoss eines Gebäudes im Zentrum die Sicherheits- und Hygieneanforderungen für eine Schule erfüllt. Außerdem nimmt man mich nicht ernst. Sie sagen, es mangele mir an Erfahrung. Und dass ich eine Frau bin, ist auch nicht gerade hilfreich. Es ist absurd, du müsstest die Räumlichkeiten sehen, die ich im Auge habe, die wären ideal. Noch sind sie nicht perfekt, aber mit etwas Licht und Farbe an den Wänden könnte man etwas daraus machen. Allerdings sind meine finanziellen Mittel begrenzt. Ich weiß nicht, Elisa, zum ersten Mal in meinem Leben überlege ich, ob ich die Flinte ins Korn werfen und mich auf meine Arbeit an der Institutsschule konzentrieren soll. Dort bin ich gut aufgehoben.«

»Nein, Catalina, du darfst nicht aufgeben. Du nicht.«

»Es ist alles so verdammt kompliziert. Ich habe mich informiert: In Madrid sind Einheitsschulen nicht erlaubt, es muss abgestufte Klassen geben, mit allem, was das mit sich bringt. Du brauchst mehr Räume, mehr Unterrichtsmaterialien, mehr Geld.«

»Ich will ehrlich zu dir sein, Catalina. Ich bin gekommen, um mich zurückzumelden, aber auch aus einem anderen Grund.«

»Der da wäre?«

»Octavio Castrillo hat das Testament meiner Tante eröffnet. Sie hinterlässt mir ihre Ersparnisse und das Palais Ribadesella. Anfangs hatte ich Zweifel, ob ich das Erbe annehmen soll, weil wir ja immer so ein angespanntes Verhältnis hatten, aber am Ende habe ich mich dafür entschieden. Ich bin eigentlich nach Madrid gekommen, um die ganzen Formalitäten zu erledigen und das Haus zu verkaufen. Aber als ich gestern noch einmal durch alle Räume gegangen bin, kamen die Erinnerungen wieder hoch. Es ist das Haus, in dem ich aufgewachsen bin, in dem ich all mein Wissen erworben habe, in dem mein Traum geboren wurde, Journalistin zu werden.«

»Das heißt, du willst es behalten …«

»Ja, aber es ist viel zu groß für mich allein.«

»Elisa, du bist noch jung. Vielleicht wirst du eines Tages

doch noch eine Familie gründen«, sagte sie und schloss die Augen.

»Das glaube ich nicht. Damit habe ich abgeschlossen, als ich Francisco verlassen habe. Das ist nicht meine Bestimmung in diesem Leben.« Ich nahm ihre Hand. »Aber es gibt noch eine andere Möglichkeit, Catalina. Als ich gestern in das Haus zurückgekehrt bin, kam mir der Gedanke, dass es sich hervorragend als Schule eignen würde.«

Sie sah mich überrascht an.

»Eine Schule? In der Villa deiner Tante? Aber …«

»Psst, hör mir zu. Ich werde mich an den Kosten beteiligen. Du wirst die Direktorin sein und ich deine Stellvertreterin. Sieh mich einfach als eine Art Unterstützerin des Projekts. Es ist ein großes Haus. Es bietet genug Platz für mehrere Klassenräume, und die Mädchen könnten im hinteren Garten spielen.«

»Elisa, das ist zu viel verlangt. Ich werde dir das nie zurückzahlen können.«

»Catalina, betrachte es als verspätete Entschädigung für all deine Hilfe. Auch wenn es nicht annähernd den Wert deiner Freundschaft aufwiegt.«

»Wirklich? Ach, Elisa, das ist ja noch besser, als ich es mir erträumt habe. Aber deine Tante würde sich im Grab herumdrehen.«

\*\*\*

Als wir Octavio Castrillo von unseren Plänen berichteten, war er außer sich.

»Eine Schule? Hier? Im Palais Ribadesella?«, rief er. »Sie wollen alle Möbel verkaufen und umbauen? Gütiger Gott, bewahre uns vor solch einem Wahnsinn.«

»Regen Sie sich nicht auf, Don Octavio. Es ist einfacher, als Sie glauben. Apropos, hatten Sie nicht gesagt, Sie kennen jemanden bei der Stadtverwaltung? Wir bräuchten seine Hilfe.«

Auch wenn er von unserem Plan nicht überzeugt war, sagte er seine Unterstützung zu. Und so erhielten wir die Genehmigung der Stadtverwaltung, im Palais eine Schule zu betreiben. Als Nächstes brauchten wir die Förderung des Ministeriums. Der Gemeinderat musste bei der Kommission für Schulbauten den entsprechenden Antrag stellen. Und das tat er. Señor Castrillo stellte den Kontakt zu einem befreundeten Architekten her, Señor Víctor Arias, der die Pläne für den Umbau erstellte. Nach der Evaluation des Projekts kam ein Schulrat zum Palais, um die baulichen Gegebenheiten und die Sicherheitsbedingungen zu überprüfen.

»Alles bestens, aber ich weise darauf hin, dass aufgrund eines im letzten Jahr eingeführten Gesetzes in Schulen mit Klassenverbänden keine Lehrer übernachten dürften. Ich gehe also davon aus, dass das Gebäude nur Unterrichtsräume beherbergen soll.«

»Selbstverständlich, Herr Schulrat. So ist es gedacht.«

So war es keineswegs gedacht. Auch wir bedienten uns der in Spanien üblichen Praxis, die Schlupflöcher des Gesetzes zu nutzen, und entschieden gemeinsam mit Señor Arias, an der Treppe zum Souterrain eine Tür anzubringen. Dort würden wir wohnen, ohne dass es jemand erführe. Dem Schulrat würden wir einfach sagen, dies sei das Lager, und das hielten wir immer abgeschlossen. Wir hatten kein Geld, zusätzlich noch eine Wohnung anzumieten. Obwohl ich alle Möbel, Teppiche, Textilien und Zierrat verkauft und Catalina ihre gesamten Ersparnisse beigesteuert hatte, verschlang der Umbau fast unser gesamtes Kapital. Ob wir eine Förderung erhielten, würden wir erst erfahren, wenn die Arbeiten abgeschlossen waren, also mussten wir komplett in Vorleistung treten. Was das bedeutete, merkten wir, als es losging. Es galt, bezahlbare Handwerker zu finden. Da hatte ich eine zündende Idee.

Juan und José Luis hatten sich geweigert, ohne Arbeit nach Madrid zu kommen. Und sie wollten auch nicht eine Pesete vom Erbe meiner Tante annehmen. Doch ich konnte ihnen anders helfen, indem ich sie für den Umbau anstellte. Es war nicht leicht, Juan zu überzeugen. Er war so dickköpfig wie Vater und ich. Aber Mercedes, die gute Seele, bearbeitete die beiden so lange, bis sie zusagten, und so kamen meine beiden Brüder Mitte Juli zu mir in die Hauptstadt.

Und sie waren nicht die Einzigen. Ich fand heraus, dass Pilar inzwischen für eine Familie in der Calle Juan Bravo arbeitete, und schlug ihr vor, als Schulköchin in die Villa zurückzukehren. Sie zögerte nicht eine Sekunde. Zu meinem großen Bedauern konnte ich Severiano und Santiago mangels Geld nicht zurückholen, aber ich wusste, dass sie beide ordentliche Anstellungen gefunden hatten.

Der Sommer 1929 verging zwischen Baulärm, Gehämmer, Sägemehl, Staub, Schweiß und schlaflosen Nächten.

Aber auch das Vergnügen kam nicht zu kurz, wenn wir mit meinen Brüdern gemeinsam lachten oder zu fröhlicher Radiomusik tanzten. Wir schufteten von acht Uhr morgens bis zehn Uhr abends. Dann verteilten wir uns auf die Zimmer im Souterrain und versuchten, ein wenig zu schlafen. Manchmal starrte ich an die Decke und dachte an die Risiken, die unsere Entscheidung mit sich brachte. Ich wusste nicht, ob ich sie aus Egoismus getroffen hatte, weil ich nicht wie meine Tante allein sein wollte, oder weil ich wirklich daran glaubte, wir könnten den Mädchen auf diese Weise eine Chance geben. Das würde nur die Zeit zeigen.

Die quälende Ungewissheit raubte mir in manchen Nächten den Schlaf. So auch in einer Nacht Anfang August. Die Hitze war unerträglich. Ich stand auf und ging nach oben. Holzlatten, Pulte und Schutt bevölkerten die Eingangshalle. Im kleinen Salon stand die Tür zum Garten offen und ließ die Wärme der Stadt herein. Ich trat heraus und sah Catalina auf einem Stuhl sitzen. Sie betrachtete die Sterne.

»Kannst du auch nicht schlafen, Catalina?«

»Hallo, Elisa.«

»Darf ich dir Gesellschaft leisten?«, fragte ich und deutete auf den anderen Stuhl.

»Selbstverständlich, meine Liebe. Was hältst du von einer Zigarette und einem Schluck Whisky?«

»Da sage ich nicht nein. Vielleicht hilft mir das, ein wenig zur Ruhe zu kommen. Wo hast du die Flasche her?«

»Die hat dein Bruder José Luis besorgt. Ein feiner Kerl.«

»Weiß Gott, wo der sich wieder rumtreibt. Ich glaube, ich will es gar nicht wissen.«

»Um ihn musst du dir keine Gedanken machen. Er hat Köpfchen. Wie seine Schwester.«

Überraschenderweise hatte sich mein Magen mittlerweile an Hochprozentiges gewöhnt. Die Zigarette und der Alkohol hatten den gewünschten beruhigenden Effekt.

Beflügelt von dem schottischen Gebräu, erinnerten wir uns lachend an die alten Zeiten. Da fiel mir ein Gespräch wieder ein.

»Es ist schon witzig …«

»Was?«

»Meine Tante hat mal zu mir gesagt, wir beide würden mittellos und einsam enden.« Tief aus meinem Bauch kam ein glucksender Lacher. »Mittellos und einsam! Da lag sie ja goldrichtig!«

Auch Catalina musste lachen. Ich nahm noch einen Schluck aus der Flasche.

»Sie hat nichts verstanden. Wir sind keine Frauen, die nach Liebe gieren. Oder? Wir leben anders. Und keiner versteht uns.« An der Art, wie ich redete, merkte man, dass ich schon einen sitzen hatte.

»Das sehe ich anders, Elisa. Die Liebe kann durchaus ihren Platz im Leben haben. Ich für meinen Teil wünsche mir das jedenfalls«, gestand sie.

»Aber du … du … du hast doch nie heiraten wollen. Ich kenne keinen Mann, in den du je verliebt warst. Einmal hast du von einem erzählt, in einem Brief, aber sonst nie. Hast du schon aufgegeben, den Richtigen zu finden?«

Catalina lachte.

»Das ist es nicht. Vielleicht will ich ja lieben, aber nicht heiraten. Vielleicht will ich ja etwas anderes ... Mein Problem ist, dass kaum jemand versteht, wie ich mir die Liebe vorstelle. Aber ich glaube an sie. Liebe ist ein bedingungsloses Gefühl. Du verschreibst dich jemandem mit Haut und Haar, auch wenn das dein ganzes Leben auf den Kopf stellt. Du akzeptierst ihn mit all seinen Vorzügen und Fehlern. Und das Gefühl ist da, auch wenn du weißt, dass es nicht erwidert wird.« Sie trank einen Schluck Whisky.

»Aber zu lieben schmerzt. Und umso mehr, wenn du die Person verloren hast, mit der du dieses Gefühl verbunden hast.«

»Wenn du jemanden liebst, verlierst du ihn nie ganz. Er bleibt für immer da drin«, sagte sie und legte die Hand auf mein Herz.

Sie streichelte zart meinen Hals und ließ ihren Finger über meinen Arm gleiten. Sie beugte sich zu meiner nackten Schulter herunter und küsste sie. Dann wandte sie sich ab, aus Angst, ihre Hand könnte weiter gehen, als ihr Verstand es erlaubte.

»Wir sollten schlafen gehen. Die Zimmer müssen morgen fertig werden«, sagte sie.

»Geh schon mal vor. Ich möchte noch einen Moment allein sein.«

»Na schön.«

Catalina kam auf mich zu, drückte mir einen zarten Kuss auf die Wange und verschwand. Ich betrachtete den Sternenhimmel. Plötzlich sah ich Olivier vor mir, und das führte mich unwillkürlich zurück zu unseren Gesprächen, zu unseren wissenden Blicken, zu seinem Lächeln.

Ich rauchte die Zigarette zu Ende. Es tat weh zu lieben, ja. Vor allem, wenn man nicht widergeliebt wurde.

\*\*\*

Am 6. September waren die Bauarbeiten beendet. Alles war für den Schulbeginn vorbereitet, der am 9. September stattfinden sollte. Wir hatten nicht viele Schülerinnen, sechzehn insgesamt. Doch wir hofften, dass mit wachsendem Bekanntheitsgrad die Anzahl der Schülerinnen zunehmen würde. Wir könnten noch weit mehr aufnehmen.

Das hatte auch der Schulrat bei seinem zweiten Besuch bestätigt. Punkt für Punkt seinem Heft folgend prüfte er die verschiedenen Räume. Die Schule verfügte über einen großzügigen Eingangsbereich, in dem wir eine Garderobe eingebaut hatten. Das ehemalige Arbeitszimmer meiner Tante war jetzt das Direktorenbüro und Lehrerzimmer. Dort hatte auch die Schreibmaschine von Señor Ribadesella einen neuen Platz gefunden. Aus dem Salon war eine Art Aula geworden, wo wir die Schülerinnen hinbestellten, wenn es um allgemeine Ankündigungen ging. Aber dort konnten auch Diskussionsrunden und kleine Konferenzen stattfinden. Aus dem kleinen Salon und dem Esszimmer war ein großer Raum geworden. Dort würden die Kinder die von Pilar mit Liebe zubereiteten Köstlichkeiten zu sich nehmen. Das Empfangszimmer wurde zum Lesesaal umgewidmet.

Im oberen Stockwerk waren die Schlafzimmer und Bäder vier Klassenräumen gewichen – für jeden Jahrgang einen –, die über eigene Toiletten verfügten. Die Bibliothek, durch die ich so oft geflüchtet war, behielt ihre Funktion. Die Bücher, die meine Tante und ihr geheimnisvoller Liebhaber angeschafft hatten, standen den Schülerinnen zur Verfügung und erfüllten damit wieder ihren Zweck.

Im Souterrain war lediglich der Weinkeller zu einer Toilette umfunktioniert worden, der Rest war gleich geblieben. Wir hatten alles gründlich gereinigt. Pilar kehrte in ihr altes Zimmer zurück. Catalina bezog das von Severiano, meine Brüder die der Hausmädchen. Ich hatte mir das Zimmer am Ende des Flurs ausgesucht, in dem Olivier damals schwer verletzt gelegen hatte.

Aber davon durfte der Schulrat natürlich nichts wissen. Die verschlossene Tür verbarg diesen Teil des Hauses vor den kritischen Augen des Beamten, der, nachdem er überprüft hatte, dass alle Bedingungen erfüllt waren, endlich von dannen zog. Catalina hatte drei Lehrerinnen ausgewählt, die sie unterstützen würden: Señorita Perera, Señorita Lorenzo und Señorita Bartolomé.

Und so öffneten wir am Montag das große Tor, um unsere Mädchen zu begrüßen. Sie stammten aus unterschiedlichen Schichten, was von Catalina so gewollt war. Eine nach der anderen verabschiedete sich von ihrer Mutter oder dem Kindermädchen. Der zarte Duft des Jasmins erleichterte den Abschied. Wir hatten extra ein Schild angebracht, auf dem zu lesen stand: *Montero-Folch-Mädchenschule.*

Catalina und ich empfingen sie am Eingang und schickten sie in die Aula. Meine Freundin war kaum zu bremsen. Als alle sechzehn Schülerinnen Platz genommen hatten, schlossen wir die Tür und begaben uns ebenfalls in die Aula. Wir hatten vereinbart, dass Catalina die Hausregeln, die Stundenpläne und die anderen Lehrerinnen vorstellte.

Auch ich sollte ein paar Grußworte an sie richten. Ich blickte in ihre neugierigen, etwas verlorenen Augen und sah mich selbst mit Zöpfen und meiner Puppe zwischen ihnen sitzen. Was könnte ich ihnen beibringen? Ich hatte ja selbst meinen Weg noch nicht gefunden. Still warteten sie darauf, dass ich anfing.

»Im Leben werden euch viele Menschen glauben machen, dass sie stärker, tapferer, schneller oder klüger sind als ihr. Ich kann die Stimmen nicht zum Schweigen bringen, aber heute seid ihr hier, damit ihr nicht auf die Idee kommt zu glauben, was sie sagen. Ihr seid hier, um zu lernen und für eure Träume zu kämpfen, welche auch immer das sein mögen. Ihr seid hier, damit ihr eines Tages sagen könnt: Ich schaffe das. Ihr seid hier, um mit der mühsamsten Aufgabe von allen zu beginnen: euch selbst wertzuschätzen. Denn wenn ihr darauf wartet, dass die Gesellschaft und all diejenigen, auf deren Meinung ihr Wert legt, das tun, wartet ihr vergebens.«

Genau das. Ob sie verstanden hatten, was ich ihnen zu sagen versuchte? Ich blickte zu Catalina, die mir zulächelte, gerührt von meiner Rede.

»Und jetzt möchte ich euch die Direktorin der Schule vorstellen, die euch auf diesem Weg anleiten wird. Señorita Catalina Folch.«

Die Mädchen klatschten. Begleitet von diesem tröstlichen Geräusch nahm ich im Publikum Platz und lauschte Catalinas Vortrag. In ihrer kommunikativen Art hatte sie das junge Publikum sofort für sich eingenommen. Das gab Anlass zur Hoffnung. Sie waren die Frauen der Zukunft. Als Señorita Lorenzo das Wort ergriff, tauchte José Luis' Kopf im Türrahmen auf. Ich ging zu ihm in die Eingangshalle.

»Schwesterlein, da ist ein Brief vom Ministerium«, sagte er und hielt mir den Umschlag hin.

»Ach, José Luis. Das wird die Entscheidung über die Zuteilung der Förderung sein.«

»Na, dann mach schon auf und spann uns nicht länger auf die Folter!«

»Aber wenn wir leer ausgegangen sind? Heilige Mutter Gottes, dann weiß ich nicht, wo wir noch Geld hernehmen sollen.«

»Was ist denn?«, fragte Pilar, die gerade aus der Küche kam.

»Post vom Ministerium, Pilar.«

»Dann mach doch auf!«

»Das hab ich ihr auch schon gesagt, aber sie traut sich nicht. Sie schaut sich lieber den Umschlag an.«

»Ja, ich bin ja schon dabei.«

Ich öffnete den Umschlag, zog das Schreiben heraus und überflog es, bis ich zu dem entscheidenden Satz kam. Ich blickte auf.

»Es hat geklappt! Es hat geklappt! Wir haben die Förderung bekommen«, rief ich und hüpfte vor Freude auf der Stelle.

»Es hat geklappt! Es hat geklappt!«

Wir umarmten uns überglücklich, denn wir brauchten das Geld dringend. Was für eine Freude, dass ich diesen Moment mit Pilar und meinem Bruder feiern konnte! Das

Haus würde nie mehr ein finsterer Ort sein, der einem die Luft zum Atmen nahm. Es war die Stätte, in der sechzehn Mädchen sich auf den Weg zu ihrer Unabhängigkeit machten.

\*\*\*

Das erste Schuljahr verging wie im Flug. Anfangs hatten wir damit zu kämpfen, dass wir neu waren und uns das Renommee fehlte. Mein angeschlagener Ruf kam erschwerend hinzu. Viele hatten Zweifel an unserer Kompetenz, aber unsere Hartnäckigkeit und die Geschicklichkeit der Lehrerinnen sorgten schon bald für größeren Zustrom. Im zweiten Schuljahr, das im September 1930 begann, meldeten sich bereits über vierzig Mädchen an.

In unserem Bestreben, die Montero-Folch-Mädchenschule zu einem Erfolg werden zu lassen, wuchsen wir zu einer Familie zusammen. Catalina kümmerte sich um die Mädchen und sorgte für einen reibungslosen Unterrichtsablauf. Am Ende des ersten Schuljahres hatte sie eine neue Lehrerin suchen müssen, da Señorita Bartolomé im Frühjahr geheiratet hatte. Für sie kam Señorita Sierra. Pilar war für uns alle wie eine Mutter, die für unser leibliches Wohl sorgte. Irgendwann nutzte ich die Gelegenheit, um mit ihr über meine Lügen in der Vergangenheit zu sprechen, und ich stellte fest, dass sie keineswegs überrascht war. Sie gab mir durch die Blume zu verstehen, dass sie mich mehr als einmal gedeckt hatte. Aber sie hätte das natürlich nie offen zugegeben, denn das hätte man ja als Verrat an ihrer verstorbenen Herrin auslegen können.

Juan bekam Arbeit bei verschiedenen Projekten des Architekten Víctor Arias. Als er genügend Geld beisammenhatte, kehrte er nach Fuente de Cantos zurück und kaufte eine Parzelle Land für einen Olivenhain. José Luis blieb bei uns und kümmerte sich in eigener Regie um den Erhalt des Hauses und den Kontakt zu den Lieferanten.

Meine freie Zeit nutzte ich zu Vorstellungsgesprächen bei den Zeitungen, wo man mich immer wieder abblitzen ließ.

»Doña Elisa, ich habe keinen Zweifel an Ihrer fachlichen Kompetenz, aber Ihr Name ist durch die Sache bei *El Demócrata de Madrid* in Verruf geraten.«

»Aber ich bin doch nicht die Einzige, die ein Pseudonym verwendet hat. Viele andere haben auch unter anderem Namen geschrieben. Nehmen Sie Xènius oder den berühmten Clarín.«

»Das ist nicht dasselbe, und das wissen Sie genau, Doña Elisa. Sie haben eine Person erfunden und sich jahrelang als Mann verkleidet. Ich selbst habe den jungen Pedro Liébana bei der Benefizveranstaltung für die Pressevereinigung im Teatro Maravillas kennengelernt. Und wenn ich mich recht entsinne, hatte er sogar ein Mädchen am Arm.«

»Ja, das war meine Freundin Catalina. Sie hat mir einfach nur geholfen. Ich finde, Sie sollten noch einmal in Ruhe darüber nachdenken. Ich kann ein paar Tage warten.«

»Bedaure, Doña Elisa. Wenn man in diesem verrückten Land die Presse noch wertschätzt, dann wegen ihrer Glaubwürdigkeit. Und die haben Sie in den Augen der

Madrilenen verspielt. Gehen Sie und suchen sich ein anderes Betätigungsfeld. Tun Sie sich selbst den Gefallen.«

So lief es jedes Mal. All die, die mir Honig um den Mund geschmiert hatten, als sie mich für einen Mann hielten, wollten auf einmal nichts mehr von mir veröffentlichen. Ich verstand ihre Bedenken, aber hatte ich nicht wie jeder andere eine zweite Chance verdient? Ich hatte sie alle abgeklappert: *El Heraldo de Madrid, El Sol, La Voz, ABC, El Imparcial, Debate, Informaciones, Blanco y Negro, La Esfera* ... Überall die gleiche Antwort.

Niedergeschlagen kehrte ich in die Villa zurück. Ich hängte den Mantel an die Garderobe und zog mich ins Arbeitszimmer zurück, wo ich mich auf die Buchhaltung und andere Verwaltungstätigkeiten stürzte und nebenbei Radio hörte. Wie ich die Berichterstattung vermisste! Immer nah dran an den Nachrichten. Die wichtigsten Tagesereignisse sammeln, alles aus ihnen herausholen und sie dem Leser in einer geschliffenen Sprache darbieten – als Prosa verkleidete Poesie. Die Stimmen aus dem Radio riefen mir die spannende Welt wieder in Erinnerung, die mir auf einmal den Zutritt verweigerte. Und dabei gab es gerade so viel zu berichten!

In Spanien war die politische Lage wieder ausgesprochen instabil. Weder die Weltausstellung 1929 noch die guten Absichten des Direktoriums, die Misstöne im Umgang mit den regierungskritischen Sektoren beseitigen zu wollen, hatten den Rücktritt von Miguel Primo de Rivera am 27. Januar 1930 verhindern können. Mit seiner Abreise ins Exil nach Paris begann eine neue Phase, die von der Presse als »weiche Diktatur« bezeichnet wurde. Nur einen

Tag nach seinem Rücktritt ernannte Alfons XIII. General Berenguer zum Ministerpräsidenten. Eben den General, dem er für seine Verantwortung für den desaströsen Ausgang der Schlacht von Annual Amnestie gewährt hatte.

Hauptaufgabe des Generals war die Rückkehr Spaniens zur »verfassungsgemäßen Normalität«, also die Diktatur hinter sich zu lassen und zur Verfassung von 1876 zurückzukehren. Der neue Führer machte vollmundige Versprechen, doch es haperte an der Umsetzung, und so befand sich Spanien zehn Monate nach seiner Ernennung immer noch zwischen zwei unterschiedlichen Regierungsformen und wartete auf diese »Normalität«, was immer damit gemeint war.

Hinzu kam, dass ein wachsender Teil der Bevölkerung den Monarchen ablehnte. Hatte der König nicht, indem er selbst gegen die Verfassung verstoßen hatte, die seinen Anspruch auf den Thron legitimierte, selbigen verwirkt? Die öffentliche Meinung war zunehmend gespalten, und die Anhänger der Republik hatten bereits begonnen, sich zu organisieren.

Im Sommer 1930 hatten sich in San Sebastián die wichtigsten Führer des republikanischen Spektrums getroffen, um einen Pakt zur Zusammenarbeit zu schließen, mit dem Ziel, die Monarchie abzuschaffen. Daraus war ein revolutionäres Komitee entstanden, das keine Gelegenheit ausließ, die Vorzüge der Republik in ganz Spanien zu verbreiten.

»Das Volk muss endlich eine Stimme bekommen. Die Monarchie ist Teil der Diktatur«, sagte mein Bruder Juan, der sich ganz der republikanischen Idee verschrieben hatte. Im Grunde war ich derselben Meinung. Wir mussten einen Schritt nach vorne machen und uns von Alfons XIII. und dessen Regime lossagen.

»Sie selbst haben die Verfassung mit Füßen getreten. Es kann nicht sein, dass sie zu ihr zurückkehren wollen. Sie haben selbst gegen sie verstoßen. Wir brauchen eine neue Verfassung, die Spanien zur Republik erklärt«, erklärte mir Juan bei anderer Gelegenheit.

Während ich, begleitet vom Radio, meinen Gedanken nachhing, kam Catalina hereingerauscht.

»Elisa, Liebes, wie war das Gespräch bei *La Libertad*?«

»Katastrophal, wie alle anderen.«

»Ach, nimm's dir nicht zu Herzen. Irgendwann wirst du die perfekte Stelle finden.«

»Dein Wort in Gottes Ohr, Catalina. Wie ich das Schreiben vermisse! Ich brauche es wie die Luft zum Atmen. Wenn ich die Nachrichten im Radio höre und die Schreibmaschine sehe, werde ich traurig, dass ich nicht darüber berichten kann, so wie früher. Ich fühle mich ausgegrenzt, meiner Leidenschaft beraubt«, klagte ich.

»Ich weiß ... Aber das ist nur eine Phase. Du darfst nicht aufgeben. So, wie du es mir gesagt hast.«

»Schon gut. Und wie ist der Unterricht heute gelaufen?«

»Sehr gut. Ich habe dir doch erzählt, dass Alicia Torres in der letzten Zeit immer so wirkt, als wäre sie nicht ganz bei der Sache.«

»Ja.«

»Ich habe mit ihr geredet, und sie hat mir versprochen, sie wird sich fortan mehr am Riemen reißen. Gesegnet sei

der kindliche Geist, der die meiste Zeit umherschweift.«
Catalina lachte. »Ah, da wir gerade so nett plaudern ... ich wollte noch etwas anderes mit dir besprechen.«

»Nur zu«, erwiderte ich und schob die Buchhaltungsunterlagen beiseite.

»Wir beschäftigen uns gerade mit den Knochen des Menschen, und da wäre es sehr hilfreich, wenn wir zur Veranschaulichung eins von diesen Skeletten hätten. Du weißt, was ich meine?«

»Catalina, unsere Finanzen sind gerade ziemlich knapp. Wir müssen Strom und Wasser zahlen. Außerdem muss das Fenster im Lesesaal repariert werden. Da können wir uns Extraausgaben nicht leisten. Das geben die Zahlen nicht her.«

Das Lächeln verschwand aus Catalinas Gesicht. Ich sah ihr an, dass sie enttäuscht war.

»Soll das heißen, wir haben nicht mal ein paar mickrige Peseten übrig, um uns ein Skelett zu leisten?«

Ich ging die Zahlen noch einmal durch und seufzte.

»Ich werde sehen, was ich tun kann.«

»Tausend Dank. Du bist die Beste«, rief sie begeistert.

Als Buchhalterin stieß ich jeden Tag an die Grenzen unseres bescheidenen Budgets. Ich musste das Geld für die Einkäufe freigeben und immer darauf achten, dass wir nicht zu viel ausgaben. Wie ich das hasste. Es war paradox, dass ausgerechnet ich, die bislang keine Einschränkungen und keinen Mangel kannte, die Unsummen für Kleider und Schmuck ausgegeben hatte, jetzt über die Ausgaben einer Schule wachte. Apropos Schmuck. Ich sah auf. Das Radio gurrte weiter vor sich hin. Franciscos Schmuck musste noch in der Kiste in meinem Zimmer liegen. Ich hatte ihn schon fast vergessen.

Ich eilte hinunter in meine bescheidene Kemenate, warf einen kurzen Blick auf das Bild von meiner Tante auf meinem Nachttisch und zog die Kiste mit den wenigen Habseligkeiten hervor, die mir noch geblieben waren. Ich wurde gleich fündig und nahm die Geschmeide heraus: Ketten, Ringe, versilberte Haarnadeln, Perlen und Ohrringe. Darunter auch mein Verlobungs- und mein Ehering. Ich hatte gut daran getan, ihn nicht wegzuwerfen. Nur die Kette, die Don Ernesto und seine Frau Cristina mir zum Debütantinnenball geschenkt hatten, würde ich nicht hergeben. Ich hatte die beiden noch nicht gesehen, seit ich zurück war. Ich konnte sie nicht einfach aufsuchen und um Verzeihung bitten, dafür schämte ich mich zu sehr.

Der Smaragd funkelte makellos. Ich legte ihn zurück und schaute den restlichen Kram durch. Dabei fand ich noch eine Brosche, ein Geschenk meiner Tante. Wie viele Erinnerungen in Gestalt von Juwelen, Gold, Silber, Tand! Ich legte die Schmuckstücke auf ein ausgebreitetes Taschentuch. Einige hatten sich eingerollt, ineinander verschlungen.

Bei dem Versuch, alles zu entwirren, entdeckte ich einen Gegenstand, der wertvoller war als alle Schmuckstücke zusammen. Rau, fein, eigentlich nichts Besonderes. Ich zog ihn heraus und betrachtete ihn, als wäre er das Schönste, das meine Augen seit Langem erblickt hatten. Und dem war auch so. Es handelte sich um den Faden, mit dem ich genau in diesem Zimmer mit dem verwundeten Jungen gespielt hatte. Den Faden, der Olivier in seinem neuen Leben begleitet und den er mir zurückgegeben hatte, damit er mir fortan Glück brachte.

Ich legte den Faden wie eine Kette um den Hals und schnürte das Taschentuch mit dem Schmuck zu einem Bündel. Unsere Schülerinnen sollten ihr Skelett bekommen.

\*\*\*

»Noch etwas Suppe, Kind?«, fragte Pilar.

Ich wurde bald dreißig, aber Pilar sah in mir immer noch das kleine Mädchen. Wir saßen beim Abendessen. Catalina, José Luis und ich warteten hungrig auf das leckere Mahl. Nachdem Pilar das Essen aufgetragen hatte, setzte sie sich zu uns.

»Die Leute sind heute völlig aus dem Häuschen wegen einem Artikel von Ortega y Gasset«, erzählte sie. »Auf dem Markt wurde von nichts anderem gesprochen.«

»Was für ein Artikel, Pilar?«, fragte ich überrascht.

»Er schreibt darin, man sollte den König stürzen. Schlicht und einfach. Spanien verwandelt sich mehr und mehr in ein Tollhaus. Möge Gott uns gnädig sein«, sagte sie und bekreuzigte sich.

»Recht hat er«, meinte José Luis. »Dieser verfluchte Bourbone ist ein Pickel am Hintern unseres Landes. Er soll sich endlich vom Acker machen.«

»Ich gebe dir ja recht, aber ich glaube nicht, dass es irgendjemandem gelingen wird, ihn vom Thron zu stoßen. Wir werden wieder eine Diktatur bekommen, mit einem neuen General, der uns mundtot macht«, gab Catalina zu bedenken.

»Ich bin auch keine Anhängerin der Monarchie, aber den König für alles verantwortlich zu machen, was in der letzten Zeit in Spanien geschehen ist, ist zu einfach. Wenn die Probleme unseres Landes nur so leicht zu lösen wären«, warf ich ein und pustete auf meinen Löffel. »Ortega y Gasset ist ein kluger Mann. Ich habe ihn einmal als Pedro Liébana verkleidet bei einem Empfang kennengelernt, zusammen mit Don Ernesto und … Ach, lassen wir die Vergangenheit ruhen.« Ich lächelte. »Mich würde seine Argumentation interessieren. Haben wir ein Exemplar von *El Sol* da?«

Alle gönnten es mir, dass ich bei einer kurzen Gedankenreise aufblühte.

»Ja, ich habe verschiedene Tageszeitungen gekauft, wie früher bei Doña Manuela«, erwiderte Pilar. »Sie liegen im Arbeitszimmer.«

Ich hatte nach Eröffnung der Schule die Tradition meiner Tante fortgeführt, aber mir blieb häufig nicht die Zeit, alle Zeitungen ausgiebig zu studieren. So war es auch an jenem 15. November. Ich brannte darauf, den Artikel zu lesen, und eilte ins Arbeitszimmer. Als ich in die Küche zurückkehrte, hingen alle an meinen Lippen, um zu erfahren, was der berühmte Señor Ortega y Gasset von sich gegeben hatte, dass alle Welt davon sprach. Ich musste nicht lange suchen. Der Artikel stand gleich auf der ersten Seite. Man hatte große, klare Lettern gewählt, um sich von der Konkurrenz abzuheben. Die Schlagzeile fiel sofort ins Auge.

»Nun lies schon, Elisita«, drängte José Luis.

»Ja, sofort.« Ich räusperte mich. »Der Fehler Berenguer. Nein, das ist kein Druckfehler. Wahrscheinlich wird man in den künftigen Geschichtsbüchern Spaniens ein Kapitel mit genau diesem Titel finden ...« Die anderen saßen mit offenem Mund da, während ich weiterlas. Was hatte man uns nicht alles als vermeintliche Wahrheit aufgetischt! Wie hatte die Macht die völlige Unwissenheit der spanischen Bevölkerung ausgenutzt! Im letzten Absatz hieß es: »Das ist der Fehler Berenguer, über den die Geschichte eines Tages sprechen wird. Und weil es sich unbestreitbar um einen Fehler handelt, sind es wir und nicht das Regime, wir, die einfachen Leute von der Straße, die mit Revolution nichts am Hut haben, die wir unseren Mitbürgern zurufen müssen: Spanier, euren Staat gibt es nicht mehr! Ihr müsst ihn neu erschaffen! *Delenda est Monarchia!*«

»Und was heißt das, Schwesterherz?«, fragte José Luis.

»Es ist ein abgewandeltes Zitat ... Ich weiß nicht mehr genau, von wem, aber es bedeutet, dass die Monarchie zerstört werden soll«, erklärte Catalina.

»Das sind klare Worte, Elisita!«, rief José Luis und schlug bestätigend mit der Faust auf den Tisch.

»Das musst du Señor Ortega y Gasset sagen.«

»Na ja, du weißt doch, was ich meine. Er hat recht. Sie wollen auf den ausgetretenen Pfaden zur Normalität zurückkehren, dabei sind sie es, die uns den Ausnahmezustand beschert haben. Was ist das für eine Logik?«

»Die Logik derjenigen, die um jeden Preis und mit allen Mitteln ihre Macht erhalten wollen. Sie reden uns ein, dass wir die sieben Jahre der Diktatur einfach vergessen sollen«, meinte Catalina.

»Eine Schande ist das«, sagte Pilar.

»Irgendetwas sagt mir, dass der Artikel ordentlich Staub aufwirbeln wird – nicht nur bei *El Sol*. Er hat ausgesprochen, was viele Menschen denken, die die Untätigkeit von Berenguers Regierung leid sind. Könnte ich doch nur all meine Gedanken in einen Artikel fließen lassen«, sagte ich.

»Kind, er kann so etwas schreiben, aber nicht jeder kann eine solche Absichtserklärung unter seinem Namen veröffentlichen. Man würde ihn im Morgengrauen dafür hängen«, erinnerte mich Pilar. »Und jetzt iss deine Suppe! Sonst wird sie noch kalt.«

\*\*\*

Am Montagvormittag nahm ich meinen Hut und ging zum Pfandleihhaus Monte de Piedad. Dort hatte ich bereits allen möglichen Kram versilbert. An dem tristen Schalter ließen die Kunden für ein paar Peseten, die ihre Not lindern sollten, ihre Habseligkeiten zurück. Einige holten sie bei Bedarf wieder ab, um vor Gästen so zu tun, als wäre alles beim Alten, und verpfändeten sie später wieder. Das waren die Widersprüchlichkeiten der wachsenden Mittelschicht Madrids, zu der auch ich seit Kurzem zählte.

Ich gab das Taschentuch mit den wertvollen Geschmeiden ab und nahm im Gegenzug das Geld an mich. Noch am selben Nachmittag würde ich José Luis losschicken, das Skelett zu kaufen. Ihm würden sie bestimmt einen guten Preis machen. Nachdem ich meine Mission erfüllt hatte, machte ich noch einen Spaziergang durch das Zentrum von Madrid. Von der Plaza de las Descalzas schlenderte ich zur Plaza del Callao, wo ich meinen Blick starr auf das Gebäude mit den Kinos richtete, um beim Anblick des prächtigen Hotels, in dem Olivier logiert hatte, nicht wehmütig zu werden. Ich ging weiter zur Gran Vía. In der Calle Eduardo Dato waren atemberaubende neue Gebäude entstanden wie das Teatro Rialto. Das Freizeitvergnügen stand in der Hauptstadt hoch im Kurs. Spielstätten und Tanzlokale schossen wie Pilze aus dem Boden.

Dann schlenderte ich durch die Straßen der Altstadt, wo die Zeit stillzustehen schien und wo elegante Damen zwischen den Geschäften, den hübschen Läden, Bars und Juweliergeschäften flanierten. Meine Kleidung passte nicht zur Anmut der anderen Passanten.

Auf einmal entdeckte ich in der Menge zwei bekannte Gesichter: Doña María Elena und ihre Tochter Candela Salamanca-Trillo. Lächelnd ging ich auf sie zu, aber in dem Moment merkte ich, dass sie keine Anstalten machten, mich zu begrüßen. Sie schauten indigniert in eine andere Richtung und setzten ihren Weg fort, als ob sie mich nicht kennen würden. Wie konnte ich nur so naiv sein. Ich war nicht mehr ihre Freundin, auch wenn sie mich seit meinem siebten Lebensjahr kannten. Auch wenn wir über viele Jahre hinweg regelmäßig an einem Tisch gesessen und uns über alles ausgetauscht hatten. Ich war nicht mehr Teil des elitären Kreises, ich hatte durch den Artikel in *El Demócrata*, dadurch, dass ich Francisco verlassen und die Schule aufgebaut hatte, anstatt das Vermögen meiner Tante für meine persönlichen Zwecke zu nutzen, meinen Ausschluss besiegelt.

Mit dem stechenden Schmerz der Abfuhr in der Brust ging ich weiter. Sie waren nicht die Einzigen, denen ich in dem Jahr begegnet war. Einmal hatte ich Francisco gesehen. Madrid war nicht so groß, dass man seinen Dämonen ausweichen konnte. Er hatte mich gar nicht bemerkt. Er kam in Begleitung einer Dame und zweier Herren aus dem Palace Hotel. Sie hatten ausgelassen gelacht, die letzten Minuten des mittäglichen Treffens ausgekostet, bevor sie in ihre Wohnungen oder an ihre Arbeitsplätze zurückkehrten. Er hatte sich desselben Verbrechens schuldig gemacht wie ich, aber das Gesetz und die Moral hatten nur mich verurteilt. Er musste auf nichts verzichten, weder auf seine Würde noch auf seine Freunde – und auch nicht auf den Gruß der anderen. Ich hingegen trug ein Kainsmal, das ich nie wieder loswerden würde.

In den Tagen vor Weihnachten 1930 wurde das Skelett zu einer Art Maskottchen der Schule. Alle Klassen profitierten davon. Señorita Sierra nutzte es sogar für den Zeichen- oder den Nähunterricht. Es war schön zu sehen, dass auch solche kleinen Dinge von allen wertgeschätzt wurden. Das war unser Rettungsanker inmitten der Kontroverse, die das ganze Land damals in Aufruhr brachte.

Der Artikel von José Ortega y Gasset war, wie ich vorausgesehen hatte, nicht folgenlos geblieben. Die öffentliche Meinung wandte sich immer mehr vom König ab, und die Republikaner waren entschlossen, so schnell wie möglich eine demokratische Republik auszurufen. Die Lage verschlimmerte sich, als die Garnison von Jaca sich gegen den König erhob und scheiterte. Der Militäraufstand führte dazu, dass in Aragón der Kriegszustand ausgerufen und die

Pressezensur wieder eingeführt wurde, nachdem einige Monate das Recht auf freie Meinungsäußerung und Versammlungsfreiheit gegolten hatte. Am 14. Dezember wurden die beiden federführenden Hauptmänner vor das Kriegsgericht gestellt und zum Tode durch Erschießen verurteilt.

Drei Tage nach dem fehlgeschlagenen Aufstand wurde für ganz Spanien der Kriegszustand ausgerufen wegen einer weiteren Erhebung, diesmal am Luftwaffenstützpunkt Cuatro Vientos. Doch auch diesmal erhielten die Drahtzieher keine Unterstützung von den übrigen Republikanern. Allerdings hatten sie etwas mehr Glück, denn sie konnten nach Portugal fliehen, nachdem der Aufstand niedergeschlagen wurde. Das Revolutionskomitee wurde verhaftet. Der König und die Regierung propagierten in der Presse Stabilität, aber viele sahen in den beiden erschossenen Hauptmännern Märtyrer der Republik. Im Grunde wusste keiner genau, was vor sich ging. Wir schwammen im Strom der Ereignisse, ohne zu wissen, wo das alles hinführen sollte.

Wenn ich im Arbeitszimmer vor dem Radio saß oder die Zeitung las, trommelte ich mit den Fingern auf den Tisch. Ich wollte in die Redaktion gehen, meine Hilfe anbieten. Ich wollte mehr über die Ereignisse wissen, die unser Leben bestimmten. Aber ich bekam weiter nur Absagen, und irgendwann drohte ich einzuknicken. Um auf andere Gedanken zu kommen, ging ich aus dem Haus, um ein paar Blumen zu kaufen, als Farbtupfer vor den Festtagen. Bevor ich in die Calle Villanueva einbog, blieb ich vor dem Schaufenster eines Buchladens stehen. Ein Lächeln huschte über mein Gesicht. Zwischen den

Neuerscheinungen befand sich ein ganz besonderes Buch. *Horizont im Nebel* von Isidro Fernández.

Er hatte es geschafft. Er hatte seinen Roman doch noch beendet. Und er hatte einen Verleger gefunden. Ich betrat die Buchhandlung und besorgte mir ein Exemplar. Es interessierte mich, was Fernández nach so vielen Jahren Grübeln und Experimentieren zustande gebracht hatte. Keiner hatte ihm das zugetraut, alle hatten wir geglaubt, er machte uns nur was vor, aber wir hatten uns geirrt, wie in so vielen Dingen. Fernández hatte dank seiner unermüdlichen Anstrengung sein Ziel erreicht, und er hatte all das Gute verdient, das das selbstgewählte Schicksal für ihn bereithielt. Ja, wie Vater gesagt hatte: Man wählt sein Schicksal, indem man dafür kämpft – gegen alle Widerstände.

Auf dem Rückweg erinnerte ich mich, dass auch ich einmal darüber nachgedacht hatte, ein Buch zu schreiben. »Señor Liébana, denken Sie daran, der Journalismus wird Ihnen nicht diese Anerkennung bringen. Sie können etwas mit mehr Tiefgang schreiben, sich weiterentwickeln. Denken Sie darüber nach«, hatte Don Ramón gesagt. Was wohl aus ihm und den anderen Pombianern geworden war? Ob sie meinen Enthüllungsartikel gelesen hatten? Ob sie mich dafür hassten, dass ich die Krypta mit meiner falschen Identität entweiht hatte?

Ich trat durch das Gartentor und traf auf José Luis, der den Rahmen eines Fensters vom Arbeitszimmer strich.

»Wo kommst du denn her, Elisita?«

»Ich habe einen Spaziergang gemacht«, erwiderte ich und stieg die Treppe hinauf.

»Du siehst glücklich aus.«

»Das bin ich auch. Vergiss nicht, in ein paar Tagen fahren wir nach Fuente de Cantos. Bis dahin muss alles fertig sein. Ich möchte keine bösen Überraschungen im letzten Moment erleben müssen.«

»Ja, ja, Schwesterherz, nur die Ruhe. Ach, apropos Überraschung, Catalina hat nach dir gefragt. Ihr habt Besuch.«

Ich nickte und ging ins Haus, neugierig, wer da gekommen war. Aus dem Arbeitszimmer hörte ich Stimmen. Vorsichtig schob ich den Kopf durch den Türspalt. Wieder huschte ein Lächeln über mein Gesicht. Der blonde Schopf war unverkennbar.

»Agnes! Agnes Henderson! Was machst du denn in Madrid?«

»Oh, Elisa. Wir haben uns eine Ewigkeit nicht gesehen, *darling*!«

Wir umarmten und küssten uns auf die Wange. Ich setzte mich neben sie. Über acht Jahre hatten wir uns nicht gesehen. Sie war noch schöner, als ich sie in Erinnerung hatte. Das Haar, die roten Lippen, die lackierten Nägel, das hinreißende Lächeln.

»Ich habe beruflich in Madrid zu tun und wollte die Gelegenheit nicht versäumen, mir anzuschauen, was ihr euch gemeinsam aufgebaut habt. *It's wonderful*. Als Catalina mir in einem Brief davon erzählte, dachte ich nicht, dass die Schule so groß ist. Es ist fabelhaft, dass ihr euch dazu entschlossen habt.«

»Schön, dass es dir gefällt. Wir müssen noch einiges verbessern, es gibt noch viel zu tun, aber wir sind sehr zufrieden«, sagte ich lächelnd. »Wie lange wirst du in Spanien bleiben?«

»In zwei Tagen muss ich nach Paris zurück. Ich arbeite dort in der amerikanischen Botschaft.«

»Wirklich? Das ist ja fantastisch, Agnes! Ich wusste, du würdest es weit bringen!«, rief ich.

»Es ist kein besonders anspruchsvoller Job, *you know*, aber die Arbeit gefällt mir.«

»Du musst unbedingt zum Abendessen bleiben. Pilar ist eine exzellente Köchin. Du wirst es nicht bereuen«, meinte Catalina.

»In der Tat«, meinte ich.

Was Pilars Kochkünste anging, hatten wir nicht zu viel versprochen. Agnes hatte viel zu erzählen. Wie ich bereits wusste, hatte sie am Smith College ihren Abschluss in Jura gemacht, dann eine Weile als Rechtsanwältin in New York gearbeitet. Und seit einem Jahr war sie nun Teil der Rechtsabteilung der amerikanischen Botschaft in Paris.

»Manchmal denke ich, ich bin mehr Telefonistin und Sekretärin als Juristin, aber es macht mir große Freude«, erzählte sie.

Diesen Morgen war sie auf einer Versammlung in der amerikanischen Botschaft von Madrid gewesen. Ich bewunderte die Art, wie sie sich bewegte, wie sie sprach, wie sie rauchte. Sie hatte sich ihre elegante, exzentrische Art bewahrt, und ihre Kommentare waren noch genauso bissig wie früher. Ich wünschte, ich wäre ebenso frei und könnte auch so auftreten wie sie. Als José Luis gegangen war, sprachen wir über Benedetta, von der wir kaum noch etwas gehört hatten. Und natürlich sprachen wir auch über die heikle politische Lage in Spanien.

»Die gesamte Welt hängt am seidenen Faden. In meinem Land ist uns der vermeintliche Wohlstand der letzten Jahre um die Ohren geflogen. Es ist schlimm zu sehen, wie die Arbeitslosenzahlen steigen und steigen. Es kommt einem vor wie ein schlechter Scherz. Als hätten wir alles gehabt, und plötzlich ist alles nichts mehr wert, nur noch Schutt und Asche.«

»Unsere Wirtschaft leidet auch unter dem amerikanischen Börsencrash«, erklärte Catalina.

»Nun ja, ich denke, das System war zum Scheitern verurteilt. Jeder hat investiert, sogar die armen Leute. Die Spekulation hatte ungeheure Dimensionen angenommen. Das konnte nicht gut gehen.«

»Da stellt sich doch die Frage: Wird irgendwann mal alles laufen, wie es soll?«, warf ich ein.

»Aber was heißt das? Wie sieht dieses Modell aus? Ich denke, wir streben immer nach Utopia. Der Mensch an sich ist der Fehler. Und wenn ein Rad im Getriebe fehlerhaft ist, kann es nicht rundlaufen«, befand Catalina.

»Vielleicht hast du recht, *babe*.«

Während wir uns unterhielten, ging mir eine Sache nicht aus dem Kopf. Sie beschäftigte mich, seit sie erzählt hatte, dass sie in der amerikanischen Botschaft in Paris arbeitete. Könnte sie eventuell über ihre Kontakte herausfinden, ob Olivier tatsächlich gestorben war? Ich brauchte endlich Gewissheit. Ich konnte nicht mit diesem Zweifel leben, der mich innerlich auffraß. Wenn er tot war, würde ich aufhören, ihn mir irgendwo mit Frau und Kind vorzustellen. Wenn er noch lebte … Wie auch immer: Ich musste es wissen. Abwesend rutschte ich auf dem Stuhl hin und her und trank meinen Wein aus.

»Ich habe an ein paar Treffen teilgenommen. Es ist faszinierend, was diese Frauen alles erreicht haben«, erklärte Catalina.

»Was war das noch mal für eine Vereinigung, *darling*?«

»Es ist der Lyceum Club. Er besteht erst seit zwei Jahren. Ich versuche, Elisa zu überzeugen, mich nächste Woche dorthin zu begleiten.«

»Ach, du warst noch gar nicht da, Elisa?«

»Äh, nein, ich war ziemlich beschäftigt.« Ich hielt inne. »Darf ich dich etwas fragen, Agnes?«

»*Of course*, tu dir keinen Zwang an.«

»Entschuldigt, dass ich euch einfach so unterbreche, aber … Ich dachte mir … Du arbeitest doch in der Botschaft in Paris, und da verfügst du doch bestimmt über ein weit verzweigtes Netzwerk an Kontakten …«

»Ja, natürlich. Es hat seine Grenzen, aber ich habe Zugriff auf diverse Quellen, die für mein Land von Interesse sind.«

»Könntest du über eine dieser Quellen herausfinden, ob eine Person noch am Leben ist?«

»Elisa, bitte …«, zischte Catalina, die ahnte, was ich vorhatte.

»Was ist denn?«, fragte Agnes irritiert.

»Sag, kannst du das?«

»Ich kann es versuchen, ja. Aber ich kann es nicht garantieren. Das ist eine inoffizielle Anfrage, und eigentlich bin ich nicht befugt, für solche Dinge auf die Archive zuzugreifen. Um was geht es? Wen soll ich für dich finden?«

»Einen französischen Staatsbürger. Er heißt Olivier Pascal. Er ist Korrespondent bei *Le Figaro*. Ende 1928 hat man ihn in die Vereinigten Staaten geschickt, um über den Endspurt beim Wahlkampf zu berichten, und seit November ist kein Artikel mehr von ihm erschienen. Jemand hat mir gesagt, nicht einmal sein Chefredakteur wisse, wo er sich aufhält, er sei für eine Reportage in die Sowjetunion gereist und dort getötet worden, weil er zu viel herumgeschnüffelt hat. Aber, Agnes, ich fühle, dass er nicht tot nicht. Ich glaube, er lebt noch irgendwo.«

»Und er hat wirklich nichts mehr veröffentlicht?«, fragte sie.

»Nein. Nicht seit Hoovers Wahlsieg«, antwortete ich und senkte den Blick.

»Das hört sich nicht gut an, *darling*. Ein Korrespondent, der nichts veröffentlicht ... *Anyway*, von wem hast du die Information?«

Ich sah Catalina an, die es zutiefst bedauerte, dass ich die Wunden der Vergangenheit wieder aufriss.

»Von meinem Mann«, sagte ich. »An dem Abend, an dem er erfahren hat, dass Olivier und ich eine Liebesbeziehung hatten. An dem Abend, an dem ich ihn verlassen habe.«

»*Oh my God!* Du hast in den letzten Jahren nichts anbrennen lassen, wie ich sehe«, scherzte Agnes. »Warte ... War Pascal nicht der französische Journalist, den du zu meiner Zeit in Madrid nicht ausstehen konntest? Und dein Mann, ist das dieser Bankier, in den du so vernarrt warst?«

Wieder senkte ich den Blick.

»Genau. Die sind es«, erwiderte Catalina.

»Ja, aber später wurde alles anders, als ...«, ich hielt inne, ich durfte unser Geheimnis nicht preisgeben,

»... als ich Olivier besser kennengelernt habe. Ich habe niemanden in meinem Leben jemals so geliebt, und ich muss wissen, ob es ihm gut geht oder ob die Russen ihn wirklich zum Schweigen gebracht haben. Ich lebe schon viel zu lange in dieser quälenden Ungewissheit, Agnes.«

Meine Verzweiflung überzeugte sie schließlich, und sie nahm meine Hand.

»Ich werde tun, was ich kann, Elisa. Wie gesagt, ich kann dir nichts versprechen, aber ich werde Nachforschungen anstellen.«

»Danke, danke, liebste Freundin. Du weißt nicht, was das für mich bedeutet.«

»*You are very welcome, sweetheart.*«

Mit dem neuen Hoffnungsschimmer zog ich mich zurück. Catalina und Agnes hatten sich noch viel zu erzählen aus ihrer Zeit in der Residenz für junge Frauen von María de Maeztu. Ich war sicher, dass Catalinas pädagogische Arbeit von den damaligen Erfahrungen beeinflusst war. Ihr Lachen und ihre fröhliche Stimme verloren sich auf der Treppe ins Untergeschoss.

Dass ich laut ausgesprochen hatte, wie sehr ich Olivier vermisste, hatte den Schmerz und die Hoffnung wieder aufleben lassen, und so konnte ich erst nicht einschlafen. Ob er noch lebte? Ich musste mich gedulden, bald würde ich es erfahren.

# 6

José Luis und ich verbrachten Weihnachten in Fuente de Cantos. Dort kam ich auch wieder in den Genuss der Gesellschaft meiner geliebten Schwägerin Mercedes, die ihr viertes Kind erwartete. Sie lebten immer noch in dem weiß getünchten kleinen Haus, aber der Erwerb der Parzelle hatten Juan und Vater einen bescheidenen Wohlstand beschert. Und Hoffnung. Obwohl man auf dem Dorf letztlich immer vom Großgrundbesitzer abhängig war, in dem Fall von Zacarías Silvano.

An den Festtagen sangen wir Weihnachtslieder und schenkten uns gegenseitig die Geborgenheit der Familie. Vater betrachtete gerührt seine Kinder und dankte dem Himmel, dass er uns nach all den Jahren wieder zusammengeführt hatte. Ich genoss die Zeit in vollen Zügen: die Gespräche mit Vater, der mir riet, vorsichtig mit der Nachforschung zu Oliviers Aufenthaltsort zu sein; die politischen Diskussionen mit Juan; die Stunden, in denen ich Mercedes das Lesen beibrachte; José Luis' witzige Einfälle; das fröhliche Treiben der Kinder, die mit jedem Tag größer wurden.

Beschwingt kehrten wir nach Madrid in unsere Schule

zurück. Catalina kam ein paar Tage später aus Barcelona. Und auch Pilar, die ihre Schwester in Toledo besucht hatte, kehrte zurück. Schon bald beherrschte die Routine wieder unser Leben. Aber der Monat sollte ein besonderer werden.

Ende Januar 1931 bekam ich einen speziellen Besuch. Es klingelte an der Tür. Ich öffnete sie selbst und staunte nicht schlecht, wer da vor mir stand.

»Guten Tag, Elisa.«

Mir stockte der Atem, und ich begann innerlich zu zittern.

»Guten Tag, Don Ernesto.«

In seinem Gesicht konnte ich tiefe Enttäuschung ablesen. Nichts anderes hatte ich erwartet. Ich warf ihm das nicht vor, es war sein gutes Recht.

»Darf ich eintreten?«, fragte er.

»Aber ja, natürlich. Bitte.«

Er trat ein und begutachtete, wie sich das Haus meiner Tante verändert hatte. Er konnte nicht glauben, was er sah. Steif folgte er mir ins Arbeitszimmer.

»Geht es Doña Cristina gut?«, fragte ich.

»Ja, alles in Ordnung. Sie war es, die mich hierher geschickt hat«, sagte er kühl.

»Nehmen Sie Platz, Don Ernesto. Entschuldigen Sie die Unordnung. Das ist zugleich das Lehrerzimmer. Da stapeln sich die Unterlagen.«

Er betrachtete eine Weile die Schreibmaschine. Dann setzte er sich auf einen Stuhl. Ich setzte mich ebenfalls.

»Ich habe von der Schule gehört, aber ich konnte nicht glauben, dass du und Señorita Folch dahintersteckt. Das Ergebnis kann sich sehen lassen«, meinte er.

»Vielen Dank. Don Ernesto, ich hatte noch keine Gelegenheit, Sie persönlich um Entschuldigung für all die Unannehmlichkeiten zu bitten, die ich Ihnen mit ... na ja, mit Pedro Liébana bereitet habe.«

Das Thema stieß ihm übel auf.

»Wir hätten es zu schätzen gewusst, und ich spreche hier auch für deine Kollegen in der Redaktion, wenn du so freundlich gewesen wärst, es uns persönlich zu sagen, anstatt dich zu verstecken. So hätten wir gewusst, was wir all den Lesern antworten sollen, die uns über Monate geschrieben und eine Erklärung verlangt haben.«

»Ich weiß. Es tut mir leid. Ich hatte Angst. Ich hatte mich immer weiter in Lügen verstrickt und musste einen Schnitt machen. Ich dachte, das wäre die schnellste und wirkungsvollste Methode.«

»Das war es. Für dich. Aber bei der Zeitung waren wir richtig sauer. Du bist einfach verschwunden, Elisa. Von einem Tag auf den anderen. Ohne eine Erklärung. Kannst du dir vorstellen, wie viele Sorgen Cristina und ich uns gemacht haben? Deinetwegen wurde die Zeitung ewig von der Guardia Civil überwacht, weil sie glaubten, wir hielten einen Verbrecher versteckt. Weißt du, in welche Lage du uns gebracht hast? Ich war kurz davor, Pedro Liébana zu entlassen, um uns weitere Probleme zu ersparen. Meine Schwäche für ihn und seine Texte hätte man als Kollaboration oder Verdunkelung auslegen können, Elisa. Und dann wäre ich dran gewesen.«

»Sie haben ja völlig recht ... Und ich habe es nicht verdient, dass Sie mir verzeihen«, erwiderte ich geknickt. »Ich habe wieder einmal nur an mich selbst gedacht. Ich versuche mich zu ändern, ein besserer Mensch zu werden und die Lügerei für immer hinter mir zu lassen. Aber vielleicht ist es für eine Entschuldigung längst zu spät.«

»Es steht mir nicht zu, dich zu verurteilen, Elisa. Das haben schon andere getan. Und wie ich gehört habe, hast du es nicht leicht, deinen Platz in der Zeitungswelt in Madrid zu finden.«

»Nein, wahrlich nicht. Aber es ist in Ordnung, Don Ernesto. Ich habe es nach alledem nicht anders verdient.«

Er dachte einen Moment nach.

»Weißt du, was mich am meisten enttäuscht hat, als ich erfahren habe, dass du Pedro Liébana bist? Dass ich nicht gemerkt hatte, was vor meinen Augen passiert. Dass ich einen guten Journalisten nicht auf Anhieb erkannt habe. Ich habe mich von meinen Vorurteilen leiten lassen und nicht wahrhaben wollen, dass du imstande warst, so zu schreiben wie Pedro Liébana. Selbst als ich den Artikel gelesen habe, in dem du alles gebeichtet hast, habe ich bezweifelt, dass das wahr ist. Aber es stimmte. Du warst der geheimnisvolle, linkische junge Mann mit dem Schnauzbart. Du, meine Elisa, die ich von klein auf geliebt habe wie meine eigene Tochter.«

Eine Träne kullerte über meine Wange.

»Das ist alles meine Schuld, Don Ernesto.«

»Nein, Elisa. Ich habe es so sehen wollen. Ich bin mehr als erzürnt darüber, dass du dich mir nicht anvertraut hast, auch wenn ich deine Not verstehe, dass du nicht unter deinem eigenen Namen schreiben konntest. Vermutlich haben wir es dir nicht leicht gemacht. Meine Cristina, die weit klüger und gütiger ist als ich, hat mich gedrängt, dich aufzusuchen und dir einen Vorschlag zu unterbreiten. Es tut mir leid, das sagen zu müssen, aber das ist die letzte Chance, die ich dir geben werde. Wie du weißt, war der *Demócrata de Madrid* seit jeher bemüht, mit den neuesten Entwicklungen Schritt zu halten. In den letzten Jahren gehören immer mehr Frauen zu unserem Leserkreis. Deswegen wollen wir eine Kolumne für Frauen einführen, in der es um Mode, das Zuhause, Kinder und so weiter geht. Du kannst dir denken, dass wir in unserer Mannschaft niemand Geeignetes dafür haben. Ich traue López ehrlich gesagt nicht zu, über die neuesten Modetrends aus Paris zu berichten. Mein Vorschlag lautet: Wenn du versprichst, nicht mehr zu lügen, und wenn dein Name uns keinen Verlust an Lesern beschert, kannst du die Kolumne übernehmen.«

Ich war mit einem Mal wieder das siebzehnjährige Mädchen, dem man erlaubt hatte, als Sekretärin bei der Zeitung zu arbeiten.

»Ist das Ihr Ernst? Aber werden mich denn nicht alle hassen, nach dem, was ich getan habe?«

»Ich will dir nicht verhehlen, dass mir das ganze Schmierentheater zutiefst missfallen hat, aber du hast Talent, Elisa. Wenn ich einfach wegschaue und zulasse, dass du es in der Buchhaltung vergeudest, würde ich mir das nie verzeihen«, sagte er und deutete auf meinen Tisch. »Aber ich muss mich darauf verlassen können, dass du aufrichtig bist und deinen Pflichten nachkommst. Mein Vertrauen gewinnst du nicht einfach so zurück.«

Ich nickte begeistert.

»Das können Sie, Don Ernesto. Ich werde Sie nie wieder anlügen. Und ich werde Ihre beste Redakteurin sein. Ich kann auch in anderen Ressorts aushelfen. Ich habe Erfahrung mit politischen und wirtschaftlichen Themen, wie Sie wissen. Und angesichts der neuesten Entwicklungen im Land ...« Ich hatte mich in Rage geredet.

»Elisa, Elisa«, unterbrach mich Don Ernesto. »Ich stelle dich ein, damit du die Kolumne für Frauen schreibst, und zwar ausschließlich. Ich bin überzeugt, das ist das Beste für dich. Und für mich.«

Ja, vielleicht war es das. Meine Referenzen lösten sich in Luft auf, sobald ich einen Rock trug. Und meine Glaubwürdigkeit war an ihrem Tiefpunkt. Don Ernesto verabschiedete sich, die Zeitung rief nach ihm.

\*\*\*

Am Abend folgten Catalina und ich einem bewährten Ritual. Ich saß mit feuchtem Haar in meinem Zimmer, und Catalina fuhr mit der Schere durch die dunklen Strähnen. Ich berichtete ihr währenddessen von Don Ernestos Vorschlag. Ich freute mich, zweifellos, aber es kränkte mich, dass er mich nur über langweilige Frauenthemen schreiben lassen wollte. Dabei gab es gerade so viel zu kommentieren! Ich konnte und wollte mich da nicht raushalten, und so erwog ich, das Angebot abzulehnen. Catalina konnte das nicht nachvollziehen und erinnerte mich daran, wie kläglich meine bisherigen Versuche verlaufen waren, eine Anstellung als Journalistin zu finden.

»Er ist der einzige Verleger, der bereit ist, das Risiko einzugehen, dich einzustellen, Elisa. Wenigstens kannst du so schreiben. Das ist doch kein schlechter Anfang für die journalistische Karriere von Elisa Montero. Damit kannst du Pedro Liébana ad acta legen.«

Wie so oft folgte ich dem Rat meiner treuen Freundin und nahm Don Ernestos Angebot an. Die Rückkehr zu *El Demócrata de Madrid* war nicht einfach. Und auch nicht, meine neuen Verpflichtungen als Redakteurin mit den Aufgaben der Schule in Einklang zu bringen, aber ich opferte meine gesamte Zeit dafür.

Als ich zum ersten Mal wieder durch den Eingang in der Calle Velázquez schritt, den ich über lange Zeit heimlich vom Café Montmartre aus beobachtet hatte, war es, als kehrte ich nach Hause zurück. Doch ein Pfiff holte mich gleich wieder herunter von meiner Wolke. Es war Sergeant Yáñez. Ich hatte die Guardia Civil schon öfter in meiner Nähe gesehen, und man hatte mich auch bereits nach dem Grund für meine Rückkehr in die Stadt gefragt. Ich seufzte gereizt.

»Was wollen Sie denn jetzt schon wieder?«, fragte ich.

»Sind Sie auf dem Weg zu *El Demócrata de Madrid*, Doña Elisa? Betreiben Sie nicht seit Neuestem eine Schule?«

»Nein, Señorita Folch ist die Leiterin. Ich unterstütze sie lediglich in Verwaltungsdingen. Moment ... Warum erzähle ich Ihnen das eigentlich? Ich habe nichts verbrochen und finde, Sie sollten mich endlich in Ruhe lassen. Ich wette, die Regierung hat ernstere Probleme als eine Frau, die sich als Mann verkleidet und Artikel unter einem Pseudonym veröffentlicht hat.«

»Die Regierung hat ihre Augen und Ohren überall. Wir haben Sie im Auge. Und niemand schützt Sie, so wie früher. Denken Sie daran, bevor Sie wieder irgendwelche Dummheiten begehen.«

»Wenn Sie Beweise vorlegen können, dass ich eines Verbrechens verdächtigt werde, dürfen Sie mich gern wieder belästigen. Aber bis dahin lassen Sie mich in Ruhe. Heute ist mein erster Arbeitstag, und ich würde ungern zu spät kommen«, sagte ich wütend und ging weiter.

Casimiro grüßte mich, unbeeindruckt von all meinen Eskapaden, und rief den Aufzug, der mich in den zweiten Stock brachte. Als ich ausstieg, beschlich mich dasselbe Gefühl wie im Sommer 1918. Ich wäre am liebsten vor Angst davongelaufen. Aber das tat ich nicht. In der Redaktion selbst hatte sich nichts verändert, nur die Gesichter. Ich wurde nicht mehr von ehemaligen Kollegen empfangen, die mich vermisst hatten, sondern mir schlug Argwohn und verhaltener Groll entgegen. Morales, Simón und López blickten nur kurz auf und arbeiteten weiter, als wenn ich gar nicht da wäre.

»Guten Tag allerseits«, sagte ich in die Runde.

»Sieh an, unsere Schwindlerin. Mit wem haben wir denn heute das Vergnügen? Mit Elisa oder Pedro?«, spottete López.

»Hört zu, es tut mir wirklich leid«, versuchte ich, mich zu entschuldigen.

Sofort kam Don Ernesto aus seinem Büro, der wusste, wie schlecht seine Mannschaft auf mich zu sprechen war.

»Kommt mal runter, ich habe ihr schon ordentlich den Kopf gewaschen, und jetzt heißt es, Schwamm drüber und Neuanfang. Das gilt für alle. Verstanden? Sie wird neben

Ihnen sitzen, Fernández. Helfen Sie ihr, sich einzugewöhnen.«

»Das ist die reinste Vetternwirtschaft hier«, raunte López Morales und Simón zu.

»López, in mein Büro, los«, sagte Don Ernesto barsch.

»Sieht so aus, als würde ich jetzt einen Rüffel kassieren«, sagte er, während er aufstand.

Von den Neuzugängen war nur Mínguez da, der mir aufmunternd zulächelte. Ich setzte mich an den mir zugewiesenen Platz. Das waren jetzt mein Schreibtisch, meine Schreibmaschine, mein Bleistift, mein Notizbuch. Von dort hatte ich einen Blick auf die Straße und auf die Passanten, die in der Sonne flanierten.

Ich sah mich noch einmal um. Es war wie früher. Die Gerüche, das Räuspern, die knarzenden Schritte, die Diskussionen, das unaufhörliche Tastengeklapper … Wie ich das vermisst hatte! Ein Glücksgefühl überkam mich, während ich den Moment auskostete, den ich so lange herbeigesehnt hatte. Dabei hatte ich ihn mir ganz anders vorgestellt. In meiner Vorstellung wurde ich nicht mit Verachtung gestraft. Aber das hatte ich mir selbst zuzuschreiben.

Auf einmal kam Fernández auf mich zu und streckte die Hand aus: »Willkommen zurück, Kollegin«, sagte er.

»Danke, Fernández.«

»Geben Sie mir Bescheid, wenn Sie etwas brauchen.«

»Das mache ich«, sagte ich lächelnd. »Ein großartiger Roman übrigens. Glückwunsch.«

»Haben Sie ihn etwa gelesen?«

»Von Anfang bis Ende. Außerdem habe ich ihn vergangene Weihnachten meiner Schwägerin geschenkt, damit sie weiter Lesen übt. Sie lernt noch, aber sie ist eine gute Schülerin.«

»Ich kann Ihnen gar nicht sagen, wie sehr mich das freut, Elisa. Ich muss jetzt ins Kriegsministerium, aber später würde ich gerne Ihre Meinung zu dem Buch hören, wenn es Ihnen recht ist.«

»Gern, bis später.«

Zum Glück gab es noch Menschen auf der Welt, die verzeihen können. Einen Moment fühlte ich mich befreit. Bis Señora Idiazábal von ihren Besorgungen zurückkehrte. Sie hatte ein junges Mädchen im Schlepptau, das mit Paketen beladen war. Meine Nachfolgerin. Als sie mich dort sitzen sah, stieß sie ein kurzes »Oh!« aus und kam auf mich zu.

»Na, wen haben wir denn da?«

»Doña Carmen, wo soll ich die Pakete hinstellen?«, fragte die Assistentin.

»Ach, Kind, da, wo Platz ist. Aber sei vorsichtig! Wenn etwas kaputtgeht, zahlst du es.«

»Ja, natürlich, Doña Carmen.«

»Wie ich sehe, bist du nach Hause zurückgekehrt wie der verlorene Sohn. Und dabei gleich die Karriereleiter heraufgefallen«, befand Señora Idiazábal und schwebte mit dem ihr eigenen arroganten Hüftschwung durch den Raum.

»So ist es, Doña Carmen.«

»Ich habe schon gehört, dass du Señor de las Heras y Rosales verlassen hast. Du traust dich was, meine Liebe. Was für eine Verschwendung! Ich hätte ihn heiraten sollen.«

»Er gehört Ihnen, wenn Sie Ihr Glück versuchen wollen«, konterte ich.

»Das werde ich mit Sicherheit. Teurer Schmuck hat mir schon immer gut gestanden. Nun denn, ich hoffe, du vermasselst es nicht wieder. Ich sehe mal nach, was die Kleine anstellt. Sie ist bei Weitem nicht so tüchtig wie die Assistentin, die ich vorher hatte«, sagte sie und zwinkerte mir zu. Ich schmunzelte.

\*\*\*

In den ersten Wochen war ich sehr angespannt. Ich hatte das Gefühl, von kritischen Blicken durchbohrt zu werden. Aber ich konzentrierte mich auf meine Kolumne. Ich musste gut genug sein, dass mein Name Don Ernestos Blatt nicht in Verruf brachte. Ich hätte es mir nicht verziehen, wenn ich ihm und der Zeitung noch mehr Probleme bereitet hätte. Zum Glück hatte mir meine Ehe mit Francisco die Sorgen verheirateter Frauen nähergebracht, ob es um die Belange einer guten Gastgeberin oder Erziehungsfragen ging.

Der Ton meiner Kolumne war zweifellos moderner als anderswo, und die persönliche Erfahrung war bei der herausfordernden Ausgabe ausgesprochen hilfreich. Ich feilte und feilte, bis der Artikel perfekt war, und übergab ihn dann Don Ernesto, der kaum eine Reaktion zeigte. Erst nach einer Weile schenkte er mir wenigstens ein Lächeln, sodass ich den Goldzahn unter dem grauen Schnäuzer hervorblitzen sah. Ja, ich hatte die Probe bestanden.

Ich arbeitete Tag und Nacht und hatte kein Zeitgefühl

mehr. Wenn ich nicht tippte, saß ich an der Buchführung, die durch die stetige Abwertung der Pesete immer komplizierter wurde. Und zwischendurch erinnerte ich José Luis an die ausstehenden Arbeiten oder ich hörte mir die Berichte von Catalina und den anderen Lehrerinnen über die Entwicklung der Schule an.

Unterdessen überschlugen sich vor meinen Augen die Ereignisse, während ich unbeteiligt danebensaß. Die Redakteure waren ständig unterwegs, um Neuigkeiten über die politische Lage zu ergattern. Die Regierung von General Berenguer hatte für Anfang März allgemeine Wahlen ausgerufen, durch die das ehemalige Parlament nach dem Modell von vor 1923 wiederhergestellt werden sollte, bei dem sich Parlament und König die Macht teilten. Die allgemeine Unzufriedenheit und fehlende Unterstützung durch die Regierung hatten dazu geführt, dass der Aufruf krachend scheiterte. Als dann noch General Berenguer zurücktrat, ernannte der König Mitte Februar einen neuen Ministerpräsidenten: Admiral Juan Bautista Aznar.

Es begann erneut eine Ära mit ständigen Machtwechseln in der Regierung. Das Revolutionskomitee befand sich noch in Haft, aber es wurden immer mehr Stimmen laut, die Wahlen forderten, allerdings keine allgemeine Wahl, weil die nur das zerrüttete System legitimierte, das sich schon vor Jahren selbst diskreditiert hatte. Man wollte eine konstituierende Wahl, bei der eine neue Verfassung geschaffen und der König seiner Macht enthoben werden sollte.

Die Regierung Aznar, die unter anderem dafür kritisiert wurde, dass sie mit den Gesetzesverordnungen der Diktatur weiterregierte, präsentierte eine Alternative. Es sollten gestaffelte Wahlen stattfinden, erst auf Gemeinde-, dann auf Provinz- und zuletzt auf Landesebene. Die daraus entstehenden Parlamente sollten konstituierende Funktion haben, aber viele bezweifelten, dass es tatsächlich so kommen würde und nicht nur eine billige Täuschung war, um die lauter werdenden Rufe eines Großteils der spanischen Bevölkerung zum Schweigen zu bringen.

Don Ernesto verfluchte wieder einmal die Zensur, während die Journalisten es nicht erwarten konnten, den definitiven Termin für die Wahlen bekanntgeben zu können.

»Am 12. April, meine Herren. Am 12. April finden Gemeindewahlen statt«, verkündete Morales.

»Da bekomme ich ja richtig Herzklopfen. Wie lange haben wir nicht mehr gewählt?«, witzelte López.

»Sieben Jahre?«, schätzte Quijano.

»Acht«, berichtigte ich sie.

»Ich erinnere mich gar nicht mehr, wie das geht«, sagte Morales, ohne auf mich einzugehen.

In der Schule durfte nur José Luis wählen, uns Frauen war es untersagt. So konnten wir nicht mehr tun, als auf das Ergebnis zu warten und zu beobachten, wie die verschiedenen Parteien sich auf dem Weg zur Macht profilierten, die zum ersten Mal durch eine Volksabstimmung legitimiert sein sollte. »Mit den Wahlen entscheidet sich, ob das Volk eine Monarchie oder eine Republik will«, hörte man allerorten. Pilar betete unaufhörlich, die Krise machte ihr arg zu schaffen.

»Was auch immer dabei herauskommt, ich hoffe nur, dass wir weiterhin unsere Förderung erhalten«, sagte ich beim Frühstück.

»Das ist das geringste Problem, meine Liebe. Es steht viel mehr auf dem Spiel«, erklärte Catalina.

»Im Falle der Republik wird es mehr Förderung und Hilfen geben, da bin ich mir sicher, keine Zensur, keine Dekrete und keine Einschränkung der Freiheitsrechte mehr«, meinte José Luis.

»Das weiß man nicht. Die Republik kann viele Gesichter haben. Ich glaube an eine Regierungsform ohne Monarchen, aber nicht mit einem willkürlichen Führer oder einer willkürlichen Gesetzgebung«, sagte ich.

»Hoffen wir, dass unsere hochintelligenten und hochgebildeten Herren imstande sind, die weise Entscheidung zu treffen, die man von ihnen erwartet. Sonst müssen wir wehrlosen und unfähigen Frauen es ausbaden«, sagte Catalina sarkastisch.

»Warum spricht sie über uns Männer, als wären wir blöd, Elisita?«, fragte José Luis.

Pilar, Catalina und ich lachten herzlich.

»Das bildest du dir nur ein«, zog ich ihn auf.

Es klingelte. Ich sprang auf und eilte zur Tür. Im Hintergrund hörte ich den verbalen Schlagabtausch zwischen Catalina und José Luis.

»Ich sage ja nicht, dass ihr dumm seid, aber ihr seid überbewertet. Ich kenne Frauen, die viel kompetenter sind, einen Stimmzettel abzugeben, als manche Herren, die das Recht dazu haben. Ein Recht, das, nebenbei bemerkt, allen Staatsbürgern zustehen sollte.«

Der Briefträger überreichte mir einen Stapel Briefe. Ich schenkte ihm ein Lächeln. Ja, vielleicht sollten wir Frauen dieses Recht haben. Letztlich lebten wir in derselben Gesellschaft wie die Männer. Es war ungerecht, dass man uns immer in den Hintergrund drängte. Wir blieben unsichtbar. Ich ging die Absender durch. Mit jeder Rechnung und jeder Mahnung krampfte sich mein Magen mehr zusammen, aber dann las ich ihren Namen: »Miss Agnes Henderson«. Ich hielt den Atem an. Ich vergaß, dass ich noch gar nicht zu Ende gefrühstückt hatte, und zog mich ins Arbeitszimmer zurück. Ich musste allein sein. Der Brief enthielt womöglich die Antwort auf die Frage, die mich seit Monaten quälte. Aber vielleicht würde die Ungewissheit auch für immer bleiben. Ich setzte mich auf einen Stuhl und begann sofort zu lesen, denn die Anspannung war unerträglich.

*Liebe Elisa,*

*wie ich es dir versprochen habe, habe ich Nachforschungen über Señor Olivier Pascal angestellt. Es war kein leichtes Unterfangen, denn in der Botschaft ist es naturgemäß leichter, den Aufenthaltsort von amerikanischen Staatsbürgern herauszufinden als von französischen.*
*Die Information, dass er in die Sowjetunion gereist ist, stimmt. Wie mir eine meiner Quellen bestätigt hat, ist er offenbar Anfang 1929 mit ein paar englischen Kollegen dorthin gereist, um eine Reportage über die Fünfjahrespläne und die Organisation der russischen Wirtschaft zu machen. Doch vor Ort haben sie angefangen, über die Arbeitslager zu recherchieren. Sein Chef war in ständigem Kontakt mit ihm, aber irgendwann ist die Verbindung abgebrochen. Eine Weile hat man sogar geglaubt, er sei tot. Es gibt aber keinen*

*Beweis für sein Ableben. Das ist eine Tatsache. Die anderen Informationen sind inoffizieller Natur, und viele davon reine Gerüchte. Als solche solltest du sie betrachten, denn ich möchte nicht dafür verantwortlich sein, dass du einem falschen Eindruck aufsitzt. Niemand spricht offen darüber. Wie ich in Erfahrung bringen konnte, glaubt man, dass Señor Pascal und seine Kollegen aufgeflogen sind. Als man in der Sowjetunion feststellte, dass ausländische Reporter in sensiblen Bereichen herumstocherten, wurde die Kommunikation nach Frankreich und England gekappt. Sie haben nur vereinzelte Informationen an ihre jeweiligen Zeitungen schicken können. Der Chefredakteur von* Le Figaro *hat mir aus Sicherheitsgründen nichts davon offiziell bestätigen wollen, aber einer der Redakteure hat mir von einem kryptischen Telegramm erzählt, das sie im vergangenen Dezember aus Leningrad erhalten haben. Ich habe an seinem Blick gesehen, dass er die Wahrheit sagte. Er wirkte besorgt. Das, liebste Freundin, würde bestätigen, dass Pascal im Dezember 1930 noch am Leben war, vorausgesetzt, das Telegramm stammt von ihm.*
*In den letzten Tagen, bevor ich den Brief losgeschickt habe, kursierte in Journalistenkreisen die Information, dass eine Gruppe von französischen, deutschen und englischen Reportern, die in der Sowjetunion inhaftiert waren, versucht haben, außer Landes zu kommen. Das Ganze ist sehr verworren. Die Zeiten in Europa sind kompliziert.*
*Diese Information ist streng vertraulich, das heißt, du musst den Brief sofort verbrennen, sobald du ihn gelesen hast. Sollte ich noch etwas in Erfahrung bringen, werde ich es dir mitteilen, aber bis dahin solltest du keine Mutma-*

*ßungen anstellen. Auch wenn er in Sicherheit sein sollte, ist seine Situation in dieser Zeit nach wie vor kritisch.*
*Wenn du etwas brauchst, zögere nicht, dich an mich zu wenden.*

*Herzlichst*
*Agnes*

Ich las den Brief noch ein weiteres Mal, dann verbrannte ich ihn. In meinem Kopf waren zwei Sätze hängen geblieben: »Olivier ist noch am Leben« und »seine Situation ist kritisch«. Wahrscheinlich hatte Francisco mir die Andeutungen des Chefredakteurs von *Le Figaro* als Gewissheit präsentiert, damit ich von Olivier abließ.

Ich schloss die Augen. Wieder der Zweifel. Diese Hartnäckigkeit beim Verfolgen einer Nachricht war typisch für ihn. Er war einer der engagiertesten Journalisten, die ich kannte. Er wäre bereit, für die Wahrheit sein Leben zu opfern. Wenn er noch lebte, musste er unbedingt aus dem Land herauskommen, damit er darüber berichten konnte, was er gesehen, gehört, herausgefunden hatte. Er hatte auf alles verzichtet, um an Informationen für eine Reportage zu kommen, von der er nicht einmal wusste, ob es ihm je gelänge, sie zu veröffentlichen. Er konnte nicht wissen, dass ich nicht mehr dieselbe war, dass ich mich aus den Ketten befreit und Francisco verlassen hatte, dass ich das Geheimnis um Pedro Liébana öffentlich gelüftet hatte. Aber hatte das noch eine Bedeutung? Würde es dazu führen, dass wir doch wieder zusammenkamen? Ich liebte Olivier, aber ich wusste, sein Herz würde immer für den

Journalismus schlagen. Schließlich war genau das eingetreten, was wir befürchtet hatten: Was mich am meisten an ihm faszinierte, hatte ihn mir genommen.

Ich könnte nicht mit der ständigen Ungewissheit leben, ob er in Gefahr oder gar tot war. Das war nicht auszuhalten. Aber hatte ich eine Wahl?

\*\*\*

An dem Tag war ich nachdenklicher als sonst. Ich ging durch die Klassenräume und beobachtete, wie die Lehrerinnen die Entdeckerfreude der Mädchen weckten. Bestimmt waren künftige Professorinnen oder ausgezeichnete Pharmazeutinnen darunter, und, wer weiß, vielleicht würde die ein oder andere sogar Ärztin. Oder womöglich war unter den begeisterten Gesichtern eine, die Journalistin werden wollte wie Olivier und ich. Wie tollkühn unsere Träume doch sind. Wir verfolgen einen Weg und wissen nicht, wie er endet. Erfolg? Scheitern? Leben? Tod? Was hat das für eine Bedeutung? Ja, die Eltern der Mädchen hatten beschlossen, sie zur Schule zu schicken, damit sie für ihre Lebensentwürfe kämpfen konnten, auch wenn sie sich dadurch von ihnen entfernten.

Mir fielen die Fotos wieder ein, die Olivier mir damals von seiner Mutter und seinen Schwestern gezeigt hatte. Wie es wohl seiner Mutter angesichts der Nachricht über das Verschwinden ihres Sohnes ging, angesichts der Ungewissheit, was mit ihm ist? Ich mochte mir nicht vorstellen, welchen Schmerz die Frau fühlte, die all die Jahre so hart hatte kämpfen müssen. Ihr Sohn befand sich auf sowjetischem Territorium, und keiner wusste, ob er das überlebte.

Am Abend, nachdem ich meine Kolumne für *El Demócrata* pünktlich fertig hatte, blätterte ich in dem Buch, das er mir in der Cuesta de Moyano gekauft hatte. Ich fuhr mit dem Finger über den Namen Cecilia. Deshalb hatte er es erworben. Es war ein Akt der Liebe für seine Mutter gewesen, für ihren wahren Namen, den man ihr geraubt hatte, weil sie sich in einen Mann verliebt hatte, der im Bann seiner Ideale stand. Das Buch gehörte nicht mir. Es war für Señora Cecilia Ribelles bestimmt. Vielleicht wäre es ein verspätetes Geschenk in Gedenken an den Sohn, auf den sie Tag für Tag verzweifelt wartete.

»Sie hat dich sehr geliebt. Ich kann es immer noch nicht glauben, dass sie uns so früh verlassen hat, so plötzlich …« Pilar stand im Zimmer und deutete auf das Foto auf meinem Nachttisch.

»Wenn du meinst … Sie hat mich die ganze Zeit belogen und mich ihre Verachtung spüren lassen. Nie war ich ihr gut genug. Und dann habe ich herausgefunden, dass sie eine Liaison mit dem verheirateten Schriftsteller hatte … Aber egal. Ich gebe ihr schon lange nicht mehr die Schuld an meinem Missgeschick. Vielleicht waren wir uns ähnlicher, als wir uns eingestehen wollten.«

»Vielleicht, ja.« Pilar hielt einen Moment inne. »Sie hat diesen Schriftsteller verlassen, um dich zu schützen. Es war nicht leicht, sie war sehr verliebt in ihn. Aber sie wollte nicht, dass du unter ihren Verfehlungen leiden musst, ihre Beziehung wurde damals schon zum Stadtgespräch. Doña Manuela hat dich geliebt, aber ihr großer

Fehler war, dass sie es nicht zeigen konnte. Aber wer ist schon vollkommen?«

»Ich jedenfalls nicht. Da bin ich mir sicher«, erwiderte ich lachend.

»Aber mal abgesehen von euren Differenzen habt ihr euch immerhin gegenseitig ausgewählt, um über eure Träume zu wachen. Ich glaube, da kann man nicht von Hass und Groll sprechen.«

»Ich weiß nicht, Pilar. Manchmal frage ich mich, was es bringt, sich in seinem Handeln von der Liebe leiten zu lassen.«

Ich widmete meine Aufmerksamkeit wieder dem Buch.

»Elisa, ist alles in Ordnung?«

»Ja, Pilar. Ich bin nur heute so wehmütig. Das ist alles.«

»Wegen Señor Pascal?«

»Ja ...«

»Weißt du, der Junge kam mir immer so bekannt vor. Aber woher? Ich war noch nie in Paris. Ich bin ja nicht mal aus Kastilien rausgekommen.«

Mein Blick fiel wieder auf den Namen der Widmung: Cecilia.

»Sie nennen es *Déjà-vu*, Pilar.«

»Hm, diese Franzosen haben aber auch für alles ein Wort«, sagte sie lachend. »Aber die Erfahrung hat mich gelehrt, dass es nicht gut ist, der Vergangenheit nachzuhängen. Damit vergeudest du dein Leben.«

»Ich weiß, Pilar. Ich werd's beherzigen.«

Am nächsten Morgen traf ich eine Entscheidung. Ich nahm das Buch von Galdós und packte es ein. Vorher hatte ich den Faden abgenommen, den ich um den Hals getragen hatte, und ihn als Lesezeichen auf die Seite mit der Widmung gelegt. »Es möge Sie begleiten, trösten und Glück bringen. Ihr Sohn, wo immer er jetzt ist, hätte gewollt, dass Sie es bekommen.«

Ich wollte es an die Redaktion von *Le Figaro* senden, wie ich es immer mit den Briefen für Olivier getan hatte, wenn ich nicht wusste, wo er sich gerade aufhielt. Doch diesmal hatte ich als Adressat »Für Madame Marguerite Pascal« darauf geschrieben. Als ich fertig war, wollte ich mit meinem Namen unterschreiben. Doch ich besann mich eines Besseren. Ich war besser beraten, wenn ich anonym blieb. Seine Mutter würde nur erfahren, dass es sich um das Geschenk einer Person handelte, die ihrem Sohn nahestand, mehr musste sie nicht wissen, das würde alles nur komplizierter machen. Mit der Geste wollte ich mich von all den Spekulationen verabschieden. Ich konnte nicht mehr. Auch wenn ich ihn für immer lieben würde, musste ich aufhören, auf ihn zu warten. Ja, das musste ich. Der Faden würde Glück bringen. Ihr. Olivier. Und mir?

\*\*\*

Im März verschärfte sich die politische Krise. Die Studentenschaft, die der Diktatur gegenüber immer schon kritisch eingestellt war, ging auf die Straße. Außerdem kam es bei *El Sol* zu einem Besitzerwechsel, und damit rückte das Blatt für immer von den Reihen ab, die von Autoren vom Format eines Juan Ortega y Gasset vertreten wurden. Spanien war ein Kochtopf mit Wasser kurz vor dem Siedepunkt.

In der Schule fragten die Mädchen uns Löcher in den Bauch zu Dingen, die sie zu Hause mitbekamen. Einigen hatte man erzählt, die Republikaner seien Idioten und Radikale. Anderen, der König sei ein Blutsauger, der das Land so schnell wie möglich verlassen müsse. Es war die Aufgabe der Lehrerinnen, Frieden zu stiften, aber die unüberschaubare Anzahl an Äußerungen, die die Kinder wiedergaben, war ein gutes Beispiel für die Stimmung im ganzen Land. Das war in der Redaktion nicht anders. Es machte mir Spaß, wieder an den Debatten teilnehmen zu können. Irgendwann war das Kriegsbeil zwischen López, Morales, Simón und mir begraben, und die Gemüter beruhigten sich. Ein untrügliches Zeichen war das Lächeln von Don Ernesto, das wieder wie früher war. Ebenso wie das von Doña Cristina, die unbedingt unsere Schule kennenlernen wollte. Catalina und ich zeigten ihr das Haus mit all den neu geschaffenen Räumlichkeiten.

Eine der größten Lehren, die ich aus diesen unruhigen Zeiten gezogen habe, war die Erkenntnis, wie wichtig es ist zu wissen, auf wen man zählen kann. Von klein auf war ich von vielen Namen, Gesichtern und vermeintlichen Freunden umgeben gewesen. Doch nach meinem Fall haben mir nur wenige die Hand gereicht. Aber auch wenn es nur wenige waren, hat mich allein das Gefühl, dass sie zu mir standen, getröstet.

»Sie hat sich gar nicht verändert«, sagte Catalina, als Doña Cristina gegangen war.

»Ja, sie ist ein wunderbarer Mensch. Sie hat mir so viel beigebracht, ohne dass sie sich dessen bewusst ist ...«

Wir saßen im Arbeitszimmer und sortierten Unterlagen.

»Es hat ihr sehr gefallen«, sagte Catalina.

»Ja, den Eindruck hatte ich auch.«

»Elisa, ich ...« Catalina legte die Papiere ab und kam auf mich zu. »Ich weiß nicht, wie ich dir je dafür danken soll, was du für mich getan hast.«

»Soll das ein Scherz sein? *Du* hast mich doch immer unterstützt, Catalina. Deinen Traum Wirklichkeit werden zu lassen war eine meiner leichtesten Übungen.«

»Ja, aber keiner außer dir hätte das getan. Keiner hätte auf mich gesetzt. Nicht für solch ein Projekt.«

»Dafür sind wir Freundinnen, oder? Weil wir Dinge sehen, die andere nicht sehen, wenn wir uns in die Augen schauen.«

»Ja, Freundinnen ...«, sagte sie leise und senkte den Blick. »Klar.«

Bei unseren Aufräumarbeiten entdeckte ich auf einmal den Umschlag von Agnes' Nachricht. Ich hatte vergessen, ihn zusammen mit dem Brief zu verbrennen. Ich nahm ihn sofort an mich. Doch Catalina entging nichts.

»Hat sie dir weiterhelfen können?«, fragte sie. Ich hatte noch nie so einen traurigen Blick gesehen.

»Ach, nichts als Mutmaßungen.«

Catalina trat auf mich zu und nahm meine Hand, die immer noch den zerknitterten Umschlag hielt.

»Hör auf, dich noch länger zu quälen, Elisa.«

Ich nickte resigniert. In dem Moment klopfte José Luis an die Tür.

»Meine Damen, das Abendessen ist serviert.«
»Wir kommen.«
»Alles klar.«
Der Duft von Schmorbraten stieg mir in die Nase. Mit der Welt versöhnt ging ich zur Tür und warf den Umschlag in den Papierkorb.

\*\*\*

Ende des Monats kam uns Juan besuchen. Man spürte, dass der Kauf der Olivenhaine ihm Auftrieb gegeben hatte. Das Geld, das er bei seinen Arbeiten für den Architekten Víctor Arias verdient hatte, reichte zwar nicht, um das Grundstück zurückzukaufen, das meine Tante Zacarías Silvano überlassen hatte. Aber das Stück Land mit den Olivenhainen war ein Silberstreif am Horizont. Wie immer, wenn er in der Stadt war, bezog er sein Zimmer im Untergeschoss.

Manchmal brachte er uns ein bescheidenes Geschenk mit. Diesmal war es ein Huhn, mit dem die Kinder in den Pausen ihren Spaß hatten. Während seiner Zeit in Madrid gelang es ihm mit Hilfe unseres mit allen Wassern gewaschenen Bruders, ein paar Kontakte in der Stadt herzustellen, mit deren Hilfe er seine Oliven vermarkten konnte. Ich versuchte, trotz des straffen Zeitplans zwischen Zeitung und Schule ein wenig Zeit mit ihm zu verbringen.

Oft arbeitete ich bis spät in die Nacht, weil ich erst Schluss machte, wenn ich mit meinem Artikel hundertprozentig zufrieden war. An jenem Dienstag beschlich mich eine seltsame Vorahnung, als ich nach getaner Arbeit aus der Redaktion auf die Straße trat. Ich kannte das Gefühl aus der Zeit, als ich mich als Pedro Liébana verkleidet hatte. Auch jetzt fühlte ich mich wieder verfolgt. Ich sah mich nach allen Seiten um, bevor ich den Rückweg antrat. Nichts. Doch die Vorahnung begleitete mich bis zur Calle Villanueva. Ich versuchte, mich zu beruhigen, öffnete das Gartentor und ging eilig die Treppe hinauf. Ein Geräusch hinter mir schreckte mich auf, und vor lauter Panik konnte ich den passenden Schlüssel nicht finden. Er fiel zu Boden. »Verdammt«, murmelte ich. Ich hob ihn auf und wollte den Spuk gerade für beendet erklären, da sah ich die Hand an der Tür. Ich erschrak zu Tode.

»Sieh mal einer an, wen haben wir denn da?«, fragte eine süffisante Stimme.

»Was tust *du* denn hier?«, entgegnete ich angewidert.

»Darf ich denn meiner Ex-Schwägerin keinen Besuch abstatten?«

»Erwartest du darauf tatsächlich eine Antwort?«

»Ach, Elisa, Elisa ... Wie das Leben so spielt, nicht wahr?«

»Lass mich in Ruhe!«

»Willst du mich nicht hereinbitten? Soll ich vielleicht lauthals protestieren?«, drohte er.

»Bitte, mach hier keine Szene vor der Schule. Tu mir den Gefallen! Komm rein«, sagte ich ohne Umschweife.

Ich öffnete die Tür und geleitete ihn ins Arbeitszimmer. Es war absolut still im Haus. Ob jemand da war? Hoffentlich. Meine Brüder waren wahrscheinlich unterwegs. Luis machte mir Angst, und ich wusste nicht, wie ich mich gegen ihn wehren könnte, falls er aufdringlich wurde. Ich atmete tief ein. Ich musste die Kontrolle über die Situation behalten, vor der ich mich seit meiner Rückkehr nach Madrid so sehr gefürchtet hatte. Franciscos Bruder nahm das Zimmer in Augenschein und lachte verächtlich.

»Ich muss sagen, ich bin beeindruckt. Ich hätte nie gedacht, dass es nach der Trennung für dich noch mal einen Neuanfang gibt.«

»Warum bist du hier, Luis? Das ist keine Kneipe«, griff ich ihn an. Seine Kleider stanken nach Alkohol.

»Ich wollte dich sehen, Elisa. Ich habe anfangs gezögert, ob ich dich besuchen soll, aber das Warten hat sich gelohnt, wie ich sehe. Ich hatte dir mal ein Angebot unterbreitet, ich weiß nicht, ob du dich noch erinnerst.«

»Wie könnte ich das vergessen.«

»Jetzt gib dich nicht so zugeknöpft. Jeder in Madrid weiß, dass du mit dem Erstbesten ins Bett steigst, der dir über den Weg läuft. Was mich ein wenig kränkt, ist die Tatsache, dass du dir ausgerechnet einen Schreiberling auswählst, wo du es bei mir so viel besser gehabt hättest«, sagte er und rückte dabei näher an mich heran. »Obwohl, wer weiß? Vielleicht ist es ja noch nicht zu spät für uns.«

Seine widerwärtige Hand strich über meine Wange. Ich wandte mich brüsk ab. Da packte er mein Kinn und grub seine Finger in mein Gesicht und meinen Hals.

»Sei nicht so starrköpfig, Elisa. Keiner wird dich mehr wollen. Hast du dich in letzter Zeit mal im Spiegel betrachtet? Du siehst furchtbar aus. Mein Bruder wird sich freuen, wenn er das hört. Obwohl, dem bist du längst egal. Heute hat er mir mitgeteilt, dass er künftig in London leben will. Er hat schon eine Nachfolgerin für dich gefunden. Irgend so ein Dummerchen, das ihm wie ein Schoßhund hinterherläuft. Da hast du mir besser gefallen. Rebellisch, wild, ehrgeizig.« Er kam noch näher.

»Tu mir nicht weh, Luis. Lass mich bitte einfach in Frieden. Selbst dein Bruder hat ein neues Leben angefangen.«

»Ja, das hat er. Der arme Tropf. Aber die Erinnerung an dich wird ihn nie loslassen. Er hat dich trotz allem geliebt. Sosehr meine Mutter und ich ihm auch geraten haben, noch radikalere Mittel gegen seine untreue Ehefrau zu ergreifen, er wollte davon nichts hören. Er hat einfach nur die Scheidung eingereicht. Das ist doch was für Männer ohne Eier! Ich hätte dich mit eigenen Händen erwürgt, wenn du mich betrogen hättest. Und dann hätte ich nach den sterblichen Überresten des Franzosen gesucht und sie verbrannt.«

»Dein Bruder ist ein weit besserer Mann, als du es je sein wirst.«

»Ja, deswegen hast du ihn ja auch so gequält.« Er lachte hämisch. »Frivoler und verlogener geht es nicht, Elisa. Du bist ein Flittchen.«

In seinem Blick lag finsteres Begehren. Ich war jahrelang die verbotene Frucht gewesen, die Frau seines Bruders, aber an diesem Abend witterte er seine Chance, mich zu überwältigen und seine Lust zu befriedigen. Er hielt mich weiter fest, legte die andere Hand um meine Taille und zog mich nah an sich heran. Ich zitterte am ganzen Leib. Eine Träne landete auf seinem Finger.

»Du weißt nicht, wie sehr ich mir gewünscht habe, du

würdest mir gehören. Es hat mir gefallen zu sehen, wie du dich gegen die Raubtiere verteidigt hast, wie du mit wiegenden Hüften die teuren Kleider zur Schau getragen hast, die mein Bruder dir gekauft hat, wie du auf all den Reichtum um dich herum herabgeblickt hast ... Siehst du nicht, wie ähnlich wir uns sind?«

»Hilfe! Hilfe!«

»Was zum Teufel machst du da?«

»Catalina! Hilfe! Hört mich denn niemand!«, rief ich in meiner Verzweiflung.

»Hör auf zu schreien«, zischte er und schüttelte mich.

»Hilfe! Hilfe! Pilar! Catalina! Ich bin im Arbeitszimmer!«

Luis hatte mich in seiner Gewalt. Wenn sie nicht kamen, wusste ich nicht, was mit mir geschehen würde. Aber ich würde nicht zulassen, dass er mir Gewalt antat. Ich hatte es schon im Namen der Ehe, der Nachkommen und der Pflicht in unzähligen Nächten bei seinem Bruder über mich ergehen lassen müssen. Ein wahrer Albtraum.

Plötzlich ging die Tür auf. Es war Catalina.

»Gibt es ein Problem?«

»Ach, sieh an, deine Freundin ... Möchtest du auch mitmachen?«

»Lassen Sie sie los! Sofort.«

»Noch so ein wildes Biest. Was ist, wenn ich sie nicht loslasse? Was dann?«

In dem Moment betraten Pilar und meine beiden Brüder den Raum.

»Raus hier!«, rief Catalina.

Luis ließ mich sofort widerwillig los, spuckte auf den

Boden und verschwand. Juan musste José Luis zurückhalten, dass er ihn nicht verfolgte.

»Ist alles in Ordnung?«, fragte Catalina und umarmte mich.

»Ja, ja, keine Sorge. Dieser widerliche Kerl ...«

»Wenn er noch einmal in die Nähe des Hauses kommt, zeigen wir ihn an«, meinte Pilar.

»Und was soll das bringen, Pilar? Eine Frau mit meiner Vorgeschichte gegen einen solch mächtigen Mann?«

»Dann lass uns beten, dass er uns nicht noch einmal heimsuchen wird«, erwiderte sie.

»Wenn er hier noch mal auftaucht, dann gnade ihm Gott«, sagte Juan.

Ich trocknete meine Tränen. Mit etwas Glück würde Luis mich nach dem Abend nicht mehr belästigen. Das hoffte ich, und trotzdem sah ich mich in den folgenden Tagen andauernd um, wenn ich allein war.

An dem Nachmittag, bevor Juan nach Fuente de Cantos zurückfuhr, nutzten wir die Gelegenheit, um einen Spaziergang im Retiro-Park zu machen. Seit ich meinen großen Bruder wiedergefunden hatte, genoss ich die Zeit mit ihm. Ich schätzte seine Ratschläge, seine Lebensklugheit, die er sich in einem harten Leben erarbeitet hatte. Seine Gegenwart tat mir gut, um nach endlosen Tagen zur Ruhe zu kommen und meine Ängste überwinden zu können.

»Und, hat sich die Reise gelohnt?«, fragte ich, während wir den riesigen See mit der Statue von Alfons XII. betrachteten.

»Ja, wir haben einige Kontakte knüpfen können. Mal

sehen, wie's weitergeht. Ich hatte noch keine Gelegenheit, es dir zu sagen, aber es freut mich sehr, dass du wieder schreibst. Du sollst wissen, dass du in Fuente de Cantos eine treue Anhängerin hast. Mercedes hat hundertmal die Ausschnitte gelesen, die du ihr in deinem letzten Brief geschickt hast.«

»Wirklich? Ach, Mercedes. Sag ihr bitte, dass ich sie sehr vermisse. Du hast eine wunderbare Frau, Bruderherz«, sagte ich.

»Ich werd's ausrichten.« Er lächelte. »Ich bin sehr glücklich. Ich weiß nicht, sie und die Jungs und das Ungeborene geben mir jeden Tag die Kraft, noch mehr zu kämpfen.«

»Eure Familie ist großartig.«

»Es ist auch deine Familie, Elisa. Wo immer du hingehst, wir sind an deiner Seite. Samuel sagt, wenn er mal groß ist, will er Journalist werden wie seine Tante Elisa.«

Ich lächelte stolz.

»Im Ernst? Ach, Samuel ... Ich bin überzeugt, das wird ihm gelingen. Wir Monteros haben ein Talent zum Scheiben«, frotzelte ich.

»Und was hast du vor? Willst du die Schule verlassen, wenn es dir gelingt, als Journalistin Fuß zu fassen?«

»Das kann ich noch nicht sagen, aber ich glaube nicht. Ich hänge an dem, was wir uns gemeinsam aufgebaut haben, auch wenn ich mit dem eigentlichen Unterricht nichts zu tun habe. Mein Platz ist hier, bei den Mädchen. Ich werde versuchen, beides unter einen Hut zu bringen. Hier bin ich für andere da, nicht umgekehrt ... Ich weiß nicht, aber all die Mädchen zu sehen gibt mir Hoffnung für die Zukunft, für die kommenden Generationen. Vielleicht werden sie es leichter haben, besser vorankommen.«

»Wer weiß das schon? Aber eins ist klar: Solange die Monarchen das Staatssäckel plündern, um ihrer Eitelkeit Denkmäler zu errichten, werden wir nicht weiterkommen«, sagte er und deutete auf den See mit der Reiterstatue des früheren Königs.

»Ja, das ist wohl wahr …«

»Was mich am meisten ärgert, ist, dass sie wieder damit durchkommen werden. Don Zacarías übt Druck auf die Leute aus, dass sie für die Monarchie stimmen. Und ich glaube, Vater wird nachgeben, aber ich nicht. Nur über meine Leiche, Elisa.«

»Es ist schon seltsam, da spricht man von gleichen und freien Wahlen, dabei sind sie weder frei noch gleich.«

»Freiheit und Gleichheit, das sind zu große Worte für unser Land, Schwesterlein. Hier in Spanien versteht man nur was von Staatsstreichen, Tyrannei, Korruption und Wahlbetrug.«

Wir gingen weiter und genossen die laue Brise, die das Ende des Winters ankündigte. In all den Jahren, die ich in Madrid lebte, hatte ich im Retiro-Park immer Ruhe gefunden. Es war ein friedlicher Ort, ein Refugium zwischen den asphaltierten Straßen und dem Lärm der Stadt.

»Geht es Vater gut?«

»Ja, wie immer, du kennst ihn ja. Er arbeitet den ganzen Tag, isst und schläft. Seit einer Weile ist er auch ganz angetan von der Sache mit den Olivenhainen. Mein Plan ist, dass wir bald aufhören, uns für Don Zacarías den Rücken krumm zu schuften. Vater ist inzwischen alt, und für ihn ist das zu anstrengend. Ich möchte, dass er in seinen letzten Lebensjahren etwas tut, das ihm Freude bereitet.«

»Das wäre wunderbar. Und was macht das Bein? Haben die Schmerzen nachgelassen?«

»Alles wie gehabt. Ich glaube nicht, dass das noch mal ganz ausheilt. Manchmal kippt er sich einen hinter die Binde, aber er kennt seine Grenzen. Doch das größte Los hat José Luis gezogen, das Schlitzohr. Du kannst dir kaum vorstellen, wie heilfroh ich bin, dass er nicht mehr andauernd im Wirtshaus sitzt und spielt oder irgendwelche krummen Geschäfte macht.«

»Ja«, sagte ich lachend. »Wir haben ihn auf den rechten Weg zurückgeführt, damit er seine Talente für hehre Dinge einsetzen kann, die nichts mit Kabaretts und Bordellen zu tun haben. Zumindest glaube ich das.«

»Gütige Mutter Gottes. Was habe ich nur für Geschwister! Aber ihr wart schon als Kinder wie Pech und Schwefel. Ihr habt beide großes Talent, euch in Schwierigkeiten zu bringen ...«

Wir lachten.

»Tja, so sind wir Monteros eben. Pass bloß auf, deine Kinder könnten das geerbt haben. Das liegt uns im Blut«, scherzte ich.

»Ach, Elisita ... « Er blieb stehen. »Hör mal, Elisita, auch wenn ich jetzt fortgehe, gib mir Bescheid, wenn dich noch mal jemand belästigt. Dann werde ich mir den Kerl vorknöpfen.«

»Keine Sorge. Mit Catalina und Pilar an der Seite bin ich sicher«, scherzte ich. »Außerdem bin ich nach reiflicher Überlegung zu dem Schluss gekommen, dass

Luis mir nichts mehr tut. Sein Stolz ist stärker als seine Impulse.«

*** 

Wie die Zeitung, das Radio und die Regierung verkündet hatten, bereitete sich Spanien am 12. April nach acht Jahren ohne Wahl auf die Gemeindewahlen vor. Alle Männer über fünfundzwanzig, die an der ersten Wahlphase teilnehmen wollten, fanden sich in den Schulen ein. Es kandidierten unzählige Strömungen, die alle propagierten, sie seien am besten geeignet, den Staat nach der Diktatur wieder aufzubauen. Darunter die monarchistische Koalition, die Linksrepublikaner, die Kommunisten, die Konstitutionalisten, die baskischen und katalanischen Nationalisten und viele mehr.

Bis zu dem Tag hatten alle irgendwelche Mutmaßungen angestellt, wie das Ganze ausgehen könnte. Aber was dann geschah, hatte niemand vorhergesehen.

Die Regierung Aznar, die geglaubt hatte, die Gemeindewahlen würden ihnen nutzen, musste bei der Auszählung der Stimmen einen herben Verlust hinnehmen. In den großen Städten wie Madrid und Barcelona und in den Provinzhauptstädten hatten die Bürger die Linksrepublikaner gewählt. In den ländlichen Zentren sah es anders aus, dort hatten die Monarchisten die Mehrheit. Aber das konnte das Ruder auch nicht mehr herumreißen, die republikanische Euphorie ging wie ein Lauffeuer durch das Land. Spanien hatte gesprochen und eindeutig Position bezogen.

Am Montag, dem 13., und Dienstag, dem 14. April, brachten die Zeitungen folgende Schlagzeilen: »Acht Jahre danach. In der gestrigen Volksabstimmung hat Spanien für die Republik gestimmt«, hieß es beim *Heraldo de Madrid*. »Die politische Lage ist ernst«, verkündete *ABC*. »Spanien bezieht Stellung im politischen Streit. Das Ergebnis birgt Entwicklungen von historischer Tragweite«, informierte *El Sol*. »Spanien ist aufgestanden. Die Linke hat einen überwältigenden Sieg in Madrid, Barcelona und fast allen Hauptstädten erzielt«, verkündete *La Voz*. »Die fantastische Wahl vom Sonntag. Fünfundvierzig Hauptstädte und viele andere Bevölkerungszentren haben sich für die Republik ausgesprochen«, erklärte *La Libertad*. »Nach den Gemeindewahlen: Sieg der Republikaner«, erklärte nüchterner *El Imparcial*. »In den Stadtverwaltungen von Madrid und Barcelona wurde wie im übrigen Land die Republik ausgerufen«, schrieb *Ahora*, eine Tageszeitung, die erst im vergangenen Dezember gegründet worden war und binnen kürzester Zeit großen Erfolg verbuchen konnte. »Sieg der Linksrepublikaner an einem historischen und kritischen Wahltag«, titelte *El Demócrata de Madrid*.

Ich saß am Sonntag der Wahl, noch bevor diese Schlagzeilen veröffentlicht wurden, an meinem Schreibtisch und betrachtete den Titel meiner Kolumne: »Der Schlüssel zum Erfolg für die perfekte Gastgeberin«. Ich seufzte. War es das, was ich wirklich wollte? Morales, López, Quijano, Simón, Fernández … Sie alle waren ständig unterwegs und riefen in der Redaktion an, um die neuesten Entwicklungen bei den Wahlen mitzuteilen. »Schreib auf,

Simón, in Chamberí und Inclusa haben auch die Republikaner gewonnen«, vermeldete López.

Es war aufregend, ein Wahltag nach vielen Jahren Diktatur. Als ich nach Hause zurückkehrte, saßen die anderen vor dem Radio beisammen. Catalina war gespannt, Pilar besorgt, und José Luis konnte es nicht erwarten, dass endlich das Endergebnis bekannt gegeben wurde.

»Habt ihr bei der Zeitung was gehört, Kind?«, fragte Pilar.

»Wie es aussieht, haben die Sozialisten und die Republikaner in Madrid einen Erdrutschsieg erzielt. Aber ich erfahre ja kaum was. Ich habe nicht mal meine Kolumne fertig, weil ich die ganze Zeit versucht habe aufzuschnappen, was sie sagen.«

»Es lebe die Republik! So soll es sein!«, rief José Luis. »Ich geh mal in die Stadt und schaue, was da los ist.«

»Sei vorsichtig, José Luis, es ist noch nichts endgültig«, warnte ich ihn.

»Wir haben schon viel zu lange gewartet. Die werden uns nicht länger mundtot machen. *Viva España!*« Und schon war er entschwunden.

»Es ist unglaublich, dass wir uns endlich gegen die Monarchie ausgesprochen haben, wenn es denn stimmt«, meinte Catalina.

»Ich weiß nicht, ob die sich da nicht zu weit aus dem Fenster lehnen, Kinder. Das sind doch nur Gemeindewahlen. Kann ein Land einfach so von heute auf morgen eine Republik werden?« Pilar hatte ihre Zweifel.

»Mit der Diktatur ging das damals noch viel schneller, Pilar. Aber das hier ist ein Volksaufstand«, erwiderte Catalina.

»Ich weiß nicht, mich überzeugt das nicht. Solche Umstürze nehmen meist ein schlechtes Ende.«

»Ach, Pilar, jetzt sieh doch nicht alles so schwarz.«

\*\*\*

Als ich am Montag in die Redaktion kam, bestätigte die unterschiedliche Stimmung bei den Angestellten von *El Demócrata* die ersten Meldungen. Don Ernesto war unruhig. Jeder wusste, dass er die Monarchie der Republik vorzog, obwohl er sich, wie jeder gute Unternehmer, an die Umstände anpassen würde, wie er es seit der Gründung der Zeitung getan hatte. Es war alles in der Schwebe.

»Morales, heute Nachmittag tagt der Ministerrat. Gehen Sie hin, und finden Sie heraus, was zum Teufel da los ist«, rief Don Ernesto.

»Natürlich, Don Ernesto. Wie Sie befehlen. Aber bleiben Sie mal auf dem Boden, sonst machen wir hier morgen auch eine Volksbefragung«, scherzte er.

»Morales, bitte. Sie sind doch kein kleiner Junge mehr.«

Morales hörte auf zu schreiben, drückte die Zigarette im Aschenbecher aus, stand auf und holte sein Jackett und seinen Hut. Da tauchte Señora Idiazábal auf.

»Es heißt, der König dankt ab.«

»Reden Sie keinen Unsinn, Doña Carmen. Das Ergebnis der Wahlen wird überbewertet. Anscheinend haben wir vergessen, wie sie ablaufen …«, erwiderte Morales.

»Ich sage ja nur, was die Leute sich auf der Straße erzählen.«

»Orientieren Sie sich nicht am Gerede der Leute, Sie arbeiten bei einer Zeitung«, attackierte er sie.

»Pah, nichts als Einfaltspinsel hier! Don Ernesto wird Sie einen Kopf kürzer machen, wenn Sie etwas verpassen. Er steht seit gestern total unter Strom.«

Die altgediente Sekretärin kehrte an ihren Arbeitsplatz zurück. Ich fand es ungerecht, dass alle rausgeschickt wurden, um über die Ereignisse rund um die Wahlen zu berichten, nur ich musste hier sitzen und blieb im Unklaren. Ich stand auf und trat zu Morales.

»Warten Sie, Morales. Lassen Sie mich mitkommen.«

»Elisa, bitte, Sie bringen mich nur wieder in Teufels Küche.«

»Ich möchte einfach nur dabei sein. Ich werde Ihnen keine Probleme machen. Es muss ja niemand davon erfahren.«

»Lassen Sie mich einen Moment nachdenken ... Mmmh ... Nein. Sie bleiben hier bei Ihrer Frauenkolumne. Wenn ich Sie mitnehme und Don Ernesto davon erfährt, kommandiert er mich vielleicht ab. Nein, danke.«

»Verstehen Sie denn nicht, wie leid ich es bin, über diese oberflächlichen Themen schreiben zu müssen, während Sie an der Front den interessanten Nachrichten und Schlagzeilen hinterherjagen? Ich werde Sie nur einmal begleiten, versprochen, morgen kehre ich brav an meinen Tisch zurück und widme mich wieder meiner sterbenslangweiligen Kolumne. Einverstanden? Kommen Sie, Morales, um der guten alten Zeiten willen.«

»Na gut. Meinetwegen.«

Rasch holte ich meinen Hut und meinen Mantel. Im

Grunde kränkte es mich, dass er glaubte, ich würde ihn bei seiner Arbeit stören. Hatte er schon vergessen, dass ich als Pedro Liébana bei zahlreichen politischen Anlässen dabei gewesen war? Ich hätte ihn darauf hinweisen können, schnitt aber das Thema besser nicht an. Die Gemüter hatten sich zwar beruhigt, aber die Kollegen waren immer noch verletzt.

Während der Fahrt sagte ich mir immer wieder, dass ich auf keinen Fall den Mund aufmachen durfte. Ich durfte mich nicht zu erkennen geben. So weit die Theorie. In der Praxis war das allerdings schwer umzusetzen.

Eine Gruppe Reporter wartete vor dem Amtssitz des Präsidenten. Morales kannte sie, denn alle arbeiteten für das Politikressort ihrer jeweiligen Zeitung. Er grüßte sie, und in dem Moment fiel der Blick des Reporters von *El Imparcial* auf mich. Ohne nachzudenken, reichte ich ihm die Hand und stellte mich vor: »Elisa Montero von *El Demócrata de Madrid*.«

»Ach, Sie sind die von der Frauenkolumne. Die den Artikel damals geschrieben hat ...«

»Ja, sie ist als technische Unterstützung dabei. Beachten Sie sie gar nicht«, unterbrach ihn Morales. »Haben Sie mir nicht zugehört?«, zischte er mir zu.

»Es wäre schlimmer gewesen, wenn ich nichts gesagt hätte, Morales.«

»Seien Sie still. Gehen wir.«

Die Ratssitzung war für halb sechs angesetzt. Während wir vor dem Gebäude warteten, wurden Vermutungen laut. Dass die Regierung eine außerplanmäßige Konferenz abhielt, bewies, dass die Wahlergebnisse ihr offenbar

Sorgen bereiteten. Auf den Straßen kursierten die unterschiedlichsten Gerüchte, und eine Handvoll Reporter war vor Ort, um Informationen aus erster Hand zu bekommen.

Um zehn vor fünf, die Journalisten standen schon mit ihren scharfzüngigen Fragen in den Startlöchern, traf Ministerpräsident Aznar ein. Alle stürzten sich auf ihn, um ihn nach seiner Einschätzung des gestrigen Tages zu befragen. Aber für mich war das jetzt nicht der Zeitpunkt, um über die Erwartungen oder den Grund der Tagung des Ministerrats zu reden. Es gab eine weit brennendere Frage für das Land. Ich sah, dass er schon im Begriff war weiterzugehen, aber ich konnte die Gelegenheit nicht einfach verstreichen lassen, obwohl Morales mir ja einen Maulkorb verpasst hatte. Am nächsten Tag würde ich mich wieder der Mode und den besten Desserts der Hauptstadt widmen, aber jetzt musste ich einen Schritt nach vorn machen und eine Frage stellen.

Ich drängte mich durch die Meute von Journalisten und postierte mich vor Aznar, der sichtlich erstaunt war, eine Frau unter den Anwesenden zu sehen. In dem Moment hatte ich seine volle Aufmerksamkeit. Über all die in der Luft schwebenden Fragen fragte ich hinweg: »Herr Ministerpräsident, es gibt viele Gerüchte. Es heißt, es werde eine Krise geben und sie stünde unmittelbar bevor. Stimmt das?«

Morales zog mich am Arm in die Menge zurück. Der Ministerpräsident suchte nach mir, um mir direkt zu antworten, aber da er mich nicht finden konnte, sprach er zu der ganzen Gruppe.

»Gibt es eine größere Krise als die eines Landes, das wir für eine Monarchie gehalten haben und das über Nacht zur Republik erklärt wird?«

Ein anderer Reporter nahm den Stab auf und fragte nach den Ergebnissen, die von der Tagung des Ministerrats zu erwarten waren. Aber ich sah, dass alle den bedeutenden Satz des Admirals notierten. Ich hatte die richtige Taste gedrückt.

»Entweder halten Sie jetzt endlich die Klappe, oder Sie verschwinden«, warnte mich Morales ein letztes Mal.

»Ist ja schon gut, ich sage nichts mehr.«

Danach trudelten die Minister ein: der Minister für Entwicklung, der Verteidigungsminister, der Staatsminister … Ich musste mir auf die Zunge beißen, keine Fragen mehr zu stellen. Nach vagen Antworten verschwanden sie im Versammlungssaal, und vor dem Gebäude gingen die Spekulationen weiter. Abends wiederholte sich die gleiche Szene, als sie wieder herauskamen.

Als Erster trat der Minister für Entwicklung vor die Presse: »Gut, meine Herren. Wir hatten einen Meinungsaustausch zum Ergebnis der gestrigen Wahlen und haben jeder unseren Standpunkt dargelegt. Morgen wird der Ministerpräsident zum Palast fahren und den König über die Vereinbarungen informieren.«

»Um vier?«

»Ich weiß nicht, um wie viel Uhr er sich dorthin begeben wird.«

Wieder einmal spielten mir meine journalistische Ader und meine Vergangenheit als Pedro Liébana, dem niemand das Wort verboten hatte, einen Streich.

»Stimmt das Gerücht, dass der König abdanken wird?«, rief ich.

»Äh ... Nein. Keineswegs«, lautete die Antwort des Ministers.

Ich wollte in der heiklen Frage weiter nachhaken, doch Morales hielt mir den Mund zu, bis der Minister verschwunden war.

»Sie sind noch mein Sargnagel bei der Zeitung, Elisa.«

»Lassen Sie mich, Morales. Was ist denn so schlimm daran, wenn ich mich journalistisch betätige? Wem schade ich denn damit?«

»Es geht um Glaubwürdigkeit, meine Liebe. Und um Professionalität. Sie sind unbekannt und noch dazu eine Frau. Wissen Sie, was das für das Ansehen von *El Demócrata* bedeuten kann?«

Ich seufzte.

»Ich weiß nicht, welches Verbrechen schlimmer ist: gelogen zu haben oder als Frau geboren worden zu sein.«

»Das dürfen Sie mich nicht fragen.«

Fast alle Zeitungen vom 14. April berichteten über die Tagung des Ministerrats vom Montagnachmittag. Und auch meine Fragen waren in den Berichten zu finden. Vielleicht mangelte es mir an Glaubwürdigkeit und Ansehen, aber alle hatten meine Beiträge berücksichtigt. Und keiner hatte erwähnt, dass es eine Journalistin war, die die entscheidenden Fragen gestellt hatte.

\*\*\*

Am nächsten Tag stand ich voller Energie auf. Die Warterei vor dem Präsidentenpalast war nicht sonderlich produktiv gewesen, denn die Minister hatten keinerlei Erklärungen abgegeben. Man sprach von einem »Meinungsaustausch«. Einige informationshungrige Bürger waren auf uns zugekommen, weil sie aus erster Hand wissen wollten, was die Politiker gesagt hatten. Doch da gab es nichts zu berichten. Wir wussten genauso wenig wie sie.

Nach dem gemeinsamen Frühstück mit meinen Mitbewohnern, die ich an den neuesten Gerüchten teilhaben ließ, ordnete ich noch ein paar Unterlagen für die Schule und machte mich auf den Weg in die Redaktion. Die Informationen, die Simón und Quijano von den an verschiedenen strategischen Punkten stationierten Reportern über das Telefon aufnahmen, waren chaotisch und verworren. Ich hatte noch keine Zeile zu Papier gebracht, weil ich bei jedem Telefonklingeln wie gebannt den neuen Nachrichten lauschte. Mitten in dem fieberhaften Tun rief mich Don Ernesto in sein Büro. Meine Glieder erstarrten. Dieser verfluchte Morales, bestimmt hatte er mich verpfiffen. Ich öffnete die Tür.

»Setz dich«, wies er mich an.

Das hörte sich nicht gut an.

»Elisa, ich glaube, als wir über deine Rückkehr in die Redaktion gesprochen haben, habe ich klar und deutlich gesagt, wie dein Tätigkeitsbereich aussieht, oder?«

»Ja, Don Ernesto.«

»Warum bist du dann gestern heimlich mit Morales zu der Tagung des Ministerrats gefahren?«

»Don Ernesto, ich wollte einfach nur an den Ereignissen teilhaben. Ich kann nicht über Mode schreiben, wenn gerade über das Schicksal Spaniens entschieden wird. Ich dachte, ich könnte etwas beisteuern ...«

»Elisa, dein Ehrgeiz hat dich schon früher zu falschem Handeln verleitet. Tapp nicht wieder in die gleiche Falle!«

»Es ist kein Ehrgeiz, Don Ernesto. Oder vielleicht doch, aber die Art von Ehrgeiz, die Sie dazu gebracht hat, diese Zeitung zu gründen. Und ich darf ihn nicht haben, nur weil ich eine Frau bin?«

»Natürlich darfst du das, aber für die Aufgaben, für die ich dich eingestellt habe. Die Zeit wird zeigen, ob man dir auch andere Ressorts anvertrauen kann.«

»Na gut ...«, erwiderte ich.

Plötzlich stürmte Señora Idiazábal zur Tür herein.

»Don Ernesto, der König hat abgedankt. Er will mit seiner Familie nach Frankreich ausreisen. Wie es aussieht, haben wir die Republik«, verkündete sie.

»Ich wusste es«, murmelte ich und musste daran denken, wie der Minister für Entwicklung das gestern noch abgestritten hatte.

»Gut, an die Arbeit, Herrschaften. Das wird ein langer Tag. Und von dir, Elisa, will ich morgen um zehn die fertige Kolumne auf meinem Schreibtisch haben, ganz gleich, ob Spanien dann eine Monarchie, eine Republik, eine Anarchie, eine Oligarchie oder die Wiedergeburt des Römischen Reiches ist, verstanden?«

»Ja, verstanden.«

Ich stand auf. Der Herausgeber von *El Demócrata* hatte alle Hände voll zu tun. Bevor ich das Büro verließ, rief er mich noch einmal zurück.

»Elisa, eine Sache noch. Dass es mir missfällt, wenn meine Angestellten sich meinen Anordnungen widersetzen, heißt nicht, dass ich nicht zu schätzen weiß, wenn sie ihre Arbeit gut machen. Und das hast du gestern getan. Morales hat mir erzählt, dass du für den Satz des Tages verantwortlich bist. Herzlichen Glückwunsch!«

»Danke, Don Ernesto.«

Ich ging zu meinem Schreibtisch und seufzte. Ich genoss die Anerkennung, die mich weiter beflügelte. Mir blieb noch der ganze Nachmittag für die Kolumne.

In den nächsten Stunden überschlugen sich die Ereignisse. Verschiedene spanische Städte, darunter Barcelona, hatten in ihren Straßen die Republik ausgerufen. Es war eine Art Dominoeffekt. Francesc Macià rief sogar die katalanische Republik aus. Was war da los? Da diese neuesten Entwicklungen mich wieder abzulenken drohten, beschloss ich, in die Schule zurückzukehren und meine Kolumne in aller Ruhe im Arbeitszimmer zu beenden.

Als ich auf die Straße trat, atmete ich den Duft der Hoffnung und des Aufbruchs ein. Mehrere Gruppen zogen zu einem Versammlungsort. Innerhalb weniger Stunden war eine neue Regierung gebildet worden. Die Republik war de facto da. Ich passierte das Gartentor und eilte die Treppen hinauf. Schon beim Betreten des Hauses merkte ich, dass dies kein gewöhnlicher Tag war. Es war niemand zu Hause. Bis auf Pilar, die in der Küche Kekse buk, um sich zu beruhigen.

»Wo sind denn alle hin?«, fragte ich erstaunt.

»Señorita Catalina hat entschieden, den Mädchen heute frei zu geben, und ist mit Señor José Luis, Señorita

Perera und Señorita Sierra ins Zentrum gefahren, um die Ausrufung der Republik zu feiern«, erzählte sie.

»Nicht zu fassen. Sobald der Kater aus dem Haus ist, tanzen die Mäuse auf dem Tisch.« Ich lachte. »Was soll's, ich muss noch meine Kolumne für die Zeitung fertigschreiben. Don Ernesto hat mir ein Ultimatum gestellt. Falls du mich suchst, ich bin im Arbeitszimmer, Pilar.«

»Gut, Kind. Keine Sorge. Ich bin mit meinen Keksen beschäftigt.«

»Ich erinnere mich noch, wie ich dir als kleines Mädchen immer geholfen habe … Es ist kaum zu glauben, wie sich alles verändert, das Leben, die Politik, die Geschichte, während die unbedeutenden, aber wertvollsten Dinge gleich bleiben.«

»Zum Glück. Möge man uns die kleinen Dinge nie wegnehmen. Sie überdauern den Menschen.«

Lächelnd stimmte ich ihr zu.

»Gut, ich gehe dann jetzt arbeiten.«

Ich spannte das Papier in die alte Schreibmaschine von Roberto Ribadesella und betrachtete es. Mir würde schon etwas einfallen. Davon war ich überzeugt.

Ich holte tief Luft und begann zu schreiben: »Eine perfekte Gastgeberin lässt sich niemals anmerken, wie sehr sie sich darum bemüht, es zu sein.«

Zwischen Ideen zu Desserts, Blumengestecken und verschiedenen Arten, die Gäste zu empfangen, drangen Jasminduft und laute Rufe durch das Fenster hinein. Ich warf einen kurzen Blick nach draußen. Sollte ich wirklich allein in diesem Zimmer eingesperrt bleiben? Das war eine ungerechte und unverhältnismäßige Strafe.

Ich biss mir auf die Unterlippe. Zwei Abschnitte hatte ich schon. Vielleicht könnte ich zur Belohnung ein paar Minuten Radio hören. Nur kurz, dann würde ich mich wieder der Kolumne widmen, damit sie rechtzeitig fertig wurde. Ja, das konnte ich mir leisten. Ich stand auf und schaltete den Empfänger ein.

»Die Einwohner von Madrid versammeln sich massenweise in der Stadt und rufen: ›Es lebe die Republik! Die Monarchie ist gefallen, heute wird ein neues Spanien geboren …‹«

Der Sprecher berichtete von den Menschenmengen, die gerade auf das Regierungsgebäude zuströmten. An der Puerta del Sol ging es offenbar zu wie in einem Ameisenhaufen. Der König würde von der Estación de Mediodía aus mit dem Zug nach Cartagena aufbrechen. In einigen Städten hatte man Statuen und Schilder zu Ehren der Krone zerstört und neue aufgestellt, die der entstehenden Republik gewidmet waren. Man wollte die politischen Gefangenen befreien, den Exilierten Amnestie gewähren. Ich schüttelte den Kopf und wollte zu meiner eigentlichen Aufgabe zurückkehren.

»Wenn die Gäste kommen, muss alles fertig sein, sonst rauben wir ihnen die Aufmerksamkeit, weil …«

Wie sollte ich weiterarbeiten, wenn meine Gedanken immer wieder zum Radio wanderten?

»Meine Herren, Spanien erlebt heute einen historischen Tag. Und das sagen nicht nur wir Spanier selbst. Zusammen mit unseren Reportern, die alles festhalten, was um das Regierungsgebäude herum passiert, zeichnen auch ausländische Medien den Jubel eines Landes auf, das jetzt eine Republik ist. *The New York Times, Le Matin, The Times, Le Figaro* ... Sie alle wollen Zeugen dieses historischen Tages sein.«

Ich hörte auf zu tippen. Ausländische Medien. *Le Figaro*. Bei den Worten war mein Unterbewusstsein sofort angesprungen.

Und wenn ...

Nein, das war unmöglich.

Ich wusste ja nicht einmal, ob er noch lebte und ob er nach Frankreich zurückgekehrt war.

Aber wenn doch ...

Auf einmal war alles wieder da: unsere Gespräche als Pedro Liébana und Olivier Pascal; unser Konkurrenzkampf um die Gunst von Don Ernesto; das Interview mit Feldwebel Basallo; der Tanz auf der Straße bei der Fiesta de la Paloma; der Tag im Ateneo, wo wir gelesen, geträumt und uns zwischen den Büchern verstohlen angesehen hatten; der Moment, in dem ich sein Gesicht hinter der Maske erkannte, nachdem ich ihn zwei Jahre nicht gesehen hatte; der Tag, an dem ich in den Fluss fiel, weil ich dickköpfig und eingebildet war; als wir vor dem »Zebra« und seinen Kumpanen durch die Dunkelheit geflohen waren; als ich ihn zum ersten Mal in dem Zimmer im Untergeschoss entdeckt hatte; als er mich auf der Dachterrasse des Hotels Florida geküsst hatte, während uns die Stadt zu Füßen lag. Der irrationale Teil in mir, der für die besten Entscheidungen und die größten Fehler meines Lebens verantwortlich war, übernahm die Kontrolle.

Ehe ich mich versah, befand ich mich bereits mitten im Strom der Menschen, die alle demselben Ziel zustrebten. Ich hatte nichts bei mir, keinen Hut, keinen Mantel, nichts. Die Erinnerungen hallten immer noch in meinem Kopf nach, während ich die anderen Fußgänger überholte. Ich wusste, es war eine verrückte Idee, wahrscheinlich war Olivier immer noch verschwunden. Und selbst wenn er wieder da war, hatte er keinen Grund, nach Madrid zurückzukehren. Und wenn er doch da war, bei den übrigen Redakteuren? Tief in meinem Inneren hatte ich beschlossen, ihn ziehen zu lassen. Ich wollte vergessen, wie sehr ich ihn brauchte, weil ich wusste, dass sein Platz nie an meiner Seite sein würde. Sein Leben gehörte der Zeitung. Und meines der Schule und dem Fortkommen im Journalismus. Ich wollte ihn nur noch einmal sehen, sofern das möglich war, sofern er und sein Duft in dieser irdischen Welt noch vorhanden waren ... Wenn ihn etwas nach Madrid führte, dann waren es die aktuellen Ereignisse. Wie immer.

In den Gesprächen der Menschen, die meinen Weg kreuzten, vernahm ich die Zweifel und Sehnsüchte eines ganzen Landes. Ich hatte angefangen zu rennen. Ja, ich musste mich beeilen. Ich musste herausfinden, ob ich noch ganz bei Trost war, weil ich glaubte, er könnte dort sein.

Am Paseo de Recoletos bewegte sich ein Menschenstrom Richtung Süden. Hier und da sah man Leute, die auf Fahrzeuge geklettert waren, um einen besseren Blick auf das Geschehen zu erhaschen. Ich sah auch einige Kameras, die das Ganze in Filmen und Fotografien festhielten, die irgendwann Geschichte sein würden.

Ich nahm die Calle de Alcalá, in der ich früher meine Samstagabende in Theatern und feinen Restaurants verbracht hatte. Je näher ich auf die Puerta del Sol zukam, umso mehr wurde mir die Größenordnung der Ansammlung bewusst. Manche sangen die Marseillaise oder alte Lieder mit unbekannten Texten, die die Wende im Land feierten; andere verkauften Anstecknadeln oder schwenkten Fahnen. Mitten unter den Demonstranten versuchten Polizisten der Guardia Civil auf Pferden im Chaos über die Ordnung zu wachen. Ich rannte weiter, wich Enthusiasten, Nachzüglern, Zuschauern aus und tauchte in die Siegesrufe der Schlacht ein, die man sich in den Büros und an den Urnen geliefert hatte.

Als ich endlich die Puerta del Sol erreichte, war die Enttäuschung groß. Vor lauter Menschen war nichts zu sehen. Gesänge vermischten sich mit Geschrei. Alle warteten auf die neue Regierung, damit sie den Beginn der Republik erklärte. Zu meiner Rechten tanzten Frauen fröhlich Ringelreihen. So ein Blödsinn, wie konnte ich nur auf solch eine irrsinnige Idee kommen, sagte ich zu mir.

Ich wollte schon kapitulieren, da fiel mir etwas ein. Ich war nicht zum ersten Mal an diesem Ort und beobachtete, wie das Land einem abrupten Wechsel applaudierte. Vor vielen Jahren war ich als Pedro Liébana dort gewesen. Ich versetzte mich zurück in den Moment, in dem Olivier mir seine Strategie erläutert hatte. »Wenn du vor lauter Menschen keinen Zentimeter mehr siehst, suche dir den höchsten Punkt, den du erreichen kannst. Wenn du eine Handbreit über den Köpfen der anderen stehst, hast du den ganzen Überblick.«

Wenn er hier war, hatte er mit Sicherheit den höchsten Punkt gewählt. Ich suchte den Platz ab. Da waren Leute auf Laternen und auf Straßenbahndächern. Es wäre kompletter Wahnsinn, aber ich musste zu dem Pavillon der Metro. Ich zwängte mich durch die Menschenmenge und versuchte zu erkennen, wer sich auf dem Dach befand. Das Gedränge erschwerte das Ganze. Ich sah dort oben ein paar Journalisten, die sich eifrig Notizen machten. Ob er dabei war?

»Olivier!«, rief ich. »Olivier! Olivier!«

Meine Stimme ging in dem Lärm völlig unter. Aber ich musste wissen, ob er dort oben war. Ich rief immer wieder seinen Namen.

»Olivier!«

»Ich werde ja noch taub, Señorita«, beschwerte sich ein Mann neben mir.

»Ich versuche, jemanden auf mich aufmerksam zu machen ... der ... Ach, vergessen Sie's.«

»Wenn Sie möchten, dass jemand von da oben Sie sieht, klettern Sie am besten auf meine Schultern.«

In der Euphorie des Augenblicks nahm ich sein Angebot ohne Zögern an. Für langes Hin und Her blieb ohnehin keine Zeit.

Ich wollte schon aufgeben, da fiel mir noch etwas ein, das ich von ihm gelernt hatte: pfeifen. Ich füllte die Lunge mit Luft und pfiff, so laut ich konnte – wie damals auf dem Straßenfest.

»Señorita, sind Sie sicher, dass die Person, die Sie suchen, wirklich da oben ist?«

Ich biss mir auf die Lippe.

»Nicht ganz ... Lassen Sie es mich ein letztes Mal versuchen.«

»Wie Sie möchten. Meinetwegen.«

Ich setzte noch einmal an, und ein schriller Pfiff ertönte, der in dem Lärm fast unterging.

»Olivier! Olivier!«

Auf einmal kam Bewegung in die Gruppe auf dem Dach. Irgendjemand war auf mich aufmerksam geworden.

»Olivier!«, schrie ich wieder.

Der Mann auf dem Dach, der mich gesehen hatte, verschwand in der Gruppe und kam in Begleitung von jemand anderem zurück. Er deutete auf mich.

»Olivier!«, rief ich.

Ich erkannte ihn sofort. Ich konnte es nicht glauben. Er war da. Er hatte für seine Träume doch nicht mit dem Tod bezahlt. Er lebte. Und er war da.

Er beschirmte seine Augen mit der Hand gegen die Sonne und blickte in meine Richtung. Dann erkannte er mich. Er hatte wohl nicht damit gerechnet, dass er mich dort treffen würde, auf den Schultern eines Unbekannten und äußerlich völlig verändert. Er gab mir ein Zeichen, ich sollte in die Calle de Preciados kommen. Ich nickte und bedankte mich bei meinem freundlichen Helfer, der mir zurück auf den Boden half und sich seinen Mitstreitern bei den Hymnen auf die frisch eingeführte Regierung anschloss. Ich tauchte wieder in die Menschenmenge ein und schob alle Hindernisse beiseite, um zu ihm zu gelangen.

Auf dem Weg durchlebte ich noch einmal meine Ängste, meinen Zorn, meine Lügen. Ich durchlebte meinen Schmerz, die Ablehnung, den Verlust, die Kritik. Ich durchlebte all die Jahre, in denen ich mich hinter einer falschen Identität, meiner Ehe, meinen unechten Freundschaften versteckt hatte. Und inmitten von alldem stand er da in seiner Journalistenpose mit hochgekrempelten Ärmeln, dem hellbraunen Haar, den blauen Augen.

Keiner von uns konnte es glauben – dass wir tatsächlich einander gegenüberstanden, gerade mal zwei Meter voneinander entfernt.

Unsere Blicke sagten uns tausend Dinge, ohne dass wir aufeinander zugingen. Wir wollten uns alles erzählen, was uns in den drei Jahren widerfahren war, in denen wir getrennt waren. Ich wollte ihm zurufen, dass wir uns nicht mehr verstecken müssen, und ihn fragen, ob er mir inzwischen verziehen hatte. Ich wollte ihm zurufen, dass ich keine Angst mehr hatte. Inmitten der Stadt, die völlig außer Rand und Band war, liebten wir uns nur mit unseren Blicken, um uns herum der ohrenbetäubende Lärm einer ungewissen Zukunft, die sich über dem Land zusammenbraute.

Nur zwei Meter. Ich lächelte. Er auch. Und dann lachten wir, wir lachten mit diesem inneren Frieden, wenn man nicht weiß, wo es hingeht, aber sehr wohl, woher man kommt. Der Blick aus seinen blauen Augen entwaffnete mich, denn jetzt konnte ich ihn zum ersten Mal mit der Überzeugung ansehen, dass ich wusste, wer ich war. Ohne Fesseln, ohne Schmuck, ohne Maske, ohne Furcht. Ich war Elisa. Elisa Montero aus Fuente de Cantos, Journalistin, Frau, Tochter, Schwester, Freundin, Sünderin, unvollkommen, unangepasst und eine Liebende. Ja, das war ich. Vielleicht hatte sich mein unermüdlicher Kampf in all den Jahren darauf reduziert. Auf den ständigen

Widerstreit in mir, den ich endlich beendet hatte. Ich war Elisa. Elisa Montero, die Frau, die zugeben konnte, dass sie ihn liebte – ihn und das, was sich von mir in seinen Augen widerspiegelte. Wie glücklich war ich, als ich sah, dass sie immer noch leuchteten, wenn sie mich sahen. Olivier schob die Hand in die Tasche und holte etwas heraus. Er öffnete die Hand, und da sah ich es. Es war der dünne, abgegriffene Faden.

Ich lächelte. Er auch.

Mit dem inneren Frieden zu wissen, dass man sich selbst gehört und niemand anderem in dieser verrückten Welt. Oder vielleicht doch.

Und in der Ferne, der Klang der Zukunft, der Gegenwart, die es noch zu schreiben, zu erzählen galt. Durch uns, die ewigen Hüter der Tinte, die unermüdlich über das Papier fließt, bis alles zu einer Geschichte wird.

# Epilog

Das Buch wurde im Mai 1936, nur zwei Monate vor Ausbruch des Bürgerkriegs, in Spanien veröffentlicht. Elisa Montero wollte auf diese Weise ihre Erinnerungen mit der Welt teilen, aber ihre Geschichte war nur ein Raunen in einem Meer voller Schreie. Obwohl die leisen Stimmen manchmal bis zum Horizont durchdringen. Die erste Auflage erschien mit folgender Widmung:

*Für die Menschen, die mir etwas beigebracht haben.*
*Für die Menschen, die mir zugehört haben.*
*Für die Menschen, die an mich geglaubt haben, bevor ich es selbst tat.*
*Für die Menschen, die mich an einem Samstagabend im Café Pombo animiert haben, mein eigenes Buch zu schreiben.*
*Für die Menschen, die träumen, ohne sich vom Lärm der Wirklichkeit erdrücken zu lassen.*
*Für die mutigen Frauen der Vergangenheit, der Gegenwart und der Zukunft.*
*Für dich, der oder die du mich liest.*
*Danke, dass du mir eine Chance gibst.*

# Danksagung

Der Traum, dieses Buch veröffentlichen zu können, begann mit einem Crowdfunding-Projekt, an dem zwischen Februar und März 2018 134 Menschen mit 132 Beiträgen teilnahmen. In nur 25 Stunden hatten wir den Sockelbetrag in Höhe von 2.000 € beisammen, und in weniger als 40 Tagen gelang es uns, weitere 4.530 € zusammenzubekommen, um *Die Journalistin* fördern zu können. 134 Menschen haben von Anfang an an dieses Abenteuer geglaubt und nicht gezögert, als Lehrling, Redakteur/-in, Reporter/-in, Korrespondent/-in, Chefredakteur/-in, Starautor/-in und stellvertretende Leiter/-in Teil der neuen Redaktion von *El Demócrata de Madrid* zu werden. Seitdem haben sich unzählige Menschen und große Namen der Zeitungswelt der Reise angeschlossen. Ihnen allen kann ich nur ein herzliches DANKE! zurufen, weil sie an diesen Traum geglaubt haben. Ihr alle seid Teil der Geschichte von *Die Journalistin*.

# PERSONENVERZEICHNIS

**Die de las Heras y Rosales**

*Elisa*             geborene Montero, stammt aus einem Dorf in Extremadura. Die Mutter starb bei ihrer Geburt. Im Alter von sieben Jahren schickte man sie zu ihrer wohlhabenden Tante nach Madrid.

*Francisco*         Elisas Ehemann, Erbe des angesehenen Bankhauses Rosales in Madrid

*Luis*              Franciscos Bruder

*Joaquín*           Franciscos Cousin

*Eleonora*          dessen Ehefrau

*Doña Asunción*     Mutter von Francisco und Luis, Witwe

| | |
|---|---|
| *Hilario Rosales* | ihr Großvater, Gründer der Bank |
| *José Carlos* | Chauffeur |
| *Anita* | Hausmädchen |
| *Charito* | Köchin |
| *Doña Bruna* | Schneiderin |

**Die Monteros**

| | |
|---|---|
| *Manuela Montero* | Elisas Tante; wurde jung verheiratet mit einem reichen Madrider Händler, dem deutlich älteren Roberto Ribadesella. Als er im Kubakrieg fiel, wurde sie mit nur fünfundzwanzig Jahren Witwe. |
| *Pilar* | Dienstmädchen im Hause Montero |
| *Severiano* | Hausdiener der Monteros |
| *Juan Montero* | Elisas ältester Bruder, lebt in Fuente de Cantos, einem Dorf in Extremadura. |
| *Mercedes* | dessen Frau |

*José Luis Montero*    Elisas jüngerer Bruder

*Zacarías Silvano*    Großcousin des Vaters, Grundbesitzer in Fuente de Cantos

## Die Freunde von Doña Manuela

### *Die Salamanca-Trillos:*
*Don Tomás und*    älteste Freunde von Manuela
*Doña María Elena*    Montero, Besitzer einer Schuhfabrik in Madrid

*Candela*    deren Tochter

### *Die Rodríguez de Aranda:*
*Don Ernesto*    Direktor der Zeitung *El Demócrata de Madrid*

*Doña Cristina*    seine Gattin; Cousine von Roberto de Ribadesella, Manuelas verstorbenem Gatten

### *Die de Luccas:*
*Don Giancarlo*    italienischer Stoffhändler aus Florenz

*Benedetta*    seine Tochter, Freundin von Elisa

*Carmen Bernardo*    Giancarlos zweite Ehefrau

*Die Ballesters:*
*Don Amancio und*   Besitzer von Ländereien und
*Doña Concepción*   einem Weingut in La Rioja

## Die Zeitungsredaktion

*Ernesto Rodríguez*   Herausgeber der Zeitung
*de Aranda*   *El Demócrata de Madrid*

*Carmen Idiazábal*   seine Sekretärin

*Ramón López*   Redakteur für Gesellschaft und Kultur

*Augusto Morales*   Redakteur für Politik und Ausland

*Isidro Fernández*   Redakteur für das Tagesgeschehen, schreibt an einem Roman.

*Eusebio Quijano*   neuer Redakteur, unterstützt López im Kulturressort.

*Rosauro Mínguez*   neuer Redakteur, zuständig für die Lokalnachrichten

*Simón Recuero*   Lehrling

*Olivier Pascal*   Redakteur von *Le Figaro* in Paris; war als Gastautor bei *El Demócrata de Madrid*.

## Die Polizei

*Leutnant Sandoval*  Beamter der Guardia Civil

*Sergeant Yáñez*  Sandovals Vorgesetzter

## Die Schule

*Catalina Folch*  Lehrerin, hat an der Pädagogischen Hochschule von Madrid studiert, sehr freigeistig und emanzipiert; Direktorin der Montero-Folch-Schule.

*Elisa Montero*  Vizedirektorin, zuständig für die Buchhaltung

*Señorita Perera*  Lehrerin an der Montero-Folch-Schule

*Señorita Lorenzo*  Lehrerin an der Montero-Folch-Schule

*Señorita Bartolomé*  Lehrerin an der Montero-Folch-Schule

*Señorita Sierra*  Lehrerin an der Montero-Folch-Schule

*Pilar*  Köchin

*José Luis*          Elisas Bruder, arbeitet als eine Art Hausmeister.

*Agnes Henderson*    Freundin von Elisa und Catalina aus den Vereinigten Staaten; arbeitet jetzt an der amerikanischen Botschaft in Paris.

## Personen der Zeitgeschichte

*Alfons XIII.*           König von Spanien (1886–1931)
*(1886–1941)*

*Miguel Primo*           spanischer Diktator (1923–1930)
*de Rivera*
*(1870–1930)*

*Dámaso Berenguer*       spanischer Ministerpräsident
*Fusté (1873–1953)*      (1930–1931)

*Juan Bautista*          letzter Ministerpräsident unter
*Aznar-Cabañas*          Alfons XIII. (1931)
*(1860–1933)*